SYLVIA T. HAYMON
Ritualmord

Zu diesem Buch

Angleby, eine Kleinstadt in der englischen Grafschaft Norfolk: In der Kathedrale wird ein Chorknabe grausam verstümmelt aufgefunden. Seine Leiche ist so zugerichtet wie die von St. Ulf, jenem Kind-Heiligen im Mittelalter, den angeblich Juden umgebracht haben sollen. Anglebys Bürger sind schockiert. Die Angst weckt alte Aggressionen und Vorurteile, und das hat Folgen: Rechtsradikale beginnen jüdische Mitbürger zu terrorisieren, Pogromstimmung kommt auf, der Lauf der Geschichte scheint sich zu wiederholen. Kriminalinspektor Ben Jurnet, der aus Liebe zu der schönen Miriam zum jüdischen Glauben überwechseln will, gerät nicht nur deshalb in Bedrängnis. Und dann verschwindet ein zweiter Chorknabe. – Inspektor Jurnets Ermittlungen enthüllen die düsteren menschlichen Abgründe, die hinter der Fassade aus Gläubigkeit, bürgerlicher Wohlanständigkeit und Selbstzufriedenheit verborgen sind.

Sylvia T. Haymon, geboren in Norwich in England, starb 1995. Außer ihren berühmten Inspektor-Jurnet-Kriminalromanen schrieb sie historische Werke unter anderem über Bonnie Prince Charles und ihre Heimatstadt Norwich. Auf deutsch erschienen die Inspektor-Jurnet-Romane »Ritualmord« (1986), »Blaues Blut« (1986), »Rockstars hängt man nicht« (1990 unter dem Titel »Antichrist«), »Gefährliche Wissenschaft« (1992), »Mord im Druidenhain« (1994) und »Mord macht frei« (1997).

SYLVIA T. HAYMON

Ritualmord
Ein Inspektor-Jurnet-Roman

Aus dem Englischen von
Christine Mrowietz

Piper München Zürich

Von Sylvia T. Haymon liegen in der Serie Piper
außerdem vor:
Blaues Blut (5505)
Rockstars hängt man nicht (5534)
Gefährliche Wissenschaft (5576)
Mord im Druidenhain (5617)
Mord macht frei (5643)

Deutsche Erstausgabe
1. Auflage September 1986
5. Auflage Oktober 1998
© 1982 S.T. Haymon
Titel der englischen Originalausgabe:
»Ritual murder«, Constable & Company Ltd.,
London 1982
© der deutschsprachigen Ausgabe:
1986 Piper Verlag GmbH, München
Umschlag: Büro Hamburg
Simone Leitenberger, Susanne Schmitt, Annette Hartwig
Foto Umschlagvorderseite: Ross Carbery/VISUM
Satz: Clausen & Bosse, Leck
Druck und Bindung: Ebner Ulm
Printed in Germany   ISBN 3-492-25504-3

RITUALMORD

In der berühmten Kathedrale von Angleby in Norfolk liegt ein Chorknabe. Er ist tot – ermordet und schrecklich verstümmelt. Wenn man den alten Mönchschroniken glauben darf, gleichen seine Wunden aufs genaueste jenen, die einem Kind zugefügt worden waren, das im Mittelalter als Little St. Ulf verehrt wurde. Ulfs Tod im Jahre 1144 hatte zur Folge, daß die ortsansässige jüdische Bevölkerung niedergemetzelt wurde, und er gab Anlaß zu jener schändlichen Anschuldigung des Ritualmords, die über die europäischen Juden des Mittelalters so viel Tod und Verderben brachte. Alle sagen, daß der ermordete Junge, der von allen Chorknaben die schönste Stimme hatte, ein sehr stilles Kind war. Warum mußte er auf so entsetzliche Weise sterben?

Kriminalinspektor Benjamin Jurnet, der den Fall übernommen hat, befürchtet, daß in Angleby wieder eine antijüdische Stimmung aufkommen könnte, wenn der Mörder nicht schnell genug gefunden wird und sich die Gerüchte über die Verstümmelungen immer mehr verbreiten; und tatsächlich zeigt sich schon bald, daß das Gespenst dieser uralten Lüge noch im zwanzigsten Jahrhundert umgeht. Aber sucht der Kriminalbeamte nun einen Kindsschänder oder einen fanatischen Antisemiten?

Jurnet ist nicht nur beruflich, sondern auch persönlich in den Fall verwickelt, da er beabsichtigt, zum Judentum zu konvertieren, um Miriam, seine große Liebe, heiraten zu können. Als er sich auf die Suche nach der Wahrheit begibt, muß er feststellen, daß sich die Untersuchungen nicht von seinen privaten Problemen trennen lassen.

Und dann verschwindet ein zweiter Chorknabe ...

Wer *Death and the pregnant virgin* gelesen hat oder Norfolk kennt, wird feststellen, daß Norwich Vorbild für meine Stadt Angleby ist. Aber nur ein Vorbild. Die Stadt und ihre Einwohner sind Gebilde meiner Phantasie; Ähnlichkeiten mit lebenden Personen sind rein zufällig.

S. T. H.

1

Kriminalinspektor Benjamin Jurnet redete sich ein, es sei bequemer, das Auto in einer Seitenstraße zu parken, und erreichte den Domplatz durch eine Gasse, die selbst Einheimische kaum kannten, wenn sie nicht fleißige Kirchgänger oder Bewohner des Domviertels waren. Er wollte nicht einmal sich selbst eingestehen, daß ihm das FitzAlain Gate, das Hauptportal mit seinem hohen Spitzbogen und den Nischen voller verstümmelter Statuen, Opfern der Zeit, Unbehagen einflößte.

Ebensowenig wollte er zugeben, daß die Umgebung des Doms kaum weniger abweisend auf ihn wirkte als sein ehrwürdiges Portal. Warum das so war, ließ sich schwer sagen. Die hübschen alten Häuser sonnten sich wie Katzen in der Frühlingswärme – fast konnte man sie schnurren hören. Ein Meer von Blüten bedeckte die glänzenden Mauersteine, das satte Ziegelrot.

Sehr schön. Aber sicher nicht für Ben Jurnet.

Seinetwegen. Der Kommissar sollte seinen kleinen Spaß haben. Das gehörte zu den Privilegien der Macht. Jurnet hatte es kommen sehen, schon bevor das erste Wort gesagt war: dieses kaum wahrnehmbare Zucken um den Mundwinkel, die Augen, die sich vor Schadenfreude weiteten. Ohne diese Spur gegenseitiger Abneigung hätten die beiden niemals so gut zusammenarbeiten können.

Der Kommissar erläuterte: »Daß wir gemeinsam vorgehen wollen, war die Idee des Bischofs, aber verhandeln werden Sie mit dem Dean, Dr. Carver.«

»Aha.«

»Soweit ich das beurteilen kann, werden wir da ohnehin nicht viel mehr tun können, als ein paar wirkungsvolle Töne von uns zu geben –«

»Und die wären?«

»Aber, aber«, der Kommissar grinste unverschämt, »stellen Sie sich doch nicht so an. Ein Hauch von Ihrem südländischen Charme, und sie fressen Ihnen aus der Hand.«

Die Straße vor ihm, die zum Oberen Domplatz führte, war leer; nur zwei Tauben in dezentem Graublau schritten würdevoll wie Geistliche hintereinander her. Eine Frau mit Strickjacke und geblümter Schürze polierte das Messingschild neben einer Tür, die von prunkvollen Pilastern eingerahmt war. Auf dem Oberen Domplatz standen die Statuen von zwei englischen Militärbefehlshabern der am wenigsten denkwürdigen Sorte, »Ehemalige« der Domschule, die die Nordseite der rechteckigen Anlage einnahm. An den beiden Seiten der großen Rasenfläche plaziert, wandten sie einander ihre mit Vogeldreck bekleckerten Rücken zu. Zwischen ihnen – er störte wie eine Coladose auf dem gepflegten Rasen – lag schlafend ein rothaariger junger Mann in Jeans und T-Shirt.

Bei diesem Anblick grinste Jurnet vergnügt; dann betrat er den Dom.

Dr. Carver, der Dean, erwartete ihn wie verabredet am Bücherverkaufsstand, an dem eine von der Natur nicht gerade begünstigte Frau undefinierbaren Alters, verunsichert durch die Nähe des großen Mannes, die Postkarten und illustrierten Führer mit viel überflüssigem Getue ordnete.

»Kriminalinspektor Jurnet, Sir.«

»Ah, ja!«

Wenn bei dieser Begegnung jemand überrascht war, dann höchstens der Geistliche. Jurnet fand genau das vor, was er erwartet hatte. Selbst wenn man von dem langen schwarzen Umhang mit den weiten Rockschößen absah, waren die Merkmale des hohen geistlichen Amtes nicht zu verkennen: eine freundlich bestimmte Miene und ein unverändert höfliches Entgegenkommen, das das leiseste Zeichen einer Drohung wie hinter einer Maske versteckt. Der Dean mochte andererseits durchaus überrascht sein von dem großen, schlanken Mann mit seinem südländischen Aussehen, das ihm in der Polizeizentrale – aber nur, wenn er es nicht hören konnte – den Spitznamen Valentino eingetragen hatte.

Die beiden gaben sich die Hand, und der Dean sagte ohne Umschweife und in einem Ton, der dem Kriminalbeamten zu verstehen gab, was er über kirchliches Taktgefühl wissen mußte: »Der Bischof ist der Meinung, daß wir verpflichtet sind, die Polizei über den Vorfall in Kenntnis zu setzen. Andere – zu denen, um ehrlich zu sein, auch ich zähle – würden das Ereignis vom Samstag lieber als eine rein hausinterne Angelegenheit behandeln: eine Angelegenheit, die uns nicht dazu berechtigt – besonders wenn man in Betracht zieht, daß kaum Hoffnung besteht, den oder die Schuldigen zu fassen –, die wertvolle Zeit der Polizei zu verschwenden. Trotzdem –«

Er machte mit den Lippen ein leise schmatzendes Geräusch, das alles sagte; dann drehte er sich einfach um und ging weg, ohne sich umzusehen, weil er zu Recht darauf vertraute, daß der Kriminalbeamte folgen würde. Unter diesem Gewölbe sah sogar der große, bedeutungsvolle Dean sonderbar verkleinert aus, ein Streichholz von einem Mann neben den starken, massigen Pfeilern des Kirchenschiffs.

»Überall dieser verfluchte Stein«, dachte Jurnet und folgte wie erwartet. Sogar die Decke war aus Stein, hoch genug für Engel, doch bedrückend schwer für das Gemüt. Wenn es dort oben Engel gäbe, vermutete Jurnet – und bei einem flüchtigen argwöhnischen Blick nach oben bildete er sich fast ein, einige hinter den verschwenderischen Falten des Gewölbes zu entdecken –, hingen sie, den Kopf nach unten, in Bündeln wie Fledermäuse, zu starr vor Kälte, um ihre Flügel auszubreiten und wegzufliegen.

Der Dean führte Jurnet durch das Hauptschiff bis zum nördlichen Querschiff und an ein schmiedeeisernes Gitter, wo ein Mann in dem langen grauen Gewand eines Kirchendieners bei ihrem Anblick ehrerbietig Haltung annahm und ihnen eine Tür öffnete.

»Ah, Harbridge«, begrüßte ihn der Dean. »Da sind Sie ja.«

Und zu Jurnet gewandt: »Mr. Harbridge mußte viermal genäht werden. Drehen Sie sich mal um, Harbridge, damit der Inspektor einen Blick drauf werfen kann.«

»War nich' schlimm«, sagte Harbridge und drehte sich gehorsam um. Er war etwa fünfzig und eher klein, aber man sah ihm eine sehnige Kraft an, die Jurnet vermuten ließ, daß er seinem Angreifer wahrscheinlich nicht die andere Backe hingehalten hatte.

Der Kriminalbeamte bedauerte: »Sie hätten uns sofort holen sollen, als sie anfingen, Ihnen Scherereien zu machen. Wir hätten Diskretion bewahrt.«

»Das glaube ich Ihnen aufs Wort.« Der Dean nickte in Anerkennung polizeilichen Taktgefühls. »Obwohl ich mir vorstellen kann, daß die Polizei am Samstag in der unmittelbaren Umgebung der Yarrow Road genug beschäftigt war, weshalb wir Sie nicht *auch* noch beanspruchen wollten. Außerdem«, er sah Jurnet mit einem offenherzigen Blick an, der nicht zu dem klerikalen Opportunisten paßte, für den ihn der Kriminalbeamte gehalten hatte, »außerdem fühlten wir uns sehr geschmeichelt, sie hier zu sehen. Reisende Fußballfans nehmen doch gewöhnlich keinen Rundgang durch den Dom in ihr Programm auf. So etwas sollte man sicher eher unterstützen, als den Daumen draufzuhalten.«

»Ist trotzdem ein Risiko.«

»Aber ich bitte Sie, welchen Sinn hat denn dann unser Beruf? Bei aller Wertschätzung Ihrer Anteilnahme, Herr Inspektor: den Dom von Angleby dürfen Sie nun wirklich nicht mit einer Filiale von Marks and Spencer verwechseln! Das hier ist kein Supermarkt, wo jeder, der zur Tür hereinkommt, ein potentieller Ladendieb ist. Im Gegenteil, hier darf jeder kostenlos und ohne jegliche Verpflichtung den wertvollsten aller Schätze mitnehmen: das Ewige Leben.« Der Dean lächelte. »Aber ich bringe Sie nur in Verlegenheit. Jetzt, wo Sex ein alter Hut ist, bleibt Religion – vielleicht haben Sie es bemerkt – doch als einziges Thema, das sogar einen Polizisten zum Erröten bringt. Der Bischof würde es bedauern, wenn er wüßte, daß ich Sie durch mein Gerede irritiert habe. Ich will

Ihnen jetzt zeigen, was Seine Gnaden Sie ganz besonders sehen lassen wollte.«

Die St.-Lieven-Kapelle hinter dem schmiedeeisernen Gitter war ein bescheidener Raum – Stühle mit Sitzen aus Strohgeflecht, ebenso viele bestickte Knieschemel und vorne ein einfacher Eichentisch, der als Altar diente. Weil Cromwells Leute vor dreihundert Jahren fast alles bunte Glas aus den Domfenstern herausgeschlagen hatten, konnte man die Details eines Altargemäldes, das seltsamerweise ihrer Aufmerksamkeit entgangen war, unerträglich deutlich erkennen: eine mittelalterliche Darstellung von St. Lieven in seinem Bischofsgewand, der etwas mit einer Zange festhielt, das auf den ersten Blick wie ein rohes Frankfurter Würstchen aussah und sich bei näherem Hinsehen als seine Zunge erwies.

»Schön, nicht wahr?« Der Dean war der Richtung von Jurnets angewidertem Blick gefolgt. »Sehen Sie sich nun unser jüngstes Meisterwerk an.«

Zwischen den beiden Rundbogenfenstern der Kapelle war ein braunes Blatt Papier mit Klebstreifen an der Wand befestigt. Harbridge langte hinauf, um es zu entfernen. Er nahm sich dafür, fand der Kriminalbeamte, reichlich Zeit.

Der Dean fragte: »Nun, was halten Sie davon?«

Beinahe hätte Jurnet losgelacht: eine völlig unsinnige Reaktion. Ihm war nicht im geringsten nach Lachen zumute. Andererseits war er aber auch nicht schockiert, was man eindeutig von ihm erwartete. Er wandte seinen Blick von dem, was unter dem Papier zum Vorschein gekommen war, zu den beiden Männern: Beide waren sie Diener des Doms und mit diesem durch die Bande der Liebe und der Gewohnheit verbunden. Er sah, daß sie der Anblick tief kränkte, und weil er im großen und ganzen ein mitfühlender und leicht aufbrausender Mensch war, ging etwas von ihrem Schmerz und ihrer Wut auf ihn über.

Die beiden Gefühle verschmolzen und wallten in ihm auf, was ihm durchaus nicht unangenehm war. Zum erstenmal, seit er die Frühlingssonne hinter sich gelassen hatte, verspürte er Wärme.

»Wie schamlos!« rief er in aller Aufrichtigkeit aus.

Auf die Kapellenwand waren kurz und bündig zwei Wörter mit großen roten Blockbuchstaben, die in den Stein eingebrannt schienen, geschrieben: HUNDSFOTT – HUNDSGOTT.

2

In der FitzAlain-Kapelle, die sich zum Chorumgang hin öffnete, waren die Wände getüncht, und hier schien die Gotteslästerung, die wie zuvor zwischen die Fenster geschrieben war, etwas von ihrer empörenden Ehrfurchtslosigkeit verloren zu haben. Die Tünche hatte die Farbe zum Teil aufgesaugt und dabei die Ränder der Buchstaben ausgefranst; weil sie schlecht zu lesen war, hatte die Botschaft um einiges an Bedeutung eingebüßt.

»Sonst noch was?«

Dr. Carver schüttelte den Kopf, dann fügte er hinzu: »Jedenfalls haben wir sonst nichts mehr gefunden. Harbridge schaut sich gleich noch mal um.«

»Ich hätt's doch längst gesehen«, protestierte Harbridge. Feindselig musterte er den Kriminalbeamten, den Fremden, für den nun die Schande des Doms ein offenes Geheimnis war. »Haben Sie sich satt gesehen? Kann ich jetzt einen Eimer Tünche holen und wieder drüberpinseln?«

»Machen Sie erst mal nur das Papier wieder dran.« Wenn Jurnet auch nicht die leiseste Ahnung hatte, was er sinnvollerweise tun konnte, widerstrebte es ihm doch instinktiv, Beweismaterial verschwinden zu lassen. Den beiden bot er den einzigen Trost, der ihm einfiel: »Wenigstens war es ein Christ. Ich meine, man würde sich doch nicht die Mühe machen, Gott zu beschimpfen, wenn man gar nicht an ihn glaubt.«

Harbridge sah immer noch aufgebracht aus, aber die Miene des Deans hellte sich auf.

»Äußerst scharfsinnig, Herr Inspektor. Das muß ich dem Bischof erzählen.«

»Hilft uns auch nicht weiter.«

Jurnet kehrte der Wand den Rücken und warf einen Blick auf den markantesten Gegenstand in der kleinen Kapelle, das bemalte Grab, in dem Bischof FitzAlain in der Pracht seiner Mitra und seines Bischofsgewandes friedlich mit zum Gebet gefalteten Händen schlief, wie er schon seit vierhundert Jahren schlief, im Vertrauen auf ein angenehmes Erwachen.

»Was für ein Ort«, dachte der Kriminalbeamte. »Sogar die verdammten Betten sind aus Stein.«

Harbridge hegte noch immer Groll und verkündete finster: »Die picheln immer ihr eigenes Zeug, das ist das Blöde.«

Jurnet überging die versteckte Huldigung an das Angleby-Bier kommentarlos und sagte: »Wer das an die Wand geschrieben hat, war stocknüchtern. Der hat sein Handwerk verstanden. Jeder bringt mit einer Sprühdose ein Geschmier zustande – aber ganz korrekte Buchstaben, gerade gezogen, und alle gleich groß, ohne einen Spritzer –«

Der Dean bemerkte scherzhaft: »Demnächst erzählen Sie uns noch, daß man im Polytechnikum einen Kurs dafür anbietet.« Er fügte hinzu: »Falls Sie sie brauchen: Die Sprühdose ist in einem Beutel hinter dem Bücherstand.«

»Wo haben Sie sie denn gefunden?«

»Sie war an die Brust des Bischofs gelehnt. Jemand hat sich wohl einen kleinen Spaß erlaubt.«

»Ich nehme sie auf dem Rückweg mit; aber wenn einer das Ding dagelassen hat, wette ich zehn zu eins, daß er es vorher gründlich abgewischt hat.« Jurnet zögerte, dann gab er sich einen Ruck: »Hält nicht die Domschule ihre Morgenandachten im Dom ab?«

»Ja, die höheren Klassen. Im Hauptschiff. Aber Sie glauben doch nicht etwa –«

»Und der Chor doch auch.« Jurnet gab nicht nach und ließ keinen Zweifel daran, daß seine Phantasie viel weiter reichte, als der Dean jemals vermuten würde. »Die Chorknaben müssen sich doch bestimmt die ganze Zeit an und um diesen Ort herum aufhalten. Wie viele sind es denn? Kinder, meine ich.«

»Vierundzwanzig«, antwortete der Dean. Er sah erschüttert aus. »Aber ich muß Ihnen wirklich widersprechen! Was die Kinder betrifft, Herr Inspektor – sie empfinden alle eine treue Liebe zu diesem Gotteshaus. Die Vorstellung, daß eines von ihnen wirklich für diese Scheußlichkeit verantwortlich sein könnte –«

»Sein *könnte* – genau das habe ich gemeint. Nicht *ist*. Ich möchte nur die Existenz einer ganzen Gruppe von Personen deutlich machen, die außer den Fußballfans verantwortlich sein *könnten*, das ist alles. Vielleicht war es auch irgendein Irrer oder eine Frau in den Wechseljahren mit einem sexuellen Problem – Sie glauben gar nicht, was manche heutzutage anstellen –«

»Ihrer Meinung nach«, der Dean versuchte nicht, seine Erleichterung zu verbergen, »ist das also ein so weites Feld, daß die Polizei höchstens ein paar besänftigende Töne von sich geben kann –«

Das paßte so genau zu der Behauptung des Kommissars, daß Jurnet ein Lächeln nicht unterdrücken konnte, als er antwortete: »Wenn Sie mir nur noch diese Sprühdose überlassen, bin ich auch schon weg.«

Als sie den Rückweg zum Hauptschiff antraten, mußten Jurnet und der Dean eine Weile stehenbleiben, um eine kleine Prozession vorbeiziehen zu lassen. Jurnet zählte zwölf nach Größe eingeteilte Zweierreihen von Jungen, die in ihren scharlachroten Soutanen wie schelmische Engelchen aussahen. Beim Anblick von Dr. Carver wurde der Ausdruck ihrer Gesichter, wenn das überhaupt möglich war, noch überirdischer – eine Entrückung, die Jurnet jedoch nicht von dem Gefühl befreite, daß es den vierundzwanzig glänzenden Augenpaaren trotzdem gelang, den Begleiter des Deans kurz, aber genau zu mustern. Auf ihn selbst machten die roten Soutanen, die so lebendig gegen den grauen Stein wirkten, einen größeren Eindruck als die Kindergesichter. Nur zwei, ihrem Aussehen nach Zwölfjährige, fielen ihm auf. Der eine war blaß, hatte eine markante Stirn und farblose, hervortretende Augen. Sein Nebenmann sah dagegen um so robuster aus, ein rotbackiger Junge mit dunklem lockigen Haar und einer fröhlichen, frechen Art.

Die Aufsicht über die Chorsänger hatte ein rundliches Männchen, das sie wie eine Lämmerherde zum Chor trieb – mit einer Überbesorgtheit, die Jurnet rührend fand. Ein ärgerliches Zähneknirschen seines Nachbarn teilte ihm jedoch mit, daß dieser sein Gefühl nicht teilte.

»Guten Morgen, Mr. Amos«, sagte der Dean scharf.

Der kleine Mann drehte sich schwungvoll um und strahlte; es schien ihm zu entgehen, daß er nicht geschätzt wurde.

»Ich hab' Sie gar nicht gesehen. Guten Morgen. Einen wunderschönen Tag.« Sein Hinterteil wackelte lustig hin und her, als er verschwand, um seinen Schützlingen in das geschnitzte Gestühl des Chors zu folgen.

Vom Seitenschiff aus erspähte Jurnet durch einen Bogen die kurze Zweierschlange, die sich nach rechts und links teilte, als sich die Jungen auf beiden Seiten des Mittelgangs in das vordere Chorgestühl einreihten. Den Ablauf kannten sie offensichtlich, und sie zeigten sich völlig unbeeindruckt von ihrer Umgebung. Der Kriminalbeamte sah, daß der rotbackige Junge einen Kaugummi aus dem Mund nahm und ihn lässig unter seinen Sitz klebte.

Jurnet blickte den Dean kurz von der Seite an und hoffte mit Rücksicht auf Mr. Amos, daß die Tat unbemerkt geblieben war.

Der Dean hatte währenddessen seine Aufmerksamkeit auf einen abgetrennten Bereich vor ihnen gerichtet. Eine Art unbedachter Raum, aus ungefähr zwei Meter langen Brettern gezimmert, grau gestrichen, um ihn der vorherrschenden Farbe anzupassen, nahm einen beträchtlichen Teil der Fläche nördlich der Orgelempore ein und reichte weit in das nördliche Seitenschiff herein. Aus dem Inneren dieses Verschlags drangen leise Geräusche, die nicht einfach zu bestimmen waren, aber erkennen ließen, daß der Raum nicht leer war.

Jurnet hatte nicht bemerkt, daß eines der Bretter in Wirklichkeit eine Tür war, bis sie sich öffnete und ein Mädchen heraustrat.

Sie trug schmutzige Jeans, ein buntes T-Shirt und ein Kopftuch, das ihr Haar völlig bedeckte; anscheinend war sie nicht gerade begeistert, plötzlich dem Dean gegenüberzustehen.

»Ah – Miss Aste! Wieder schwer am Arbeiten?«

»Eigentlich geh' ich nur schnell eine rauchen.«

»Waren wir uns nicht darüber einig, daß Sie so schnell wie möglich damit aufhören sollten?« Die Stimme des Deans hatte einen heiteren Tonfall angenommen, den er sich für heiratsfähige Mädchen vorbehielt, wie Jurnet boshaft vermutete, vor allem für so wohlproportionierte wie Miss Aste. Jurnet wunderte sich nicht darüber, daß der Dean keinerlei Anstalten machte, seinen Begleiter vorzustellen. Als Polizist war er daran gewöhnt, sogar von den gesetzestreuesten Bürgern als eine Unperson behandelt zu werden, in deren Begleitung man sich nicht gerne sehen ließ. Und als Mann war er an den Blick gewöhnt, den das Mädchen auf ihn richtete. Er hatte zu lange mit seinem Aussehen gelebt, um nicht zu wissen, daß er auf Frauen anziehend wirkte. Und lange genug, um zu wissen, daß sich die Anziehung meistens, wenn die Frauen ihn allmählich besser kennengelernt hatten, in Groll und Enttäuschung auflöste, weil er nicht der Mann war, der er zunächst zu sein schien. Was nützt es einem, wenn man wie ein arabischer Scheich aussieht, der nur im Sinn hat, ein Mädchen auf den Sattel zu heben und mit ihm der untergehenden Sonne entgegenzugaloppieren, wenn man in Wirklichkeit von einer Doppelhaushälfte mit drei Schlafzimmern auf Kredit träumt. Sogar Miriam wandte sich von Zeit zu Zeit in plötzlicher Erbitterung von ihm ab, als hätte er ihr zuviel versprochen.

Der Dean reckte seinen Hals zur Seite und fragte einschmeichelnd: »Hör' ich da den Professor?«

Das Mädchen schüttelte den Kopf.

»Nur Mosh. Er hat, glaub' ich, gesagt, daß er am Nachmittag mal vorbeischaut. Mosh müßte's wissen.«

Sie zögerte einen Augenblick, drehte sich dann, verunsichert von der berufsmäßig ausdruckslosen Miene, die Jurnet wie eine Jalousie über sein Gesicht gezogen hatte, abrupt um und ging schnell auf das Westportal zu.

Dr. Carver blickte ihr mit einem Lächeln nach, das nicht nur dem Wiegen ihres hübschen Hinterteils gelten konnte.

Dann erklärte er: »Lord Sydringhams Tochter. Reizendes Kind.« Er zog die Tür in der Bretterwand auf und schob seinen Oberkörper hindurch. »Wird Professor Pargeter erwartet?«

Wenn überhaupt eine Antwort kam, dann drang sie nicht bis zu Jurnet. Der Kriminalbeamte konnte einen Holztisch erkennen, verschiedene Geräte und einen jungen Mann mit eingestaubter Negerkrause, der seine Beine in ein Loch im Boden baumeln ließ und rauchte. In diesem Augenblick rollte ein freudiger Widerhall wie die hereinkommende Flut durch das gewaltige Gebäude. Mr. Amos hatte seinen Weg zur Orgelempore gefunden.

Sofort erhoben junge Stimmen ein Lobpreisen, das so ergreifend war, daß es fast schmerzte. Jurnet beobachtete, wie sich der Nacken des Deans vor Wut rot färbte und daß der junge Mann, ohne aufzustehen, seine Zigarette unverfroren auf einem alten Grabstein ausdrückte, der in den Boden eingelassen war.

Die donnernde Woge von der Orgelempore ging in ein heiteres Geplätscher über, in dem die Knabenstimmen wie Sonnenstrahlen auf Wasser tanzten. Der Dean richtete sich auf und schritt in das Seitenschiff zurück, wobei er die Türe so heftig hinter sich zuwarf, daß die ganze Behelfskonstruktion erschüttert wurde.

»Ich kann nicht einsehen, und koste es mich das Leben«, rief er aus, während er seinen Umhang mit kurzen, zornigen Handbewegungen zurechtrückte, »warum er die Jungen zum Proben in den Dom bringen muß. Man sollte kaum glauben, daß wir eine Gesangschule haben, wo derartige Katzenmusik bescheiden im Verborgenen stattfinden könnte.«

Jurnet bemerkte behutsam: »Für meine Ohren klang's richtig.« Dann wechselte er das Thema: »Was wird da drin eigentlich ausgegraben?«

»Im Dom rauchen! Haben Sie das gesehen?« Der doppelte Ärger strapazierte die christliche Nächstenliebe des Deans offensichtlich bis an ihre Grenzen. »Ich habe Professor Pargeter gewarnt, aber er bestand darauf. Sein ›Starstudent‹, sagte er, und auf das mittelalterliche Judentum der Stadt spezialisiert.« Er sah Jurnet scharf an, als ob ihm eben ein Gedanke gekommen wäre. »Kein Wunder«, fuhr er fort und versuchte angestrengt, seiner Stimme ihren freundlich ruhigen Ton wiederzugeben, »wenn einer schon Moses Epperstein heißt. Aber nicht hier, im Dom der Verklärung Christi. Und bestimmt nicht bei der Ausgrabung von Little St. Ulf.«

3

Der Dom füllte sich: Scharen von Touristen, die nicht wußten, wie man sich in dem ehrwürdigen Heim des Gottes aller Menschen korrekt zu verhalten hatte, bewegten sich unsicher hin und her und fühlten sich alle zum Bücherstand hingezogen. Hier konnte man Geld ausgeben; damit waren sie vertraut. Miss Hanks ließ erschreckt eine Handvoll Wechselgeld fallen, als der Dean unerwartet neben ihr am Ladentisch auftauchte, um die Sprühdose zu holen.

Er half ihr nicht, das verstreute Geld wieder aufzusammeln, und Jurnet, der etwas abseits wartete, bemerkte, daß weder Miss Hanks noch die Menge der Kunden es von ihm erwarteten. So sieht also das Himmelreich aus. Durch sein Lächeln reichlich entschädigt, knieten sie willig nieder und stürzten sich mit leisen Hallelujarufen auf die Münzen. Für den Kriminalbeamten war es die tiefste Form der Verehrung, die er je gesehen hatte.

»Was treib'n Sie denn hier, Inspektor?« tönte eine Stimme hinter seinem Rücken.

Jurnet blickte über die Schulter, dann drehte er sich um. »Dasselbe könnte ich Sie fragen.«

Er musterte sein stämmiges Gegenüber. Joe Fisher hatte offensichtlich viel für seine Kleidung ausgegeben – und dabei jeden Pfennig verschwendet. Seine fleischige Figur, die eher einem Tier zu gehören schien, ließ sich nicht verleugnen. Er war mit einem schwedischen Reisemantel und teuren Cordhosen ausstaffiert, und Jurnet hatte gute Lust, ihn wegen unanständiger Zurschaustellung hinter Schloß und Riegel zu setzen.

Er fragte sich flüchtig, mit welchem Blick dieser Mann wohl jenes reizende Mädchen, die Tochter von Lord Sydringham, messen würde.

»Sie wollen wohl ein paar Splitter vom Heiligen Kreuz verscherbeln, die zufällig aus einem Lastwagen rausgefallen sind?« fragte er grob.

Joe Fisher wirkte verletzt.

»Kein Grund, mit mir so umzuspringen, Mr. Jurnet. Auch wenn ich Ihnen verpflichtet bin, haben Sie noch lange nich' das Recht, mit Beleidigungen wie mit Konfetti rumzuschmeißen.«

»Mir verpflichtet? Beschaffen Sie Millie und Klein Willie ein Dach über dem Kopf und Sie heißen bei mir ab sofort Lord Fisher. Meinetwegen auch Fisch, wenn's Ihnen Spaß macht. Sie haben doch schon weit mehr gescheffelt, als dieser weiß Gott wo aufgetriebene Wohnwagen mit allem Drum und Dran wert ist.« Jurnet betrachtete angewidert die neumodische Ausstaffierung. »Wissen Sie eigentlich, daß dieser Schrotthaufen abgeschleppt wird?«

»Nein! Millie gefällt's doch dort unten. Und dem Kind auch, so nah am Fluß.«

»Millie hat nie was anderes kennengelernt. Und was Willie und den Fluß betrifft –«

»Schon gut. Sie haben ihn rausgezogen, als er fast ersoffen wäre. Wie oft muß ich denn noch danke sagen?«

»Überhaupt nicht. Besorgen Sie eine anständige Wohnung, das ist alles. Bevor man Klein Willie in Obhut nimmt.«

»Das dürfen sie nicht! Es würde Millie das Herz brechen.«

»Das mein' ich ja.«

Der Dean, vor dem sich die Menge am Bücherstand wie das Rote Meer für die Israeliten teilte, um ihn durchzulassen, kam lächelnd auf Jurnet zu und hielt ihm den Beutel mit der Sprühdose hin. Das Lächeln verschwand, als Joe Fisher einen Schritt vortrat, den Geistlichen an seinem Rock packte und sagte:

»He, alter Freund! Wo habt ihr denn euren Little St. Ulf?«

Auf den Stufen, die zum Westportal hinaufführten, drehte sich Jurnet um und blickte durch den Dom.

Zugegeben: eindrucksvoll, aber nicht für seines Vaters Sohn, der als Junge jeden Sonntag zweimal zur Messe und dazwischen zur Sonntagsschule hatte gehen müssen. Nicht für Miriams Geliebten – Miriams Mann, falls die Kinder Israels jemals ihre dichtbesetzten Reihen öffnen und ihn einlassen sollten. Mr. Amos spielte noch Orgel, aber der Zauber war entschwunden. Musikalische Bauchschmerzen.

Die Chorknaben hatten aufgehört zu singen. Ob das Kind mit dem frechen Gesicht den Kaugummi wohl wieder von der Unterseite seines Sitzes entfernt hatte? Der Gedanke stimmte Jurnet freundlicher. Freundlicher dem Dean und auch dem Gott gegenüber, der dieses gottverlassene Loch bewohnte. Armer Hund, vielleicht hatte Er keine Wahl. Hatte sich für eine Sozialwohnung eingetragen und stand auf der Warteliste.

Der Dean hatte ihm zum Abschied mit geübter Herzlichkeit die Hand geschüttelt.

»Ich bin sicher, Herr Inspektor, daß wir den Fall Ihren bewährten Händen anvertrauen können.« Das bedeutete, daß man die Angelegenheit auf sich beruhen lassen würde – und sollte.

»Wir werden unser Bestes tun.« Was dasselbe bedeutete.

Gereizt durch das bereitwillige Einverständnis des anderen bezüglich seiner eigenen Unzulänglichkeit, fügte Jurnet hinzu: »Bitte lassen Sie die Aufschrift nicht entfernen, bevor ich meine Einwilligung dazu gegeben habe.«

»Du liebe Zeit! Ist das wirklich nötig?«

»Es wäre das Beste.«

»Wenn Sie meinen.«

Der Dean seufzte und wandte sich zum Gehen. Über die Schulter fragte er gleichgültig: »Ihr Name war doch Inspektor Jurnet? J-U-R-N-E-T?«

»J-U-R-N-E-T.«

Als Jurnet die Stufen zum Westportal hinaufging, mußte er grinsen. Typisch – wenn überhaupt jemand über die Vorgänge in der Stadt Bescheid wußte, dann der Dean.

Der Kriminalbeamte war froh, an die frische Luft zu kommen. Das große eisenbeschlagene Hauptportal, das eher so aussah, als wäre es zur Abwehr von Belagerungstruppen als zum Einlaß Betender geschaffen, war geschlossen. Jurnet folgte dem Hinweisschild und begab sich zu dem bescheidenen Ausgang im nördlichen Seitenschiff.

Er war dort fast angelangt, als einige Buchstaben, die in eine Wandtafel in dem dunklen Winkel zwischen Seitenschiff und Ausgang eingehauen waren, seinen Blick auf sich zogen. Es war nicht das erste Mal, daß er bemerkte, wie aufmerksam sein Auge den Namen Miriam erspähte.

Miriam, geliebter Schatz,
in meinem Herzen ist Dein Platz,
das süße Himmelreich auf Erden
konnte ohne Dich nicht werden.
Gott, Du enttäuschtest mich sehr,
glücklich sind meine Tage nicht mehr.
Schatz, bewahr mich in Deiner Brust,
den, mit dem Du lebtest voll Freude und Lust.

Miriam,
Frau des Robert Coslane,
Sattler in dieser Stadt
Anno Domini 1537

Jurnet wollte sofort nach dem Notizbuch in seiner Tasche greifen, überlegte es sich dann aber anders. Geboren und aufgewachsen in Angleby und niemals einen Fuß in den Dom gesetzt: das mußte sie selbst sehen.

»Miriam, geliebter Schatz, in meinem Herzen ist Dein Platz«, wiederholte er leise und ging hinaus in den Frühling.

Wie wohltuend die Luft nach der Kälte in der Kirche war! Jurnet blieb einen Augenblick lang mit geschlossenen Augen stehen und hielt sein Gesicht der Sonne entgegen.

Als er die Augen wieder öffnete, sah er, daß der junge Mann, der vorher auf dem Rasen geschlafen hatte, aufgewacht war; er hatte sich aufgesetzt und hörte – offenbar sehr verärgert – Elizabeth Aste zu, die neben ihm kniete.

Jurnet fand die Haltung einer Betenden zur Situation passend, da sie anscheinend um einen Gefallen flehte oder vielleicht um Vergebung bat. Passend, aber überraschend. Er hätte nicht geglaubt, daß dieses Mädchen mit seiner aufgesetzten Selbstsicherheit, die es wie eine zweite Haut trug, um etwas bitten oder sich entschuldigen würde.

Aber wenn er den Schundromanen glauben konnte, die Miriam überall in der Wohnung herumliegen ließ, dann waren nicht einmal so blaublütige Menschen wie die Sportler beim Bootsrennen von Oxford und Cambridge gegen die Schmerzen der Liebe unempfindlich.

Jetzt konnte er trotz der Entfernung erkennen, daß das Mädchen weinte oder vorgab zu weinen; dem jungen Mann riß bei diesem Schauspiel die Geduld. Er sprang auf, nahm die Windjacke, die er als Kopfkissen benutzt hatte und schlenderte, das Kleidungsstück über die Schulter geworfen, in Richtung FitzAlain Gate. Dabei wiegte er sich leicht in den Hüften; Jurnet murmelte: »Alter Gockel.«

Das Mädchen rannte ihm nach und ergriff seinen freien Arm. Daraufhin schüttelte der junge Mann sie ab und schlug ihr hart ins Gesicht.

Obwohl Jurnet gewohnt war, eine Entfernung in Windeseile zurückzulegen, wenn es die Situation verlangte, war er trotzdem überrascht, den jungen Mann immer noch an der Stelle anzutreffen, zu der er hatte stürzen wollen, bevor der dreschende Arm sein Ziel gefunden hatte. Sein Haar leuchtete rot in der Sonne, als sich der Mann dem Kriminalbeamten mit einem Blick zuwandte, der nur gelangweiltes Desinteresse ausdrückte. Keine Furcht vor Gefahr, keine Reue über eine unbedachte Tat waren zu sehen. Ein kaltblütiger Kerl.

Elizabeth Aste hielt ihre Hände vors Gesicht, um Mund und Nase zu bedecken.

Jurnet sagte: »Ich bin Polizeibeamter. Was geht hier vor?«

Das Mädchen ließ die Hände sinken. Aus ihrem aufgeschlagenen, blutenden Mund kam undeutlich, aber unverkennbar im Gossenjargon hervor: »Verpiß dich und kümmre dich um deinen eignen Dreck!«

Am Eingang der Gasse, an deren Ende sein Auto stand, zögerte Jurnet, ging dann vorbei und wählte statt dessen den schmalen Weg, der zum Fluß hinunterführte. In diesem Teil des Domviertels fühlte er sich am wohlsten. Hier waren die Häuser kleiner und ein bißchen altersschwach. Eine angenehme Schäbigkeit hing in der Luft und vermischte sich bei Einbruch der Nacht mit dem Nebel, der vom Fluß heraufzog. Nach Jurnets Theorie, für die ihm jedoch die Beweise fehlten, verbannten der Dean und das Domkapitel hierher die Sünder und Abtrünnigen.

Typisch, daß sich ein Polizist in solcher Gesellschaft wohl fühlte.

Hinter den Häusern begannen die Uferwiesen – Spielplätze für die Domschüler, die in blau-roten Shorts hin und her rannten – und gingen fast unmerklich in Weiden über, auf denen schwarz-weiße Kühe herumliefen. Jurnet stieg rasch zu dem kleinen Landungssteg hinunter, an dem vor Jahrhunderten die Mauersteine für den Dom aus der weit entfernten Normandie angekommen waren; dann schlug er einen Pfad ein, der am Fluß entlanglief. Die Kajütenboote, die Seite an Seite vor Anker lagen, machten noch einen verschlossenen, winterlichen Eindruck.

Nach einer Viertelmeile endete der Pfad plötzlich in einem Brombeer- und Stacheldrahtgestrüpp, das Jurnet, der diesen Weg schon oft gegangen war, ohne Schwierigkeiten überwand. Dahinter befand sich ödes Gelände mit schäbigen Wellblechhütten und einstöckigen Backsteingebäuden, die im Krieg einen heute längst vergessenen Zweck erfüllt hatten. Tatsächlich fand sich niemand, der bereit gewesen wäre, die

Verantwortung für dieses Durcheinander oder die Kosten seiner Beseitigung zu übernehmen, so daß sich Jahr für Jahr mehr Wellblechhütten in Rost auflösten, Disteln, Wiesenkerbel und das rosablühende Weidenröschen die Risse in den Mörtelblöcken immer weiter aufsprengten und Generationen von Tauben aus dem Domviertel ungestört die asbestbeschichteten Dachpappen abtragen konnten, um ihre Nester zu verstärken.

Seit dem Krieg hatte die *Angleby Argus* jeden Frühling Briefe abgedruckt, in denen gegen den Schandfleck unten am Fluß protestiert wurde; jeden Frühling reichte der Stadtschreiber das Problem an Whitehall weiter, wo es dann ordnungsgemäß begraben lag – bis der nächste Frühling die Mühlen der Stadtverwaltung wieder in Gang setzte.

Der einzige Nutznießer dieser bürokratischen Schieberei – vielleicht mit Ausnahme der Tauben, die nicht wußten, daß sie sich den Gefahren der Asbestose aussetzten – war Joe Fisher. Die Berge von Autowracks und ausgeschlachteten Kühlschränken, die sich an manchen Stellen des Platzes hoch auftürmten, waren keine Scheiterhaufen, die irgendwelche Ureinwohner hier zurückgelassen hatten. Sie waren Bestandteil von Joes Arbeitsmaterial; der Handel mit Altmetall zählte zu den vielen Arten, auf die er seinen dubiosen Lebensunterhalt verdiente.

Der Wohnwagen, der auf alten Gleisschwellen aufgebockt war, gehörte nicht zum Altmetall, obwohl das seinem Aussehen nach gut möglich gewesen wäre.

Als Jurnet durch das Gebüsch kam, hörte er ein schrilles »Juhu«. Eine kurze Stille folgte, und dann rief eine hohe, zarte Stimme heiser, aber voll verhaltener Freude: »Ich seh' dich, ich seh' dich!«

Jurnet stand noch an derselben Stelle, als eine schmale Gestalt in einem zerrissenen knöchellangen Kleid aus geblümtem Baumwollstoff zwischen zwei Hütten verschwand.

»Willie! Du kannst rauskommen. Ich seh' dich!«

Jurnet trat aus dem Schatten des Gebüschs in das volle Sonnenlicht, damit das Mädchen – oder war es eine Frau? –

ihn deutlich sehen konnte, wenn sie zufällig in seine Richtung blickte. Er wollte Millie Fisher auf keinen Fall erschrecken.

Er hatte vergessen, daß Millie Fisher nichts erschrecken konnte. Sie drehte sich um und bemerkte ihn: starrte ihn furchtlos mit ihren schönen grauen Augen an, die wie die Augen einer Blinden wirkten, bis ihr schwerfälliges Gehirn den Sinn dessen, was sie sah, erfaßte. Da wurden sie lebendig und sprühten vor Freude.

»Mr. Ben!« Während sie auf ihn zurannte, rief sie über die Schulter: »Willie! Mr. Ben ist da!«

Sie war kaum größer als ein Kind; sie schlang ihre Arme um die Hüften des Kriminalbeamten und krähte glücklich: »Sind Sie wegen mir gekommen, Mr. Ben? Ja?«

»Ja, ich wollte Sie besuchen.«

Ein kleiner Junge tauchte hinter einem Wassertank auf. Millie eilte über die Mauerbrocken auf ihn zu.

»Mr. Ben kommt mich besuchen, Willie. Was sagste dazu?«

Der Junge, der ungefähr sieben Jahre alt und so blond wie Millie dunkel war, lächelte sie freundlich an – väterlich.

»Er is' bestimmt wegen uns beiden gekommen.« Er nickte Jurnet wie seinesgleichen zu und wandte sich wieder an seine Mutter. »Du sollst nich' sagen, du kannst mich seh'n, wenn du mich gar nich' seh'n kannst. Ich *weiß* doch, wann du mich seh'n kannst und wann nich'.«

»Ja, Willie«, sagte sie gehorsam. Dann strahlte ihr weiches und hübsches junges Gesicht wieder. »Aber ich hab' dich *fast* geseh'n. In einer Minute hätt' ich dich doch geseh'n.«

»Also wolltest du grade hinter dem Tank schau'n?«

Ihre Miene trübte sich. »Ich weiß nich', Willie –«

Der Junge gab nach. Er lächelt Millies Lächeln, dachte Jurnet, der unbemerkt näher gekommen war. Millie Fishers Lächeln. In Joe Fishers Gesicht.

»Bestimmt. Irgendwann schaust du immer da nach.«

Jurnet spielte den Schiedsrichter.

»Sie war gerade dabei, als ich kam und störte.«

Millies Lächeln erstrahlte in seiner ganzen Pracht. Damit

sie ihn nicht wieder wie ein stürmisches Hündchen bedrängte, hob der Beamte vorsorglich den jauchzenden Jungen mit einem Schwung über seinen Kopf; Willie schüttelte dabei all seine Jahre und Sorgen ab, und auf Jurnets Schultern landete ein lachendes Kind.

»Na, wie geht's denn dem großen Jungen?«
»Mr. Ben! Mr. Ben!«

Das Innere des Wohnwagens war noch schmutziger, als Jurnet es in Erinnerung hatte. Er strich über eine Wand und verzog sein Gesicht. Der ganze Raum war mit dem Fett von irgendwelchem widerlichen gebratenen Zeug überzogen.

Doch als Millie, die in ihrer Rolle als Gastgeberin vor Stolz fast platzte, ihn aufforderte, auf einer schmutzigen Bank Platz zu nehmen, fügte er sich ohne Zögern – mit derselben Feierlichkeit, die auch sie an den Tag legte. Vage erinnerte sie sich an eine Höflichkeitsfloskel; sie fragte würdevoll: »Darf ich Ihnen Tee anbieten?« Aber bevor Jurnet antworten konnte, warf Willie ärgerlich ein: »Joe hat doch das Gasdings mitgenommen. Red keinen Blödsinn.« Er hatte Tränen in den Augen, als er dem Gast des Hauses erklärte: »Er läßt es weder *sie* anzünden noch *mich*. Jedesmal, wenn er verschwindet, nimmt er das verdammte Ding mit. Ich könnte Tee und Bohnen und alles machen, wenn er mich nur lassen würde.«

Jurnet war insgeheim froh über Joe Fishers Vorsichtsmaßnahme und sagte besänftigend: »Flaschengas ist ein tückisches Zeug. Ich hab' selbst immer 'ne Mordsangst davor.« Dann fragte er wie beiläufig: »Kommt denn dein Vater mittags heim und kocht euch was Warmes?«

Der Junge sah zu Boden und gab keine Antwort. Millie lehnte sich zurück und sagte sorglos, während sie sich durch ein passendes Loch unter dem Arm kratzte: »Joe kommt bestimmt. Joe.« Das einsilbige Wort gefiel ihr offensichtlich so sehr, daß sie es wiederholte, nur um den Klang noch einmal zu hören. »Joe.«

»Wenn du erst in die Schule gehst«, sagte Jurnet zu Willie, »bekommst du jeden Tag ein warmes Mittagessen.«

»Auch Würstchen?«
»Vielleicht sogar zwei- oder dreimal die Woche.«
Das Kind dachte über diese paradiesischen Aussichten nach.
»Nö«, sagte er schließlich.
»Was soll denn das heißen? Willst du nicht lesen und schreiben lernen?«
Willie hob den Kopf und blickte Jurnet gerade ins Gesicht.
»Und wer bleibt bei Mama?«

Jurnet lächelte das offene kleine Gesicht an, das gleichzeitig so jung und so alt wirkte. Der einzige Gedanke, der ihm kam – wenn Gedanke das richtige Wort dafür war –, war jener, der in Blockbuchstaben auf die Wände des Doms geschrieben war und den er an diesem Morgen zweimal gelesen hatte.
HUNDSFOTT–HUNDSGOTT! Ein Hundsfott dieser Gott, der die Dinge aus irgendeinem hundsföttischen Grund so geschaffen hat, wie sie sind.
Dieser Gedanke wirkte erlösend. Nachdem er ihn losgeworden war, erkannte Jurnet, wie belanglos die Beschimpfung war. Millies Sohn war schnell von Begriff – obwohl er Millies Sohn war. Und was Millie selbst betraf: Kannte er denn jemanden, der glücklicher war als diese zweiundzwanzigjährige Frau mit dem geistigen Entwicklungsstand eines achtjährigen Kindes?
Millies Glück wirkte wie ein Wunder – in einer Welt voller Behörden, die nur danach lechzten, Leute wie Millie in ihre wohlmeinenden Klauen zu bekommen. Als Kind einer Alkoholikerin und eines blutschänderischen Vaters hatte sie, weil sie es nicht besser wissen konnte, Trunkenheit für Fröhlichkeit und Inzest für einen natürlichen Beweis väterlicher Liebe gehalten. Joe Fisher hatte sie vor ihrer Volljährigkeit geschwängert, aber weil er sie an ihrem sechzehnten Geburtstag geheiratet hatte, schien es keinen Grund zu geben, weshalb man den einzigen Mann ins Gefängnis stecken sollte, der bereit war, sich um das zurückgebliebene Mädchen zu kümmern.

Und er hatte sich um sie gekümmert, auf seine Weise. Sogar die vielen Sozialarbeiter, die sich mit großem Eifer einen Weg durch die Schrotthaufen gebahnt hatten, hatten schließlich den Versuch aufgegeben, Millie sauber und unglücklich zu machen, verwirrt durch eine Ausstrahlung, von der nichts in ihren Lehrbüchern stand.

Wider Erwarten war sie eine wunderbare Mutter geworden. Willie, der sich von Kartoffeln und Gott weiß was sonst noch ernährte, seit er nicht mehr gestillt wurde, war ein gutgewachsener und intelligenter Junge geworden.

Was würde mit den beiden geschehen, wenn der Einschulungsbeamte wegen Willie käme, was er früher oder später tun mußte; wenn alle Einzelheiten bezüglich der Besitzverhältnisse dieses Stückchens Uferslum schließlich geklärt wären und Männer von Amts wegen mit einem Traktor kämen, um den Wohnwagen abzuschleppen?

Millie lächelte Jurnet über den Tisch hinweg zu; auf dem Wachstuch hatten unzählige Mahlzeiten ihre Spuren hinterlassen. Hätte er nicht gewußt, daß sie geistig behindert war, hätte er gedacht, sie könnte seine Gedanken lesen. Jedenfalls bot sie ihm, wahrscheinlich weil sie ihn in Gedanken versunken sah, aus ihren Reichtümern ein unfehlbares Allheilmittel an:

»Joe wird sich schon drum kümmern.«

4

Jurnet setzte Miriam an der Abendschule ab und fuhr zur Synagoge weiter. Sie hatte gesagt, er solle sie auf dem Rückweg nicht abholen: Sie wolle zur Abwechslung einmal zu Hause schlafen.

»Ich muß noch etwas nähen. Außerdem habe ich Mama versprochen, daß ich für ein oder zwei Wochen nach London komme. Sie hat mich daran erinnert, daß es schon drei Monate her ist, seit sie mich zum letzten Mal gesehen hat. Außerdem möchte ich mal wieder Jungfrau spielen.« Albernes Geschwätz – nach allem, was sie schon zusammen getan hatten.

Sie hatte versprochen, ihn zu heiraten, wenn er Jude würde: eine reine Formalität, so war es ihm vorgekommen, für ihn, dem es genauso schwerfiel, an einen Gott zu glauben wie an drei, die Trennung von einer Hülle, die ohnehin nie einen sinnvollen Zweck erfüllt hatte. Da er sich an die freundliche Art erinnerte, mit der man in seiner Kirche Menschen empfangen hatte, die in die Gemeinschaft aufgenommen werden wollten, hatte er erwartet, daß seine Konversion höchstens einige Wochen dauern würde. Aber nun hatte Miriam ihre Leidenschaft für die Kunst des Buchbindens entdeckt, nachdem sie bereits Kurse über Makramee, die »Goldenen Jahre von Hollywood« und »Die wirtschaftlichen Folgen des Schwarzen Todes« absolviert hatte. Was würde geschehen, wenn kein Kurs mehr übrigblieb?

Jurnet parkte auf dem Hof vor der Synagoge und sah, daß in der Wohnung des Rabbis, im oberen Stockwerk der Synagoge, kein Licht brannte; aber das knallende Geräusch von Tischtennisbällen verriet, daß unten etwas los war. Jurnet wußte: Das markerschütternde Geheul, das dieses lebhafte Getrommel wie ein Stück serieller Musik von Webern begleitete, stammte von der Schäferhündin Taleh. Ihr Name – das hebräische Wort für »Lamm« –, sinnbildlich für das sanfte Wesen, das hinter ihrem furchteinflößenden Äußeren steckte, war ein streng gehütetes Geheimnis der jüdischen Gemeinde von Angleby. Seit sich der Rabbi dazu durchgerungen hatte, diese unheilige und unsaubere Kreatur aufzunehmen, wurden keine Hakenkreuze mehr auf die Wände des kleinen Gebäudes in der ruhigen Vorstadtstraße geschmiert, kein »Tod den Christusmördern« und keine Aufforderungen zu perversen Intimitäten.

Jurnet betrat den Vorraum der Synagoge, als der Wettkampf gerade seinen Höhepunkt erreicht hatte, so daß ihn weder Jurnets Erscheinen noch Talehs Begrüßung unterbrechen konnten. Es war absurd genug, daß Rabbi Leo Schnellman überhaupt Tischtennis spielte – und dann auch noch nach beinahe internationalen Regeln. Der Mann war dick, die Beine waren zu kurz für seinen Körper, die Arme unter den hochgekrempelten Hemdsärmeln schlaff und voller Krampfadern. Während Jurnet das Ende des Spiels abwartete, betrachtete er die Schweißflecken, die das Hemd unter den Achselhöhlen des Rabbi dunkel färbten, den Gürtel, der sich mühte, dem auf und nieder hüpfenden Bauch Halt zu geben, und die glänzende Glatze, an der eine winzige Jarmulke wie eine verwegene Schnecke klebte.

Er bemerkte auch, daß der Gegner des Rabbi der junge Mann war, den er zuletzt, die Beine im Boden des Doms versteckt, beim Rauchen gesehen hatte.

Der Rabbi mußte es ebenfalls bemerkt haben; denn plötzlich begann das Glück sich gegen ihn zu wenden – ohne daß er im Spiel sichtbar nachließ. Es war sehr geschickt gemacht, ein heimliches Verlieren, das mehr Gewandtheit als ein Sieg verlangte. Von 13 : 17 verbesserte der Jüngere den Stand auf 19 : 16 zu seinen Gunsten; dann gewann er das Spiel mit zwei Bällen, die der Rabbi mit exakter Fehleinschätzung knapp verfehlte.

Moses Epperstein legte seinen Schläger hin und sagte selbstgefällig und ärgerlich: »Das Problem ist, Rabbi, Sie spielen nicht, um zu gewinnen.«

»O doch«, sagte der Rabbi, »nur bei diesem Spiel nicht.« Mit einem zerknitterten Taschentuch wischte er sich das Gesicht ab. »Ben!« rief er herzlich. Dann: »Kennen Sie sich? Mosh Epperstein. Kriminalinspektor Benjamin Jurnet.«

»Jesus Maria!« entfuhr es Mosh Epperstein. »Der Bulle!«

»Ja, der Bulle«, wiederholte Jurnet und sprach aus, was ihm den ganzen Tag über immer wieder durch den Kopf gegangen war, »der neben dem Dean stand, als er Sie beim Rauchen erwischte. Was war denn das für Zeug?«

»Verdammt noch mal, verschwinden Sie.«

Jurnet kümmerte sich nicht um die Aufforderung und bemerkte mit einem verstohlenen Seitenblick auf den Rabbi: »Es überrascht mich, Leo, daß dieser Kerl genug Energie hatte, Sie zu besiegen, nachdem er heute vormittag ziemlich vollgekifft war.«

Epperstein rief aus: »Beweisen Sie's doch! Und mit Ihnen werd' ich schon lange fertig – wann Sie wollen!«

»Schluß jetzt mit Pingpong«, sagte Leo Schnellman, beendete damit das Spiel und löste gleichzeitig die Spannung. »Ben ist nicht zum Spielen hier, er ist hinterm Bier her. Geh'n wir nach oben. Ich hab' ein halbes Dutzend Dosen auf Eis.«

»Sie waren also im Dom?« Leo Schnellman lehnte sich in seinem Louis-Seize-Sessel zurück, der quietschend protestierte. »Was heißt hier schon Louis Seize?« dachte Jurnet und begab sich zu dem Lederkissen, einem Souvenir aus Israel, das er für den einzigen vertrauenswürdigen Sitz im Raum hielt. Die Wohnungseinrichtung war ein Andenken an den Geschmack der verstorbenen Frau des Rabbi und demzufolge sakrosankt. Epperstein, ähnlich mißtrauisch, streckte sich in seiner ganzen schlaksigen Länge vor dem Heizofen aus, und Taleh machte es sich an seiner Seite bequem, die Schnauze legte sie quer über die Beine des jungen Mannes, gefährlich nahe an die rotglühenden Stäbe.

»Wie fanden Sie ihn?« bohrte der Rabbi weiter.

»Groß«, antwortete Jurnet, aber es klang wie: nicht besonders.

»Nun, die Christen haben ja auch, anders als die Juden, nicht die Zerstörung zweier Tempel hinter sich, die sie zum Nachdenken hätte anregen können, ob sich der Allmächtige in so geräumigen Gebäuden wirklich wohl fühlt.«

»Alles aus Stein. Könnte eine Burg sein.«

»Aber genau das ist es ja auch – eine Festung, mit der man den Himmel im Sturm, nicht in Demut einnehmen will.« Der Rabbi trank von seinem Bier und wischte sich den Mund ab. »Obwohl man es eher ein Schiff nennen sollte – ein großes steinernes Schiff. Wußten Sie, daß die Bezeichnung Kirchenschiff vom lateinischen ›navis‹ – Schiff – abgeleitet ist?«

»Glaub' ich nicht«, erklärte Jurnet.

»Wundert mich, bei Ihrem Namen«, bemerkte Epperstein vom Kaminvorleger aus.

»Ja, ja«, sagte Jurnet resigniert. »Früher oder später hackt jeder darauf rum. Hätte mich überrascht, wenn ausgerechnet *Sie* eine Ausnahme wären – das ist doch ein gefundenes Fressen für Sie. Jurnet von Angleby, der Rothschild des Mittelalters – verleiht Geld für den Bau von Kathedralen und für Kreuzzüge zu günstigen Zahlungsbedingungen. Mein Urahn vor zig Generationen. Vielleicht. Könnte zufällig sein, ganz zu schweigen von Edward I., der die Juden aus England vertrieb.«

Rabbi Schnellman sagte streng: »Ganz zu schweigen davon, daß Sie gar kein Jude sind.«

Jurnet fühlte, wie ihn die Wut packte, und stand auf, um zu gehen.

»Setzen Sie sich wieder, Ben«, sagte der Rabbi und lächelte ihn an, ohne sich damit zu entschuldigen. »Und schau'n Sie nicht so finster drein. Sie sind noch kein Jude – das sollten Sie nicht vergessen –, nur ein guter Kerl, der bereit ist, einige Formalitäten über sich ergehen zu lassen, weil er nur so ein nettes jüdisches Mädchen dazu bringen kann, daß es ihn heiratet. Aber das reicht nicht! Die Vorhaut ist nur das erste Opfer, das ein Jude seinem Gott bringt.«

»Und das zweite?« Jurnet setzte sich wieder.

»Alles, was er sonst noch hat.«

»Sie verlangen nicht viel.«

»Nicht ich«, sagte der Rabbi. »Ich stelle die Regeln nicht auf.«

Mosh Epperstein grinste Jurnet an, das erste Anzeichen von Freundlichkeit, das er erkennen ließ. »Sie sind wohl nicht ganz richtig im Kopf!«

Leo Schnellman stand auf und füllte die Biergläser nach. Er stellte eine Untertasse auf den Boden und schüttete ein wenig für Taleh hinein, die es mit Kennermiene aufleckte.

»Das liegt daran, daß Sie Miriam noch nicht gesehen haben«, bemerkte er. »Aber wir müssen diesen Mann davon überzeugen, daß Judentum mehr bedeutet als ein hübsches Gesicht.«

»Wenn einer Jurnet heißt, sollte er das eigentlich von Haus aus wissen. Das sollte jeder aus Angleby, der weiß, was hier passiert ist.«

»Meinen Sie Little St. Ulf?« fragte Jurnet. Der andere

nickte. »Was das betrifft –«, setzte Jurnet zum Gegenangriff an, »war ich doch ein wenig überrascht zu sehen, daß ein Kerl namens Epperstein ausgerechnet dabei hilft, *ihn* auszugraben. Ich dachte, man soll schlafende Lügen nicht stören.«

»Typisch Bulle – immer alles vertuschen!« Epperstein schob Talehs Kopf von seinen Beinen und stand auf, groß und dünn, wie er war, wirkte er wie ein Schatten seiner selbst. »Leute wie Sie bringen die Geschichte in einen schlechten Ruf.«

»Hören Sie«, sagte Jurnet versöhnlich, »wie viele Jahre ist es jetzt her? Fünfhundert? Sechshundert? Irgendwann müssen die Bücher ein für allemal geschlossen werden. Ich kenne nicht die Einzelheiten –«

»Achthundertvierzig.« Der Rabbi fiel ihm mit ungewohntem Nachdruck in der Stimme ins Wort. »Und es ist höchste Zeit, daß Sie die Einzelheiten erfahren.«

5

»Seltsamerweise«, begann Mosh Epperstein und sprach, als wäre er dabeigewesen, »geschah es zu einem Zeitpunkt, als die Juden und Christen von Angleby einmal ein Herz und eine Seele waren. Die Juden lebten zwar weiter in Cobblegate direkt unter den Burgmauern, damit sie sich im Notfall hinter die Tore und in den Schutz des Stadtvogts begeben konnten, bevor irgendwas passierte, aber sie hatten seit Jahren nichts mehr zu befürchten gehabt. Im Grunde genommen ist die Abneigung gegen die Juden nicht in erster Linie auf ihre Religion zurückzuführen, sondern darauf, daß sie Steuereintreiber und Geldverleiher waren – Berufe, die nie besonders beliebt sind; aber da mehrere gute Ernten eingebracht worden waren und der Handel blühte, konnten die Leute ihre Steuern und Leihzinsen ohne große Schwierigkeiten zahlen.«

»Wenn es sie derart in Verruf brachte«, fragte Jurnet, »warum haben sie sich dann nicht andere Berufe ausgesucht?«

»Das ging nicht. Alle anderen Berufe waren in Gilden organisiert. ›Christlicher Gewerkschaftszwang‹, sozusagen. Ein bißchen Metzgerei und Bäckerei nur für den Eigenbedarf oder Handel mit gebrauchter Kleidung – abgesehen vom Zinswucher war das alles.«

»Und Medizin«, warf Leo Schnellman ein. »Um Haim HaLevi nicht zu vergessen.«

»Wie könnte ich? Mit ihm beschäftige ich mich besonders eingehend. Dieser Arzt Haim HaLevi stand bei den Ortsansässigen in ungeheurem Ansehen. Nichtjuden durften jüdische Ärzte eigentlich nicht aufsuchen, aber jeder wußte, daß Haim den Bischof von Angleby geheilt hatte, als ihn sein Leibarzt schon aufgegeben hatte, deshalb wurde das Verbot von niemandem ernst genommen.«

»Nur von den nichtjüdischen Ärzten der Stadt«, erinnerte ihn der Rabbi.

»Ja, *sie* waren wütend über die Konkurrenz und beschwerten sich beim Stadtvogt – den hatte Haim aber gerade von unangenehmen Hämorrhoiden befreit, und so fanden sie auch von seiner Seite wenig Unterstützung.

Das war der Stand der Dinge zu der Zeit des Osterfestes, an dem das Ganze passierte. Es war ein Jahr, in dem Ostern und das Passahfest auf denselben Tag fielen; deshalb wollten alle Mehl für die Festtagsbäckerei. Jeder verlangte nach der feinsten weißen Mehlsorte, die man sich damals nur an Fest- und Feiertagen gönnte; aber das Zeug reichte einfach nicht für alle.

Zu den Leuten, denen es ausging, gehörte ein Zuckerbäcker namens Godefric. Er schickte deshalb seinen zwölf Jahre alten Sohn Ulf, der bei ihm in Lehre war, mit einem Schubkarren und etwas Geld los, um noch etwas bei einem gewissen Josce Morel zu besorgen, der die Matzefladen für die Juden von Angleby backte.

Das ist alles. Man sah Ulf in das Haus von Josce Morel gehen, danach hat ihn niemand mehr lebendig gesehen.«

»Schluß jetzt!« rief der Rabbi. »Sie vermitteln ihm noch einen ganz falschen Eindruck. Sie haben gar nicht deutlich gemacht, daß wir uns auf Mönchschroniken verlassen müssen, die von Männern voller Vorurteile und erst Jahre nach den Ereignissen, von denen sie angeblich berichten, verfaßt wurden –«

»Himmel, ich erzähl' doch nur die Geschichte! Außerdem hab' ich nicht gesagt, er soll's mit Stumpf und Stiel schlucken. Ob Ulf nun *gesehen* wurde, als er in Josce Morels Haus ging, oder nicht – es meldeten sich Leute, die *schworen*, sie hätten ihn dabei gesehen – darauf kommt's an. Zwei Tage später fand man die verkohlten Überreste des Schubkarrens auf dem Crows Hill, hinter dem Krankenhaus für Aussätzige, und am darauffolgenden Tag die Leiche des Kindes in einer stillgelegten Lehmgrube in der Nähe.«

»Wahrscheinlich Raubmord«, bemerkte Jurnet, »und der Mörder beseitigte die Leiche, so gut er konnte.«

»Besten Dank, Sherlock Holmes!« Mosh Epperstein neigte seinen Kopf in ironischer Anerkennung. »Wieso glauben Sie, daß wir nach einer logischen Erklärung suchen? Hat man Ihnen in Ihren Kreisen nicht das Eppersteinsche Gesetz eingetrichtert, daß die menschliche Bereitschaft, eine Erklärung zu akzeptieren, direkt proportional zur tatsächlichen Unwahrscheinlichkeit zunimmt?«

Jurnet lachte; er war nicht gekränkt.

»Für einen Zyniker sind Sie recht jung.«

»Mosh?« rief Leo Schnellman. »Ein verträumter Romantiker, der immer wieder darüber staunt, daß sich die Menschen nicht wie Engel benehmen.« Seine Miene verdüsterte sich. »Wie auch immer Ulf gefunden wurde – oder was eben die Geschichte darüber erzählt –, dem einfachen Volk von Angleby kann man seine Leichtgläubigkeit nicht vorwerfen.«

»Kastriert und verblutet.« Der Archäologiestudent verzog den Mund in einer Art lustvollen Entsetzens. »Und als ob das nicht reichte, schmückte man die alte Geschichte im neunzehnten Jahrhundert mit weiteren delikaten Zutaten aus. Das ermordete Kind hätte außerdem ein magen doved, einen Davidsstern, in Brust und Bauch geritzt gehabt, obwohl das ganz unmöglich ist, weil der Davidsstern erst im neunzehnten Jahrhundert als jüdisches Symbol eingeführt wurde. Doch Beweise ex post facto sind immer noch besser als gar keine, wie man wahrscheinlich in Ihren Kreisen sagen wird. Bei einer solchen Unterschrift *mußten* es Juden gewesen sein.«

Leo Schnellman wirkte wieder aufgeregt.

»Ich kann's einfach nicht hören, selbst wenn's ironisch gemeint ist.« Er wandte seine Aufmerksamkeit von neuem Jurnet zu. »Aus unserer Perspektive ist es leicht, zurückzuschauen und zu sagen, seht nur, dort fing alles an – die erste Anschuldigung eines Ritualmords, das erste Mal, daß jemand auf die reizende Idee kam, das Passahfest sei ohne das Blut eines Christenkindes im Teig der Matze-Fladen unvollkommen. Inzwischen haben wir uns an diesen Wahnsinn gewöhnt. Aber stellen Sie sich vor, wie es auf die Juden von Angleby im zwölften Jahrhundert gewirkt haben muß, als sie zum erstenmal damit konfrontiert wurden!«

»Sie konnten es nicht fassen«, sagte Epperstein. »Sie suchten nicht einmal Zuflucht in der Burg. Neunundzwanzig von ihnen wurden in der Nacht, in der man den Leichnam des Jungen entdeckte, getötet, und das war erst der Anfang. Josce Morel und seine Frau Chera wurden festgenommen. Beide stritten ab, den Jungen jemals gesehen, geschweige denn getötet zu haben; trotzdem hängte man sie getrennt in Eisenkäfigen an die Stadtmauer. Chera war zäh wie eine alte Katze. Angeblich dauerte es sechs Tage, bis sie starb.« Nach einer Weile sagte er: »Und natürlich auch Haim HaLevi.«

»Was hatte er damit zu tun?« fragte Jurnet.

»Einige Ärzte der Stadt wurden zur Begutachtung hinzugezogen. Ihre Expertise lautete, daß Ulfs Blut so geschickt abgelassen worden sei, wie es nur einem geübten Mediziner gelingen könne.«

»Diese Schweine!«

»Trotzdem eine wirksame Methode, um die Konkurrenz loszuwerden. Doch ganz so einfach war es nicht. Haim hatte einflußreiche Freunde. Der Stadtvogt zum Beispiel war nicht scharf darauf, den einzigen Pillendreher zu verlieren, nach dessen Behandlung es ihm nicht schlechter ging als zuvor. Er entschied deshalb, daß der König den Fall persönlich untersuchen müßte, da die Juden laut Gesetz Leibeigene des Königs waren. Der Prozeß gegen Haim HaLevi würde dann so lange aufgeschoben, bis der König wieder einmal auf einer seiner königlichen Reisen nach Angleby kam, was noch Jahre dauern konnte. In der Zwischenzeit ließ er Haim zur Sicherheit in die Burg übersiedeln und behandelte ihn sehr gut – treu dem Prinzip, daß es sich auszahlt, wenn man zu seinem Arzt nett ist.«

»Stellen Sie sich vor, was Haim HaLevi während seiner Wartezeit tat«, sagte der Rabbi mit einem Anflug von Stolz, »er legte einen Kräutergarten in den Burgländereien an, den ersten in England bekannten; und dieser Garten wurde so berühmt, daß Ärzte aus aller Welt nach Angleby reisten, nur um Ableger von seinen Pflanzen zu bekommen und von ihm die jeweiligen Heilwirkungen zu lernen. Und er schrieb eine Abhandlung über Kräuterheilkunde – zunächst auf aramäisch, dann übersetzte er sie selbst ins Lateinische, das war bis ins siebzehnte Jahrhundert hinein üblich. Kennen Sie den berühmten Aufsatz von Francis Bacon, der so anfängt: ›Gott der Allmächtige pflanzte zuerst einen Garten, und in der Tat ist dies die reinste aller menschlichen Freuden –‹ Wort für Wort eine buchstabengetreue Übersetzung von Haim HaLevi!« Leo Schnellman kicherte. »Bacon!«

»Die Ärzte von Angleby waren bestimmt nicht gerade begeistert«, bemerkte Jurnet.

»Allerdings.« Der Archäologiestudent zuckte mit den Schultern. »Es dauerte schließlich fast fünf Jahre, bis der König nach Angleby kam – und während dieser Zeit geschahen seltsame Dinge.«

»Jetzt passen Sie gut auf, Ben«, mahnte der Rabbi und lehnte sich in seinen Stuhl zurück. »Wie ich ein Heiliger werde – in zehn Lektionen.«

»Lektion eins«, begann Mosh Epperstein. »Das Grab. Godefric begrub seinen Sohn vor den Mauern seiner Pfarrkirche St. Luke's Parmentergate. Nach einem Monat kam er in den Kirchhof und fand den Erdhügel von einem Blumenmeer bedeckt.«

»Nicht sehr überzeugend.«

»Für Godefric schon. Er eilte sofort mit der Nachricht in den Dom und erzählte es den Mönchen, die es dem Prior erzählten; der wiederum erzählte es dem Bischof. Am Schluß gruben sie den Jungen wieder aus und bestatteten ihn im Domstift.«

»Kommt mir recht einfältig vor«, sagte Jurnet, »sogar für die damalige Zeit.«

»Ganz im Gegenteil. Es war ein geschickter Schachzug, um die Öffentlichkeit zu gewinnen. Märtyrer waren das große Geschäft im mittelalterlichen England. Die Mönche hatten ein Kapital in die Hände bekommen und wußten das auch. Besonders, weil es ein Kind war. Noch dazu ein Kind, das Wunder wirken konnte.«

Leo Schnellman brach in Gelächter aus.

»Kinder und Tiere! Die unfehlbare englische Zusammenstellung!« Dann erzählte er Jurnet: »Man hielt im Domstift eine Katze, die Ratten fangen sollte. Es müssen wohl recht wilde Ratten gewesen sein; eine biß nämlich gerade damals der Katze eine Pfote ab. Damit war das Schicksal der Katze besiegelt, da sie ihren Job nicht mehr erledigen konnte; einer der Mönche ging mit einem Sack in das Domstift, um sie zu fangen und im Fluß zu ertränken.

Die arme alte Mieze ahnte wahrscheinlich, was ihr blühte, lief davon, so schnell es ihre Behinderung zuließ, und wie's der Zufall wollte, rannte sie über Ulfs neues Grab. Augenblicklich hörte sie auf zu hinken und fing, da sie wieder vier gesunde Pfoten hatte, auch gleich eine Ratte, die sie dem verblüfften Mönch vor die Füße legte. Ist das etwa kein Wunder?«

»Schlimm für die Ratte«, bemerkte Jurnet.

»Aber das ist doch das Wesen eines Wunders! Irgend jemand leidet immer. Wer weiß, wie viele unschuldige Zuschauer unter dem Schutt begraben wurden, als die Posaunen ertönten und die Mauern von Jericho zusammenstürzten? Sogar bei der größten Offenbarung Seiner Macht erinnert uns der Allmächtige daran, daß das vollkommene Glück nicht von dieser Welt ist.«

Epperstein ergriff wieder das Wort: »Eine Frau, die von der Katze gehört hatte, besaß ein krankes Schwein. Ein krankes Kind hatte sie übrigens auch, aber das war nebensächlich. Das Schwein war ihr ganzes Kapital; deshalb ging sie zu Ulfs Grab, um für das Tier zu beten, nicht für ihr Kind. Es war eine wohlgenährte große Sau, zu groß, um sie mitzunehmen, aber die Frau trug das kranke Kind in den Armen.

Folgendes geschah: Dem Kind ging es plötzlich besser, obwohl die Mutter in ihrem Gebet nicht einmal seinen Namen erwähnt hatte, und als sie wieder heimkam, fand sie das Schwein nicht nur in alter Frische vor, sondern als stolze Mama von vierundzwanzig Ferkeln. Deshalb wird Little St. Ulf immer von kleinen Schweinchen umringt abgebildet. Wirklich koscher, dieser Heilige.«

»Die Wunder häuften sich.« Leo Schnellman setzte die Erzählung fort. »Alles, von Epilepsie bis zum Holzbein, heilte von selbst. Pilger strömten herbei, mit ihnen ihr Geld, und nach einer Weile beschloß man, einen Teil der Einnahmen für den kleinen Heiligen zu verwenden – denn er hieß inzwischen Saint Ulf; damals mußten sich Heilige keiner Prüfung unterziehen, bevor sie ihren Heiligenschein bekamen, wie das heute üblich ist –, für einen Schrein im Dom. Und da blieb er, bis die Reformation all solche Heiligtümer wegfegte.«

»Und bis sich unser Freund in den Kopf setzte, ihn wieder auszugraben«, warf Jurnet ein.

»Verdammt noch mal«, unterbrach ihn der Student. »Der Boden stürzte ein! Sie werden wohl nicht erwarten, daß man ihn instandsetzt, ohne nachzuforschen!«

»Was die im Dom machen, ist ihre Sache. Was ich nicht verstehe, ist, wie ein Mosh Epperstein in diese Angelegenheit verwickelt wird.«

»Pargeter hat mich darum gebeten.« Dann fragte er gereizt, weil man ihn in eine Verteidigungsposition gedrängt hatte: »Was, zum Teufel, geht Sie das eigentlich an?«

»Hören Sie auf, Mosh!« Das Lächeln des Rabbi strafte seine Worte Lügen. »Ich gebe mir die größte Mühe, daß es ihn einmal etwas angeht.« Und zu Jurnet gewandt: »Aber Mosh hat recht, Ben. Wenn man eine so lange Vergangenheit mit sich herumtragen muß wie die Juden, darf man sich nicht davor fürchten. Alles, was zur Aufklärung der damaligen Vorgänge beiträgt, ist in Ordnung.«

»Und ich«, sagte Jurnet, »ich habe alle Hände voll damit zu tun, die Gegenwart aufzuklären. Warum zum Beispiel laufe ich heute morgen im Dom einem durchtriebenen Burschen namens Joe Fisher in die Arme? Soweit ich weiß, hat er keine kranke Sau zu Hause; was also führte er Ihrer Meinung nach im Schilde, als er nach dem Weg zu Little St. Ulf fragte?«

»Offensichtlich haben Sie schon eine Idee«, sagte der Archäologiestudent kalt.

»Nennen Sie's einen blassen Schimmer. Schon mal was von den Vereinigten Engländern gehört?«

Leo Schnellman beugte sich, plötzlich hellhörig geworden, nach vorn.

»Was haben die denn diesmal vor, Ben?«

»Keine Ahnung, ob sie etwas planen. Ich weiß nur, daß Fisher gemeinsame Sache mit ihnen macht und ihnen so was genau in den Kram paßt.«

»Wie hat er das nur erfahren?« fragte Mosh Eppperstein.

»Bis jetzt stand nur in der Zeitung, daß es vermutlich die Grube war, in der man die Domglocken goß. Das dachten wir am Anfang selbst.« Er lief rot an und murmelte mehr zu sich als zu den anderen: »Stan Brent.«

»Und wer ist dieser Stan Brent?«

Der junge Mann errötete wieder. Einer plötzlichen Eingebung folgend, fragte Jurnet: »Lady Astes Liebhaber etwa?«

»Liz ist keine Lady.«

»Das kann man laut sagen.«

»Nichts da, ich meine, keine adlige Lady.«

Es klang sehr jungenhaft.

Zum ersten Mal an diesem Abend verspürte Jurnet Mitleid. Der Mann liebte also – genau wie er selbst. Der arme Kerl konnte nichts dafür, daß etwas Lächerliches mit der Vorstellung verbunden war, jemand namens Moses Epperstein treibe es mit der Tochter von Lord Sydringham – wie ungerecht das auch sein mochte.

»Wie verdient dieser Stan denn seinen Lebensunterhalt?« fragte Jurnet in einem freundlichen Tonfall, der den anderen offensichtlich überraschte.

»Überfällt wahrscheinlich alte Damen. Er sagt, er hat sein Studium abgebrochen, glaub' ich aber nicht. Der kann doch höchstens seinen Namen schreiben.«

»Ist das erwiesen?« fragte der Kriminalbeamte zweifelnd, aber betont leutselig. »Hilft er bei der Ausgrabung von Little St. Ulf mit?«

»Der? Pargeter mußte ihn schon ein paarmal vertreiben. Aber er lungert weiter rum, wahrscheinlich für den Fall, daß wir etwas ans Licht bringen, das sich zu klauen lohnt. Einige Chronisten sind anscheinend der Meinung, daß eine ganze Menge Gold- und Silberschmuck und Edelsteine in dem Grab des Kindes liegen. Ich für meinen Teil kann mir nicht vorstellen, daß die Mönche den ganzen Zaster aus dem Verkehr gezogen haben, aber so wird's behauptet. Man kann es sogar in der Broschüre über Little St. Ulf nachlesen, die am Bücherstand des Doms verkauft wird. Ich weiß nur, daß Stan Brent von dieser Möglichkeit Wind bekommen hat und sich in der Hoffnung wiegt, etwas zu ergattern.«

»Und sich inzwischen Miss Aste zu angeln?«

»Hat er nicht nötig«, erwiderte Epperstein bitter. »Sie ist ganz verrückt nach ihm.« Er ließ einen verlorenen Blick durch das Zimmer gleiten, und Leo Schnellman sagte freundlich: »Ihre Jacke haben Sie unter der Tischtennisplatte liegenlassen.«

»Ach ja. Dann vielen Dank fürs Spiel. Ich muß Ihnen noch Gelegenheit zur Revanche geben.«

»Nein«, erklärte der Rabbi bestimmt. »Erst kommen Sie am Sabbat hierher. Es wird Zeit, daß wir ein bißchen Bilanz ziehen.«

»Ich werd' mir Mühe geben.«

»Tun Sie das. Ich hab' eine besonders brillante Predigt entworfen.«

»Für nächsten Samstag?«

»Für jeden Samstag. Ich predige immer dasselbe. Nur die Worte sind jedesmal anders. Alle beweisen, daß die Welt, allem gegenteiligen Anschein zum Trotz, einen Sinn hat.«

Als Jurnet und der Rabbi nach der Unterrichtsstunde vor ihren Teetassen saßen, fiel Jurnet ein: »Sie haben gar nicht erzählt, was mit dem Doktor Haim HaLevi passiert ist.«

»Oh, der König kam zufällig nach Angleby. Kein übler Mensch, für die damalige Zeit. Er erinnerte die Bürger noch einmal daran, daß der Doktor als Jude königliches Eigentum war, und warnte sie, daß er der ganzen Stadt eine Kollektivstrafe auferlegen würde, wenn ihm jemand auch nur ein Haar krümmte.«

»Immerhin etwas.«

»Überhaupt nichts. Drei Monate später stürmte eine Menschenmenge Haim HaLevis Haus – er war nach dem Versprechen des Königs wieder in sein Haus in Cobblegate gezogen –, kastrierte ihn, brach ihm Arme und Beine und hängte ihn mit dem Kopf nach unten an ein Kreuz. Am nächsten Tag, vielleicht war er tot, vielleicht auch nicht, nahm man seinen Körper ab, zerstückelte ihn und warf die Einzelteile in einen Brunnen. Seine letzten Worte waren angeblich: ›Gießt meine Pflanzen.‹«

Plötzlich kam es ihnen nicht mehr so vor, als sei das alles achthundertvierzig Jahre her.

»Machte der König seine Drohung wahr?« fragte Jurnet schließlich.

»Das soll wohl ein Witz sein. Könige haben wichtigere Dinge im Kopf. Letztendlich war es doch nur ein Jude von vielen.«

6

Auf dem Heimweg fuhr Jurnet am Institut vorbei. Es war schon geschlossen, wie er erwartet hatte; keine Miriam wartete auf der Treppe, daß man sie abholte. Das einzige Licht kam von einer beleuchteten Anschlagtafel, die einen Dressurkurs für Hunde ankündigte. Das mußte er Taleh erzählen.

Ein weiterer Umweg führte ihn zum Domplatz; er wußte, daß die Eingangstore, die man früher pünktlich bei Sonnenuntergang geschlossen hatte, geöffnet blieben. Vor kurzer Zeit war am frühen Morgen in einem der Häuser am Fluß ein Feuer ausgebrochen, und die Feuerwehr mußte draußen vor dem Bridge Gate warten. Die Kette am Tor läutete eine Glocke in dem Häuschen, in dem einer der Kirchendiener wohnte; dieser hatte, da er sich nicht wohl fühlte, Tabletten genommen, ohne zu wissen, daß sie wie ein Schlafmittel wirkten. Bis ihn das Klingeln endlich geweckt hatte und die Feuerwehr das Tor passieren konnte, war ein Kind in dem brennenden Haus gestorben.

Seit dieser Nacht war der Dombezirk keine eigene kleine Welt mehr, die sich von der Stadt absonderte, wenn die Dunkelheit hereinbrach. Seine schwache Beleuchtung und die schattigen Wege hatten ihn zu einem beliebten Treffpunkt für Liebespaare gemacht.

Jurnet parkte am Oberen Domplatz, blieb im Auto sitzen und malte sich voller Neid aus, was um ihn herum in den Fahrzeugen am Rande des Rasens vor sich ging. Wenn er nur rauchen würde oder einen Kassettenrecorder im Auto hätte! Irgend etwas, um den Augenblick der Heimkehr hinauszuzögern.

Heim! Es war zum Lachen. Er wußte, daß er in der Wohnung nichts vorfinden würde, was ihn an Miriams Anwesenheit erinnern könnte. Immer wenn sie ihn verließ, und wenn es nur für eine Nacht war, nahm sie alle ihre Habseligkeiten bis zur letzten Haarklammer mit. Es war mehr Verlassen als Abwesenheit. Fast, als wollte sie ihn davon überzeugen, daß sie niemals glücklich in seinem Bett gelegen und Leidenschaft mit Leidenschaft erwidert hatte, anders als er es sich in seiner überreizten Phantasie vorstellte.

Irgendwo vor ihm fuhr ein Auto los. Dann noch eins und noch eins. In dem Wagen unmittelbar vor ihm tauchten zwei Köpfe im Rückfenster auf: Ein zerzauster Mann kletterte hastig von hinten auf den Fahrersitz. Sofort brauste das Auto davon und folgte den anderen zum FitzAlain Gate.

Jurnet wartete, bis sich der Mann mit der brennenden Taschenlampe durch die Fahrzeugreihe bis zu ihm vorgearbeitet hatte. Dann kurbelte er das Fenster herunter und sagte: »'n Abend, Mr. Harbridge. Undankbarer Job, was?«

»Sie, Inspektor! Was mach'n Sie denn so spät hier?«

Jurnet ging auf die Frage nicht ein und bemerkte: »Das brauch' ich Sie wohl nicht zu fragen. Machen Sie das jede Nacht?«

»Nein. Mr. Quest is' heut' nacht nich' da.«

»Wer ist denn Mr. Quest?«

»Erster Kirchendiener. Seine Tochter is' in Northampton krank geworden.«

»Aha. Die lassen Sie ja noch recht spät arbeiten, der Dean und das Kapitel, wie?«

»Ich beklag' mich nich'.«

»Um so besser. Was ich trotzdem nicht versteh'«, fuhr Jurnet gelassen fort, »warum bleiben Sie nicht einfach am Eingangstor stehen und lassen sie gar nicht erst rein?« Da keine Erklärung folgte, antwortete der Inspektor selbst: »Macht natürlich nicht halb soviel Spaß, wie wenn man sie auf frischer Tat ertappt.«

Trotz der Dunkelheit konnte Jurnet die Röte sehen, die das Gesicht des Mannes überzog. Dann wich der Ärger, und Harbridge lachte offen und herzlich.

»Kleines Mißverständnis, Sir. Nein, so einer bin ich nicht. War seit Einbruch der Nacht am Tor und hab' mich nur kurz nach Hause verzogen, um was Heißes zu schlürfen. Der Haufen da hat sich angesammelt, als ich weg war. Sonst wechsel' ich mich mit den andern Kirchendienern ab, aber wo nun Mr. Quest plötzlich weg mußte –«

»Sollte mich wohl entschuldigen.«

»Schon in Ordnung. Sie konnten's ja nich' wissen.«

»Trotzdem – tut mir leid.«

»Wissen Sie, es is' schon was, wenn man ein Teil davon is'.« Mit einer schwungvollen Bewegung seiner Taschenlampe zeigte er auf die finstere Masse des Doms. »Wenn auch nur ein sehr bescheidener, unwichtiger Teil.«

»Wirklich groß«, sagte Jurnet unbestimmt.

»Er ist vollkommen! Kein andrer Dom kommt da mit! In Salisbury hat man noch 'n paar Meter zusätzlich auf die Turmspitze gebaut«, der Tonfall des Kirchendieners machte deutlich, daß er diese Ergänzung für einen unchristlichen Wettstreit hielt, »aber das heißt gar nichts –«

»Ich frage mich sowieso, wozu so eine Turmspitze gut sein soll.« Jurnet sagte es im Spaß.

»Für mich«, erklärte Harbridge einfach, »is' sie der heiligste Teil vom ganzen Gebäude. Noch heiliger als der Hochaltar. Ein Finger, der zum Himmel zeigt. Als ich ein kleiner Junge war, hat man mir in der Schule beigebracht, daß sich Parallelen im Unendlichen treffen, was wohl soviel heißt wie nie. Ich seh' das so: Die Spitze –«, er drehte sich um und blickte kurz hilfesuchend nach oben, »wird von Parallelen gebildet, die sich im Hier und Jetzt treffen, und der Punkt, wo sie sich schneiden, is' Gott.«

Der Kirchendiener lächelte den verlegenen Jurnet an.

»Nehmen Sie's mir nich' übel, Sir, aber ich glaub', Sie sind nich' besonders fromm.«

»Ich nehm's Ihnen überhaupt nicht übel«, sagte Jurnet.

Dabei merkte er, daß er es doch ein wenig tat.

Als er im Schrittempo zum Tor hinunter fuhr, tauchten ein Junge und ein Mädchen, eng umschlungen, auf dem schmalen Fußweg auf. Eigentlich gingen sie ihn gar nichts an, und Jurnet hätte nicht erklären können, warum er die Fensterscheibe herunterkurbelte und ihnen »Guten Abend!« zurief.

Die beiden lösten sich voneinander und starrten ihn zunächst verblüfft, dann mit einem Ausdruck feindseligen Erkennens an. Im Licht der Laterne, die von der Mitte des Bogens herabhing, konnte er das gedunsene und bleiche Gesicht des Mädchens erkennen. Bei dem Jungen bemerkte Jurnet eine Mischung aus Berechnung und Arglosigkeit, die er als Polizist nur zu gut kannte. Die machten einem wirklich Sorgen, diese Sünder ohne Sinn für Sünde.

Der Junge ließ das Mädchen los und kam auf das Auto zu. Jurnet wollte plötzlich nicht mehr hören, was er zu sagen hatte. Er fuhr vom Domplatz weg in die schlafende Stadt. Im Rückspiegel konnte er die beiden wieder zusammen sehen, mitten auf dem Fahrweg. Als ahnte er, daß er beobachtet wurde, schlang der Junge seine Arme um das Mädchen und drückte seinen Körper schamlos an ihren.

Jurnet fuhr nach Hause in seine leere Wohnung.

7

Als die Glocken zur Singmesse riefen, gab Jurnet die Hoffnung auf, Miriam noch zu sehen, und ging in den Dom. Er vermied es bewußt, die Inschrift in der Ecke anzusehen. Er kannte sie ohnehin auswendig.

Die Leute, die aus dem milden Sonnenlicht in den Dom strömten, ließen sich in zwei deutlich voneinander verschiedene Gruppen einteilen. Die meisten waren Touristen in Jeans und Anoraks mit Kameras, die von ihren Schultern baumelten. Die anderen erschienen im Sonntagsstaat, die älteren Frauen – sie bildeten die Mehrheit – mit Hut und Handschuhen und Gebetbüchern in der Hand. Während die erste Kategorie, unsicher wie alle Besucher von geweihten Gebäuden, durch das Hauptschiff trottete, bewegte sich die andere zielstrebig auf die Seitenschiffe zu, in denen die Stühle in Reihen aufgestellt waren, vor dem Altar unter dem Turm, dort wo sich die beiden Arme des großen Kreuzes – des Domes selbst – kreuzten.

Die Glocken verstummten. Die Chorsänger reihten sich in das Chorgestühl ein, weiße Chorhemden über scharlachroten Soutanen. Im Hauptschiff drängten sich die Zuschauer wie

Zoobesucher, die auf die Fütterung der Tiere warten, an die Altargitter. Welch eine Wohltat, den Mechanismus einmal in Betrieb zu sehen – wie eine Wassermühle unter Denkmalschutz, deren Rad sich tatsächlich dreht.

Als sich die ersten Orgeltöne erhoben, sahen die Leute erfreut aus; aber die Ankunft der zelebrierenden Geistlichkeit in feierlichen Priestergewändern hinter einem goldenen Kreuz, das sie wie eine Fahne schwenkten, störte manche ganz offensichtlich. Ein kleiner Mann, der unter seinem riesigen Rucksack zwergenhaft wirkte, drückte lautstark seine Mißbilligung darüber aus, daß er für die Dauer des Gottesdienstes an seinem Rundgang durch den Dom gehindert wurde, da er auch noch genau in der Mitte festgenagelt war; hier herrschen ja Zustände wie auf dem Lande, schien er zu denken, wo die Bauern ihren Stier auf die Weide schicken, um Spaziergänger fernzuhalten.

Der Chor begann etwas glanzvoll Feierliches zu singen, aber Jurnet fand es nicht so erhebend wie den Gesang, den er bei der Probe gehört hatte. Er reckte den Hals und sah, daß die Chorherren – die sechs erwachsenen Sänger in der zweiten Reihe des Gestühls, die stark an Gestalt und Stimme waren – sich Mühe gaben, die Sopranstimmen der Knaben zu stützen und ihnen etwas Erdenschwere zu verleihen. Auf die Entfernung war es schwer zu sagen, aber der Kriminalbeamte hatte den Eindruck, daß von den kleinen Chorknaben einer fehlte.

Jurnet konnte den Dean nirgends sehen und überlegte, ob er sich wohl wie der Regisseur eines Theaterstücks irgendwo in den Kulissen herumtrieb, Auftritt und Abgang beaufsichtigte und Nägel kaute, wenn jemand sein Stichwort verpaßte.

Wahrscheinlich nicht, entschied er nach einer Weile. In dieser Aufführung hatten die Darsteller ihren Text perfekt gelernt. Die Vorstellung zeugte von einem großartigen Selbstvertrauen, das ihn, der an das unschlüssige Verhalten von Laienpriestern gewöhnt war, mit Ehrfurcht und – gegen seinen Willen – mit Neid erfüllte.

Aber schließlich war es eine Inszenierung, die schon seit langem lief.

Plötzlich wurde es Jurnet bei dem Gedanken unbehaglich, daß er, der Jude in spe, den Eindruck erwecken könnte, er nähme an einer christlichen Liturgiefeier teil. Er zog sich deshalb in den hinteren Teil des Hauptschiffs zurück, wo er seiner Meinung nach nicht damit rechnen mußte, einem von Rabbi Schnellmans Schäfchen in die Arme zu laufen.

Mosh Epperstein hatte er völlig vergessen.

In Trainingsanzug und Turnschuhen eilte der Archäologiestudent mit langen Schritten aus der Richtung des Bretterverschlags durch das Seitenschiff. So bewegte man sich üblicherweise nicht in Gotteshäusern, und einige der Touristen verfolgten ihn mit neugierigen Blicken. Seine Hast paßte nicht zu dem majestätischen Klang der Orgel und dem Ruf, der vom Altar erscholl: »*Im Namen des Vaters und des Sohnes und des Heiligen Geistes –* «

Epperstein, der blaß und krank aussah, begann zu rennen; und Jurnet, der sofort daran dachte, daß der Student an der Ausgrabungsstätte gewesen war und dort verstecktes Cannabis geholt hatte – wenn er nicht schon bekifft war –, machte sich an die Verfolgung.

Die Umgebung flößte dem Inspektor jedoch soviel Ehrfurcht ein, daß er es nicht über sich brachte, seinem Opfer nachzulaufen. Als er schließlich den Domplatz erreichte – er hatte sich nicht sehr beeilt, um nicht aufzufallen –, war Epperstein nirgends zu sehen. Stan Brent lag seitlich auf dem Rasen und kaute an einem Grashalm; allem Anschein nach fühlte er sich in keiner Weise von den herumbalgenden Kindern gestört, die mit einem Spiel beschäftigt waren, in dem sein ausgestreckter Körper den wichtigen Zweck erfüllte, als Grenze oder Ziel zu dienen.

Der Kriminalbeamte gab die Jagd auf, kehrte um und wollte in den Dom zurückgehen.

Der junge Mann rief ihm zu: »Was krieg' ich, wenn ich sage, wo er hin ist?«

Jurnet ließ sich nicht anmerken, daß er ihn gehört hatte; aber er spürte, wie sein Gesicht heiß wurde, als er den Rückweg durch die kleine Tür zum Nordschiff antrat.

»Verdammter Mist!« murmelte er.

Von dem fernen Querschiff ertönte endlich ein andächtiges *»In Ewigkeit«*, und das ganze Gebäude erzitterte unter einem triumphalen *»Amen«*.

Elizabeth Aste kam in einem durchsichtigen Musselinkleid durch das Nordschiff auf ihn zu und wirkte im Wechselspiel von Licht und Schatten einmal aufreizend, einmal abweisend.

Das Gesicht des Mädchens sah fast wieder normal aus. Die Schwellung war zurückgegangen. Den blauen Fleck auf dem Backenknochen hätte sie leicht mit Make-up überdecken können, wenn sie gewollt hätte.

Sie war bester Laune. Als wäre sie bereit, sogar einen neugierigen Bullen in ihre Zufriedenheit mit sich und der Welt einzuschließen.

»Guten Morgen, Herr Polizeibeamter!« Ein gerade noch unterdrücktes Lachen gluckste in ihrer Stimme. »Falls Sie überhaupt einer sind.«

»Bin ich. Kriminalinspektor Jurnet.«

»Kriminalinspektor – großartig! Was in aller Welt machen Sie denn hier am Sonntag?«

»Ist doch eigentlich ein ziemlich üblicher Tag für einen Kirchenbesuch«, entgegnete Jurnet weich. »Ich bin nicht im Dienst, falls Sie das meinen.«

»Wie dumm von mir! Ich denke immer, Polizist bleibt Polizist. Für den Gottesdienst sind Sie aber ein bißchen spät dran.«

»Ist mir nicht entgangen. Und Sie? Sind *Sie* bei der Arbeit? Erzählen Sie mir nicht, daß Sie sieben Tage pro Woche schuften müssen!« Er wagte den Versuch: »Ich bin gerade Epperstein über den Weg gelaufen, er rannte wie um sein Leben –«

»Epperstein?« wiederholte sie unsicher, als versuchte sie, den Namen mit einem Gesicht in Verbindung zu bringen. »Ich bin vorbeigekommen, um ein paar Dias abzuholen.« Sie lächelte, als hätte sie etwas Lustiges gesagt.

Jurnet sagte: »Ich bin froh, daß Sie mir über den Weg laufen. Ich hoffe nämlich, daß mir jemand Little St. Ulfs Grab zeigt.«

»Ich photographiere hier nur. Außerdem gibt's da nicht viel zu sehen außer einem Loch im Boden. Dafür brauchen Sie keinen Führer.«

»Dann brauche ich doch erst recht eine Erläuterung. Und allein komm' ich doch gar nicht rein. Es ist bestimmt abgeschlossen.«

»Damit niemand das Loch klaut? Selbst wenn es geschlossen wäre, müßte sich einer, der reinwollte, nur gegen die Bretter lehnen. Das Ganze würde wie ein Kartenhaus zusammenfallen.«

»Trotzdem«, sagte Jurnet. »Ich dachte, um wenigstens Neugierige fernzuhalten –«

»Haben Sie nicht gesehen, daß da ein Schild hängt? ›Privat‹, in Blockbuchstaben. Kein normaler Mensch öffnet in einer Kirche eine Tür, an der ›Privat‹ steht. Gelähmt vor Angst, was ihn dahinter erwarten könnte.«

»Trotzdem«, wiederholte Jurnet. »Wenigstens ein Vorhängeschloß und eine Kette wären angebracht. Irgendein Kind, das nicht lesen kann, könnte in das Loch fallen und sich das Genick brechen.«

»Na und, dann hätten sie noch so 'nen Heiligen wie Little St. Ulf.« Sie sah an ihm vorbei und sagte: »Da kommt Professor Pargeter. Machen Sie's mit ihm aus.«

»Mein liebes Kind!« rief Professor Pargeter, während er gleichzeitig einer Gruppe von Touristen zuwinkte, die ihn vom Fernsehen her kannten. Auf dem kurzen Weg zu den beiden, die im Seitenschiff standen, setzte er seine Unterschrift in ein Gesangbuch, in den offiziellen Domführer und in ein Exemplar von »Penthouse«. »Sonntagsarbeit!« rief er ihnen zu. »Das ist wirklich mehr als Pflichterfüllung.« Und mit einem Blick auf die Kleidung des Mädchens fügte er hinzu: »Der Dean hat dich wohl für eine Neuinszenierung der Versuchungen des heiligen Antonius engagiert.«

»Du bist wirklich schrecklich, Pargy. Ich bin nur wegen ein paar Dias hergekommen.«

»Sieh besser zu, daß du weg bist, bevor dich der Bischof sieht und dir den Teufel austreibt.«

»Klingt lustig.«

»Mach dich aus dem Staub, freches Gör! Außerdem«, die Stimme büßte etwas von ihrer Fröhlichkeit ein, »hab' ich draußen diesen widerlichen Brent gesehen. Es gehört sich doch schließlich nicht, ihn warten zu lassen.«

»Sei doch nicht so eklig, Pargy«, schmollte sie. »Ich versteh' nicht, was du immer gegen Stan hast.«

»Weiß ich auch nicht, höchstens, daß er unmoralisch, sadistisch und vierzig Jahre jünger als ich ist.« Seine Augen, blau wie die des Mädchens, wurden schmal. Er kam mit dem Finger ganz nahe an den blauen Fleck auf ihrer Backe. »Hat er dich auch nicht wieder verprügelt?«

Das Mädchen strahlte. Jurnet, der wie gewöhnlich darauf wartete, daß man seine Anwesenheit zur Kenntnis nahm, konnte sehen, wie sich die Brustwarzen unter dem zarten Musselin abzeichneten.

»So was Albernes! Jeder würde denken, daß du mein Vater bist!« Sie neigte ihr Gesicht, so daß die Verletzung noch deutlicher zu erkennen war, und küßte den Professor auf die Backe. »Die Bilder, die du wolltest, hab' ich morgen früh fertig.« Dann: »Ach – das hier ist ein Polizist. Polizeichef oder so was. Er ermittelt, wer Little St. Ulf getötet hat, und möchte, daß du ihm das Grab zeigst.«

Als sie gegangen war, nahmen sich die beiden Männer gegenseitig in Augenschein. Dabei hatte Jurnet den Vorteil, daß er »Unvollendete Vergangenheit« einigermaßen gern sah, die Sendung, die Professor Pargeter zu einer Fernsehgröße und Archäologie zum größten Massensport seit dem Ringkampf gemacht hatte. Der Mann machte sich in Lebensgröße überraschend gut. Groß und sportlich, wie er war, wirkte er kraftvoll, aber nicht einschüchternd; die arrogante Kopfhaltung, die seine schönen Gesichtszüge zur Geltung bringen sollte, wurde durch einen Schnurrbart, der aussah, als sei er zum Spaß angeklebt worden, mehr als ausgeglichen.

Und nun sagte er: »Vor einigen Jahren war ich in den judäischen Bergen. In einem Ort – Tel Ari hieß er. Eine Art Mini-Massada, wo sich einige Israeliten gegen die Römer verschanzt hatten. Voller Leichen, die wie Sie aussahen.«

»Wie können Sie so etwas sagen? Das waren doch Skelette?« fragte Jurnet erschreckt.

»Na und? Was glauben Sie denn, was unter diesem verderblichen Fleisch ist, mit dem Sie ausstaffiert sind? Ein Polizeichef, laut Liz. War das ein Witz?«

»Inspektor Jurnet.«

»Hab' ich's nicht gleich gesagt?« Der Professor war nicht besonders überrascht. »Es erübrigt sich zu fragen, weshalb *Sie* sich für Little St. Ulf interessieren.«

»Ich bin kein Jude, falls Sie das meinen.«

»Und ich bin kein Typ, der sich mit Gipsabdrücken seinen Lebensunterhalt verdient. Nicht, wo man hinkommt, zählt, sondern wo man herkommt.«

Die zwei gingen auf die Ausgrabungsstätte zu, und der Professor blieb mehrere Male stehen, um Autogramme zu geben und Hände zu schütteln. Immer mehr Leute erkannten ihn und bewegten sich raunend zum nördlichen Seitenschiff hin.

Harbridge und ein anderer Kirchendiener eilten herbei und zischten verärgert. Der Professor hielt den Finger vor den Mund und beschwerte sich liebenswürdig bei seinen Bewunderern: »Verehrtes Publikum, ich hab's Ihnen zu verdanken, wenn ich hier an die frische Luft gesetzt werde, ist Ihnen das klar?« Er dämpfte ihr Gelächter und machte eine komische Geste, die sie verscheuchen sollte; sie entfernten sich zwar nicht, folgten ihm aber auch nicht weiter, blieben stehen und beobachteten seinen Rückzug, wobei sie aufgeregt schwatzten. Harbridge fauchte: »Bitte Ruhe! Der nächste Gottesdienst beginnt jeden Moment!«

»Normalerweise komm' ich sonntags nicht her«, sagte der Professor zu Jurnet. »Aber jetzt war ich die ganze Woche bei Dreharbeiten über den Hadrianswall. Ich wollte eigentlich nur mal sehen, was die anderen hinter meinem Rücken angestellt haben.«

»Mr. Epperstein war auch schon hier.«
»Wirklich? Und Liz, das macht schon zwei. Die Heloten sind gewissenhafter, als ich es ihnen zugetraut hätte. Frage mich allmählich, warum ich so schnell zurückgekommen bin.«
»Hadrianswall klingt interessant.«
»Eine Ruine, Herr Inspektor, das ist das Schöne.« Pargeter sah sich mißbilligend im Dom um. »Heinrich VIII. war wohl nicht ganz bei Trost, daß er das hier stehengelassen hat. Denken Sie nur, was das für eine Ruine abgegeben hätte! Ganz zu schweigen von den vielen Rätseln, die mich und meine Mitarbeiter bis zum Jüngsten Tag vor dem Hungertuch bewahrt hätten. Statt dessen hat man in die sonst so reizende Stadt diese entsetzliche Waterloo Station gepflanzt, obwohl der Bahnhofsvorsteher nicht einmal sicher sein kann, daß überhaupt Züge fahren, geschweige denn, auf welchem Gleis.«

An dem Bretterverschlag angekommen, blieb er eine Weile vor der Tür mit der Aufschrift »Privat« stehen.

»Ich hab' mich nur dem Dean zuliebe auf diesen Blödsinn eingelassen. Flossie Carver. Wir sind zusammen in die Domschule gegangen. Wir haßten uns zutiefst.« Professor Pargeter zwirbelte seinen Schnurrbart so heftig, daß er ihn, wäre er tatsächlich nur an die Oberlippe geklebt gewesen, bestimmt abgerissen hätte. »Solche Bande verpflichten.«

Jurnet ergriff die Gelegenheit.

»Ein Vorhängeschloß an der Tür wäre nicht schlecht, meinen Sie nicht auch? Kinder könnten reingehen und sich verletzen.«

»Geschähe den Bürschchen nur recht!« Der Professor zog die Tür auf. Ein Besen fiel klappernd um.

Die Luft in dem Verschlag roch scharf – anders als im Dom. Ein zerschrammter Tisch, beladen mit Aktenordnern und Schachteln, ein paar dreibeinige Hocker, Siebe und Spaten, ein Bündel Meterstäbe, mehrere zusammengelegte Säcke und einer, der prall gefüllt war mit Klumpen von Mauerwerk – alles war von grauem Staub wie von einer festhaftenden Meeresablagerung überzogen.

Infolge der schlechten Akustik vibrierten die Bretter heftig, als Mr. Amos oben auf der Empore der Orgel Akkorde entlockte; trotzdem kamen die Töne abgeschwächt an, als hätte sich die Musik über den eingezäunten Raum geschwungen und dabei ein Luftloch unter sich gelassen, ein Vakuum.

Ein zerfranster Teppich reichte von der Tür bis zu dem Loch im Boden, einem länglichen Loch, zwischen einem dreiviertel und anderthalb Metern tief.

All das sah Jurnet und sah es doch nicht. Wie er hörte und doch nicht hörte, daß der Professor »Mein Gott!« stöhnte. Er kniete sich neben das Loch im Boden, seine Beine in den Sonntagshosen drückten sich in den Staub. Er kniete und schaute. Er brauchte nicht zu berühren, was da lag, halb in, halb neben dem Loch, dem Grab von Little St. Ulf. Er hatte den Tod oft genug gesehen, um zu erkennen, was es war.

Auch wenn er es achthundertvierzig Jahre zuvor nicht gesehen hatte.

8

Die Photos waren entsetzlich. Die Photos waren schlimmer als die Wirklichkeit.

In Wirklichkeit war es zwar ein Junge – auf grausame Weise ermordet, grauenerregend verstümmelt. Aber früher oder später würde man dieses Wesen aus dem Leichenkasten nehmen, in dem es nun beschriftet und datiert wie in einer ordentlich aufgeräumten Gefriertruhe lag, in einen Sarg packen und in die geschäftige Dunkelheit des Grabes hinunterlassen, in schickliche Abgeschiedenheit – Asche zu Asche, Staub zu Staub. Man mußte nur die Zeit und die Würmer arbeiten lassen, die keine geregelte Arbeitszeit kannten, und es würde wie jedes andere Kinderskelett aussehen: freilich traurig, aber gesellschaftsfähig.

Dem Schrecken der Photos gegenüber aber war die Zeit machtlos: Hier blieb der Anblick des Kindes für immer furchtbar. Vielleicht würde die Farbe der Krawatte, die sich tief in den mageren Hals gegraben hatte, ein wenig verblassen, vielleicht die der verletzten Körperstelle, an der einmal ein Penis gewesen war, langsam in den Akten verbleichen. Aber der aschfahle Davidsstern, der von der Kehle bis zum Nabel in den Körper geschnitten war – Jurnet warf die Abzüge auf den Tisch.

Der Kommissar sah ihn über den Tisch hinweg an.

»Lassen wir die verführerischen Hintergedanken erst mal weg, ja?« Er langte herüber, nahm die zuoberst liegende Photographie und studierte sie so gelassen, als wäre sie ein Schnappschuß aus den Ferien. »Die Frage ist: Haben wir wirklich das vor uns, wonach es aussieht, oder ein stinknormales Sexualverbrechen, das kunstvoll getarnt wurde?«

»*Wenn* es ein Sexualverbrechen ist, dann bestimmt kein stinknormales.«

»Stimmt. Mal sehn, wie's weitergeht.«

»Wie bitte?«

»Wir haben bisher nichts über die Art der Verletzungen des Jungen in der Öffentlichkeit verlauten lassen. Aber der Mörder weiß Bescheid; wenn es sein Hauptmotiv war, dem Kind solche Wunden zuzufügen, wenn er also den Jungen getötet hat, damit es genauso aussah wie bei Little St. Ulf – dann wird er es nicht abwarten können, bis die Medien diese Nachricht verbreiten.« Der Kommissar überdachte, was er gerade gesagt hatte, und ergänzte: »Aber das muß nicht sein. Vielleicht wollte er auch nur möglichst viel Gestank verbreiten, um sicherzugehen, daß wir ihm nicht auf seinen einfachen, unkomplizierten Mord kommen.«

»So oder so, in beiden Fällen ist das Kind jetzt eine stinknormale Leiche, das scheint festzustehen«, sagte Jurnet.

»Aber Ben«, schimpfte der andere, »Sie lassen sich schon wieder hinreißen. Wie oft muß ich Sie noch daran erinnern, daß Sachlichkeit die Grundvoraussetzung für einen guten Kriminalbeamten ist? Ich gebe zu, daß es Tage gibt –«, die Hand, die die Photos hielt, verkrampfte sich, so daß die Knöchel weiß hervortraten, »an denen ich mich bei dem Gedanken ertappe, ob der liebe Gott diese seltsamen Anhängsel nur deshalb an dem männlichen Rumpf baumeln läßt, damit er den Spaß hat, sie zerquetscht, verbrannt, zertrampelt, unter Strom gesetzt, abgeschnitten oder auf andere Weise schmerzhaft mißhandelt zu sehen.«

Jurnet sagte: »Ich werde daran denken, was Sie über Sachlichkeit gesagt haben, Sir.«

Einen Augenblick lang erstarrte das Gesicht des Kommissars vor Ärger. Dann lachte er herzlich.

»Das machen diese verfluchten Bilder.« Er legte das Photo, das er eben betrachtet hatte, auf den Stapel zurück. »Der Leichnam als Ritualobjekt, wie? T. S. Eliot wußte schon, was er tat. Wenn man den Mord im Dom inszeniert, dann verwandelt er sich in eine Kunstform. Ich bezweifle, daß man jemals einen Gedanken an Becket verschwendet hätte, wenn er in einer Seitenstraße von Canterbury zusammengeschlagen worden wäre.«

Jurnet zwang sich, das Photo, das der Kommissar weggelegt hatte, anzusehen.

Ein stinknormales Kind, auf krankhafte und barbarische Weise ums Leben gebracht. Dünne Arme, X-Beine, ein Kugelbauch, der unter dem aufgeknöpften Hemd hervorschaute. Hätte niemals den Kleinen Lord spielen können, wirkte aber – wie sich Jurnet erinnerte – ganz ansehnlich, als er sich in seiner roten Soutane und dem weißen Chorhemd neben dem Jungen mit dem Kaugummi zur Probe in das Chorgestühl einreihte.

Laut sagte er: »Keine Ahnung, was in Canterbury los war. Ein Little St. Ulf ist wohl genug für Angleby.«

»Mehr als genug!« stimmte sein Gegenüber bereitwillig zu. »Aberglaube war im Mittelalter schon schlimm genug, ganz zu schweigen von heute. Nur rechtfertigen wir Aberglauben heute vielleicht, indem wir ihn zur Kunst erheben. Letztendlich hat beides seine Wurzeln in dem Drang, die dunklen und unbekannten Mächte des Universums versöhnlich zu stimmen.«

»Da komm' ich nicht mit, Sir.«

Der Kommissar wurde rot vor Entrüstung, hatte sich aber sofort wieder in der Gewalt.

»Ich auch nicht. Worte, die den Schmutz verstecken sollen. Bleiben wir lieber bei den Tatsachen. Arthur Cossey, zwölf Jahre und neun Monate alt, ermordet im Dom zwischen sechs Uhr fünfundvierzig und acht Uhr fünfzehn. Anscheinend bereiten die Luftverhältnisse im Dom besondere Schwierigkeiten, Dr. Colton kann nichts Genaueres sagen. Was wissen wir also bisher über Arthur Cossey?«

Der Treppenaufgang von Mrs. Sandra Cosseys Haus – weiß und einladend wie ein neuer Grabstein – hätte Jurnet und Sergeant Ellers darauf vorbereiten sollen, was sie in der Bishop Row Nummer sieben zu erwarten hatten. Als Mrs. Cossey die Tür öffnete, erinnerte sich Jurnet wieder an den Anblick einer Frau in Strickjacke und Schürze, die sich am Domplatz an einem Messingschild zu schaffen gemacht hatte.

Das Bild traf zu. Für Sandra Cossey war Polieren offensichtlich mehr als lebensnotwendig: Es war ihr Lebensinhalt. Alles, was man in dem kleinen Empfangsraum überhaupt polieren konnte – und ein Großteil des Mobiliars schien keinen anderen Zweck zu erfüllen – glänzte und strahlte so unerträglich wie ein falsches Gebiß. Jurnet konnte sich nicht erinnern, jemals in einem derart abstoßend sauberen Haus gewesen zu sein.

Die Frau hatte nicht sehr heftig reagiert, als sie erfuhr, daß ihr einziger Sohn tot war. Jurnet hatte ihr das nicht übelgenommen. Trauern war ein schöpferischer Akt, entweder hatte man das Talent dazu, oder man hatte es nicht. Inzwischen hatte sie offensichtlich versucht, sich eine passende Rolle auszudenken; sie hatte die Lockenwickler aus dem Haar genommen, schwarzen Rock und schwarze Bluse angezogen. Ab und zu tupfte sie ihre Augen ab – sie waren so farblos und hervorstehend wie die ihres toten Kindes –, mit einem weißen Taschentuch, das sorgfältig zusammengelegt war, damit man die Stickerei in der Ecke sehen konnte. Nur ihre Pantoffeln – flauschig rosa, mit einer herzförmigen Spange auf dem Rist – verwirrten den Kriminalbeamten ein wenig, wie ein Indiz, das zum restlichen Beweismaterial nicht paßte.

Der verschämte Stolz, der immer wieder ihr Gesicht erhellte, war ihm auch vertraut. Die Reporter würden sich um sie scharen, ihr Name würde in Zeitungen und Fernsehen erscheinen und die Nachbarn würden ständig vorbeikommen, als hätte sie auf einmal etwas Bemerkenswertes vollbracht. Nur wenige konnten dem Blendwerk des Ruhms widerstehen, wie schrecklich der Anlaß auch sein mochte.

Er war froh, daß ihr die Art der Verletzungen ihres Sohnes noch nicht in allen Einzelheiten bekannt war.

»Erzählen Sie uns von Arthur«, bat er geduldig. »Wir müssen wissen, was für ein Junge er war.«

Die Frau warf ihm einen scharfen Blick zu.

»Er war nie in etwas verwickelt, falls Sie das meinen.«

Jurnet lächelte beruhigend.

»Danach würde ich nicht fragen. Das wüßten wir längst. Ich meine zum Beispiel – er hatte doch eine schöne Stimme? Muß er wohl, wenn er Chorsänger war. Wir brauchen ganz allgemeine Informationen, damit wir uns ein Gesamtbild machen können.«

»Er hatte wirklich eine wunderschöne Stimme.« Ihre eigene klang dünn und klagend. »Außerdem war er künstlerisch veranlagt. Wie sein Vater.«

Jurnet sagte respektvoll: »Ich hab' schon von Mr. Cossey gehört. Eine fürchterliche Sache war das.« Er erwähnte nicht, daß er wußte, daß Arthur Cosseys Vater sternhagelvoll war, als er vor fünf Jahren bei Reparaturarbeiten am Domturm vom Gerüst fiel. »Es heißt, Mr. Cossey sei einer der begabtesten Steinmetze gewesen, die jemals am Bau gearbeitet haben.«

»Er hat mich dort in Stein gemeißelt – hat man Ihnen das erzählt? Links, wenn man vor dem Altar steht, unter einer Art Bogen.«

»Was für eine Ehre! Aber schrecklich für Sie: zwei Tragödien, beide am selben Ort – und auch noch in einem Dom!«

Mrs. Cossey wurde allmählich lebhaft.

»Ein Bekannter von mir«, ihr käsiges Gesicht bekam etwas Farbe, »ist hingegangen und hat es mit Schritten abgemessen. Es sind nicht viel mehr als drei Meter zwischen der Stelle, wo

Vince aufschlug und dort, wo Arthur ...« Sie zerknüllte ihr Taschentuch. »Wie kann Gott solche Dinge in einem Dom geschehen lassen?«

»Danach dürfen wir nicht fragen«, sagte Jurnet, der sein Leben lang genau das tat. »Sie mußten Arthur also ganz allein aufziehen.«

»Ich bekomme eine Rente. Und die Domleute waren sehr gut zu mir. Ich arbeite für einige von ihnen. Ein netter Menschenschlag – na ja, das kann man auch erwarten.«

Jurnet, der es schon lange aufgegeben hatte, irgend etwas von irgend jemandem zu erwarten, überging diese Feststellung und erkundigte sich: »Und Arthur?«

»Er war ein sehr stiller Junge, der Arthur. Das kann Ihnen jeder bestätigen.«

»Hatte sicher viele Freunde?«

»Freunde?« Sie wiederholte das Wort, als müßte sie überlegen, was es bedeutet. »Er war, wie gesagt, künstlerisch veranlagt. Verbrachte die ganze Zeit oben in seinem Zimmer und zeichnete. Ich durfte es nicht mehr sein Zimmer nennen. Sein Atelier.«

»Und am Wochenende? War er da auch immer in seinem Atelier?«

»Mit den Chorproben Samstag morgens und den Gottesdiensten am Sonntag bekam ich an den Wochenenden nicht viel von ihm zu sehen.« Und als fürchtete sie plötzlich, ihre Antworten könnten ein schlechtes Licht auf ihre mütterliche Fürsorge werfen: »Es wartete immer eine Mahlzeit auf seine Lordschaft, für den Fall, daß er zu kommen und sie zu essen geruhen sollte.«

»Wissen Sie, was er am Wochenende gemacht hat, *wenn* er draußen war? Ich meine, wenn er nicht im Dom war?«

»Ist wahrscheinlich rumgestreunt. Was Kinder halt so machen. Sicher nichts Schlechtes. Er kam immer genauso ordentlich und sauber zurück, wie er gegangen war.«

»Ging er letzten Sonntag in der üblichen Kleidung von zu Hause weg?«

»Sie müssen immer ihre Jacken tragen, auch wenn keine

Schule ist –« Sie brach ab und sah Jurnet an. »Sie haben ihn doch gesehen, oder? Danach?« Der Kriminalbeamte nickte. »Dann müssen Sie doch wissen, was er anhatte.«

»Er – seine Jacke hatte er nicht an.«

»Sie war keine drei Wochen alt!« Ihre Stimme wurde weinerlich. »Er wird es wohl kaum übers Herz gebracht haben, sie zu verscherbeln, wer auch immer es getan hat. Das wäre die reinste Verschwendung!«

»Ich wünschte, er täte es. Dann hätten wir ihn in Null Komma nichts. Sie haben den Jungen also mit der Jacke weggehen sehen. Wann war das ungefähr?«

Mrs. Cossey errötete ein wenig.

»Ich hab' ihn eigentlich gar nicht gehen sehen. Sonntags schlafe ich immer aus. Arthur war von jeher ein Frühaufsteher. Zuerst hat er immer die Zeitungen ausgetragen.« Und als müßte sie ungesagte Kritik abwehren: »Ich hab' immer am Abend den Tisch gedeckt und die Corn Flakes rausgestellt. Milch ist im Kühlschrank. Er mußte sie nur rausholen.«

»Und hat er das am Sonntag gemacht? Gefrühstückt, meine ich?«

»Ob er Milch genommen hat, weiß ich nicht. Ich hab' nicht dran gedacht nachzuschauen, ich konnte doch nicht wissen –« Sie überlegte und sagte dann: »Die Corn Flakes. Wenn er sie nicht zu Hause gegessen hat, hat er sie immer in seine Taschen gestopft. Er mochte Corn Flakes viel lieber als Süßigkeiten. Ich mußte zwei Packungen pro Woche kaufen und hab' oft zu ihm gesagt: ›Du wirst mit deinen Corn Flakes irgendwann entweder mich oder deine Zähne ruinieren, Arthur Cossey, und ich weiß nicht, wer zuerst dran glauben muß!‹«

»Und was sagte er dazu?«

Mrs. Cossey stutzte.

»Ich weiß nicht, ob er überhaupt was gesagt hat. Er war ein stiller Junge, der Arthur.«

Sie gingen nach oben. Es lief besser, seit Sergeant Ellers vorgeschlagen hatte, er und sein Vorgesetzter könnten doch die

Schuhe ausziehen, um den schönen Boden nicht zu beschmutzen. Die Frau wußte die Überwindung gar nicht zu schätzen, die es den kleinen Waliser – er schämte sich seiner geringen Körpergröße – gekostet hatte, diesen Vorschlag zu machen. Aber sie wurde zusehends entgegenkommender, als die Kriminalbeamten in Strümpfen nach oben gingen und über das spiegelglatte Linoleum auf die Tür von Arthurs Atelier zuschlidderten.

Nach dem Bau des Hauses zu schließen, war dieses Zimmer das größte. Dann hatte sie ihr Kind also doch geliebt, dachte Jurnet, ermutigt von dem Gedanken, daß man das beste Schlafzimmer für das Hobby eines Kindes geopfert hatte. Oder aber der stille Arthur Cossey hatte den Dreh heraus gehabt, wie er ans Ziel kam.

Das Zimmer war nicht einmal zu groß für seine Einrichtung. Ein Wäscheschrank, ein aufgeräumter Zeichentisch und ein weiterer, vollgestellt mit Farben und Skizzenbüchern, Leinwand und Pinseln in Töpfen, Plastikschalen mit Bleistiften und Radiergummis, Kreide- und Pastellstiften, nahmen die eine Seite ein, eine Liege und eine Kommode fast die ganze andere Wand. Eine richtige Staffelei, kein Kinderspielzeug, stand in der Mitte des Raumes.

»Jetzt versteh' ich, warum er es Atelier nannte.« Jurnet sah sich um. »Das Zeug muß Sie ja ein Vermögen gekostet haben.«

»Er hat doch Zeitungen ausgetragen.«

»Kaum zu glauben, daß das gereicht hat.«

Mrs. Cossey ließ ihren Blick durch das Zimmer schweifen.

»Arthur hatte immer mehrere Eisen im Feuer.«

»Aha. Wo hat denn der Kleine seine fertigen Werke aufbewahrt? In der Kommode?«

Die Frau sah beunruhigt aus. »Arthur konnte es nicht leiden, wenn ich in seinen Sachen kramte. Der Schlüssel muß in seiner Hose gewesen sein. Mit einem Donald Duck als Schlüsselanhänger –«

»Das müssen wir noch überprüfen«, sagte Jurnet leise. Es

war nicht der richtige Zeitpunkt, um durchblicken zu lassen, daß Jacke wie Hose des Jungen ein Rätsel aufgaben. Er schob den einzigen Stuhl im Raum nach vorn. »Bitte nehmen Sie Platz, während Mr. Ellers und ich uns umsehen. Wir werden nichts beschädigen.«

»Ist auch nicht nötig.« Ellers, der sich über die Kommode gebeugt hatte, richtete sich wieder auf, sein pausbäckiges Gesicht glühte. »Die sind gar nicht abgeschlossen.«

»Nicht abgeschlossen!« Mrs. Cossey setzte sich und sah Jurnet an. Es war das erste Mal, daß sie ihm gerade ins Gesicht sah. »Aber – was hat das alles mit der Suche nach dem Mörder zu tun?«

»Vermutlich gar nichts«, gab der Inspektor bereitwillig zu. »Aber solch ein Zimmer – so professionell. Ich bin neugierig, wie gut er wirklich war.«

»Leuten, die kleine Jungen umbringen, ist es egal, was für Jungen das sind.«

»Da haben Sie sicher recht«, sagte Jurnet. »Nur, während wir den Täter suchen, versuchen wir so viele Fakten wie möglich zu sammeln, in der Hoffnung, daß dann irgendwo – vielleicht wenn wir es am wenigsten erwarten – eins davon wie eine Nadel aus einem Heuhaufen herauspiekst und uns einen schmerzhaften Stich versetzt, da, wo wir am empfindlichsten sind – dann haben wir den Faden in der Hand, der uns zum Mörder führt.«

»Hier wird Ihnen nichts ins Auge stechen«, beharrte Mrs. Cossey; der bloße Gedanke an ein Faktum, irgend etwas, das nichts mit ihrem abgestaubten und polierten Zuhause zu tun hatte, lag offensichtlich außerhalb ihres Fassungsvermögens.

»Nur in einer sind Bilder.« Ellers hatte eine der Schubladen herausgezogen und brachte sie zum Tisch.

Gemessen an dem vielversprechenden Zimmer waren die Kunstwerke von Arthur Cossey eine Enttäuschung: bunte Ansichten vom Dom und von der Burg, all die wohlbekannten Sehenswürdigkeiten von Angleby, wie man sie auf jeder Postkarte finden konnte. Die handwerkliche Präzision war für einen Zwölfjährigen erstaunlich; aber den Bildern fehlte jegliche Tiefe, so daß sie einen, obwohl sie so geschickt gemacht waren, gähnen ließen.

Jurnet entnahm dem Stapel das letzte Bild, eine Zeichnung, die vermutlich aus einem Buch aus der zweiten Hälfte des 19. Jahrhunderts kopiert worden war. Die Gestalten waren zwar mittelalterlich gekleidet, hatten aber ein ausgesprochen viktorianisches Aussehen.

Es war eine der anspruchsvollsten Übungen, die Arthur Cossey versucht hatte. In einem Kirchenschiff, dessen Säulen, Gewölbe und Verzierungen bis ins letzte Detail sorgfältig ausgeführt waren, knieten Menschen dicht gedrängt um einen Steinaltar, auf dem ein Junge stand; er trug einen weißen Umhang, der bis zur Taille geöffnet war; wahrscheinlich hätten es die Moralvorstellungen der Zeit des Originalillustrators nicht weiter erlaubt. Der Junge, über dessen Kopf ein Heiligenschein schwebte, hielt seine rechte Hand zum Segen erhoben.

Die Zeichnung war fast ganz in Schwarzweiß gehalten – bis auf zwei Farbtupfen, die wegen der übrigen Einfarbigkeit besonders auffielen. Einer war der Heiligenschein, der in peinlich genau aufgetragenem Blattgold erglänzte, der andere ein Davidsstern, der in fluoreszierendem Rot auf die entblößte Brust gezeichnet war. Der Titel LITTLE ST. ULF stand in zierlicher Schrift unter der Zeichnung.

Das heißt, hätte dort gestanden, wenn ihn nicht eine andere Hand wieder dick ausgestrichen und mit einem Schwung, der lebendiger war als alles andere auf dem Blatt, durch LITTLE ST. ARTHUR ersetzt hätte.

9

Jurnet ließ sein Auto vor dem Bridge Gate stehen und ging auf den Domplatz; neben ihm stolzierte Ellers, der froh war, wieder in seinen Schuhen zu stecken und durch deren Absätze gewachsen zu sein. Der Inspektor wußte seit langem, daß sich der kleine Waliser, wenn er aufgeregt war, reckte und wie ein Tragflächenboot über dem Boden schwebte; jetzt trippelte er wieder einmal so merkwürdig über das Kopfsteinpflaster, daß jemand, der Rosie Ellers nicht kannte – sie war äußerst attraktiv und allem Anschein nach mit der Erscheinung ihres Mannes sehr zufrieden –, es wahrscheinlich nicht gewagt hätte, in Ellers' Gegenwart darauf anzuspielen.

Statt dessen fragte Jurnet: »Werden Sie mich nun endlich in Ihr Geheimnis einweihen, oder muß ich's wie Zahnpasta aus Ihnen rausquetschen?«

Der Waliser lachte und öffnete seine Hand, in der er eine kleine durchsichtige Plastiktüte hielt, die auf den ersten Blick leer zu sein schien.

Bei genauem Hinsehen entdeckte Jurnet, daß die Tüte einen Zelluloid- oder vielleicht Plexiglassplitter enthielt.

»Hab' ich in der Schublade mit den Bildern gefunden. Wer auch immer versucht hat, die Schubladen aufzubekommen, hat nicht gemerkt, daß ein Stück abgebrochen ist.« Er sah seinen Vorgesetzten an. »Wer will denn Ihrer Meinung nach an die Kommode eines Kindes rankommen, und was glaubt er oder sie, da zu finden?«

»Jedenfalls nicht nur Klein Arthurs Meisterwerke. Und ›sie‹ war es sicher nicht. Mrs. Cossey macht mir nicht den Eindruck, als wüßte sie, wie eine Plastikkarte mißbraucht werden kann. Das Kind hat vielleicht heimlich ein bißchen Geld gespart. Scheint ein rechtes Schlitzohr gewesen zu sein.«

»Eher ein verdammter kleiner Schleimer.«

»Ja«, pflichtete Jurnet traurig bei. Da war wieder die vertraute Desillusionierung. Gewaltsamer Tod regte ihn immer so auf, daß er sich jedesmal in die Morduntersuchungen stürzte, als ermittelte er im Kindermord von Bethlehem; um dann früher oder später meist entdecken zu müssen, daß die Ermordeten nicht ein bißchen tugendhafter oder weniger verdorben waren als andere, die friedlich in ihrem Bett starben.

»Aber bis jetzt haben wir nur die Aussage der Mutter.«

»Sie hat nichts in dieser Richtung gesagt.«

»Nicht direkt. Aber ist Ihnen aufgefallen, daß kein einziges Bild des Jungen aufgehängt war? Sie hätte doch wenigstens für eins Platz gehabt.«

Sergeant Ellers runzelte die Stirn.

»Versteh' schon. Aber vielleicht hat es Arthur nicht erlaubt. War wohl ein eigenartig verschlossenes Kind.«

»Vielleicht hatte er seine Gründe, der arme Hund, bei den Typen, die sich hier rumtreiben, mit Plastikkarten im Ärmel versteckt. Vielleicht war es der Spaßvogel mit dem komischen Einfall, die Schritte zu zählen, die zwischen Little St. Ulf beziehungsweise Arthur und der Stelle liegen, wo der Herr Gemahl auf den Fliesen zermatscht wurde.«

»Der Typ, der ihr die Pantoffeln geschenkt hat«, pflichtete Ellers bei, um bei der Verfolgung der Spur mitzuhalten. »Dürfte nicht allzu schwer sein, ihn zu finden.«

»Wir werden jemanden drauf ansetzen.«

Die Frühlingssonne nahm sich ein Beispiel an Sandra Cossey und überzog die Stadt mit einem strahlenden Glanz, der sich auf den alten Mauersteinen spiegelte und in die Blütenkelche der Narzissen ergoß. Vor ihnen lagen die Amtsgebäude des Domviertels. Auf der einen Seite der Straße das östliche Ende des Doms mit seinen langen, hochstrebenden Pfeilern, auf der anderen Seite die nicht weniger wichtigen Stützen der Rechtschaffenheit – Berufungsinstanz und Dekanat.

Fast hätte Jurnet Dr. Carver einen Besuch abgestattet, um mit ihm noch ein paar Worte zu wechseln, falls er zu Hause war; aber er überlegte es sich anders. Sie hatten eigentlich schon alles Notwendige besprochen.

Der Dean hatte den Sonntag außerhalb der Stadt verbracht und eine Landpfarrei besucht. Als er zurückkam, war nichts zu sehen – außer einem einfach gekleideten Mann, der vor dem grauen Verschlag stand und sich größte Mühe gab, wie ein Tourist oder ein Betender auszusehen, was ihm beides nur mit mäßigem Erfolg gelang.

Zu diesem Zeitpunkt waren die Photos noch nicht entwickelt; der Dean mußte also dem Bericht Jurnets glauben, daß am Grab von Little St. Ulf ein Kind auf gräßlichste Weise ermordet aufgefunden worden war.

»Im Dom! Im Dom!«

Bleich und zitternd – nichts erinnerte mehr an sein selbstsicheres Auftreten bei ihrem letzten Zusammentreffen – war Dr. Carver durch das Seitenschiff bis zu einer Seitenkapelle gegangen, in der über dem Altar eine Darstellung vom Leidensweg Christi einen Glanz wie von glitzernden Edelsteinen ausstrahlte.

Dort war er auf die Knie gesunken und hatte den Kopf in seine Hände vergraben. Jurnet, der dicht hinter ihm stand, konnte die Worte hören, die er halb flüsternd, halb schluchzend hervorstieß: »Im Dom!«

Jurnet warf einen finsteren Blick auf die Kreuzigungsszene, die blutigen Wundmale. Rote Farbe. Er packte den Dean an der Schulter.

»Hören Sie, der Junge. Arthur Cossey. Einer der Chorknaben.«

Der Dean bekreuzigte sich und stand auf.

»Ich kenne den Jungen.« Er sah auf. »Sie sind mir böse, Herr Inspektor.«

»Es ist nicht meine Aufgabe –«

»Sie sind böse, weil ich mir mehr Sorgen um das Wohl des Doms als um das eines ermordeten Kindes zu machen scheine. Ich gebe es zu. Das Kind ist zu seinem Schöpfer gegangen und wird von Ihm gerichtet. Es ist in den Händen eines gütigen Gottes, und weder Sie noch ich noch sonst jemand kann etwas für seine irdischen Überreste tun, außer sie mit Anstand zu begraben. Aber daß das Haus Gottes so besudelt werden mußte!«

»Dazu kann ich mich nicht äußern«, entgegnete Jurnet ungerührt, »das ist kein Fall für die Polizei. Aber was den kleinen Arthur Cossey betrifft – mit seinem Begräbnis ist es nicht getan.«

»Natürlich nicht«, sagte der Dean. »Wie dumm von mir. Ich bin nicht ganz da.« Er holte tief Atem und sagte nach einer Weile: »Sie sind dem Mörder hoffentlich dicht auf den Fersen?«

»So schnell geht's nicht. Ich wäre Ihnen dankbar, wenn Sie mir etwas über den Jungen erzählen könnten.«

Das Gesicht des Deans nahm einen verschlossenen und abweisenden Ausdruck an.

»Mir ist nicht ganz klar, warum solche unwichtigen Einzelheiten zur Person relevant sind. Wahrscheinlich hätte es auch irgendeinen anderen Jungen treffen können. Das Südportal wird um sieben Uhr fünfundvierzig für die Achtuhrmesse geöffnet, und die Messe wird in einer Kapelle gefeiert, die vom Dominnern aus nicht einzusehen ist. Der Mörder mußte also nur warten, bis ein Junge – irgendein Junge – hereinkam, um seinen grausamen Plan auszuführen.«

»Da hätte er unter Umständen lange warten können. Der Chor tritt seinen Dienst sicher nicht vor zehn Uhr an, und da wären schon viel zu viele Leute im Dom, als daß man noch irgendein Ding drehen könnte. Sieht mir eher nach einer Verabredung aus – oder was macht ein Kind sonst so früh im Dom?«

»Das ist gar nicht so ungewöhnlich. Traditionsgemäß wird als erste die Hintertür des Bischofs geöffnet – die kleine Tür im nördlichen Querschiff. Sie führt direkt in den Hofgarten, damit der Bischof ungehindert in den Dom gelangen kann, wann immer er will. Der Öffentlichkeit ist sie nicht zugänglich, aber von der Domschule aus führt ein Fußpfad dorthin, den die Jungen seit undenklichen Zeiten benützen.« Der Dean lächelte schwach. »Ich selbst bin früher immer vor dem Frühstück auf diesem Weg zum Kloster gegangen, um dort Murmeln oder Himmel und Hölle zu spielen.«

Der Inspektor erwiderte das Lächeln nicht.

»Wenn alle Domschüler von dem Hintereingang des Bischofs wissen, dann auch die ›Ehemaligen‹, und das sind sicher recht viele hier in der Gegend. Außerdem haben mir Ihre Kirchendiener erzählt, daß Professor Pargeter und seine Assistenten einen Schlüssel zu dieser Tür haben.«

»Das stimmt. Um die Störungen während der Gottesdienste auf ein Minimum zu beschränken, erklärte sich der Professor damit einverstanden, daß ein Großteil der schweren Arbeiten möglichst in den frühen Morgenstunden erledigt wird. Natürlich wird sonntags überhaupt nicht gearbeitet.«

»Und der Professor behält den Schlüssel bei sich?«
Der Dean erlaubte sich ein weiteres schwaches Lächeln.
»Ich glaube kaum, daß der Professor ein großer Frühaufsteher ist. Aber ich habe keinen Grund, an der Zuverlässigkeit seiner Assistenten zu zweifeln. Miss Aste –«
»Ach ja«, sagte Jurnet, »Lord Sydringhams Tochter.«
»Sie sind immer noch böse auf mich«, stellte der Dean ohne Bitterkeit fest. »Darf ich fragen, ob das etwas damit zu tun hat, daß Sie Jurnet heißen?«
»Ich bin kein Jude«, sagte Jurnet, »falls Sie das meinen. Und wenn, hätte ich keinen Grund, auf Sie oder sonst jemanden böse zu sein. Andererseits, Sir, da Sie das Thema nun schon angeschnitten haben: Ich halte es nicht gerade für die beste Idee, Little St. Ulf wieder auszugraben.«
»Sagen Sie, Herr Inspektor«, fragte der Dean, »würden Sie eine Demonstration für einen völlig friedlichen und erlaubten Zweck lieber abblasen, bloß weil Sie gehört haben, daß eine Gruppe von Rowdies vorhat, sie zu stören?«
»Das kann man wohl kaum vergleichen.«
»Die Analogie stimmt. Sollen wir auf die Möglichkeit verzichten, ein nicht unwichtiges Fragment der Geschichte dieses mächtigen Bauwerks ans Tageslicht zu bringen – nur weil vielleicht irgendwelche gewissenlosen Personen unsere Entdeckungen für ihre eigenen dunklen Zwecke mißbrauchen könnten?«
»Das kann ich nicht beurteilen, Sir. Ich halte mich nur an den Grundsatz, daß ein Kind nicht umgebracht werden darf, um einen Grundsatz zu beweisen.«
»Aber ich bitte Sie, Inspektor – ein Verrückter! Ein unüberlegtes Verbrechen!«
»Verrückt vielleicht, aber nicht unüberlegt. Ein Mörder hält sich nicht damit auf, rassistische Symbole in den Körper seines Opfers zu schneiden, wenn er sich nichts dabei gedacht hat.«
Der Dean hielt die Hand über die Augen, als blendete ihn auf einmal das Licht. Er drehte sich zum Altar, zu den gemalten Wundmalen des toten Christus.

»Er ist in Gottes Hand.«

»Und in der Hand der Polizei von Angleby.« Jurnets Ton war unnachgiebig. »Und deshalb muß ich alles wissen, was Sie mir über Arthur Cossey erzählen können.«

»Ich kann Ihnen nichts erzählen. Er war ein sehr stiller Junge.«

10

»Ist Ihnen schon mal aufgefallen«, fragte Ellers, als die beiden Polizisten am Kloster und am Dekanat vorbeigingen, »daß es immer die stillen Kinder sind, denen etwas passiert, nie die kleinen Schlingel, was man viel eher erwarten würde?«

»Eigentlich nicht«, wandte Jurnet ein. »Wenn ein Kind einmal tot ist, seh' ich keinen Grund, warum seine Mutter öffentlich verkünden sollte, daß es ihr immer einen Tritt verpaßt hat, wenn sie seine Fußballsocken nicht rechtzeitig fertig hatte.«

»Nun ja.« Man hörte Jack Ellers' Zweifel. »Dieser Arthur Cossey, würde mich nicht wundern, wenn er wirklich so war, wie man erzählt. War wohl kein kindliches Kind.«

»Seine Klassenkameraden können das sicher am besten beurteilen. Ich werd' mich mal mit ihnen unterhalten. Viel wird dabei natürlich nicht herauskommen. Kindheit ist doch nichts anderes als eine geschlossene Gesellschaft, eine Komödie, um die Erwachsenen hinters Licht zu führen – oder sind Sie zu alt, um sich daran zu erinnern?«

»Ich?« fragte der kleine Waliser mit weit aufgerissenen Augen. »Der Stolz von Llandrobyneth – der wackere kleine Kerl, offen wie eine rund um die Uhr geöffnete Tankstelle?«

»Den meine ich. Und den kleinen Lustmolch, da bin ich mir sicher, der immer versucht hat, die Mädchen in den Fahrradschuppen zu locken, um seine neue Luftpumpe auszuprobieren –«

»Zu anderen Zeiten hätte man Sie dafür auf dem Scheiterhaufen verbrannt, Mensch! Wegen Hexerei! Natürlich alles Quatsch –«

»Kein Wunder, daß wir zu Lügnern werden, bei der Übung, die wir hatten.« Jurnet ließ einen mißmutigen Blick über den Domplatz gleiten. Er fühlte sich von den knospenden Bäumen und den Blumen verhöhnt. Die dummen Tauben stolzierten gurrend herum oder umkreisten den Turm des Doms. Immer im Kreis herum. Was, zum Teufel, hatte es für einen Sinn, wenn alles, was man tat, dort endete, wo es begonnen hatte?

Ein Geräusch vom Oberen Domplatz brachte ihn abrupt auf den Boden der Tatsachen zurück.

Auf dem gepflasterten Platz vor dem Westportal waren kaum mehr Leute als sonst unterwegs. Das Geräusch, das sie machten – ein hohes Summen, das weniger geübten Ohren ohne weiteres hätte entgehen können –, ließ die beiden Polizisten ihre Schritte beschleunigen. Dieses Geräusch, und der Anblick einer kleinen Menschenansammlung auf dem Rasen.

»O Gott!« rief Ellers aus. »Die verdammte Presse«, jammerte er, als er sah, daß ein kleiner weißer Transporter mit der blauen Aufschrift *Ostenglisches Fernsehen* durch das Fitz Alain Gate rumpelte und so plötzlich bremste, als hätte sich einige Zentimeter vor der Stoßstange ein Abgrund aufgetan. Aus der hinteren Tür purzelten langhaarige junge Männer in T-Shirts und zerfetzten Jeans und begannen, eine Fernsehkamera aufzustellen und das Aufnahmegerät vorzubereiten, wobei sie trotz ihres Aussehens eine Geschicklichkeit an den Tag legten, die der Geschützmannschaft bei einem königlichen Turnier zur Ehre gereicht hätte. »Was, zum Teufel, geht hier vor?«

Ein Polizeiwagen fuhr auf den Domplatz; wahrscheinlich hatte er den Transporter verfolgt, denn die beiden Uniformierten, die ausstiegen, wußten anscheinend genau, wen sie suchten. Aber als sie über den Rasen laufen wollten, wurden auch sie auf den seltsamen Summton aufmerksam und drehten sich in seine Richtung.

Die Menschenmenge vor dem Westportal hatte schließlich begriffen, daß irgend etwas im Gange war und teilte sich in zwei Gruppen: die Schaulustigen wichen zwar vorsichtshalber zur Seite, blieben aber, um nichts zu verpassen, an Ort und Stelle; andere Touristen zogen sich in den Dom zurück. Die restlichen Leute, ungefähr hundert Männer und ein Dutzend Frauen, stellten sich in einer geschlossenen Front auf – im günstigen Blickwinkel der Kameras – und holten auf das Zeichen eines Mannes mit harten, aristokratischen Gesichtszügen hin, der der Anführer zu sein schien, unter ihren Mänteln und Jacken mit einer Gewandtheit, die häufiges Üben verriet, ein Sortiment von Fahnen und Plakaten hervor.

Nur die Schrift ließ die Eile der Vorbereitungen erkennen. In unregelmäßigen, eng zusammengeschriebenen Buchstaben stand da: 1144 – JUDEN ERMORDETEN LITTLE ST. ULF. WER ERMORDETE ARTHUR COSSEY? Und: SO SCHLECHT WAR HITLER GAR NICHT! Eine dritte forderte: RÄCHT ARTHUR – JETZT!, und eine vierte schlicht und einfach: RITUALMORD! Zwei Frauen hielten einen großen Union Jack hoch. Eine Fahne aus einem weißen Material, die der Mann und die Frau an den Enden der vordersten Reihe in die Höhe schwenkten, verkündete: VEREINIGTE ENGLÄNDER FÜR ENGLAND!

Zutiefst angewidert rannte Jurnet los.

Ein Kind war tot.

Der Tod war ein Ende.

Dies war ein Anfang.

Das Geschrei steigerte sich in orgiastischem Rhythmus.

»*Ri-tual-mord. Ri-tual-mord.*«

Einer der Uniformierten war wieder beim Wagen und telefonierte aufgeregt mit der Einsatzzentrale. Jurnet rannte auf die schreienden Gesichter zu und brüllte: »Wir sind von der Polizei! Es ist verboten, im Domgelände zu demonstrieren! Stecken Sie Ihre Plakate ein und verschwinden Sie sofort!«

Berauscht von ihrem eigenen Gebrüll, überhörten ihn die Demonstranten; oder wenn sie ihn hörten, schenkten sie ihm keine Beachtung.

»*Ri-tual-mord! Ri-tual-mord!*«

»Diese verdammten Scheißkerle!«

»Beruhigen Sie sich!« Jurnet packte den kleinen Waliser an der Schulter und drückte ihn auf den Boden. »Ich hab' gesehen, daß Hinchley eine Meldung gemacht hat. Warten wir lieber auf Verstärkung.« Zu Hinchleys Begleiter, der sich ihnen mit wütender, empörter Miene angeschlossen hatte, sagte er: »Lächeln Sie doch, Bly! Wir sind im Fernsehen, sehen Sie das nicht? Ein hübscher Fall von polizeilicher Brutalität wäre für die nur ein gefundenes Fressen.« Jurnet sah, daß drei Kirchendiener aus dem Dom getreten waren und daß einer von ihnen, Harbridge, sorgfältig seine Rockärmel hochkrempelte. »O Gott, die drei Grazien! Laufen Sie schnell hin und machen Sie ihnen klar, daß es um sie geschehen ist, wenn sie einem von diesem Haufen auch nur ein Haar krümmen!«

Bly entfernte sich widerwillig, und Ellers stieß zwischen den Zähnen hervor: »Woher, in Dreiteufelsnamen, haben die das nur gewußt?«

»Die Medien, meinen Sie?« Jurnets Stimme klang wütend. »Diese Scheißmedien, Beschützer unserer demokratischen Rechte und Freiheiten? Weil irgendein Idiot es ihnen erzählt hat, natürlich!«

Hinchley kam vom Einsatzwagen mit einem Megaphon herübergerannt.

»Sie sind unterwegs, Sir. Nützt Ihnen das Ding hier was?«

»Das bezweifle ich«, sagte Jurnet, nahm das Megaphon und hielt es an den Mund.

Sofort verdoppelte sich das Geschrei.

»*Ri-tual-mord!*«

Jurnet ließ das Gerät sinken.

»Wir sollten uns nicht noch lächerlicher machen.«

Ellers drängte: »Keine Brutalität, in Ordnung – aber müssen wir denn hier wie Schlappschwänze rumstehen?«

»Wenn Sie was Besseres vorzuschlagen haben –«

Ein junger Mann löste sich aus der Zuschauermenge und rannte auf sie zu, gefolgt von einem Mädchen, das offensichtlich entschlossen war, ihn von seinem Vorhaben abzubringen. Die auffällige Kleidung des jungen Mannes verriet seine überseeische Herkunft. Sein dunkles lockiges Haar und die dunklen Augen ließen die eigentliche Abstammung erkennen.

»Verdammt noch mal«, schrie der junge Mann. »Tun Sie doch endlich was! Wollen Sie diese gottverdammten Antisemiten ungestraft davonkommen lassen?«

»Mort – bitte!«

Das Mädchen zerrte verzweifelt an seinem Ärmel. Der junge Mann riß sich los.

»Hör auf mit deinem ›Mort – bitte‹.« Und zu den Polizisten: »Können Sie nicht lesen, was auf diesen Plakaten steht? Können Sie nicht hören, was die rufen? Oder verstößt so was in diesem wunderbaren Großbritannien gar nicht gegen das Gesetz?«

»Doch, natürlich«, erwiderte Jurnet ruhig. »Außerdem verstößt es gegen das Gesetz, auf dem Gelände des Doms ohne Erlaubnis des Deans und des Kapitels zu demonstrieren. Aber im Hinblick auf die große Zahl der Beteiligten nehmen die Maßnahmen zur Auflösung der Demonstration einige Zeit in Anspruch. Es dürfte jedoch nicht mehr lange dauern, bis wir in der Lage sind einzugreifen.«

»*Ri-tual-mord!*«

»Jesus!« schrie der junge Mann und riß sich wieder von dem Mädchen los. Obwohl er mit anderen Gedanken beschäftigt war, bemerkte Jurnet, daß sie sehr jung und schlank war und in ihrem Mackintosh sehr elegant aussah – was Engländerinnen nur selten gelang. Sie blieb stehen und flüsterte entsetzt »Mort!«, als der junge Mann auf den Haufen der Vereinigten Engländer zustürzte und, bevor einer von ihnen seine Absicht erkennen konnte, mit der Faust dem Anführer in sein aristokratisches Gesicht schlug.

Der Mann ging unter dem bestürzten Gebrüll seiner Gefolgschaft zu Boden. Eine der Frauen mit dem Union Jack hieb dem Amerikaner die Fahnenstange über den Kopf. Er taumelte, eingehüllt in wallendes Rot, Weiß und Blau. Seine Nase blutete stark, doch er fiel nicht. Statt dessen bückte er sich und rammte dem kurzgeschorenen Jungen, der das Plakat trug mit der Aufschrift, Hitler sei gar nicht so schlecht gewesen, seinen Kopf in den Bauch.

Um weitere Einzelheiten zu erfahren, mußte sich Jurnet an die Fernsehgesellschaft wenden, die noch am selben Tag eine Privatvorführung zur Unterhaltung von Jurnet und dem Kommissar veranstaltete. Die Langhaarigen hatten ganze Arbeit geleistet. Der Inspektor rutschte auf seinem Sitz hin und her – er war grün und blau geschlagen, ein paar Rippen waren bandagiert –, bis er sich weniger unwohl fühlte; und im selben Maße schwand sein Unmut gegenüber den jungen Technikern dahin, die sich ganz auf ihre Aufgabe konzentriert hatten, obwohl um sie herum die Hölle los war. Ein wenig aktive Beteiligung bis zum Eintreffen der Verstärkung aus der Polizeizentrale wäre zwar ihre hundert Bilder wert gewesen; aber die anderen Zuschauer, die schließlich nichts weiter zu tun hatten, als ihre Bürgerpflicht zu erfüllen, hatten keinen Finger gerührt, während sich die Fernsehleute wenigstens der sinnvollen Tätigkeit hingegeben hatten, das Geschehen aufzuzeichnen.

Fast jede Einzelheit war festgehalten: Der junge Amerikaner, der unter den Stiefeln der Menge verschwand, als die vier Polizisten herbeistürzten, um ihn zu befreien; die drei Kirchendiener, die wie Derwische umherwirbelten und mit den Armen um sich schlugen; die Schlagringe, in denen sich das Sonnenlicht fing – alles in großartigen Farbaufnahmen.

Waren die Zuschauer vor vielen Jahren genauso dabeigestanden und hatten beobachtet, wie Josce Morel und seine Frau Chera in ihren Eisenkäfigen an der Stadtmauer langsam starben? Hatten sie ihre Hälse gereckt, um den guten Doktor besser sehen zu können, Haim HaLevi, der mit dem Kopf nach unten am Kreuz hing?

Schon als er sich die Fragen stellte, wußte Jurnet die Antworten. Sie waren dabeigestanden. Es gab immer Zuschauer.

Der Kommissar drehte sich in dem dunklen Vorführraum nach ihm um und fragte mit fast väterlicher Freundlichkeit: »Alles in Ordnung, Ben?«

»Ein bißchen tut's noch weh, Sir.«

»Kein Wunder.« Der Kommissar blickte wieder auf die

Leinwand, wo Polizeibeamter Bly in Nahaufnahme einen Zahn ausspuckte. »Ich möchte nur wissen, weshalb es so lange gedauert hat, bis man Ihnen zu Hilfe kam.«

»Ich wüßte nicht, wie sie es schneller hätten schaffen sollen«, sagte Jurnet, der ewige Friedensstifter. Deshalb war er in der Polizeizentrale so beliebt – trotz seines Aussehens. In der Dunkelheit grinste der Inspektor sein eigenes Bild an; ein Ärmel seiner Jacke fehlte, und er schob gerade den Anführer der Vereinigten Engländer nicht besonders sanft zum Polizeiauto.

»Brinton, Briston – wie hieß der Bursche?« fragte der Kommissar.

»Brinston. Claude Brinston. Scheint eine außergewöhnliche Begabung zu haben, sich mit Schurken aller Art zusammenzutun. Der geborene Helfershelfer.«

»Etwa einer von *den* Brinstons?«

»Ganz genau. Brinstons Schuhmode. Deshalb haben sie Chesley Hayes, ihren alten ›Führer‹, rausgeworfen. Wollten an die Brinston-Millionen rankommen. Deshalb haben wir jetzt noch zusätzlich Hayes' Patriotenbund auf dem Hals – zwei Horden von Idioten statt einer.«

»Um so besser! Es braucht nur Kehrschaufel und Besen, um das bißchen Schmutz zu entfernen.«

»Ja, Sir.«

Das Studio füllte sich nun mit dem Klang der herannahenden Sirenen, die einige Stunden zuvor auf dem Domplatz in Jurnets Ohren wie Himmelsmusik geklungen hatten. Auf der Leinwand ging es sehr lebhaft zu. Polizisten stürzten aus den Wagen – wie Hunde, die zur Übung freigelassen werden –, ihre Füße trommelten über den Boden. Selbst im Film konnte man ihre gewaltige Begeisterung, ja Freude, inmitten der Gefahr spüren.

Einige der Vereinigten Engländer konnten entkommen, aber nicht viele. Bald war alles vorüber, alles was blieb, waren Fetzen von Flaggen und Pappe, die die drei Kirchendiener in ihren zerrissenen Röcken auf dem Pflaster zu einem Haufen stapelten, als wollten sie ein Siegesfeuer entfachen.

Das war noch nicht alles. Man sah, daß sich auf dem Rasen ein Arzt um den jungen Amerikaner bemühte, während das Mädchen im Regenmantel dabeistand. Bilder, die nicht gesendet worden waren, wie der Redakteur eilig betonte, zeigten ein aschgraues Gesicht mit geschlossenen Augen. Blut rann seitlich aus dem Mund. Die beiden Kriminalbeamten erlebten mit, wie die Sanitäter den Körper auf eine Trage legten; das Mädchen wartete – reglos wie die Statuen auf dem Rasen. Als man die Trage in den wartenden Krankenwagen schob, begannen sich die Zuschauer zu zerstreuen; sie hatten genug gesehen und waren zufrieden, daß sie hatten dabeisein können. Der Krankenwagen fuhr mit heulender Sirene durch den Bogen des FitzAlain Gate und verschwand.

Die Leinwand war wieder weiß. Irgend jemand schaltete die Lichter an. Die Hohen Tiere, die man hinzugezogen hatte, um peinliche Fragen abzuwenden, erkundigten sich vorsichtig, ob noch mit irgend etwas dienen könnten. Sie hatten bereits bestätigt, daß ein anonymer Telefonanruf sie von dem bevorstehenden spektakulären Ereignis auf dem Domplatz in Kenntnis gesetzt hatte.

»Natürlich«, einer von ihnen breitete seine Arme in einer glaubwürdig gespielten Geste der Unschuld aus, »haben wir angenommen, daß die Polizei auf dem laufenden war.«

Sie redeten dann noch ein wenig über das Recht der Öffentlichkeit auf Information und boten Sherry an, den der Kommissar höflich ablehnte.

»Inspektor Jurnet und ich haben Ihre Zeit genügend in Anspruch genommen.«

Sie widersprachen nicht und begleiteten die beiden zum Haupteingang, erleichtert durch die Aussicht, sie bald loszuwerden. Einer der langhaarigen jungen Männer, der irgend etwas mit der Tontechnik zu tun hatte, folgte ihnen nach draußen und fragte: »Dieser Amerikaner – geht's ihm besser?«

»Das glaube ich kaum«, antwortete Jurnet.

»Diese Dreckskerle!« Der Langhaarige kehrte wieder um. Inzwischen war es dunkel geworden. Die Straßenlampen verströmten eisiges Licht, noch lauerte der Winter in der Aprilnacht. Jurnet, der nach Hause gehetzt war, um seinen zerrissenen Anzug gegen einen anderen, dünneren auszuwechseln – den einzigen, den er noch hatte –, fröstelte, als er mit dem Kommissar zum Parkplatz ging. Er bemühte sich taktvoll, seinen Unmut vor dem Chef zu verbergen, der in seinem warmen Wintermantel gemütlich dahinschlenderte.

Der Kommissar sagte: »Eindrucksvoll, finden Sie nicht auch?«

Jurnet nickte und fuhr mit dem Auto aus der Parklücke.

»Raffiniert gewählt, der Zeitpunkt – der Film endet, und man ist wieder am Ausgangspunkt. Selten gilt: Ende gut, alles gut.«

In diesem Fall bestimmt nicht, dachte Jurnet, sagte es aber nicht.

Der Kommissar fuhr fort: »Mir kam es so vor, als hätte einer dieser Kirchendiener ein wenig mitgenommen ausgesehen.«

»Harbridge – ich hab' ihn schon mal erwähnt. Er wurde wieder an derselben Stelle verletzt, wie an dem Tag, als die Fußballfans hier waren. Er wollte nicht ins Krankenhaus. Sagte, er würde später zum Arzt gehen.«

»Ziemlich unvernünftig; aber vielleicht sah es schlimmer aus, als es war. Blut sieht im Fernsehen immer blutiger aus als in Wirklichkeit.« Der Kommissar blickte seinen Untergebenen von der Seite an. »Sie sahen ziemlich furchtbar aus.«

»Ein miserabler Maskenbildner.«

»Die haben nichts ausgelassen, wie?«

»Soweit ich weiß, nicht.« Jurnet unterließ es, zwei Kleinigkeiten zu erwähnen, die dem zudringlichen Mikrophon und den neugierigen Objektiven entgangen waren. Zum einen das flüchtige Auftauchen von Stan Brent unter den Zuschauern, zum andern das blasse amerikanische Mädchen. Der Kriminalbeamte hatte sie am Ellbogen ergriffen, um ihr in den Krankenwagen zu helfen; als sie eingestiegen war, hatte sie sich umgedreht und gesagt: »Wir sind seit zehn Tagen verheiratet – nein, neun! Morgen sind es genau zehn Tage!«

Jurnet seufzte laut.

»Was ist los, Ben?« fragte der Kommissar besorgt. »Tut's weh?«

»Ein bißchen.«

11

Als Jurnet zur Bridge Street kam, zum Vordereingang zu diesem Niemandsland, in dem Joe Fisher seine Waren hortete, zog Nebel von den Uferwiesen über die Straße und verwischte das Bild der hübschen Reihe von Handwerkerwohnungen auf der anderen Seite der Straße, die zu der buckligen Brücke über den Fluß führte. Die Laternen mit ihrem matt orangefarbenen Hof verströmten ein fahles frommes Licht, das beunruhigender war als Dunkelheit.

Der Kriminalbeamte war niedergeschlagen. Seine Rippen schmerzten, die Schrammen auf seiner Backe brannten in der beißend kalten Luft. Nachdem er den Kommissar bei der Polizeizentrale abgesetzt hatte, wollte er eigentlich schnell zu seiner Wohnung zurückfahren, einen Mantel holen, etwas trinken und vielleicht auch ein oder zwei Konserven öffnen. Er wußte, daß er noch ein paar Dosen Bohnen im Küchenregal hatte, sowie einige Packungen von getrocknetem chinesischen Suppengemüse, dem er, seit einem Monat gastronomischen Wahnsinns, unerklärlicherweise verfallen war. Jetzt drehte sich ihm aber bei dem bloßen Gedanken an das chemisch-chinesische Essen der Magen um.

Er fuhr nicht nach Hause.

Er sperrte den Wagen ab, überquerte den Gehweg und kletterte mühsam über das abgeschlossene Tor; dabei hörte er sein Herz dumpf gegen die lädierten Knochen pochen.

Im Wohnwagen brannte Licht. Jurnet wollte gerade etwas Beruhigendes hinüberrufen, als sich die Tür öffnete und auf der Treppe der Umriß einer schmalen Gestalt erschien, die mit ihrer ungewöhnlichen Stimme weich und atemlos fragte: »Joe?«

Der Kriminalbeamte wünschte fast, er könnte ja sagen, nur um Millie Fisher glücklich zu machen. Aber es stellte sich bald heraus, daß auch Mr. Ben Millie Fisher glücklich machen konnte, zwar nicht so glücklich wie Joe, aber doch glücklich genug.

»Mr. Ben! Willie! Es ist Mr. Ben!«

Der Junge erschien in der Tür, während seine Mutter die Treppe hinunterrannte und sich in ihrem üblichen Überschwang auf den Kriminalbeamten stürzte. Zu Jurnets gewohnter Verlegenheit über ihre stürmische Begrüßung kamen diesmal noch die Schmerzen seines verletzten Körpers hinzu. Aber als er sich bückte und Willie ansah, das kleine Gesicht, das sich erwartungsvoll nach oben wandte, biß er die Zähne zusammen und schwang das Kind auf seine Schulter, wie er es immer tat.

»Wie geht's denn unsrem großen Jungen?«

»Mr. Ben! Mr. Ben!«

Joe Fisher war offensichtlich nur kurz hiergewesen. Er hatte Geschenke mitgebracht.

»Darf ich Ihnen Tee anbieten?« fragte Millie, und diesmal hüpfte Willie aufgeregt herum und rief: »Sagen Sie ja, Mr. Ben! Wir hab'n jetzt eine Thermosflasche!«

In Sekundenschnelle wurde Jurnet auf die Sitzbank vor die »Thermosflasche« geschoben, aus der er sich unbedingt bedienen sollte.

»Joe hat sie aufgefüllt«, strahlte Millie, offensichtlich überzeugt davon, daß niemand außer Joe damit umgehen konnte. »Und's bleibt heiß und heiß und heiß!«

»Nich' für immer, Dummerchen«, verbesserte sie der Junge. »Bestimmt nich' länger als eine Woche!« Er sah den Inspektor stolz an. »Und wir haben *Kuchen*!« Er brachte eine Pappschachtel zum Tisch und öffnete sie; zum Vorschein kamen ein paar nicht sehr ansehnliche Kekse. Das Kind betrachtete sie sehnsüchtig, zählte sie laut und fragte ängstlich: »Woll'n Sie den mit Schokolade?«

»Hab' schon gegessen«, sagte Jurnet, »mir steht's bis hier

oben«; er machte die entsprechende Handbewegung. »Aber zu einem Täßchen Tee würde ich nicht nein sagen.«

Joe Fisher mußte schon ziemlich lange wieder fort sein, vermutete Jurnet, während er den Tee mit allen Anzeichen höchsten Genusses aus der Tasse schlürfte, die er von der Thermosflasche geschraubt hatte. Der Tee war stark und so süß, daß ihm übel wurde. Außerdem war er lauwarm.

»Kommt Joe bald wieder?« fragte er gesprächig.

»Muß er doch, wenn Sie den Tee ausgetrunken hab'n! Zum Auffüllen!« Millie kicherte über ihren eigenen Scharfsinn.

»Dann kommt er also heute abend wieder?« Jurnet setzte die Tasse ab. Noch ein Tropfen, und ihm würde alles hochkommen.

»Sie trink'n ja gar nich'!« Millies schöne Augen wurden traurig.

Jurnet sagte: »Ich warte, daß er abkühlt.« Er holte tief Atem und nahm den Rest mit einem Schluck.

Millie lächelte selig.

»Jetzt kommt Joe.«

»Also dann«, sagte Jurnet, kurz davor, sich zu übergeben, »ich muß weiter.«

»Sie können zum Tee kommen, wann Sie woll'n«, sagte Millie, »wo wir doch jetzt eine Thermosflasche hab'n.«

Als er sich einige Minuten später zwar wackelig, aber um die scheußliche Brühe erleichtert und zu neuem Leben erwacht an die nächste Wellblechhütte lehnte, zupfte jemand an seiner Hose – Willie, dessen strohblondes Haar sogar in der Dunkelheit leuchtete und der sein Gesicht mit wichtiger Miene nach oben wandte.

»Ich weiß, wo Joe immer hingeht.«

»Du bist ihm doch nicht etwa nachgegangen?« Jurnets Sorge um die Sicherheit des Jungen war größer als jede Befriedigung, die ihm diese Information verschaffen konnte. »Du wirst noch mal überfahren.«

Das Kind richtete sich auf.

»Ich geh' schließlich auch zur Würstchenbude! Und zum

Milchmann und zum Bäcker! Ich könnte überall hingeh'n, aber ich will Mama nich' so lang allein lassen.«

»Das mein' ich ja.« Jurnet beeilte sich, seinen Fehler wiedergutzumachen. »Du kannst nicht bei deiner Mama bleiben, wenn du dauernd deinem Papa nachläufst.«

»Ich *bin* ihm doch gar nich' nachgelaufen. Ich kam grade aus dem Laden, und da hab' ich ihn auf der anderen Straßenseite geseh'n. Also hab' ich mir gedacht, ich frag' ihn, ob er mir zehn Pence für einen Lutscher gibt. Mama hat gesagt, ich kann einen hab'n, wenn Kleingeld übrigbleibt, war aber kein's übrig. Und Joe is' reich, da wollt' ich ihn frag'n.«

»Wer hat dir denn gesagt, daß er reich ist?«

Der Junge sah ihn verdutzt an. »Er *is'* es einfach. Dann hab' ich gewartet, bis ich über die Straße konnte –«, dabei sah er Jurnet streng an. »Ich paß' *immer* auf. Aber da war er schon ganz weit weg, und ich mußte ihm nachrennen –« Der Satz verebbte.

»Und?« fragte Jurnet ermunternd.

»Also –« Das kleine Gesicht schob sich in Falten und glättete sich wieder, als müßte das Kind damit kämpfen, seine Gefühle zu übermitteln, Gefühle, die es kaum begreifen, geschweige denn in Worte fassen konnte. Der Kriminalbeamte zwang sich, ruhig zu bleiben und den Jungen selbst mit seinem Problem fertig werden zu lassen.

»Also dann«, sagte Willie, »wollt' ich eigentlich keinen Lutscher mehr.« Er sah Jurnet trotzig an, als er den Widerspruch wagte. »Das geht mir oft so, daß ich keine Lust mehr drauf hab', wenn ich grade noch welche hatte. Er hat mich nich' geseh'n, darum war es eh ganz egal.«

»Bist du ihm weiter nachgegangen?«

»Es war nicht weit. Er ging eine Straße runter und dann in ein Haus.«

»Vielleicht hat er einen Freund besucht.«

Willie machte keine Anstrengung, seine Verachtung zu verbergen.

»Er hat in seiner Hosentasche 'ne Menge Schlüssel an einer Kette. Die hat er rausgenommen, einen Schlüssel genommen und is' reingegangen.« Und für den Fall, daß Jurnet noch immer nicht verstanden hatte: »Er klopft nie an.«

»Weißt du, welche Straße es war?«

Willies Gesicht legte sich wieder in Falten. Jetzt sah er wie ein weinendes Kind aus.

»Sie wissen doch, daß ich nich' lesen kann!«

Daraufhin schwang Jurnet den Jungen wieder auf seine Schulter; der Schmerz in den Rippen wurde stärker.

»Weißt du was, mein Kleiner? Wir machen eine Spazierfahrt!«

»Und Mama –«

»Wir drei! Du zeigst mir die Straße. Meinst du, du weißt noch, wo sie ist?«

»Mensch, bloß weil ich nich' lesen kann«, sagte Willie zornig, »glauben Sie, ich weiß das nich'.« Nach einer Weile fragte er: »Mit was für'm Auto?«

»Einem Rover. Das neueste Modell.«

»Rover!« Aber er war noch immer besorgt. »Und Mama –«, begann Willie wieder.

»Hör zu«, sagte Jurnet und stellte das Kind wieder auf die Füße, »wir wollen doch deine Mama nicht mit Häusern und Schlüsseln und solchem Zeug durcheinanderbringen. Du sitzt vorne und sagst mir leise, wo ich hinfahren muß, ja? Wenn du das Haus erkennst und wir daran vorbeifahren, dann zupfst du mich an der Hose, so wie eben, klar? Du darfst sie mir bloß nicht ganz runterziehen – ein Polizist ohne Hose auf der Straße! Das wäre was!«

Unter großem Gelächter bei der Vorstellung, daß man Inspektor Benjamin Jurnet in Unterhosen erwischen würde, gingen sie fröhlicher Stimmung nach Hause, um Millie abzuholen. Eine Autofahrt! Eine Fahrt in einem neuen Rover!

Da Jurnet darauf bestand, daß sich die beiden warm einwickelten, zog Willie unter der Bank einen Pelzmantel ungewisser Herkunft hervor, der dem Kriminalbeamten den Mund mit Haaren füllte, als er Millie zuvorkommend hineinhalf. Willie trug einen Wollmantel, schmutzig, aber warm.

»Toll, das muß ich Joe erzählen!« rief Millie.

Die beiden rannten vergnügt vor ihm her; sie fanden den Weg durch die Schrotthaufen wie Katzen im Dunkeln. Jurnet stolperte mit der Taschenlampe hinter ihnen her. Von der anderen Seite des Zauns hörte er ihre aufgeregten Stimmen.

»Lila!« Das war Millie.

Willie rief: »Blau, du Dummerchen! Polizeiautos sind immer blau!«

Jurnet konnte nicht herausfinden, an welcher Stelle die beiden herausgeschlüpft waren, und mühte sich wieder über das Tor.

»Es ist doch blau, Mr. Ben?« Willie machte es sich auf dem Beifahrersitz bequem. »Ich hab's ihr gesagt, aber sie glaubt mir nich'.«

»Lila!« rief Millie. Jurnet dachte kurz daran, daß am nächsten Tag die Haare auf dem Rücksitz in der Wagenhalle der Polizei einer Erklärung bedürfen würden.

Er ließ den Motor an, setzte den Wagen in Bewegung und fuhr vom Bordstein herunter.

»Ihr habt beide recht«, sagte er. »Blau bei Tageslicht und lila nach Einbruch der Dunkelheit. Also habt ihr beide gewonnen.«

»Ich hab's dir ja gleich gesagt!« schrie Millie, lehnte sich nach vorn und klopfte ihrem Sohn auf die Schulter.

Willie drehte sich in seinem Sitz um und rief triumphierend zurück:

»Ich hab's *dir* ja gleich gesagt!«

»*Beide gewonnen!*« Jurnets Hände umklammerten das Lenkrad. Leise, damit Millie es nicht hörte, sagte er zu Willie: »Sind wir richtig, mein Herr?«

Der richtige Weg führte durch die Bridge Street zum Bridge Gate, bog vor dem Domplatz ab und folgte der hohen Mauer, die den Garten des Bischofs umgab. Kurz vor der Kurve, wo die Straße breiter wurde und in einen schönen, würdevollen Platz mit Blick auf die Eingangstür Seiner Gnaden mündete, redete Willie leise und deutete mit dem Finger nach rechts.

Jurnet bog ab, nach ein paar hundert Metern auf ein weiteres Zeichen hin nochmals nach rechts.

Er wußte, wo er sich befand; trotzdem fuhr er weiter, um Willie nicht um das Vergnügen zu bringen, an seinen Hosenbeinen zu ziehen, als sie an Mrs. Cosseys Eingangstür vorbeifuhren.

Hinten breitete Millie ihre Arme schwelgerisch aus.

»Das muß ich Joe erzählen!«

12

Professor Pargeter war in Birmingham gewesen. Inspektor Benjamin Jurnet faßte es als persönliche Beleidigung auf, daß sich Professor Pargeter zu einem Zeitpunkt in Birmingham aufgehalten hatte, als auf dem Domplatz von Angleby etwas vorging, wofür nach seiner Ansicht der Professor zu einem großen Teil verantwortlich war.

Es bedurfte keiner langen Nachforschungen, um herauszufinden, wie die Vereinigten Engländer erfahren hatten, was mit dem Leichnam von Arthur Cossey geschehen war. Keiner in Angleby, der vierzig Minuten erübrigen konnte, und keiner, der es eigentlich nicht konnte, ließ sich davon abhalten, die wöchentliche Mittagssendung des Professors im Lokalsender einzuschalten.

»Pargeting«, wie die Sendung genannt wurde, war eine Mischung aus Unterhaltungssendung, Geschichtsunterricht und Einmannkomödie und verdientermaßen populär. Man wußte nie, was der Professor bringen würde – nur, daß man zum Schluß, nach dem Geschwätz und den schmutzigen Witzen, immer besser informiert war, als man es jemals für möglich gehalten hätte, und zwar über Themen, die so verschieden waren wie Viehwege der Steinzeit und Zeitauffassungen der Mayas. An »Pargeting« hatte man, wie es hieß, seinen Mordsspaß.

An jenem Tag hatte er einen guten Anfang gemacht; er hatte mit dem Schauspielerehepaar begonnen, das gerade in der Noel-Coward-Saison am Royal Theatre Aufsehen erregte; ein Paar, das so versessen darauf war, seine Zusammengehörigkeit zu demonstrieren, daß beide Partner nicht bemerkten, wie durch die geschickte Einflußnahme des Gesprächsleiters ihr Wortwechsel von Minute zu Minute bissiger wurde. Beim Schlußthema, einem Aufruf zur Erhaltung eines Irrenhauses aus dem neunzehnten Jahrhundert, das zum Abbruch bestimmt war, konnte man unmöglich erkennen, ob der Professor es ernst meinte oder ob er sich über allzu enthusiastische Denkmalschützer lustig machte.

Zwei gute »Pargeting«-Nummern. Dazwischen hatte der Professor beiläufig erwähnt, daß man den im Dom ermordeten kleinen Arthur Cossey genau auf dieselbe Art verstümmelt hatte wie seinerzeit Little St. Ulf – also kastriert und vom Hals bis zum Nabel die ineinander gesetzten Dreiecke des Davidssterns eingeschnitten; und anschließend hatte er sich fünf spannende Minuten lang über die Faszination magischer Zeichen im allgemeinen ausgelassen.

»Und nun für einen Akt der Zerstörungswut mißbraucht, und zwar – hält man's für möglich? – nicht von einem dieser verhaltensgestörten Jugendlichen, für die wir immer vor Mitleid zerfließen, sondern von den Besserwissern unseres Stadtrats –«, und so ging's weiter über die bedrohte Anstalt. Die Zuhörer fragten sich schon, ob sie sich grämen oder freuen sollten über das Schicksal, das diesem »unvergleichlichen romanischen Irrläufer in der ostenglischen Landschaft drohte«, als der Groschen plötzlich fiel – mit der ganzen Wucht des nachträglich erlebten Schocks. *Wie war das noch mal mit Arthur Cossey?*

Sofort nach der Sendung, die wie immer eine Live-Übertragung gewesen war, fuhr der Professor nach Birmingham, um eine Vorlesung an der Universität zu halten. Als er dort ankam und ans Telefon geholt wurde, weil Jurnet mit ihm sprechen wollte, war er guter Laune und zeigte kein schlechtes Gewissen.

»Ich wette, Flossie macht sich in die Hosen!«

»Mit dem Dean habe ich noch nicht gesprochen.«

Das schallende Gelächter des Professors drang durch die Leitung.

»Geben Sie ihm einen Kuß von mir.«

Mit ausdrucksloser Stimme sagte Jurnet: »Ein junger amerikanischer Tourist wurde schwer verletzt und ist noch bewußtlos.«

In der Leitung blieb es still. Dann sagte die Stimme am anderen Ende: »Wissen Sie was, Inspektor; mancher muß immer den Clown spielen, weil es die einzige Rolle ist, die er beherrscht, verdammt noch mal.« Es folgte eine weitere Pause. Dann: »Sie denken doch hoffentlich nicht, daß ich dieses Höllenspektakel geplant habe?«

Jurnet überging die Frage. Er sagte: »Ich denke nur, daß wir uns einmal unterhalten müssen, Sir. Heute noch, wenn möglich.«

»Um acht Uhr bin ich zurück in Angleby. Danach jederzeit. Sie wissen sicher, wo ich wohne. Inspektor?«

»Ja, Sir?«

»Wenn Sie denken, ich hätte irgend etwas mit dem Tod dieses Kindes zu tun –«

Nachdem er seiner Meinung nach lange genug gewartet hatte, fragte Jurnet wieder: »Ja, bitte?«

Aber der Professor hatte bereits aufgelegt.

Als Rosie Ellers Jurnet die Haustür öffnete, verlor ihr rundes hübsches Gesicht seine Miene sonniger Sorglosigkeit. Sie fuhr ihren Mann an, der sich in der Diele den Regenmantel über die Schultern hängte:

»Wo warst *du* eigentlich, als die Steine flogen?«

Der kleine Waliser – rosig und unverletzt – gab seiner Frau einen schmatzenden Kuß und schob sich an ihr vorbei zur Tür.

»Klein, aber fein. Ein kleiner Kerl wie ich kann eben jedem Schlag ausweichen.« Er betrachtete den Inspektor voller Mitleid. »Der fällt doch auf wie ein bunter Hund, kein Wunder.«

Rosie sagte: »Der Inspektor gehört eigentlich ins Bett. Wahrscheinlich hat er sogar Fieber. Und dann ohne Mantel und alles!« Sie schüttelte mißbilligend den Kopf und fragte schließlich: »Könnte Jack Sie nicht nach Hause fahren und allein erledigen, was noch getan werden muß?«

»So schlimm ist es gar nicht«, sagte Jurnet, der sich in Wirklichkeit elend fühlte. Aber nicht so elend, wie er sich allein zu Hause gefühlt hätte.

»Kommen Sie wenigstens auf was Heißes mit rein, wenn Sie meinen Herrn Gemahl zurückbringen.«

Jurnet war froh, daß sein Untergebener am Steuer saß. Er hatte sich in den Beifahrersitz sinken lassen und beobachtete, wie die vertrauten Straßen vorbeiglitten.

»Was wollen wir diesen Kerl denn genau fragen?« erkundigte sich Ellers, den das Schweigen des anderen beunruhigte.

Jurnet raffte sich mühsam auf.

»Es steht fest, daß er die Katze aus dem Sack gelassen hat, nachdem ihn der Kommissar ausdrücklich darum gebeten hatte, es nicht zu tun. Wir waren zu dem Ergebnis gekommen, daß der Mörder des Kindes in jedem Fall daran interessiert ist, die besondere Art der Verwundungen publik zu machen, entweder um die alten Lügen wieder aufblühen zu lassen oder einfach um uns von seinem wirklichen Mordmotiv abzulenken. Der Professor hat das Geheimnis also eigenmächtig ausposaunt. Ein falscher Hund oder nur verdammt unverantwortlich?«

»Ich kann mir nicht vorstellen, daß so ein Typ mit diesen Vereinigten Engstirnlern gemeinsame Sache macht.«

»Auch Mosley hatte blaues Blut in den Adern, und mit wem steckte er in den Dreißigern unter einer Decke?«

»Na ja, die Dreißiger –«

»Wieso sollte es in den Achtzigern anders sein? Sie haben doch das Manifest der Vereinigten Engländer gelesen. Sie mußten ziemlich schwafeln, um die Gesetze gegen rassische Diskriminierung zu umgehen, aber es steht alles drin: England den Engländern, und in deren Sprache heißt das, nur den weißen angelsächsischen Protestanten.« Er sah den kleinen Waliser belustigt an. »Für Sie bleibt da kein Platz, mein Freund.«

Sie befanden sich nun am äußeren Stadtrand in einem wohlhabenden Viertel, das einmal ein Dorf gewesen war.

Sergeant Ellers bog von der Hauptstraße ab; die Lichter in den Häusern schimmerten in kostspieliger Entfernung von der Straße.

»Höchstens in den Bergen«, antwortete Ellers lächelnd. »Für mich wie für Sie.«

»Schon mal in Brum gewesen?« begrüßte sie Professor Pargeter mit einem Glas in der Hand. Er hatte die Eingangstür selbst geöffnet und die beiden Kriminalbeamten in eine geräumige Halle voller Tonscherben geleitet, die Jurnets alte Mutter längst auf den Müll geworfen hätte. »Lassen Sie es bleiben, wenn Ihnen Ihr Leben lieb ist.«

Während er sie in einen freundlichen, mit Bücherregalen vollgestellten Raum führte, bemerkte er über die Schulter:

»Gott allein weiß, wie viele Knochen von tapferen Jünglingen und holden Mädchen, die nie aus dem Labyrinth fanden, in der Stierkampfarena verbleiben.«

Das war kein vielversprechender Anfang, und es wurde auch nicht besser. Jurnet, der von Natur aus nicht gerade frivol veranlagt war und auch niemals gelernt hatte, mit Frivolität, besonders mit ihrer akademischen Variante, die rücksichtslos einen gemeinsamen Hintergrund voraussetzte, fertig zu werden, fühlte sich gleich wieder unwohl.

»Drink gefällig?« fragte der Professor, während er sein eigenes Glas an einem kleinen Tisch mit vielen Karaffen auffüllte. Er drehte sich um, betrachtete seine Besucher, die noch standen – der eine groß und hager, der andere klein und dicklich – und brach in Gelächter aus. »Setzen Sie sich doch endlich! Sie sehen aus wie Dick und Doof!«

Er winkte die beiden zu einem riesigen Ledersofa, auf dessen Kante sie sich verlegen niederließen. Er erwartete anscheinend keine Antwort auf sein Angebot und machte keine Anstalten, ihnen etwas einzuschenken. Er stellte sich vor die marmorne Kamineinfassung, schwenkte sein Glas, daß die Flüssigkeit gefährlich schwappte, und fragte ohne weitere

Umschweife: »Wenn ich Ihnen sagen würde, Herr Inspektor, daß ich nur deshalb die paar Worte über Arthur Cossey gesagt habe, weil mich mein Redakteur gebeten hatte, etwas Kurzes zwischen die beiden Hauptthemen einzufügen, und mir unter dem Zeitdruck beim besten Willen nichts anderes eingefallen ist, würden Sie mir dann glauben?«

»War das der Grund?« Jurnet fühlte sich allmählich besser, da er einen gewissen Mangel an Sicherheit auf seiten des Fragestellers spürte.

»Sie haben meine Frage nicht beantwortet, also wäre ich schön dumm, wenn ich Ihre beantwortete. Ich versuch's noch mal. Was würden Sie sagen, wenn ich Ihnen erkläre, daß es eine Geste sein sollte – nennen wir's einen Vorstoß zur Freiheit –, nachdem ein wichtigtuerischer Dummkopf, nämlich Ihr Kommissar« – der Schreck überzog Sergeant Ellers' Gesicht mit Röte – »die Unverschämtheit besaß, mir Redeverbot zu erteilen?«

»Ich würde fragen: War es denn eine Geste?«

Der Professor wippte erfreut auf den Fersen. »Tatsächlich? Und wenn ich weiter zugeben würde, daß ich in Wirklichkeit nur Flossie eins auswischen wollte – was dann?«

Wieder Herr seiner selbst, antwortete Jurnet: »Dann würde ich sagen, daß keiner der Gründe – nicht einmal alle drei zusammen – eine angemessene Entschuldigung für die Anzettelung eines Aufruhrs ergibt.«

Der Professor leerte sein Glas und stellte es auf den Kamin. »Sagen Sie«, fragte er, »*war* Arthur Cosseys Leichnam eigentlich so verstümmelt, wie ich es beschrieben habe, oder nicht?«

»Das wissen Sie doch. Wir haben ihn schließlich zusammen gefunden.«

»Ich danke Ihnen!« Er verbeugte sich. »Dann beschuldigen Sie mich wenigstens nicht, die Wahrheit verdreht, sondern nur, sie geäußert zu haben.« Seine blauen Augen blitzten vor Wut. »Sie müssen zugeben, daß eine Ironie darin liegt, ausgerechnet von der Polizei dafür getadelt zu werden, daß man die Wahrheit sagt.«

»Sind Sie wirklich so naiv, Sir? Lügen ist doch nicht die einzige Alternative.«

»Schweigen zur rechten Zeit übertrifft Beredsamkeit, wie?« Seine Wut wich einer wehmütigen Heiterkeit. »Ein professionelles Plappermaul soll schweigen! Sie wissen gar nicht, was Sie da verlangen!«

»Sie wissen sicher so gut wie jeder andere, wann Sie Ihren Mund zu halten haben«, sagte Jurnet.

»Eben nicht; das ist es ja.« Und nun war auch die Heiterkeit verschwunden, es blieb nichts als Wehmut. »Wenn Sie mich besser kennen würden, dann wüßten Sie, daß ich meine Worte wie meine Kleider wähle – sie sind immer zu grell und zu lässig, aber, zum Teufel, was soll's! Irgendwie muß ich meine gottverdammte Nacktheit bedecken.« Er durchquerte das Zimmer und nahm aus einem Regal einen Gegenstand, der kleiner als ein Tennisball war. Als er zum Kamin zurückkam, konnte Jurnet erkennen, daß es ein kleiner, mit der Zeit beinahe auf Kieselgröße geschrumpfter Steinkopf war.

»Würde es Sie überraschen«, fragte Professor Pargeter – seine kräftigen, dunklen Finger zeichneten liebevoll die Andeutung einer Locke auf dem Artefakt nach –, »würde es Sie überraschen zu hören, daß der Hauptgrund meiner Entscheidung für die Archäologie der war, weil es da so ruhig zugeht?«

»Nun, wenn Sie es sagen.«

»Ja, Herr Inspektor! Wie Sie vielleicht bemerkt haben, bin ich eine lautstarke Person – um einiges *zu* laut. Aber die Sprache einer umgestürzten Marmorsäule, stummes Zeugnis einer glanzvollen Zeit«, sein Gesicht nahm eine ernsthafte Miene an, die Jurnet, der diese Maske oft genug im Fernsehen gesehen hatte, unbeeindruckt betrachtete, »angekohlte Balken, die stumm von längst vergangenen Brandschatzungen erzählen, sogar die Überreste eines unbedeutenden Abfallhaufens – das ist das Wesen der Kommunikation, wenn man einmal gelernt hat, die Zeichen zu lesen. Ach, wenn nur die Gegenwart so stumm wie die Vergangenheit wäre! Ich hätte einen Job weniger, aber was wäre das für eine wunderbare Welt!«

»*Stumm* ist das letzte Wort, das ich im Moment dafür gebrauchen würde. Ihnen haben wir's zu verdanken, daß Little St. Ulf sich seine heiliggesprochene Seele aus dem Leib schreit.«

»Das tut mir wirklich leid.« Professor Pargeter machte keinen besonders schuldbewußten Eindruck. Er drehte sich um und legte den kleinen Steinkopf neben sein leeres Glas. Mit dem Rücken zu den Kriminalbeamten fragte er: »Und der junge Mann? Wie geht's ihm?«

»Nicht besonders.«

Der Professor drehte sich wieder um. Nach kurzem Schweigen sagte er: »Amerikaner, haben Sie gesagt? Wieso wurde er in eine Sache verwickelt, die ihn unmöglich betreffen konnte?«

»O doch, sie betraf ihn. Sehr sogar. Er ist Jude.«

»Donnerwetter!« Eine weitere Pause folgte. Als der Professor weitersprach, klang seine Stimme fast bittend. »Herr Inspektor, Sie verstehen doch sicher, daß man ganz einfach voraussetzen muß, daß alle Menschen zivilisiert sind – die eigenen Landsleute zumindest –, genauso wie man voraussetzen muß, daß uns das Flugzeug, das wir besteigen, sicher zum Ziel bringt. Nur weil wir genau wissen, daß es Menschen gibt, die sich barbarisch verhalten, und daß einige Flugzeuge, unabwendbar, wie die Dinge nun einmal sind, vom Himmel fallen, darf doch die Grundvoraussetzung für ein geregeltes Leben nicht aufgehoben werden. Da sind Sie doch sicher meiner Meinung.«

»Vorausgesetzt, alle Menschen wären zivilisiert«, erwiderte Jurnet ungerührt, »müßte ich mich ans Arbeitsamt wenden. Jeder, der annimmt, daß Typen wie die Vereinigten Engländer zivilisierte Wesen sind, stützt sich auf eine falsche Voraussetzung. Um ehrlich zu sein, Sir, ich halte es für nahezu unmöglich, daß eine intelligente Person wie Sie die möglichen Konsequenzen dieser Sendung nicht vorausgesehen hätte.«

Professor Pargeter verzog seine Lippen, so daß der Schnurrbart ein wenig schief hing.

»Nahezu unmöglich – vielen Dank für diesen kleinen Rest

von Zweifel! Das kann doch wohl nur bedeuten, daß Sie noch nicht ganz soweit sind, mich wegen Mordes an Arthur Cossey festzunehmen.«

Jurnet ignorierte die Drohung.

»Sind Sie ganz sicher, daß Sie den Jungen nicht gekannt haben?«

»Ganz sicher – wie auch, daß ich bezüglich meiner sexuellen Neigungen nicht im geringsten Gefahr laufe, daß sie Jugendlichen meines eigenen Geschlechts gelten, ob sie mir nun bekannt sind oder nicht. Wohlgemerkt«, seine blauen Augen sprühten vor Spott, »mir kam oft in den Sinn, daß ein, wenn auch nur maßvoller Hang zur Päderastie in bezug auf mein Verständnis der alten Griechen Wunder gewirkt hätte.«

Jurnet ignorierte den Köder und sagte: »Ich habe erfahren, daß Sie einen Schlüssel zur Hintertür des Bischofs haben, zu der kleinen Tür im nördlichen Querschiff?«

»Ja, hab' ich, Miss Aste und Mr. Epperstein ebenfalls. Wenn Sie Flossie erzählen, daß ich Duplikate habe machen lassen, dann kriegt er – so Gott will – einen hysterischen Anfall. Da jeder von uns einen anderen Weg hat, war es mit einem einzigen Schlüssel einfach nicht zu machen, weil immer die Möglichkeit bestand, daß einer die beiden anderen morgens in der Kälte stehen ließ. Und da ich gerade Miss Aste erwähnt habe«, sein Ton war merklich kühler geworden, »sie hat mich angerufen. Mußten Sie sie denn derartig mit Ihren Fragen belästigen? Das Kind war ganz außer Fassung.«

»Sergeant Ellers hat mit Miss Aste gesprochen.« Jurnet, der seine eigenen, wenig rühmlichen Gründe dafür gehabt hatte, die Befragung der Ehrenwerten Liz seinem Assistenten zu übertragen, nickte dem kleinen Waliser zu. »Ich hoffe, Sie können dem Professor versichern, daß er falsch informiert ist und keine Belästigung irgendwelcher Art stattgefunden hat.«

»Leider nicht, Sir«, erklärte Sergeant Ellers rundheraus. »Sogar jede Menge! Nur war nicht sie, sondern ich betroffen! Ich war der Verzweiflung nahe. Ich drohte damit, den Polizeichef hinzuzuziehen, wenn sie nicht aufhören würde.«

»Womit aufhören?« Der Professor klang, als hätte er einen Verdacht.

»Solche faustdicken Lügen aufzutischen.«

»Ach so!« Der Professor lächelte. »Liz erzählt immer Lügen. Sie dürfen ihr kein Wort glauben. Sie lügt, wie andere Leute Linkshänder sind. Lügen ist so selbstverständlich für sie wie atmen.«

»Und ich dachte, sie macht das absichtlich!« jammerte Ellers. »Ich konnte nicht verstehen, warum sie sogar abstritt, daß sie am Sonntag im Dom gewesen war, wo sie doch Ihnen und Mr. Jurnet auf dem Weg nach draußen direkt in die Arme lief. Mr. Jurnet sagte irgendwas von Dias, die sie angeblich abgeholt hat.«

»Sie bewahrt sie im Triforium auf«, sagte Professor Pargeter, »zusammen mit ihren ganzen anderen Photosachen. Der Staub unten am Grab würde sie ruinieren.«

Jurnet fragte: »Im Triforium?«

»Das ist die Galerie über den Seitenschiffen. Liz hat die einzelnen Schritte unserer Arbeit dokumentiert. Sie ist eine sehr talentierte Photographin.« Er zögerte und sagte dann fast eindringlich: »Aber sie war nicht am Grab. Das können Sie mir aufs Wort glauben, wenn schon nicht ihr. Ich hab' sie bis in alle Einzelheiten ausgefragt und schwören lassen, daß sie nicht in der Nähe dieses Ortes war, da ich mir an allen fünf Fingern abzählen konnte, daß sie, wäre sie aus einem völlig unschuldigen Grund hingegangen und hätte dieses entsetzliche Blutbad gesehen, das Ganze vielleicht lieber aus ihrem Bewußtsein streichen würde – was nichts Schlimmes, sondern eine völlig verständliche Reaktion wäre. Aber sie war wirklich nicht dort.«

»Dann hat sie Ihnen vielleicht auch erzählt«, vermutete Jurnet, »was sie mit den Dias gemacht hat. Sie hatte nichts dabei, worin sie sie hätte tragen können, als sie uns über den Weg lief, und das Kleid, das sie anhatte, verbarg mit Sicherheit nichts. Wenn sie, wie Sie sagen, eine kleine Lügnerin ist, warum sind Sie dann so sicher, daß sie Ihnen die Wahrheit erzählt hat?«

Der Professor sagte: »Ich bin die Ausnahme, die die Regel

bestätigt. Liz belügt mich nie. Wir haben ein Abkommen getroffen.«

»Dachte ich mir schon.«

»Wirklich?« Der Professor machte mit den Armen eine halb ungeduldige, halb belustigte Geste und ließ sich in einen Sessel fallen, aus dessen Tiefe er den Inspektor boshaft anstarrte: »Lieber Mann, wie kann man mit solch einer schmutzigen Phantasie Polizist sein? Ich will's Ihnen erklären: Ihr Little St. Arthur hätte mich nie erpressen können, selbst wenn er etwas in dieser Richtung vorgehabt hätte. Mein Leben ist ein offenes Buch – zwar nur zur Einsicht im Hinterzimmer verfügbar, aber insgesamt zu vielen Lesern bekannt, als daß irgendeine feindlich gesonnene Person versuchen könnte, schnell ein paar Kröten zu verdienen, indem sie es unter die Leute bringt.«

»Seltsam, daß Sie ein Kind mit Erpressung in Verbindung bringen«, erwiderte Jurnet.

»Verdächtig, meinen Sie? Warum denn nicht? Ich traue diesen Bälgern einfach alles zu, wozu auch die lieben Alten fähig sind. Aber um Sie weiter ins Bild zu setzen: Liz' Mutter – jetzt Vicomtesse Sydringham, ehemals Mrs. Mallory Pargeter – war meine erste Frau. Inzwischen gab es einige andere, aber nichts Bemerkenswertes. Laura war die einzige, die wirklich was drauf hatte. Nur träumte sie zu meinem Pech von einem Titel. Als Sydringham auftauchte, stand ich ihr genauso im Wege, wie sie es wahrscheinlich getan hätte, wenn man mir die Leitung des British Museum angeboten hätte. Anständiger Kerl, der Sydringham.«

Jurnet wartete; er wußte, daß noch mehr kommen würde.

»Anständiger Kerl, der Sydringham«, wiederholte der Professor. »Er liegt Laura und den Kindern zu Füßen – Liz und ihrem Bruder Mallory, meinem Patenkind. Versteht sich, daß Laura und ich uns ab und zu ganz gern zu einer Tasse Tee treffen, um über alte Zeiten zu reden.« Er legte die Finger zusammen und drückte sie sanft gegen seine Lippen. »Bei Mallory bin ich mir nicht ganz sicher«, sagte er. »Sydringham hatte eine Jagd veranstaltet. Seine Beute waren fünfundsiebzig Paar Fasanen, sechs Hasen und Laura. Aber Liz –« Er saß lächelnd da.

»Sie hat schöne blaue Augen«, sagte Jurnet und sah in Professor Pargeters blaue Augen.

»Das ist bei Gott nicht alles!« Das Gesicht des Professors strahlte vor Stolz.

»Weiß Miss Aste über die Verwandtschaft mit Ihnen Bescheid?«

»Es ist nie ein Wort darüber gefallen, trotzdem wette ich, daß sie wie jeder andere zwei und zwei zusammenzählen kann.« Der Professor kicherte. »Das hält sie aber nicht von dem Versuch ab, mich nur zum Spaß ins Bett zu kriegen.«

»Und billigen Sie Miss Astes Verhältnis mit Mr. Stan Brent?«

»Mit welchem Recht könnte ich etwas billigen oder mißbilligen? Dazu fehlt mir jeglicher Anspruch. Aber das eine sag' ich Ihnen«, der Professor sprang auf, belebt von einer Idee, die ihm plötzlich gekommen war, »wenn Sie nach einem Mörder suchen, hätte ich einen idealen Kandidaten!«

»Brent? Wir können ihn nicht im geringsten mit Arthur Cossey in Verbindung bringen.«

»Dann los!« drängte der Professor. »Strengen Sie sich an! Ihnen wird schon was einfallen, wenn Sie Ihr Gehirn einschalten. Ich könnte Ihnen erzählen, daß er ein Kuppler ist, der die halbe Diözese mit Chorknaben versorgt, und daß Klein Arthur eine Gehaltserhöhung gefordert hat oder so was. Oder wie wär's damit: Der Kerl sah Liz und Stan, als sie's auf dem Hochaltar trieben, und drohte ihnen damit, es Flossie zu erzählen.« Er sah den Kriminalbeamten an, und wieder erfüllte sein schallendes Gelächter den Raum. »Zieh'n Sie doch nicht so'n beleidigtes Gesicht! Ich hab' doch nur die Möglichkeiten kreativer Ermittlung ausgemalt.«

»Die stehen nicht in meinem Arbeitsvertrag. Ich fürchte, wir müssen uns auf Fakten beschränken.«

»Sie haben allen Grund, sich zu fürchten! Es gibt keine gefährlichen Bestien mehr, die im Gebüsch dem unglücklichen Wanderer auflauern.«

»Wir haben's nur mit solchen zu tun«, erwiderte Jurnet, der allmählich die Geduld verlor. »Wenn wir sie überhaupt zu fassen bekommen. Ein Kind wurde umgebracht, und es ist meine Aufgabe, den Mörder zu finden. So einfach ist das.«

»Das freut mich.« Die letzte Spur von Heiterkeit war aus dem schönen Gesicht des Professors gewichen. In Gedanken versunken ging er auf einen Tisch zu, der zwischen zwei Fenstern stand; dann bückte er sich so plötzlich, als hätte er gerade einen Entschluß gefaßt, öffnete eine Schublade, nahm ein kleines Päckchen heraus und brachte es dem Kriminalbeamten.

»Was ist das?« Sofort hielt Jurnet aus Gewohnheit und Erfahrung das Päckchen an die Nase und schnupperte.

»Heroin wahrscheinlich. Oder Opium. Kokain? Fragen Sie mich nicht. Von solchen Dingen habe ich keine Ahnung, Gott sei Dank!«

»Wo haben Sie das her? Sie wissen doch, daß auch unbefugter Besitz davon verboten ist?«

»Aber ich bitte Sie, Inspektor! Sie sind vielleicht engstirnig, aber doch nicht kleinlich. Ich hab's aus Stan Brents Anorak genommen. Er war mit Liz oben im Triforium – um ihr eine Kamera einzustellen, so behaupteten sie jedenfalls –, und dann gingen die beiden nach draußen, um eine zu rauchen. Nachdem sie weg waren, bin ich zur Galerie rauf und hab' nachgesehen, was sie gemacht haben – als ob ich es nicht schon gewußt hätte! Es ist wirklich keine leichte Rolle, den Vater inkognito zu spielen.« Seine Stimme klang bedrückt, als er erklärte: »Sie bewahrt ihr Photozubehör in großen Schaumgummimatten auf, die eine ganz brauchbare Matratze ergeben, wenn man sie nebeneinander auf den Boden legt. Unter diesen Umständen hatte ich keine Hemmungen, die Anoraktaschen zu durchsuchen.«

»Sie hätten es sofort bei uns abliefern sollen.«

»Was meinen Sie, was Liz dazu sagen würde, wenn ich ihren Angebeteten verpfeifen würde? Ich warne Sie, Inspektor – falls Sie mit Ihrer Weisheit auf die Idee kommen sollten, etwas in dieser Richtung zu unternehmen, streite ich jegliche

Kenntnis von dem Zeug ab und beschuldige Sie und Ihren guten Sergeant der Korruption, und zwar so überzeugend, daß Sie es am Ende selber glauben. Nein: ich übergebe Ihnen dieses scheußliche Zeug lediglich als meinen eigenen bescheidenen Beitrag zu Ihrer Faktensammlung, dem übergroßen Vorrat, den Sie anzulegen scheinen. Mord im Hauptschiff, Rauschgift im Triforium: Ich halte einen Zusammenhang nicht für undenkbar. Ein Dom ist nicht mehr das, was er in meiner Jugend war.«

Die Ernsthaftigkeit verflog, der Clown setzte wieder seine Maske auf. Vielleicht ist es auch umgekehrt, dachte Jurnet: Die Ernsthaftigkeit ist die Maske, der Clown der wahre Charakter. »Wer weiß, was alles möglich und unmöglich ist – bei Flossie und seinen Flittchen vom Dekanat?«

13

Jurnet ließ Jack Ellers zu dessen Haus zurückfahren, schob sich dort aber vorsichtig auf den Fahrersitz und verzog das Gesicht, als seine Rippen mit dem Lenkrad in Berührung kamen. Er lehnte es ab, zu Rosie mitzukommen, die mit einem heißen Getränk auf sie wartete.

»Sie wird mich zur Hölle schicken«, jammerte der kleine Waliser. »Sie belehrt mich dauernd, daß man bei der Polizei am schnellsten nach oben kommt, wenn man bei seinen Vorgesetzten rumschleimt!«

»Kluges Mädchen! Befolgen Sie den Rat.«

»Jawohl, Sir! Auch bei solchen, die keinen blassen Schimmer haben, was ihnen guttut?«

Jurnet lachte und fuhr los. Er fühlte sich viel besser. Von der Nachtluft hatte er wieder einen klaren Kopf. Der Schmerz in seinen Rippen hatte nachgelassen; es blieb ein leichtes Ziehen, das er sogar vermißt hätte, wenn es völlig verschwunden wäre. Irgendwie war es sogar angenehm, an die Existenz des eigenen Körpers erinnert zu werden; zu wissen, daß man mehr als ein dunkler Schatten in einem dunklen

Wagen war, der wie der Fliegende Holländer durch die dunkle Stadt huschte.

Er kurbelte das Fenster herunter und genoß den Wind auf seinem Gesicht. Nach den Geschäften und den georgianischen Häusern, die zweihundert Jahre zuvor eigene Vorstädte gebildet hatten und nun einen stummen Vorwurf für die dahinterliegenden Wohnsiedlungen darstellten, bog Jurnet in die Zufahrt zum Norfolk and Angleby Hospital ein, wobei ihn wie immer ein Anflug von Angst überkam. Dies war auf eine Operation zurückzuführen, der er sich im Alter von fünfzehn Jahren hatte unterziehen müssen, nachdem ihm bei einem Zweitligaspiel mit der Mannschaft von Angleby auf dem Fußballplatz der Blinddarm durchgebrochen war.

Vor der Intensivstation saß die junge Amerikanerin; sie trug noch immer ihren Regenmantel. Etwas weiter hinten in der Stuhlreihe erhob sich ein Polizeibeamter.

Das Mädchen lächelte, als es Jurnet sah, und winkte ihm mit ihrer schmalen Hand zu.

»Tag.«

»Tag.« Der Kriminalbeamte erwiderte das Lächeln, drehte sich ein wenig zur Seite und warf dem Polizisten einen fragenden Blick zu. Der Mann schüttelte leicht den Kopf und nahm auf eine Handbewegung seines Vorgesetzten hin wieder Platz.

»Er wird wieder gesund«, sagte das Mädchen.

Jurnet setzte sich neben sie.

»Das freut mich! Wann hat man Ihnen das gesagt?«

»Noch gar nicht – bis jetzt. Ich weiß es aber.« Und in beruhigendem Ton: »Bemühen Sie sich nicht, die richtigen Worte zu finden. Ich mach' mir nichts vor. Mort und ich haben wohl zufällig dieselbe Wellenlänge. Wir wissen, was der andere denkt. Ich glaube, alle Leute, die sich lieben, können das.«

Vor Neid spürte Jurnet wieder einen stechenden Schmerz in der Brust.

Er fragte: »Können wir irgendwas für Sie tun? Hier müßte eine Polizeibeamtin sein –«

»Ja, sie ist unterwegs zum Hotel, um meine Sachen abzuholen. Ich darf hier schlafen. Alle waren so freundlich! Ich hasse es, soviel Wirbel zu machen. Obwohl mir klar ist, daß es eigentlich Mort war, der ihn verursacht hat. So ein Junge«, sagte sie zärtlich, »er ist nur glücklich, wenn er für die Gerechtigkeit in der Welt kämpfen kann.« Mit einem Blick auf Jurnets zerschlagenes Gesicht: »Aber es ist schlimm, daß er Sie da mit reingezogen hat.«

»Das gehört zu meinem täglichen Brot«, sagte Jurnet, »und der erste Schlag kam wohl schon einige Jahre, bevor Mort seinen versetzen konnte. Aber – was wird mit Ihnen? Wir können uns mit der amerikanischen Botschaft in Verbindung setzen, damit sie Ihre Angehörigen in den Staaten benachrichtigt.«

Das Mädchen überlegte, dann schüttelte es den Kopf.

»Besser nicht. Wenn Mort im Sterben liegen würde, wär's was anderes. Aber so«, sie errötete und sah dabei ganz reizend aus. »Wir sind, um diesen altmodischen Ausdruck zu gebrauchen, durchgebrannt. Mein Vater ist wütend, weil ich Mort geheiratet habe, und Morts Sippschaft ist wütend, weil er mich geheiratet hat.« Sie blickte in Jurnets vor Staunen aufgerissene Augen. »Wenigstens Mama war ganz in Ordnung. Sie sagte zu Vater: ›Beruhige dich, Liebling – es hätte ebensogut ein Nigger sein können!‹«

Erst als er seinen Wagen vor der Synagoge abgestellt und das Licht bemerkt hatte, das hinter einem Fenster im zweiten Stock leuchtete, kam Jurnet der Gedanke, daß der Rabbi schon zu Bett gegangen sein könnte.

Trotzdem drückte er auf den Klingelknopf.

Sofort schlug Taleh an, und es dauerte nicht lange, bis Leo Schnellman in einem zerknitterten Schlafanzug hinter der weit geöffneten Tür erschien.

Die Gewissensbisse, die der Inspektor wegen der Störung hatte, kamen in seiner Begrüßung zum Ausdruck.

»Rabbi – es ist nach Mitternacht! Wie oft muß ich Ihnen noch sagen, daß Sie die Türe mit einer Kette sichern sollen?«

»Was soll das – wollten Sie mich auf die Probe stellen?« Der

Rabbi grinste. »Hiob aus dem Lande Uz hatte vier Türen zu seinem Haus, damit jeder ganz leicht hereinfand, und da soll ich ›Wer da?‹ durch den Briefschlitz wimmern?«

Jurnet trat in die Eingangshalle der Synagoge; er zog die Tür zu und verriegelte sie sorgfältig. Sofort spürte er, daß ein Wohlbehagen seinen mitgenommenen Körper wie Balsam durchströmte.

»Ich habe auf Sie gewartet«, sagte Leo Schnellman. Ich sah die Nachrichten und dachte mir, daß Sie vielleicht vorbeischauen.«

»Ich wollte schon früher kommen, mußte aber noch Verschiedenes erledigen.«

»Das denke ich mir.« Er ging nach oben voraus. »Der Kaffee müßte noch heiß sein.«

Im Wohnzimmer nahm Jurnet auf dem Ledersitz Platz; er hielt den Kaffeebecher in seinen Händen. Taleh kam wie immer, um ihren Kopf auf die Knie des Kriminalbeamten zu legen.

Der Rabbi stand mit gespreizten Beinen auf dem Kaminvorleger, ein dicker Mann in einem zerknitterten Schlafanzug. Er machte keine Bemerkung über Jurnets zerschundenes Gesicht, er fragte nur: »Ist der Kaffee trinkbar?«

»Gut.« Der Kriminalbeamte nahm nur einen kleinen Schluck. Er saß mit gesenktem Kopf da und starrte in den Becher, als sähe er in der dunklen Flüssigkeit irgendein faszinierendes Spiegelbild. Nach einer Weile sagte er: »Den Unterricht muß ich leider in nächster Zeit ausfallen lassen.«

»Ich verstehe.«

»Was mich verrückt macht, ist die Art und Weise, auf die das Kind umkam«, rief Jurnet plötzlich. »Nicht genug damit, daß er tot ist, er ist unter einem Misthaufen von Religion, Politik und Gott weiß was noch begraben. Er ist zum Symbol geworden. Dabei ist er keins. Er ist ein Kind. Ein armes totes Kind.«

»Stimmt nicht.« Leo Schnellman schüttelte den Kopf. »Er ist ein armes totes Kind *und* ein Symbol. Leugnen ändert nichts an den Tatsachen.«

Jurnet blickte ihn finster an. Um das zu hören, war er nicht gekommen. Er sagte: »Ich wußte, ich könnte mich an Ihrer Schulter ausheulen. Wahrscheinlich sind Sie mir böse, weil ich es auf den jungen Meister Epperstein abgesehen hatte.«
»Werden Sie nicht albern!«
Jurnet starrte ihn einen Moment lang an; dann errötete er und sah zur Seite.
»Tut mir leid. Ich gehöre ins Bett.«
»Ja. Aber erst mach' ich uns frischen Kaffee.«

Mosh Epperstein hatte sich auf den Stuhl im Polizeibüro gelümmelt, seine langen Arme baumelten zwischen den Beinen; er fragte: »Ist das immer so tödlich langweilig, von der Polente eingelocht zu werden? Wo bleibt denn die Spannung, von der ich immer lese?«
»Da haben Sie die falschen Bücher gelesen.« Jurnet blieb sachlich. »Und um es gleich klarzustellen: Sie sind nicht eingelocht worden. Wir brauchen nur Ihre Hilfe, so wie die Hilfe sehr vieler anderer betroffener Bürger, um den Täter eines brutalen Verbrechens ausfindig zu machen.«
»So ist das also. Wer hätte das gedacht. Was gibt Ihnen dann die Berechtigung, mir die Daumenschrauben anzulegen?«
»Sie haben wirklich die falschen Bücher gelesen! Vorausgesetzt, Sie klären das Mißverständnis auf, indem Sie uns genau erzählen, was Sie am Sonntag im Dom getan haben, dann könnten wir zu unserem beiderseitigen Vergnügen dieses Gespräch beenden.«
»Ich hab's Ihnen doch schon gesagt. Ich bin ein Fan von Frühmessen.«
»Sie wurden gesehen, als Sie den Dom in einer – wollen wir mal sagen – für diesen Rahmen unpassenden Eile verließen. Ihrem Gesichtsausdruck nach zu schließen, waren Sie in Schwierigkeiten.«
»Ich war ziemlich verärgert. Der Meßwein war miserabel – unglaublich. Ich war auf dem Weg, mein Geld zurückzuverlangen.«

»Für solche Geschichten sind Sie aber ein bißchen zu alt.«

»Okay.« Die Stimme klang plötzlich müde, sie hatte ihren aggressiven Ton verloren. »Ich wollte ein paar Aufzeichnungen holen, die ich beim Grab liegenlassen hatte.«

»Verstehe. Was fanden Sie, als Sie sie holten?«

»Dazu kam's nicht. Auf halbem Weg dachte ich, du lieber Himmel, es ist ja Sonntag, ich bin wohl nicht mehr ganz dicht. Deshalb bin ich wieder umgekehrt.«

»Wann waren Sie im Dom?«

»Keine Ahnung. Der Gottesdienst lief schon, falls Ihnen das was nützt.«

»Ich meine vorher.«

»Vorher war ich nicht da!« Eppersteins Stimme zitterte und wurde heiser. »Was soll das – eine Falle?«

»Nein. Ich habe nur gehört, daß Sie einen Schlüssel zur Hintertür des Bischofs haben. Ich dachte, Sie haben ihn vielleicht benutzt, um irgendeine Arbeit am Grab zu erledigen.«

»Am Sonntag? Sehe ich so arbeitswütig aus?«

»Professor Pargeter scheint eine hohe Meinung von Ihnen zu haben.«

»Das möchte ich ihm auch geraten haben, dem alten Hochstapler; der weiß genau, daß ich einen Großteil seiner Arbeit erledige.«

»Tatsächlich?« Dann: »Schlafen Sie sonntags gern aus? Mit 'ner Tasse Tee, die ans Bett gebracht wird?«

»Wenn Sie rauskriegen wollen, ob ich früh außer Haus war, heißt die Antwort ja. Ich hab 'nen Dauerlauf gemacht.«

»Allein?«

»Allein. Ich bin«, sagte der junge Mann, »ein sogenannter Einzelgänger. Ist doch kein Verbrechen, oder?«

»Nein«, pflichtete Jurnet bei. »Ich hab' mich nur gefragt, ob Sie vielleicht mit Miss Aste gelaufen sind; sie war nämlich anscheinend genau zur selben Zeit im Dom wie Sie.«

»Und hundert andere. Miss Aste«, sagte Mosh Epperstein, »ist nicht der Typ für einen Dauerlauf.«

»Trotzdem; haben Sie sie zufällig irgendwo getroffen?«

»Nirgends.«

»Komisch.« Jurnet rieb sich das Kinn. »Sie kamen wegen ein paar Aufzeichnungen in den Dom und haben sie nicht geholt. Miss Aste kam wegen ein paar Dias und hat sie auch nicht geholt. Wie reimen Sie sich das zusammen?«

»Ich reime mir gar nichts zusammen«, sagte Mosh Epperstein. »Ich bin kein Philip Marlowe, der überall rumschnüffelt.« Er schob seine magere Hand in die Hosentasche und zog eine zerdrückte Zigarette heraus, die fast aufgeraucht war. »Was dagegen, wenn ich rauche?«

»Nur zu.«

»Haben Sie Feuer?«

Jurnet öffnete eine Schublade und fand ein Zündholzbriefchen, das er über den Tisch schob. Er beobachtete, wie der junge Mann den Stummel rauchte und sich seine verkrampften Gesichtszüge unter dem krausen schwarzen Haar dabei entspannten. Auf einmal weiteten sich die Augen des Kriminalbeamten vor Zorn. Er riß dem Archäologiestudenten den Joint von den Lippen.

»Unverschämtheit!«

Mosh Epperstein höhnte: »Ich hab' Sie doch gefragt!«

Die zweite Kanne Kaffee war stark und brühend heiß. Jurnet trank zwei Tassen.

Rabbi Schnellman fragte: »Müssen Sie ihn in Haft behalten?«

»Und ob! Wir fanden noch zehn andere Rauschgiftzigaretten bei ihm *und* eine Dose mit Spuren von Schnee. Er braucht einen Anwalt, wenn er Haftentlassung gegen Kaution beantragen will. Gras beim Verhör und direkt vor der Nase eines Polizisten zu rauchen!« Jurnet beruhigte sich wieder und fragte: »Warum, möchte ich wissen. War er schon halb zu und wußte nicht mehr, was er tat? Gingen ihm die Fragen zu nah, oder hat er gute Gründe, sich sicherer zu fühlen, wenn er in einer Zelle eingeschlossen sitzt, als wenn er frei auf der Straße herumläuft? Nicht Haft, sondern Schutzhaft. Vor wem oder was fürchtet er sich?«

»Das hätten Sie ihn doch fragen können.«
Jurnet schüttelte den Kopf.
»Ich hab' mich nicht getraut.«
»Weil er Jude ist?« Der andere nickte. »Aber Sie haben doch, als Sie noch der freikirchlichen Gemeinde angehörten, bestimmt nicht die Baptisten den Christen anderer Bekenntnisse vorgezogen?«
»Ich wollte niemanden begünstigen – ganz im Gegenteil. Ich hab' mich so sehr darum bemüht, jeglichen Verdacht in dieser Richtung zu vermeiden, daß ich nicht mehr sicher war, ob ich meine Pflicht erfüllte.« Jurnet schob Talehs Kopf sanft zur Seite, stand auf und ging ruhelos im Zimmer auf und ab. »Gott, ich *weiß*, daß ich meine Pflicht nicht erfülle. Ein Kind ist tot, und ich will nichts weiter, als von den Randproblemen weg zu den Grundlagen zu kommen – der Leichnam, der Penis und der Mörder, mit diesen drei will ich langsam vertraut werden, und nicht einen alten Film wiederaufführen, der schon im Jahre elfhundertvierundvierzig einen Oskar bekam. Nur ein einziges Kind, kein Gemetzel.«

»Auch bei einem ist es ein Gemetzel«, sagte der Rabbi. Er betrachtete das Stückchen Nachthimmel, das im Fenster zu sehen war. »Wer könnte sich einen Stern vorstellen, wenn niemand jemals einen gesehen hätte? Aber wenn man einmal einen gesehen hat, wozu dann noch die Milchstraße? Man begreift alles, deshalb befinden wir uns auch nie so sehr im Einklang mit dem Allmächtigen, wie wenn wir das *Sch'ma Israel* beten, die Verkündigung, daß es nur einen Gott gibt. Alle anderen Zahlen sind Täuschung, mathematische Bauernfängerei.«

»Da haben wir's«, entgegnete Jurnet, »Sie verwandeln Arthur Cossey in ein Symbol zurück.«

»Nein. Umgekehrt. Ich verwandle das Symbol in Arthur Cossey zurück.«

Das Telefon läutete. Leo Schnellman sah seinen Besucher an.

»Weiß jemand, daß Sie hier sind?« Der Kriminalbeamte schüttelte den Kopf. Der Rabbi hob den Hörer ab. »Ja – ja –

wann? Verstehe – sind sie? Ja.« Jurnet sagten die Worte nichts, aber die ständig wechselnde Miene des Rabbi ließen ihn ungeduldig das Ende des Telefongesprächs erwarten.

»Nicht nötig«, sagte der Rabbi ins Telefon. »Ich kann selbst hinkommen. Inspektor Jurnet ist bei mir. Wir kommen sofort.«

Er legte den Hörer auf und erklärte ruhig: »Komme gleich wieder. Ich muß mir nur was anziehen.«

An der Tür rief er fast beiläufig über die Schulter: »Anscheinend gibt es in der Stadt jemanden, der alte Filme schätzt.«

14

Lisa's Patisserie lag in der Shire Street, einer gewundenen Durchgangsstraße, die die Stadtplaner von Angleby in die schönste Fußgängerzone der gesamten Umgebung verwandelt hatten – ausnahmsweise konnten sie einmal ihren Drang, Häuser abzureißen und durch Betonklötze zu ersetzen, unterdrücken. Am Tag war die gepflasterte und mit Sitzplätzen und Sträuchern versehene schmale Gasse erfüllt vom Geklapper der Absätze und dem Klang von Stimmen. Man ging gern dorthin, um einzukaufen, spazierenzugehen oder Freunde zu treffen.

Und der beliebteste Treffpunkt für eine Verabredung mit Freunden war das von den Weisingers geführte Café.

Weiß gestrichen, mit einer grün-weißen Markise, die sich über dem Ladenschild wölbte, versprach Lisa's Patisserie nicht zuviel. Ob man sie an sonnigen Tagen an den Tischen auf der Straße oder bei weniger mildem Wetter im Inneren verspeiste – Weisingers Apfelstrudel und Sachertorte übertrafen alles, was man jemals in Wien hätte finden können, sogar in den Tagen, als Wien noch Wien war. Der Kaffee war wunderbar; an einem Ständer hingen die Tageszeitungen zum Lesen; an einem weißen Stutzflügel, der von eingetopften Palmen umrahmt war, gab eine wohlgenährte Dame die Melodien ihrer Jugendzeit zum besten. Die Bedienungen in ihren farbenfrohen Dirndln waren zuvorkommend, die Preise vernünftig und die Weisingers das Herzstück des Ganzen.

Sie waren beide klein, Lisa drall und lebendig, Karl ruhiger. Einheimische prahlten gerne vor Besuchern der Stadt mit den Weisingers und führten sie, nach der Besichtigung von Burg und Dom, auch in die Patisserie. Immer wieder ließen diese Besucher eine Bemerkung über Karls Hände – makellos in weißen Baumwollhandschuhen – fallen oder zeigten im Sommer, wenn Lisa kurzärmelige Blusen trug, auf die tätowierte Nummer auf ihrem Arm.

Dann erzählte man den Fremden – mit Rücksicht auf die wunden Punkte der Wirtsleute leise, aber nicht ohne den genüßlichen Unterton, der immer anzeigt, daß man eine schreckliche Geschichte zu erzählen hat –, daß Karl, dessen Klavierspiel in den dreißiger Jahren ganz Europa in Entzükken versetzt hatte, wie seine Frau ein Überlebender von Auschwitz war, dem die Lagerärzte aus wissenschaftlicher Neugier – sie wollten herausfinden, was hinter einem Pianisten steckt – seine Hände zu Klauen verstümmelt hatten. Einigen Versionen zufolge hatte Lisa, die vor dem Krieg dabei gewesen war, sich einen Namen als Kammersängerin zu machen, nach der Befreiung in einem Straßengraben den sterbenden Karl gefunden, der nicht gerettet werden wollte, verkrüppelt, wie er war; sie hatte ihn gesund gepflegt und ihm zu neuer Selbstachtung verholfen, und zu einer Liebe, die ihn für alles, was er verloren hatte, mehr als entschädigte... Andere hielten das für sentimentalen Unsinn und erklärten, daß die beiden genug gelitten hätten; man sollte ihnen die weitere Erniedrigung ersparen, auf Figuren einer Geschichte aus einer Frauenzeitschrift reduziert zu werden.

Wie auch immer – zwischen Auschwitz und Angleby lag ein weiter Weg. Zwischen Klavier oder Liedern und Apfelstrudel oder Mandelkuchen ein noch weiterer. Richtig war, daß Lisa seit dem Tag, als das Lager befreit wurde, keinen Ton mehr gesungen hatte und daß Karl nicht mehr Klavier spielen konnte – eine wahre Tragödie. Aber so kann es gehen! Trotz seiner zerstörten Hände war es Karl, der all diese wunderbaren Kuchen herstellte. Er hatte ein neues Talent entdeckt, das unter anderen Umständen unerkannt und ungenutzt brachgelegen hätte; und welcher Sterbliche könnte sagen – Finger tasteten den Teller nach dem letzten köstlichen Krümel ab –, es habe sich nicht alles zum Guten gewendet?

»Ich bin wütend auf mich!« Karl Weisinger begrüßte die beiden Ankömmlinge. Er sah elegant aus, fast stutzerhaft, in seinem seidenen Anzug mit passender Krawatte. Seine Handschuhe waren von einem Weiß, das blendete. »Wie konnte ich nur den Polizeibeamten bitten anzurufen? Zu dieser späten Stunde! Unverzeihlich!«

Leo Schnellman wehrte ab.

»Nicht doch! Ich bin Ihnen sogar dankbar. Man erlaubt mir so selten die Illusion, ich könnte hilfreich sein.«

Ohne Krawatte, mit hängenden Hosenträgern und seinem schwarzen Hut, der von Talehs Haaren grau war, sah er nicht gerade wie ein rettender Engel aus. Aber bei seinem Anblick lächelte Lisa Weisinger zum erstenmal, seit sie in ihrer Wohnung über dem Laden durch das Geräusch des Ziegelsteins geweckt worden waren, der unten durch die dicke Glasscheibe krachte.

»Nicht nur die Illusion, Rabbi«, sagte sie. »In solch einem Augenblick das Gesicht eines Freundes zu sehen – da gibt es keine größere Hilfe.«

»O doch – Inspektor Jurnet ist hier, um sie zu bringen.«

Karl Weisinger schüttelte ihnen mit festländischer Förmlichkeit die Hand. Jurnet, der die Geschichte des Paares kannte und des öfteren in Miriams Begleitung das Café besucht hatte, war von ihrer Gelassenheit angenehm überrascht. Er konnte sie sich nur damit erklären, daß nach allem, was ihnen bereits widerfahren war, ein Ziegelstein in einer Fensterscheibe nicht allzuviel bedeutete.

Der Mann musterte Jurnets Gesicht und sagte: »Wenn Sie mir die Bemerkung erlauben – der Inspektor sieht aus, als könnte er selbst ein wenig Hilfe brauchen.«

Jurnet grinste.

»Jetzt nicht mehr. Ich habe bereits den Rabbi besucht.«

»Ja, Leo ist für uns alle eine Quelle der Kraft. Waren Sie in die Geschichte am Domplatz verwickelt? Wir haben's in den Nachrichten gesehen. Und täusche ich mich«, sein Blick schweifte über die Glasscherben, die Auslageständer und die Pralinenschachteln, die über den gefliesten Boden verstreut lagen, auf dem ein grober roter Ziegelstein lag, inmitten der von ihm angerichteten Verwüstung, »oder ist das hier die Fortsetzung?«

»Zu früh, um Schlüsse zu ziehen«, sagte Jurnet, der sie bereits gezogen hatte. »Der Polizeibeamte Hubbard hier sagte mir eben, er habe schon Einzelheiten zu Protokoll genommen, deshalb möchte ich Sie nicht noch einmal damit belästigen. Morgen, wenn Sie sich von dem Schrecken erholt haben, unterhalten wir uns ausführlich. Nur eins noch: Nach dem Krach – haben Sie da noch etwas gehört? Jemanden, der wegrannte, oder vielleicht mehrere? Schritte hallen nachts doch meistens recht laut.«

Der Mann schüttelte den Kopf.

»Wir gehen früh ins Bett, weil wir zum Backen früh aufstehen müssen; deshalb haben wir schon tief geschlafen. Lisa nimmt immer eine Tablette –«

»Wenn man gerade aufgewacht ist, kann man doch kaum unterscheiden, was Realität und was Traum ist«, bemerkte Lisa Weisinger nüchtern.

»Es ist schlimm!« rief Jurnet, mitgerissen von der Vorstellung, welche Träume Leute mit solch einer Vergangenheit wie die Weisingers haben. »Daß von allen Leuten in der Stadt gerade Ihnen das passieren mußte.«

»Von allen Juden in der Stadt, meinen Sie?« Karl Weisinger zuckte mit den Achseln. »Das ist bedeutungslos. In einem solchen Fall steht ein Jude für alle Juden.«

Darauf konnte man nichts erwidern, und Jurnet versuchte es auch nicht. Lisa rief aus: »Es hätte schlimmer kommen können! Niemand ist verletzt. Was ist denn schon ein bißchen zerbrochenes Glas? Ich mach' gleich Kaffee«, (Jurnet, der beim Rabbi schon drei Tassen getrunken hatte, gelang es trotzdem, erwartungsvoll auszusehen), »dann geht's uns allen besser. Karl, hol doch was von dem Streuselkuchen und sorge für einen Tisch und ein paar Stühle ohne Glasscherben.«

»Dürfen wir das hier aufräumen?« fragte ihr Mann Jurnet.

»Sie sollten nur den Ziegelstein nicht anfassen. Sie sind so porös, daß man in der Regel keine Fingerabdrücke findet, aber man weiß ja nie. Ich schicke gleich jemanden her. Außerdem wird Hubbard abgelöst.«

Lisa Weisinger, die mit Tassen und Tellern aus der Küche hinter dem Laden kam, stellte das Tablett ab. Zum erstenmal sah Jurnet Angst in ihren Augen.

»Sie glauben also, daß sie wiederkommen könnten?«

»Keineswegs«, beruhigte sie der Kriminalbeamte eilig. »Es ist nur wegen der Glassplitter und dem Loch in der Scheibe. Ein Passant könnte sich schneiden, oder ein Trunkenbold, der zuviel Bier intus hat, könnte darauf kommen, ein wenig nachzuhelfen. Morgen kann ich Ihnen ein paar Adressen geben. Wir haben im Präsidium eine Liste von Firmen, die solche Arbeiten kurzfristig erledigen.«

Karl Weisinger fragte mit höflichem Interesse: »Die zerbrochenen Fenster kitten, Inspektor, oder den zerbrochenen Traum?«

Jurnet starrte ihn an und stammelte: »Bitte – entschuldigen Sie.« Eine weiße Handschuh-Hand hob sich beschwichtigend. »Bitte! Wir, die Träumer, müßten Sie um Entschuldigung bitten, weil wir so viele Unannehmlichkeiten verursachen und weil wir vergessen, daß es das Wesen eines Traumes ist – sein geometrischer Beweis sozusagen –, daß man früher oder später aufwacht.« Das Glas knirschte unter seinen Füßen, als er zu seiner Frau ging und liebevoll den Arm um ihre runden Schultern legte. »Lisa und ich waren sehr glücklich hier in England. Die Engländer waren sehr gut zu uns. Aber jetzt ist der Traum zu Ende.«

»Nur wegen ein paar Idioten –«, wollte Jurnet protestieren. Der andere schnitt ihm das Wort ab.

»Sie glauben wirklich, daß das alles ist, wo Sie doch heute auf dem Domplatz einiges abbekommen haben? Sie, der Sie noch den Mörder dieses armen Kindes finden müssen?« Karl Weisinger schüttelte den Kopf. »Nein, mein lieber Inspektor, machen Sie sich nichts vor, und verlangen Sie nicht, daß wir uns etwas vormachen. Es hat sich nichts geändert. Das Böse, das einmal da war, gedeiht immer noch; ein Unkraut, das an einer anderen Stelle wieder zu wachsen beginnt, wenn man es abgeschnitten hat. Es fängt alles wieder von vorne an, genau wie es vor Jahren begann. Und wir sind nicht mehr jung, Lisa und ich.« Er wandte sich zu Leo Schnellman. »Sie müssen uns verstehen, lieber Leo, aber wir können es wirklich kein zweites Mal ertragen.«

Trotz seiner baumelnden Hosenträger gelang es dem Rabbi, wie ein Prophet aus dem Alten Testament auszusehen, als er streng fragte: »Was ist das für ein unsinniges Gerede? Wenn die Angst Selbstmord rechtfertigen würde, wären die Juden schon vor Jahrhunderten von der Erdoberfläche verschwunden.«

»Da täuschen Sie sich!« Karl Weisinger schüttelte wieder den Kopf und drückte seine Frau noch fester an sich. »Wir haben keine Angst. Angst ist ein aktives Gefühl. Sie tötet nicht. Sie erinnert einen daran, wie wunderbar es ist, atmen zu können. Glauben Sie, wir hätten in Auschwitz die Qualen jedes neuen Tages ertragen können, wenn sie – so unerträglich die Tage auch alle waren – nicht dennoch erträglicher als die einzige Alternative gewesen wären?« Er lächelte freundlich. »Wenn man keine Angst mehr verspürt, hat man auch keine Hoffnung mehr, lieber Freund. Und heute abend haben wir die Hoffnung verloren. Wir sind müde.« Mit einer Stimme, die so leise war, daß man sie kaum verstehen konnte, sagte er: »Todmüde.«

Aber da machte sich seine Frau ungestüm von ihm frei, ihre Augen glänzten vor Liebe und Ungeduld.

»Schenken Sie ihm keine Beachtung, Rabbi! Für wen hält er sich eigentlich, daß er glaubt, die Welt müsse sich ändern, um sich seinen Bedürfnissen anzupassen? Nichts habe sich geändert, sagt dieser Narr, als ob all unsere gemeinsamen Jahre nichts bedeuten würden! Als ob ich nicht, wenn ich noch einmal die Wahl hätte, Auschwitz mit Karl dem Buckingham

Palace ohne ihn vorziehen würde! *Der Traum ist ausgeträumt!*« wiederholte sie verächtlich. »Wer braucht denn Träume, solange wir einander haben?« Ohne sich um die Zuschauer zu kümmern, umarmte Lisa Weisinger ihren Mann so leidenschaftlich, daß sich Jurnet einsam und allein fühlte. »Und jetzt, Liebchen, den Kuchen. Du hast unsere Gäste lange genug warten lassen!«

Jurnet hatte seinen Wagen in der Nähe der Fußgängerzone abgestellt. Die beiden legten die paar Schritte von der Patisserie schweigend zurück. An der Ecke blieb der Rabbi stehen und starrte mit leerem Blick in ein Schaufenster mit der neuesten Herrenmode. Der Kontrast zwischen Leo Schnellmans »Ensemble« und diesen hochmodernen Anzügen hätte genügt, um Jurnet zum Lächeln zu bringen. Wenn ihm nach Lächeln zumute gewesen wäre.

Das Gesicht des Rabbi, das sich dunkel in der Glasscheibe spiegelte, sah alt und abgekämpft aus.

Er sagte nachdenklich: »Es war einmal ein Mann namens Ismael ben Elischa, der unter der Herrschaft von Kaiser Hadrian den Märtyrertod fand und einen Kommentar zum Exodus im Buche Moses geschrieben hat. Man nennt diesen Kommentar Mechilta, was Maß bedeutet, und er ist Maß vieler Dinge. Was mir zu denken gibt, sind einige Worte von Ismael ben Elischa. Worte, die Israel davor warnen, den Allmächtigen auf die Weise zu verehren, wie die Heiden ihre Götzenbilder verehren; ihn zu preisen, wenn etwas Gutes geschieht, und ihn zu verfluchen, wenn die Dinge keinen guten Lauf nehmen. Gott, das betont Ismael ben Elischa, handelt anders. ›*Wenn ich Glück über euch bringe, sollt ihr mir danken; und wenn ich Leid bringe, sollt ihr mir ebenfalls danken.*‹« Seine Stimme war plötzlich rauh und voller Verzweiflung, als er sagte: »Es fällt mir sehr schwer zu danken.«

Jurnet sperrte den Wagen auf und öffnete dem Rabbi die Tür zum Beifahrersitz.

»Ich fahr' Sie nach Hause.« Und so überzeugend wie möglich sagte er: »Morgen früh sieht alles besser aus.«

Der Rabbi stieg folgsam ein. Jurnet hatte den Wagen in Bewegung gesetzt und wendete in der engen Straße, um zurückzufahren, als der Rabbi plötzlich »nein!« rief und die Tür öffnete, ohne darauf zu warten, daß der Kriminalbeamte anhielt.

Jurnet trat auf die Bremse und sagte streng: »Das war nicht sehr gescheit!«

»Ja. Tut mir leid. Ich muß zurück.«

»Was ist denn los?«

»Karl. Vielleicht hat er keine Angst – ich aber.« Der dicke, schwerfällige Mann schwang seine Beine aus dem Auto und fingerte am Sicherheitsgurt. »Wie kriegt man das denn auf?«

»Lassen Sie doch«, widersprach Jurnet. »Hubbard hat Dienst. Bis morgen früh ist immer jemand dort.«

»Ihre Leute können aber nicht mit ins Schlafzimmer.«

»Und Sie auch nicht«, antwortete Jurnet trocken. »Ich fahr' Sie nach Hause, Rabbi. Mrs. Weisinger wird ihren Mann keine Dummheiten machen lassen.«

»Liebe«, sagte der Rabbi, »verkörpert – wie Sie vielleicht selbst schon festgestellt haben – alle Qualitäten, nur nicht gesunden Menschenverstand.« Er hatte den Auslöser des Gurtes gefunden, kam endlich mit den Füßen auf den Boden und schob sich aus dem Wagen. »Sie brauchen nicht mitzugehen, Ben.«

Jurnet sagte nichts, parkte aber den Wagen wieder an der Bordsteinkante. Er hatte Leo Schnellman eingeholt, als dieser in die Shire Street einbog.

»Was zum – «

Musik drang durch die Straße, die nur schwach beleuchtet war – außer dort, wo Licht aus Weisingers' zertrümmertem Schaufenster strömte. Die beiden Männer sahen den Polizeibeamten, der auf dem Fußweg stand und mit offenem Mund ins Ladeninnere starrte.

War das überhaupt Musik? Es klang sonderbar schrill, nicht wie eine richtige Melodie, obwohl sie irgendwie vertraut war. Und nun sang jemand – eine Frau, mit einer brüchigen Stimme, aus der gleichwohl der Geist einer glanzvollen Vergangenheit herauszuhören war.

Leo Schnellman murmelte etwas vor sich hin. Hebräisch, vermutete Jurnet, war sich aber nicht ganz sicher. Die Musik wurde lauter, die Stimme der Frau kräftiger. In den oberen Stockwerken der ganzen Straße gingen Lichter an, und neugierige Gesichter erschienen an den Fenstern. Als der Kriminalbeamte und der Rabbi die Patisserie erreicht hatten, waren die Weisingers in voller Fahrt. Karl saß an dem weißen Klavier und ließ seine Hände zielsicher über die Tasten springen. Seine weißen Handschuhe hatte er auf den Boden mitten in die Glassplitter geschleudert. Hinter ihm stand seine Frau; sie hatte eine Hand auf seine Schulter gelegt und starrte auf die Noten eines Liedes aus dem Repertoire der wohlgenährten Dame.

»*Picture you upon my knee* –«, sang Lisa Weisinger; Tränen liefen ihr über das Gesicht, die sie offensichtlich nicht bemerkte. »*Tea for two and two for tea* –«

Ihr Mann schien mit der belustigten Nachsicht eines desinteressierten Zuschauers zu beobachten, was seine häßlichen Klauen auf dem Klavier vollführten.

»*Me for you and you for me – Alone!*«

Auf der Titanic, überlegte Jurnet und beobachtete die Schatten, die gleichzeitig wuchsen und schrumpften, hatte man sich einen Choral gewünscht. Niemand konnte behaupten, es gäbe im Falle eines Schiffbruchs keine große Liedauswahl.

Lisa beugte sich herab und küßte ihren Mann auf den Nacken. Karl blätterte um, und die beiden stürzten sich in eine feurige Variante von *Lazybones*. Von der mitreißenden Fröhlichkeit angesteckt, fiel der Polizeibeamte Hubbard mit sonorem Bariton in den Refrain ein. An einem der oberen Fenster wurde geklatscht.

Der Rabbi strahlte übers ganze Gesicht, und nun konnte Jurnet seine Worte verstehen.

»*Wenn ich Glück über euch bringe, sollt ihr mir danken; und wenn ich Leid bringe, sollt ihr mir ebenfalls danken.*«

Wie in stillem Einverständnis drehten sich die beiden Männer um, ohne sich den Weisingers bemerkbar zu machen. Als sie wieder im Auto saßen und zur Synagoge zurückfuhren, konnte sich Jurnet die Frage nicht verkneifen: »Und wenn er Leid und Glück zur selben Zeit bringt, was dann?«

»Ganz einfach: Dann dankt ihm zweimal.«

15

»Ich hab' mit dem Chef eine Unterredung unter vier Augen geführt«, begann der Kriminalkommissar höflich. Das war die Eröffnung eines Spiels, an dem sich Jurnet mit verbundenen Augen hätte beteiligen können, so oft hatten die beiden es schon gespielt. »Er meint, Sie brauchen Unterstützung. Was halten Sie davon?«

»Ihr Wunsch ist mir Befehl, Sir.«

Der Kommissar sah aus, als könnte er seinen Ohren nicht trauen.

»Ist alles in Ordnung mit Ihnen, Ben?«

Jurnet gestattete sich ein Lächeln, obwohl er nicht zu Späßen aufgelegt war. Nach den Spielregeln hätte er eigentlich sagen müssen: »Ich glaube, Sergeant Ellers und ich sind der Sache gewachsen«; von da an hätte sich der Wortwechsel elegant auf eine Lösung hin entwickelt, die für alle Beteiligten zufriedenstellend war, den Polizeichef eingeschlossen. Jurnet, der es verabscheute, mit irgend jemand anderem als Ellers zu arbeiten, würde sich zu einer Zusammenarbeit mit Inspektor X und Y bereit erklären, die dann, mit etwas Glück, so lange hinausgezögert würde, bis es dem Jurnet-Ellers-Team gelang, die Ermittlungen ohne Hilfe zu einem erfolgreichen Abschluß zu bringen.

Heute konnte sich der Kommissar seinetwegen den Mord an den Hut stecken.

»Ich habe Ihnen ja gesagt, Sie hätten sich krankschreiben lassen sollen.«

Jurnet, der wußte, daß er zetermordio schreien würde, wenn ihm der Kommissar den Fall wirklich entzöge, riß sich zusammen. »Es geht schon, danke. Es war nicht der Mord selbst, woran ich dachte. Mehr die Begleitumstände.«

Der Kommissar stand von seinem Stuhl auf und schlenderte zum Fenster, öffnete es und ließ Vogelgezwitscher herein.

»Ich weiß, was Sie meinen. Kindermorde sind normalerweise die einfachsten. Entweder Sexualdelikte oder Körperverletzung innerhalb der Familie – da hat man schon 99 Prozent der Fälle erfaßt. Aber nicht den Fall Arthur Cossey. Ein Kieselstein, der in einen Teich geworfen wurde und kleine Kreise zieht, die sich immer weiter ausdehnen.« Er kam zum Schreibtisch zurück und setzte sich wieder. »Was ich damit sagen will: Um den Kieselstein und die Kreise unter Dach und Fach zu bringen – wenn ich meine Bilder durcheinandermischen darf –, werden Sie Herr im Hause bleiben. Das sollte wenigstens den Anschein einer Zusammenarbeit erwecken. Ich bin davon überzeugt«, schloß der Kommissar ein wenig schadenfroh, »daß sich das für beide als zufriedenstellend erweisen wird: für Sie und den Polizeichef.«

»Danke, Sir.«

»Hale und Batterby befassen sich bereits mit der Demonstration. Sie müssen sie von diesem Ziegelsteinwerfer unterrichten. Was heißen soll: Reden Sie ab und zu mit ihnen. Nehmen Sie sogar ihre Dienste in Anspruch, wenn Sie das über sich bringen.«

»Jawohl, Sir.«

»Verschwinden Sie!« rief der Kommissar aus. »Und beeilen Sie sich.«

»Ja, Sir«, erwiderte Jurnet und unterdrückte einen Fluch. *Dieser Mistkerl!* Was glaubt der eigentlich, wie lange ich brauchen will?

»Was heißen soll: Ich weiß, daß Sie keine Minute länger brauchen werden als nötig!«

Ein Pfundskerl, der Kommissar.

Obwohl er sich die größte Mühe gab, erwies sich Mr. Hewitt, der Klassenlehrer von Arthur Cossey, nicht als sehr hilfreich.

»Seine Freunde?« wiederholte er Jurnets Frage. »Wissen Sie, ehrlich gesagt fällt mir nicht ein einziger ein – « Er brach ab, und sein gutmütiges Gesicht nahm einen reuevollen Ausdruck an. »Ich sehe es mit Schrecken. Verdammt, ich müßte eigentlich wissen, welche Freunde ein Junge hat.«

»Wenn er überhaupt welche hatte.«

»Oh, ich bitte Sie! Wir sind zwar vielleicht kein vollkommen glücklicher Familienverband, aber es herrscht doch Gemeinschaftssinn, Kameradschaft.« Mr. Hewitt fügte ein wenig hilflos hinzu: »Er war wirklich ein sehr stiller Junge.«

»Das sagen alle. War er gut in der Schule?«

Der Lehrer verzog den Mund.

»Schwer zu sagen. Seine Noten waren durchschnittlich, aber man hatte den Eindruck, als sei er sehr intelligent – wenn man ihn nur dazu hätte bringen können, das zu nutzen. In Kunst war er gut, aber in Sport ein hoffnungsloser Fall«, Mr. Hewitts Ton ließ keinen Zweifel daran, welches der beiden Fächer er für wichtiger hielt, »und dann war da natürlich noch der Chor. Mr. Amos sagte immer, wir hätten seit Jahren keinen Gesangschüler mit einer Stimme von dieser Qualität gehabt.« Und mit plötzlicher Erleichterung: »Sie sollten auf jeden Fall mit Mr. Amos sprechen. Seine Beziehung zu den Chorsängern ist natürlich viel persönlicher, als es in der Domschule angebracht wäre.«

Als Jurnet aus der Domschule auf den Oberen Domplatz trat, antworteten seine Rippen beim Anblick des ehemaligen Schlachtfeldes mit einem empfindlichen Stechen. Es waren offensichtlich bedeutend mehr Besucher als sonst unterwegs. Dem Dean und dem Domkapitel bot sich eine gute Gelegenheit, aus der Geschichte zu lernen: fünfzig Pence, um zu sehen, wo die Tat verübt worden war, zwei kleine Heilige zum Preis von einem, Kinder und Rentner halber Preis. Es hätte genügt, daß eine alte Henne geschrien hätte, sie sei von ihrer Arthritis geheilt, und es wäre soweit gewesen.

Der Kriminalbeamte schloß sich dem dünnen Besucherstrom an, der in die Kirche zog, und vermied bewußt, in Richtung der Gedenkschrift in der Ecke am Eingang zu sehen. Die

Kirchendiener liefen geschäftig hin und her; in ihren langen Amtskleidern sahen sie aus, als bewegten sie sich auf Rollen. Miss Hanks am Bücherstand hatte alle Hände voll zu tun.

Von der Orgelempore erscholl erst ein Donnern, gefolgt von einem Flötenakkord, dann ein zweites, mächtiges Donnern. Jurnet faßte die Klänge als Einladung auf und ging durch das nördliche Seitenschiff, vorbei an dem grauen Bretterverschlag. Der Hinweis »Privat« wurde jetzt noch verdeutlicht durch Schranken, die mit Ketten miteinander verbunden waren. Eine große Aufschrift verkündete streng: ZUTRITT VERBOTEN.

Die Tür zur Orgelempore war geöffnet. Jurnet ging so leise wie möglich die Treppe hinauf, in der Hoffnung, oben den Mann zu finden, nach dem er suchte. Vermutlich stiegen außer Mr. Amos von Zeit zu Zeit auch andere in dieses Balkenwerk, um sich auf der überdimensionalen Flöte zu versuchen.

Als der Kriminalbeamte auf der Orgelempore auftauchte, schwang sich Mr. Amos herum.

»Es tut mir leid, aber niemand darf –«, er brach ab und kniff die Augen zusammen, um sie nach dem starken Licht über der Tastatur wieder an die Dunkelheit zu gewöhnen. »Waren Sie nicht mit dem Dean –«

»Sie haben ein gutes Gedächtnis.«

»Nein«, antwortete Mr. Amos mit einer Offenheit, die Jurnet völlig aus dem Gleichgewicht brachte. »Es liegt schlicht und einfach daran, daß Sie ein Gesicht haben, das man nicht vergißt. Trotzdem«, er drohte mit dem Finger, und Jurnet konnte sich gut vorstellen, daß er seine Chorknaben auf dieselbe Weise zurechtwies, »der Öffentlichkeit ist das Betreten der Orgelempore streng verboten.«

»Ich weiß nicht recht, ob ich mich dazu zählen darf. Mein Name ist Jurnet. Inspektor Jurnet. Ich bin Polizeibeamter.«

»Sie Armer!« sagte Mr. Amos mitleidig. »Wie schrecklich für Sie.«

»Es gibt traurigere Schicksale.«

»Ich rede schon wieder Unsinn«, erklärte Mr. Amos. »Das ist meine Gewohnheitssünde. Bremsen Sie mich bitte, wenn ich wieder damit anfange. Es passiert mir immer, wenn ich mit den Gedanken woanders bin.«

Er wandte sich halb zum Spieltisch zurück und strich mit der Hand liebevoll über die Manuale. »Irgendwas ist mit dem Generalabschalter nicht ganz in Ordnung. Und mit der Großen Tomba bin ich auch nicht sehr zufrieden. Und jetzt«, als wollte er seine Aufmerksamkeit einer anderen Mechanik zuwenden, die nicht so reibungslos funktionierte, wie man es sich gewünscht hätte, »jetzt wollen Sie mir ein paar Fragen über das arme ermordete Kind stellen.«

»Ja, Sir, wenn Sie erlauben. Als erstes möchte ich von Ihnen wissen, wie für die Chorknaben der Tagesablauf an einem Sonntag aussieht. Wann Sie erscheinen müssen, und wie's dann weitergeht.«

»Das ist schnell erzählt. Der Morgengottesdienst beginnt um elf, und ich lasse die Sänger Punkt zehn in offizieller Kleidung in der Gesangschule antreten. Wir hatten nie Schwierigkeiten. Die Jungen kommen oft schon sehr früh her, um im Klostergarten zu spielen oder ihre Hausaufgaben zu machen. Was mich jedoch betrifft, wenn ich in letzter Minute ins Gotteshaus angekeucht komme, kann ich nicht erwarten, daß Tallis oder Aylward gesungen werden, wie sie gesungen werden sollen – das geht einfach nicht. Man braucht einen, wenn auch nur kurzen Abstand zwischen dem irdischen und dem himmlischen Reich.«

»Wie verbringen Sie diese Pause?«

»Wir singen uns gewöhnlich nur eine knappe Stunde lang ein. Die Gesangschule liegt am anderen Ende des Klosters. Wir müssen uns genügend Zeit nehmen, um Zweierreihen zu bilden, das ganze Kloster entlang bis zur Tür im südlichen Querschiff zu gehen und uns richtig aufzustellen, damit wir mit den Geistlichen zum Altar und zum Chorgestühl schreiten können. Um die Zeit gut zu nützen, fange ich im allgemeinen mit einigen Übungen an, damit die Kehle und der Kopf klar werden. Wir singen zum Beispiel einige Takte aus einer Hymne oder einem Lobgesang. Nichts Bestimmtes. Eine ruhige, erholsame Stunde, die meistens viel zu schnell um ist.«

»Was machen Sie dann? Die Sänger in das Chorgestühl begleiten und dann zum Orgelspielen hier heraufsausen?«

»Lieber Himmel, nein! Die Einzugsprozession muß ordentlich ablaufen, damit jedem im Dom vor Augen geführt wird, daß etwas Wunderbares bevorsteht. Sobald ich dafür gesorgt habe, daß sich der Chor ordentlich aufgestellt hat, verlasse ich die Sänger und eile hierher, um zum Einzug zu spielen.«

»Stell' ich mir nicht einfach vor, hier oben Orgel zu spielen und gleichzeitig den Chor dort unten zu dirigieren.«

Mr. Amos antwortete mit seinem fröhlichen Lachen.

»Es ist großartig! Ich wünschte, ich könnte es immer tun.« Er erklärte: »Ich bin nur der Hilfsorganist. Dr. Hurne, unser eigentlicher Organist, ist gerade in Europa auf Tournee. Letzten Sonntag«, seine völlige Neidlosigkeit nahm wirklich für ihn ein, »spielte er im Kölner Dom. Was sagen Sie dazu? Alle sagen, daß es ein Triumph war! Sie sollten sich wirklich vornehmen, einmal hierherzukommen und ihm zuzuhören, wenn er wieder hier ist. O je – ich rede schon wieder Unsinn!« Mr. Amos seufzte. »Ich bitte um Entschuldigung; ich hatte kein Recht anzunehmen, daß Sie kein regelmäßiger Kirchgänger sind.«

»Kein allzu regelmäßiger«, erwiderte Jurnet mit undurchdringlicher Miene. »Kirchenleute wie Sie dagegen«, fuhr er fort und wollte den Fauxpas des anderen – ziemlich schlau, wie er dachte – zu seinem Vorteil nutzen, »müssen am Gottesdienst teilnehmen, wenn sie gebraucht werden – ob sie wollen oder nicht. Wie oft nehmen Sie aber freiwillig teil?«

»Wie zum Beispiel letzten Sonntag an der Frühmesse?« Es war eher eine Feststellung als eine Frage. »Ja, da war ich hier, um acht Uhr, in der St.-Lieven-Kapelle.« Er fügte hinzu: »Es dürfte Sie ebenfalls interessieren, daß ich schon viel früher im Dom war. Kurz nach sieben.«

»Tatsächlich? Aus irgendeinem besonderen Grund?«

»Aus dem ganz besonderen Grund, daß ich mich dort lieber als an jedem anderen Ort der Welt aufhalte.« Mr. Amos sah den Kriminalbeamten mit einem offenherzigen Blick an.

»Ich wohne am Unteren Domplatz – in einem der Häuser, die man erst vor kurzem in Wohnhäuser umgebaut hat. Ich bin unverheiratet, lebe alleine und bin ein eingefleischter Frühaufsteher. Wenn ich wach bin, streben meine Gedanken immer zu diesem Ort und meistens, wenn ich angezogen bin, auch meine Füße. An einem Frühlingsmorgen«, seine Augen glänzten, »ist das Kloster einfach herrlich! Zuerst kühler Schatten, und mit einemmal taucht die Sonne die östliche Wand in Licht – großartig!« Mit seiner Stimme versprach er größte Wonne, als er ausrief: »Sie müssen einmal morgens kommen und es sich selbst ansehen!«

»Ja. Aber sagen Sie bitte: Wie kommen Sie so früh in das Kloster?«

»Von der Gesangschule aus. Ich habe natürlich für beide Türen den Schlüssel – für die eine zum Domplatz und die andere am Südende des Klosters.«

»Was ist mit dem Dom selbst? Können Sie hinein, wenn Sie wollen, noch bevor er für die Allgemeinheit geöffnet wird?«

»Freilich. Ich habe auch einen Schlüssel zur Tür des Priors im südlichen Querschiff. Am Sonntag hab' ich ihn aber nicht benützt. Im Kloster war es so schön und so ruhig. Ausnahmsweise waren keine Jungen da – waren zu einem ihrer traditionellen, aber so lauten Spiele gegangen. Ich blieb bis kurz vor acht dort. Da war die Tür des Priors ohnehin schon aufgeschlossen, und ich ging direkt zur Messe.«

»Ist Ihnen im Hauptschiff jemand aufgefallen, als Sie durchs Querschiff gingen?«

Der Hilfsorganist schüttelte den Kopf.

»Da kann ich Ihnen leider nicht helfen.« Wieder sah er Jurnet mit einem irritierend arglosen Blick an. »Ich war, unwürdig wie ich bin, auf dem Weg, um am Leib und am Blut unseres Heilands teilzuhaben, wenn auch nur symbolisch. Wie sollte mir, zu solch einem Festmahl gerufen, aufgefallen sein, wer im Dom war?«

Jurnet wandte sich verlegen ab, blickte über die brusthohe Umtäfelung der Orgelempore und entdeckte dabei, daß man von dieser Stelle aus auf das Grab von Little St. Ulf sehen konnte. Der eigentliche Ausgrabungsort war zum Teil von der Bretterwand verdeckt, aber der Tisch war sichtbar sowie einige Schüsseln und Siebe, die sich wie zufällig in einer Ecke stapelten. Als er sich wieder Mr. Amos zuwandte, der der Richtung seines Blickes gefolgt war, bemerkte der Kriminalbeamte zu seiner Bestürzung, daß sich die Augen des Mannes mit Tränen gefüllt hatten.

Jurnet sagte unbeholfen: »Es ist schwer, den gewaltsamen Tod eines Kindes zu akzeptieren.«

Mr. Amos nickte, und eine Träne fiel in die dichten hellen Haare auf seinen kleinen starken Händen.

»Sogar den eines Jungen wie Arthur«, sagte er.

»Mir ist klar«, sagte Mr. Amos, »daß ich's jetzt hinter mich bringen muß. Sonst fragen Sie sich noch, ob *ich* vielleicht der Mörder war.« Der Hilfsorganist sah, den Kopf ein wenig zur Seite geneigt, auf seine gefalteten Hände. »Armer Arthur! Der arme Junge, er war so abscheulich und so verdorben!«

»Wenn Sie so schlecht von ihm denken, verstehe ich nicht, worüber Sie sich so aufregen«, sagte Jurnet erschrocken.

»Als Sünder aus dem Leben gerissen zu werden, ohne die Möglichkeit zur Reue – ist das nicht das schrecklichste Schicksal, das es gibt? Jung zu sterben und doch nicht unschuldig?«

»Was hat er denn getan?« fragte Jurnet.

»Er war nie ein besonders angenehmer Junge«. Mr. Amos wollte scheinbar das Thema wechseln. »Er sah bleich und krank aus und hatte einen krummen, schmächtigen Körper. Kaum zu glauben, daß eine so unschöne Gestalt eine Stimme von solch engelhafter Reinheit beherbergen konnte. Wenn Sie ihn in Tallis' Kanon gehört hätten!« Mr. Amos brach ab und schüttelte verwirrt den Kopf.

Der Kriminalbeamte, ein geübter Zuhörer, sagte nichts. Der Hilfsorganist fuhr so fort, als hätte der andere eben eine Bemerkung gemacht: »Ach, Ihnen ist also aufgefallen, daß ich gleich über Arthurs Aussehen geredet habe. Ich kann mir vorstellen, daß Sie das verdächtig finden – verständlich, wo

Sie doch so viel Zeit an dunklen Orten verbringen müssen. Wenn ich nun auch noch sage, daß ich meine Jungen nicht nur wegen ihrer göttlichen Gabe des Gesanges liebe, sondern daß ich ihre physische Schönheit, die genauso gottgegeben ist, als ebensolche Freude für das Auge empfinde wie die andere für das Ohr, dürfte ich Ihre schlimmsten Befürchtungen noch bestärken.« Der Mann sah Jurnet gelassen an. »Ich fürchte, Sie halten mich für lächerlich naiv, aber Arthur war der erste, der mich auf den Gedanken brachte, daß meine Mitmenschen meine arglose Bewunderung für junge männliche Schönheit ausnützen könnten.«

»Er hat Sie also bedroht?«

»Ich bitte Sie!« Mr. Amos hob abwehrend die Hand. »Jetzt denken Sie schlecht von ihm, wo eigentlich Mitleid am Platze wäre. Ich selbst bin ihm überaus dankbar, daß er versucht hat, mich als Homosexuellen zu erpressen. Man kann doch nicht ewig wie ein moralischer Einfaltspinsel durchs Leben gehen.«

Jurnet wollte sich nicht ablenken lassen.

»Hat er Geld verlangt?«

»Ich sollte ihm unbedingt eine Staffelei und einen Satz Ölfarben kaufen. Wenn ich es nicht tun würde, sagte er, würde er dem Dean schreiben und sich beschweren, daß ich mit den Chorknaben Unzucht treibe.«

»Was haben Sie getan?«

Mr. Amos riß die Augen weit auf, als erstaunte ihn die Frage.

»Nichts, natürlich.«

»Haben Sie nicht daran gedacht, ihn vor dem Dean als Lügenbold zur Rechenschaft zu ziehen?«

»Aber da wäre er ohne Zweifel rausgeworfen worden. Und seine Mutter ist Witwe, sie lebt von bescheidenen Mitteln. Ich hab's einfach nicht übers Herz gebracht, die Zukunft eines Jungen aufs Spiel zu setzen – nur wegen eines jugendlichen Hangs zu Erpressung, dem er mit Gottes Hilfe entwachsen könnte. Besonders, da ich mich bis zu einem gewissen Grade schuldig fühlte, weil ich mich so verhalten hatte, daß ich dem Jungen zunächst einmal die Idee in den Kopf setzte.«

»Und was geschah dann?«

»Oh, er schrieb den Brief, genau wie er es gesagt hatte. Anonym.« Mr. Amos sah den Kriminalbeamten hoffnungsvoll an. »Ich finde, daß das ein gutes Zeichen war. Es zeigte doch, daß er schon Zweifel hegte. Als schreckte er vor dem letzten Schritt zurück.«

Jurnet wollte ihm diese Hoffnung nicht lassen.

»Er hat für einen Ausweg gesorgt – so würde ich's interpretieren. Falls es schiefgehen sollte. Wie verhielt sich der Dean?«

»Er ließ mich natürlich zu sich kommen und fragte, ob ich eine Ahnung hätte, wer das geschrieben haben könnte.«

»Nicht, ob die Anschuldigungen begründet waren?«

Mr. Amos senkte den Kopf.

»Das auch.«

»Und Sie haben den Jungen auch dann nicht verraten?«

»Wie konnte ich! Da ich in die Enge getrieben war, mußte ich sagen, daß ich den Verantwortlichen zu kennen glaubte; aber daß ich mich gleichzeitig nicht in der Lage sähe, seinen Namen preiszugeben.«

»Und wie nahm der Dean das auf?«

»Er war nicht sehr erfreut.« Mr. Amos wirkte noch verwirrter. »Muß er denn jetzt erfahren, daß es Arthur war?«

»Es würde mich nicht wundern, wenn er sich das schon selber zusammengereimt hat. Sie werden wohl verstehen«, beharrte Jurnet, »daß ich keine Versprechungen machen kann.«

»Das verstehe ich.« Mr. Amos seufzte. »Es ist nur so schade, jetzt, wo er tot ist und keinen Schaden mehr anrichten kann.«

»Das wird sich noch herausstellen«, sagte Jurnet. »Bis jetzt macht er kein schlechtes Geschäft.«

16

»Widerlich«, sagte Christopher Drue. In dem düsteren Kloster hatte die Stimme des Jungen einen eigentümlichen, aber angenehmen Klang. »Wenn Sie's wirklich wissen wollen, Arthur Cossey war ein fürchterliches Ekel.«

»Ich will's wirklich wissen«, sagte Jurnet.

Der Junge zögerte und beschloß dann – so schien es zumindest dem Kriminalbeamten –, dem Fragesteller Vertrauen zu schenken. Für Jurnet spiegelte sich die Entscheidung in dem lebhaften jungen Gesicht, auf dem die Gedanken und Eindrücke einander jagten wie Wolken im Wind; er freute sich.

»Ich weiß, daß man über Tote nicht schlecht sprechen soll«, fuhr der Junge fort, »und es tut mir wirklich schrecklich leid für ihn. Ich würde bestimmt nie ermordet werden wollen, und wenn ich noch so ein Ekel wäre – aber es ist doch auch nicht anständig, wenn man einem Polizisten nicht die Wahrheit sagt, oder?«

»Es ist nie anständig, nicht die Wahrheit zu sagen.«

»Natürlich, Sir. Aber bei einem Polizisten besonders. Ich meine, Sie könnten irgendwas machen, wenn ich Lügen erzähle.«

»Dich zum Beispiel in ein Verlies sperren und auf Brot und Wasser setzen? Hoffentlich kommt es nicht dazu! Mr. Amos fiel niemand ein, der ein sogenannter echter Freund von Arthur war; bei dir konnte er sich's noch am ehesten vorstellen. Vor allem wohl deswegen, weil ihr im Chor nebeneinander gegangen seid. Also keine Angst, ich erwarte nicht, daß ihr zwei wie David und Jonathan gewesen seid, falls du weißt, wer das war.«

»Ja, Sir, aus der Bibel. Jonathan wurde auch umgebracht, oder?«

»Richtig. Ich hätte es wissen müssen, daß ihr in der Domschule die Bibel lest. Mr. Amos sagte etwa folgendes: Was auch immer du von Arthur gehalten hast – er hatte den Eindruck, daß Arthur eine Menge von dir gehalten hat. Stimmt das?«

Christopher nickte bedächtig. Eine dunkle Haarlocke

rutschte ihm in die Stirn. »Er hatte einen Narren an mir gefressen. Er lief ständig wie ein Hund hinter mir her. Sogar, wenn ich aufs Klo ging. Er war eine entsetzliche Nervensäge. Er konnte nie nachgeben.«

»Warum wolltest du ihn nicht zum Freund?«

Mit hochgezogenen Augenbrauen dachte der Junge angestrengt nach.

»Also zunächst mal mochte ich ihn nicht, weil er halt der war, der er war. Ich meine, man kann doch kein Ekel mögen – das kann niemand.«

»Das ist wirklich schwer«, gab Jurnet zu. »Trotzdem, hast du ihn denn nie bei irgendwelchen Sachen mitmachen lassen?«

»Wir haben ihn Murmeln mitspielen lassen. Er spielte fürchterlich, aber er hat immer die ganz besonderen Murmeln gekauft, nicht die normalen, wo der Beutel fünfunddreißig Pence kostet, sondern die großen, die man einzeln kauft. Manche kosten fünfunddreißig Pence das *Stück*! Arthur war der einzige, der sich solche Murmeln leisten konnte.« Christopher kicherte. »Aber wir haben sie ihm immer weggewonnen.«

»Woher hatte er denn das Geld dafür?« Der Junge sah verblüfft aus, als hätte er darüber noch nie nachgedacht. »Seine Mutter ist nicht gerade gut bei Kasse, was ich so mitbekommen habe.«

»Er hat Zeitungen ausgetragen«, meinte Christopher zweifelnd. Dann mit einem strahlenden Lächeln: »Aber Sie werden dahinter kommen, nicht wahr – Sie sind ja Polizist.«

Jurnet grinste.

»Ich werd' mein Bestes geben. Und was ist mit den Wochenenden und Schulferien – hast du ihn da manchmal gesehen, außerhalb der Schule?«

»Wir haben ihn nie angesprochen. Manchmal, wenn wir mit unseren Rädern rumstanden, kam er an und wollte mit uns fahren. Er hatte das beste Rad von allen aus der Klasse, mit sieben Gängen, und trotzdem kam er nie nach!« Das Kind lachte fröhlich. »Wir haben nie lange gebraucht, um ihn abzuhängen.«

Dieser flüchtige Blick in die schwierige Welt der Kinder veranlaßte Jurnet zu der vorsichtigen Bemerkung: »Das wird ihn wohl ein wenig geärgert haben.«

»Arthur geärgert?« Offensichtlich war seinem Klassenkameraden diese Möglichkeit nie in den Sinn gekommen. »Arthur konnte nichts ärgern. Er hat immer gelächelt. Einmal wollten wir seine Mutter fragen, ob er beim Schlafen auch lächelt, aber wir hatten Angst, daß sie solche Fragen nicht mag. Mr. Hewitt war auch dauernd hinterher, daß er mit diesem dummen Grinsen aufhört.« Dann trat er so nah an den Kriminalbeamten heran, daß eine seiner roten Backen Jurnets Jacke streifte, und fügte ein wenig außer Atem hinzu: »Also, er lächelte sogar, als – «

»Als was?«

»Ich weiß nicht, ob ich's Ihnen erzählen soll. Erzählen Sie es Mr. Hewitt?«

»Eigentlich nicht.«

»Oder Mr. Amos?«

»Solange du mir nicht erzählst, daß du ihn getötet hast.«

»Es war fast was noch Schlimmeres, aber – « Er brach ab und versuchte es noch einmal. »Es war nur, weil er immer gesagt hat, wie sehr er mich mag und daß es nichts gibt, was er nicht für mich tun würde.«

»Und?«

»Und eines Tages, als er das wieder einmal gesagt hat, waren wir auf dem Unteren Domplatz, und eine Frau ging da mit ihrem Hund spazieren. Und gerade als sie an uns vorbeiging, hockte sich der Hund hin und machte sein Geschäft.«

»Ja?«

»Ja, ich hatte es einfach so satt, dauernd zu hören, daß es nichts gibt, was er nicht tun würde, deshalb hab' ich gesagt«, der Kopf des Jungen war jetzt völlig in Jurnets Jacke verschwunden, »da hab' ich gesagt, wenn das stimmt, dann iß doch die Hundekacke.« Eine weitere Pause. »Und er hat es getan. Und dabei hat er immer noch gelächelt. Das Zeug klebte an seinen Händen, sein Mund war verschmiert, aber er hat immer noch gelächelt.«

»Sind Sie sehr böse?« fragte der Junge schließlich nach langem Schweigen. Der Rasen des Klostergartens schimmerte in der Sonne. Jurnet fragte sich, ob es den Mönchen früher erlaubt gewesen war, sich hier draußen aufzuhalten; oder waren sie dazu verdammt gewesen, durch die eisigen Klostergänge zu wandeln und ihr Fleisch aus Liebe zu Gott zu kasteien? Hatten sie Gott genug geliebt, um für ihn Hundescheiße zu essen?

Liebte er, Jurnet, Miriam genug, um das zu tun, sollte sie solch einen grotesken Liebesbeweis fordern? Er wußte, daß er dazu nicht fähig wäre, und schwieg, von Neid auf die große Liebe erfüllt, die Arthur Cossey für den Jungen an seiner Seite empfunden hatte.

»Ich bin überhaupt nicht böse«, sagte Jurnet.

»Trotzdem, wenn ich gewußt hätte, daß er umgebracht wird, hätte ich versucht, ihn zu mögen. Ich weiß nicht, ob ich es geschafft hätte, aber ich hätt's wirklich versucht.«

»Das ist sehr anständig von dir«, sagte Jurnet und bemühte sich, wieder zur Sache zu kommen. »Und jetzt erzähl mir noch ein bißchen vom Chor. Der nimmt euch sicher viel Zeit.«

»Das macht mir nichts aus. Ich singe gern und lerne gern etwas über Musik. Und ich geh' ziemlich gern in einer Prozession in den Dom und zieh' gern sonntags die Soutane und den Kragen und das weiße Chorhemd an.« Er lachte reumütig. »Wenigstens muß ich jetzt Arthur nicht mehr erzählen, was mit seinem Kragen los war.« Dann erklärte er: »Wir müssen unsere frischen Sachen samstags zum Morgengottesdienst mitbringen, damit am Sonntag alles fertig ist. Aber meine Mutter – sie ist nämlich Dozentin an der Universität und viel zu schlau für Hausarbeit – versteht nichts vom Stärken. Einmal ist mein Kragen steif wie ein Brett; das nächste Mal – obwohl sie genau dieselbe Menge nimmt, das ist das Komische – schlabbert er nur so rum, und wenn man's nicht wüßte, würde man schwören, daß er überhaupt nicht gestärkt ist. Also, letzten Sonntag war so ein Schlabbertag – Sie können sich gar nicht vorstellen, wie sich Mr. Amos über schlaffe Krägen aufregen kann. Als ich am Sonntag in die Garderobe kam und sah, daß Arthurs Kragen noch am Haken hing, hab' ich mir gedacht, er muß wohl mit einer seiner Erkältungen zu Hause geblieben sein – er hatte nämlich ganz oft Schnupfen –, und dann hab' ich ihn mir ausgeliehen.«

»Du hast einfach die Gelegenheit beim Schopf ergriffen. Es hätte doch gut sein können, daß er sich nur verspätet hatte.«

»Und dann wär' ihm nichts andres übriggeblieben, als mein altes schlaffes Ding zu nehmen!« Christopher kicherte. »Das hätte ihm auch nichts ausgemacht – weil er doch so einen Narren an mir gefressen hatte. Außerdem ist Arthur nie zu spät gekommen. Ich komm' immer zu spät, besonders sonntags, wenn mich meine Eltern auf dem Weg zum Golfplatz absetzen.« Nach einer Weile: »Hoffentlich macht's Mrs. Cossey nichts aus. Ich hab' den Kragen nach dem Gottesdienst wieder zurückgehängt, aber jetzt, wo er getragen wurde, muß sie ihn natürlich waschen. Sie kann das so gut, daß ich meiner Mutter vorgeschlagen habe, ihr was zu zahlen, damit sie meinen zusammen mit Arthurs macht, aber Mama dachte, da ist sie vielleicht beleidigt, ich weiß auch nicht, warum. Sie putzt für ein paar Leute vom Domviertel, die wir kennen, und ich kann mir nicht vorstellen, daß es ihr was ausmachen würde.«

»Kennst du Arthurs Mutter?«

»Nicht richtig. Ich bin einmal bei ihm zum Tee gewesen. Er hat mich so lang gedrängelt, bis ich hingehen mußte.« Beim Anblick des kleinen Gesichts, das sich vor komischem Widerwillen verzog, unterdrückte Jurnet ein Lächeln. »Es war scheußlich.«

»Schlangenfraß?«

»Nein, ganz im Gegenteil! Es gab Schinken und Auflauf und mindestens vier verschiedene Sorten Kuchen und Gebäck.«

»Klingt nicht schlecht.«

»Es war so übertrieben! Mrs. Cossey hatte ein Spitzendeckchen und gemusterte Servietten auf den Tisch gelegt und sich fein gemacht – und dabei war es doch keine Party. Nur ich war da!«

»Vielleicht warst *du* ein Fest für Arthur und seine Mutter, wenn ihn sonst niemand besuchen wollte.«

Der Junge wurde rot und sagte weinerlich: »Das tut mir jetzt wirklich leid. Aber trotzdem –«

»Trotzdem war er nur ein Ekel, das einen Narren an dir gefressen hatte. Mach dir keinen Vorwurf draus, wir alle tun Dinge, die wir hinterher bereuen. Immerhin bist du ja wenigstens hingegangen.«

»Es war scheußlich!« sagte Christopher wieder. »Nach dem Tee sind wir auf sein Zimmer gegangen, weil er mir seine Bilder zeigen wollte. Können Sie sich was Langweiligeres vorstellen? Immer wenn ich gesagt hab', ich muß jetzt nach Hause, hat er noch einen Stapel vorgeholt. Ich wollte doch ehrlich sein – also«, sein Lockenkopf hob sich und zwei haselnußbraune Augen sahen den Kriminalbeamten feierlich an, »auch wenn ich gewußt hätte, daß er ermordet wird, glaube ich nicht, daß ich noch mal hingegangen wäre. Es war so langweilig, beinahe hätt' ich mich zu Tode gelangweilt.«

»Mach dir nichts draus«, sagte Jurnet. »Du kannst dich doch wenigstens mit dem Gedanken trösten, daß du Arthur eine Freude gemacht hast, als er sich noch darüber freuen konnte.«

»Ich glaube wirklich, daß er sich gefreut hat. Jedenfalls hat er die ganze Zeit gelächelt.«

17

Mr. Harbridge spähte durch das Glasfenster in der Tür des Priors und sah, daß Jurnet über die ausgetretenen Stufen vom Kloster heraufkam. Er öffnete die Tür und ließ den Kriminalbeamten in den Dom. Der Kirchendiener trug einen weiten Rock mit einem breiten schwarzen Gürtel und weißen Laschen am Hals. Er sah mitgenommen, aber vertrauenswürdig aus; sein Gesicht war fast so zerschlagen wie das von Jurnet. Auf seinem Hinterkopf klebte noch ein Pflaster.

Er blickte über Jurnets Schulter hinweg zum südöstlichen Ende des Klosters und sah die kräftige Gestalt von Christopher Drue durch den Eingang zur Gesangschule verschwinden.

»Klein Chris hat Sie gerade vollgequatscht, wie ich sehe.«
»Eher umgekehrt. Der ist wirklich auf Draht.«
»Das kann man wohl sagen. Wenn hier 'ne Teufelei im Gange ist, kann man fast sicher sein, daß er dahintersteckt.«

Er sagte es liebevoll, und Jurnet, der sich ebenfalls von dem Charme dieses Jungen angezogen fühlte, bedachte den Mann mit einem freundlichen Blick.

Trotzdem äußerte er Bedenken. »In letzter Zeit sind hier Dinge geschehen, die man kaum mehr als Kinderspiele bezeichnen kann.«

»Jungenstreiche, würde ich sagen. Wie das eine Mal, wo jemand Preisschilder an ein paar hundert Knieschemel gesteckt hat, als wir sie beim Putzen im nördlichen Seitenschiff aufgestapelt hatten. ›Sonderangebot – 1,75 Pfund‹ hatte ein Witzbold draufgeschrieben. Die arme Miss Hanks ist beinahe verrückt geworden, weil dauernd Leute kamen und sie kaufen wollten.«

»Und das war Christophers Werk?«
»Vielleicht, vielleicht auch nicht. Trotzdem laß ich mich nicht davon abhalten, mir meinen Teil zu denken.« Der Kirchendiener lachte in sich hinein. »Vor ein paar Wochen hab' ich ihn einmal mit rotverschmierten Händen erwischt. Rot und grün und gelb und himmelblaurosa!«

»Wie kam denn das?«
»Farbkreide. Hab' ihn geschnappt, als er einen von den Grabsteinen im Kreuzgang anmalte. Er ist mit Blättern und so was verziert, und, ehrlich gesagt, ich hab's für eine ziemliche Verbesserung gehalten. Brachte es auf wunderbare Weise zum Leuchten. Aber schließlich können wir so was nicht unterstützen, sonst gäb's für die kleinen Lümmel gar kein Halten mehr. Deshalb ließ ich ihn einen Lumpen und einen Eimer Wasser holen und alles abwaschen. Ich paßte auf, bis er fertig war, ganz gleich ob er den Sportunterricht versäumte oder nicht.«

»Da war er wahrscheinlich nicht sehr begeistert.«
»Ach, für ihn war das ein großer Spaß. So einer ist das.

›Nicht böse sein, Harby‹, sagte er, als ich ihn endlich gehen ließ, und streckte mir seine Hand hin – richtig frech. Aber man kann ihm einfach nicht böse sein, selbst wenn er einen mit seinen Streichen zur Weißglut bringt.«

»Anders als bei dem kleinen Cossey. Der war wohl nicht gerade der beliebteste Junge in der Schule, nach dem, was ich bisher erfahren habe.«

Der Kirchendiener sagte aufgebracht: »Arthur war ein sehr stiller Junge.«

»Das sagen alle. Das macht die Sache so schwierig.«

»Ich hätte nie gedacht«, sagte der Kirchendiener voller Sarkasmus, »daß dieser Wahnsinnige erst geprüft hat, wie gesprächig Arthur war, bevor er ihn um die Ecke brachte.«

»Warum nicht«, erwiderte Jurnet. »Sobald man davon ausgeht, daß es ein Wahnsinniger war, ist nichts mehr unmöglich. Schließlich waren Sie ja gleich davon überzeugt, daß er nicht ganz dicht ist. Wenn es schon unbedingt ein Wahnsinniger sein muß, dann sollte er sich gefälligst auch wie ein Wahnsinniger verhalten«, schloß er freundlich. »Nämlich unvernünftig.«

Harbridge starrte ihn an.

»Glauben Sie, daß das Verbrechen an Arthur vernünftig war?«

»Mit Sicherheit. Krankhaft, aber überlegt. Das Werk eines klugen Kopfes. Little St. Ulfs Grab, der Davidsstern, die Verstümmelung – nach meiner Rechnung ergibt das eine durchdachte Komposition, ein Kunstwerk, das eine sorgfältig vorausgeplante Reaktion hervorrufen sollte. Den Wahnsinnigen vergessen wir besser. Damit wären wir wieder bei meiner Ausgangsfrage. Wenn Arthur so ein stiller kleiner Junge war, der nur seine eigenen Angelegenheiten im Kopf hatte, welchen vernünftigen Grund konnte dann jemand haben, ihn zu töten?«

Nach einer Unterbrechung, verursacht von einer korpulenten Dame, die den Kirchendiener voller Neugier bat, ihr genau zu zeigen, wo der kleine Junge ermordet worden war, sagte Harbridge: »Da fällt mir einiges ein.«

In der FitzAlain-Kapelle waren sie vor Störungen einigermaßen sicher. Die Dombesucher hielten sich meist an die Hauptrouten und betrachteten die Seitenwege mit dem Mißtrauen eines Autofahrers, der auf eine in seiner Karte nicht verzeichnete Straße stößt. Mit einem Lächeln auf den Lippen schlief Bischof FitzAlain ungestört auf seinem Grab.

Jurnet ließ sich Zeit und deutete auf das braune Papier, das noch immer an der Wand klebte. »Das können Sie jetzt wieder wegmachen. Hatte schon vor, es dem Dean zu sagen, aber ich hatte so viel um die Ohren –« Der Kirchendiener schwieg. »Seit ich entdeckt habe, was für ein Künstler Arthur war«, fuhr der Kriminalbeamte fort, »geht mir der Gedanke nicht aus dem Kopf, ob das nicht vielleicht auch sein Werk war. Könnten Sie sich das vorstellen?«

»Bei diesem widerlichen Kerl würde mich nichts überraschen«, knurrte Harbridge. »So! Jetzt ist's endlich raus!« Der Kirchendiener sah den Kriminalbeamten an; die Angst grub eine tiefe Falte zwischen seine Augen. »Die Sache ist die, ich will nichts sagen, was Sandra schaden könnte.«

»Ach so, Mrs. Cossey! Ich wußte nicht, daß Sie sich duzen.«

»Wie soll ich meine Schwägerin denn sonst nennen?«

»Seien Sie nicht so empfindlich. Niemand will Ihnen an den Kragen. Sie dürfen von mir nur keine übersinnlichen Fähigkeiten erwarten. Bis jetzt hat mir niemand erzählt, daß Arthur Ihr Neffe war.«

»Kein blutsverwandter! Nächsten September ist es achtundzwanzig Jahre her, daß ich Beryl Cossey geheiratet habe. Konnte ja damals nicht wissen, daß ich mir dabei Arthur einhandeln würde.«

»Dann ist Ihre Frau Vincent Cosseys Schwester?«

»War. Am fünfzehnten Juli vor fünf Jahren ist sie gestorben.« Die knappe Auskunft barg Welten von Verlust. »Sie und Vince waren wie Tag und Nacht. Wenn es nach mir gegangen wäre, hätte Vince nie einen Fuß über meine Schwelle gesetzt, eingeladen hätt' ich ihn schon gar nicht. Aber Sie kennen ja die Frauen. Vince war ihr kleiner Bruder, ihr einziger Verwandter, und Familien müssen zusammenhalten, selbst wenn sie sich abgrundtief hassen. Ich hab' das nie verstanden.«

»Ich weiß, was Sie meinen. Wie vertrug sich Ihre Frau mit Mrs. Cossey – Sandra?«

»Sie kamen ganz gut miteinander aus. Sandra hat sie zwar mit ihrem zimperlichen Getue auf die Palme gebracht, aber sie war Vince eine gute Frau, soweit er ihr überhaupt Gelegenheit dazu gab. Er war ein ziemlicher Säufer und Schürzenjäger, bevor er heiratete, und sah gar nicht ein, warum er das ändern sollte.«

»Möchte bloß wissen, weshalb so einer überhaupt heiratet.«

Harbridge lächelte zum erstenmal.

»Oh, das war Sandras Werk. Sie wurde schwanger.«

»Wirklich? Hätte ich ihr nicht zugetraut. Außerdem dachte ich, daß das nicht mehr zieht.«

»Außerhalb des Domviertels vielleicht nicht. Hier halten wir uns noch an die alten Regeln. Sandra sagte, wenn Vince sie nicht heiratet, würde sie zum Dean und zum Domkapitel gehen und ihnen erzählen, was er außerhalb seiner Arbeitszeit trieb. Vince war ein erstklassiger Steinmetz, das muß man ihm lassen, er verdiente für die damalige Zeit gut – das war während der Arbeiten im Altarraum, also vor fünfzehn, sechzehn Jahren –, und er wollte seinen Job nicht verlieren. Es ging ihm wie uns allen: wenn man einmal im Dom gearbeitet hat, will man nirgendwo anders mehr hin.«

»Vor fünfzehn Jahren! Dann kann es nicht Arthur –«

»Es war niemand. Sandra hatte eine Fehlgeburt, als man ihr die Nachricht von Vinces Unfall überbrachte. Zumindest behauptet sie das.«

»Was für ein Unfall? Ich dachte –«

»Nicht der, bei dem er dran glauben mußte. Ein Stück von einem Stein flog ihm ins Auge und zermatschte es. Er bekam ein Glasauge, und – das müssen Sie sich mal vorstellen – obwohl seine Augen dunkelbraun waren, ließ er sich ein blaues machen. Er sagte, er hätte schon immer von schönen blauen Augen geträumt, und eins wäre besser als keins, auch wenn es kein echtes ist! So war der. Als er ums Leben kam, wollte Sandra es mit ihm begraben, aber klein Arthur wollte es unbedingt als Erinnerung an seinen Papa haben. Krankhaft nenne ich das! Aber was soll's. Arthur konnte seine Mutter immer um den Finger wickeln. Er trug das Auge immer in seiner Jackentasche rum – sagte, es hätte magische Kräfte, wie im Märchen. Haben Sie schon mal solchen Blödsinn gehört! Dreh dran und wünsch dir was – und schon wird der Wunsch erfüllt. Wirklich mitleiderregend! Wie meine Beryl zu sagen pflegte: Wenn man sich was wünschen könnte, wer würde sich Arthur wünschen?«

»Der stille kleine Arthur.«

»Das stimmt.« Der Mund des Kirchendieners war nur noch ein dünner Strich. »Er gab keinen Mucks von sich, sogar als er noch ein Säugling war. Man hörte ihn nie plärren. Aber er hatte immer so einen komischen Blick. Schwer zu erklären. Meine Beryl sagte immer, er war schon ein Widerling, bevor er überhaupt laufen konnte.«

»Sehr witzig«, bemerkte Jurnet und wurde mit einem dankbaren Lächeln belohnt. »Aber seine Eltern haben ihn doch sicher geliebt.«

»Sandra hatte es nie so mit Rumschmusen. Aber eins muß man ihr lassen – sie hat dafür gesorgt, daß das Kind immer wie aus dem Ei gepellt aussah. Vince hat ihn öfter mal versohlt, wenn er zuviel getrunken hatte, aber nie wirklich schlimm. Er hat gesagt, daß es ihm auf die Nerven geht, daß der Kleine immer wie ein Hund durchs Haus hinter ihm herläuft, ohne ein Geräusch zu machen. ›Wenn er wenigstens ab und zu leise bellen würde‹, sagte er einmal zu mir, ›dann wüßte ich immerhin, daß es ein Mensch ist.‹«

Der Kirchendiener sah Jurnet mit einer Verlegenheit an, die sich eher auf ihn selbst bezog als auf den Kriminalbeamten.

»Sicher denken Sie jetzt, wir sind eine hartherzige Bande, dabei stimmt das gar nicht. Meine Beryl hatte, mit Verlaub, ein riesengroßes Herz. Aber irgendwas war mit Arthur –« Er runzelte vor Anstrengung die Stirn. Dann fuhr er wie zur Erklärung fort: »Manchmal, wenn wir vier unten saßen und uns unterhielten und er oben in seinem Zimmer war, hörten wir ihn plötzlich singen, und er klang wie ein Engel. Ich weiß nicht, warum, aber es ließ einem das Blut in den Adern gefrieren.«

»Aha.« Da er plötzlich das Gefühl hatte, daß er genug über Klein Cossey gehört hätte, richtete Jurnet seine Aufmerksamkeit auf Bischof FitzAlain; er schlenderte um das Grab herum und bemerkte zum erstenmal, daß es an den Seiten nicht zugemauert, sondern von einer Balustrade umgeben war; die Zwischenräume der gedrehten Zuckerbäckersäulen waren mit Maschendraht ausgefüllt, durch den man undeutlich erkennen konnte, daß der Bischof unter seinem Bett – als wäre es ein Nachttopf oder Kehricht, den ein schlampiges Hausmädchen übersehen hatte – ein Skelett verbarg.

Igitt!

Da es ihn nicht nach einer genaueren Besichtigung verlangte, kam Jurnet zum Thema zurück und bemerkte beiläufig: »Wahrscheinlich hat er auch Sie erpreßt?«

»Wieso *auch*?« Harbridge konnte seine Erleichterung nicht verhehlen.

»Sie können beruhigt sein. Sie waren nicht der einzige, bei dem es Arthur versucht hat.« Jurnet setzte sich auf einen der Stühle, die in Reihen vor dem kleinen Altar aufgestellt waren, und klopfte auf den Stuhl neben sich. »Setzen Sie sich, und erzählen Sie mir alles.«

Der Kirchendiener blieb lieber stehen. »Ich kann mir gar nicht vorstellen, wie Sie das rausbekommen haben«, begann er.

»Hab' ich gar nicht«, gab Jurnet zu. »Seit ich aber weiß, welches Spiel der kleine Arthur trieb, konnte ich mir das leicht ausrechnen. Hat's vielleicht was mit diesem Brand zu tun?«

Ein Zucken fuhr über das Gesicht des Kirchendieners.

»Diese widerliche kleine Kröte! Er hat behauptet, ich hätte nur deshalb nicht auf das Klingeln reagiert und das Tor nicht für die Feuerwehr aufgemacht, weil ich betrunken gewesen wäre und mit seiner Mutter im Bett gelegen hätte.« Seine

Stimme klang schrill vor Empörung, als könne er noch immer nicht begreifen, daß ihm jemand etwas Derartiges unterstellt hatte. »Mit seiner eigenen Mutter!«

»Er war bestimmt hinterm Geld her.«

»Er wollte mich für eine besondere Staffelei und für irgendwelches andres Malzeug blechen lassen. Ich war so durcheinander, daß ich es nicht genau verstanden habe. Und als ich dann verstanden hatte«, er ballte seine Faust, daß die Knöchel weiß hervortraten, »kostete es mich große Mühe, ihm seinen dünnen Hals nicht an Ort und Stelle umzudrehen.« Er holte tief Luft und beruhigte sich. »Er hat gesagt, wenn ich das Geld nicht rausrücke, schreibt er dem Dean und erzählt ihm die ganze Geschichte.«

»Und – haben Sie's rausgerückt?«

Der Kirchendiener beantwortete die Frage mit einer belustigten Miene.

»Das kann nur einer fragen«, räumte Harbridge ein, »der draußen in der Stadt wohnt und einen Job wie Ihren ausübt. Wir hier im Domviertel«, er sprach ohne jegliche Verlegenheit, »leben näher bei Gott. Ich meine damit nicht, daß wir heiliger als die Menschen außerhalb dieser Mauern sind, oder weniger Sünder. Nur näher an Seinem Richterstuhl und an Seiner Gnade.«

»Das heißt also«, antwortete Jurnet, unbeeindruckt von der unverschämten Behauptung, das Domviertel besäße etwas, was seinem geliebten Angleby vorenthalten wäre, »mit anderen Worten, Sie haben Arthur keinen roten Heller gegeben?«

»Dem? – Ich hab' zu ihm gesagt: ›Mach nur, du wirst schon sehen, was du davon hast! Schreib deinen verdammten Brief und schau, was passiert!‹«

»Und was passierte?« Es war das erste Mal seit ihrer Bekanntschaft, stellte Jurnet mit Interesse fest, daß der Mann so etwas wie einen Fluch ausgesprochen hatte. »Was hat denn Dr. Carver dazu gesagt?«

»Da fragen Sie ihn besser selbst. Hat nie was zu mir gesagt. Hab' seitdem nie mehr was davon gehört.«

»Und haben Sie den Jungen nie gefragt: ›Hör mal, hast du dem Dean nun geschrieben oder nicht?‹«

»Das wäre unter meiner Würde gewesen. Schlimm genug, daß ich ihn tagein, tagaus sehen mußte, wie er mit eisiger Miene in seiner Soutane angetrottet kam. Und wenn er solo sang!« Der Kirchendiener schüttelte den Kopf und fragte mit einer Schlichtheit, die Jurnet sprachlos machte: »Ist es nicht komisch, daß der Herr so eine gesprungene Glocke so rein klingen läßt?«

»Wußten Sie, daß Mrs. Cossey einen Untermieter hat?«

Der Kirchendiener sah erfreut aus.

»Ich hab' ihr immer zugeraten, seit Vince gestorben ist. Aber sie machte keine Anstalten. Sie hatte Angst, die Nachbarn könnten auf falsche Gedanken kommen.«

»Gedanken hin oder her, jetzt jedenfalls hat sie einen.«

»Höchste Zeit. Ich hab' immer gesagt, es ist ein Verbrechen, daß sie das hübsche kleine Zimmer verkommen läßt, wo sie doch jede Nebeneinnahme so gut brauchen kann. ›Solange du Augen im Kopf hast‹, sagte ich, ›und genau überlegst, wen du nimmst, können die Nachbarn denken, was sie wollen.‹«

»Kennen Sie zufällig einen Schrotthändler namens Joe Fisher?«

»Meinen Sie den vom Fluß unten?« Jurnet nickte, und ein ärgerliches Erstaunen zeigte sich auf dem Gesicht des Kirchendieners. »Sie hat doch nicht etwa diesen Lump genommen?« Jurnet nickte wieder, und der Mann rief: »Was will sie denn mit *dem*?«

»Wahrscheinlich dachte sie, daß ihr die Einnahme ganz gelegen käme, wie Sie sagten. Und was die Auswahl betrifft, da hat doch sicher jeder seine eigenen Vorstellungen.«

»Einen anständigen Kerl, hab' ich zu ihr gesagt! Ordentliche Zahlung und Gewohnheiten.«

»Ja, aber das wäre Ihre Wahl, nicht Sandras. Was Sie mir über Vince erzählt haben, läßt mich vermuten, daß sie einen Mann mag, in dem ein wenig der Teufel steckt.«

»Aber der hat doch schon eine Frau unten in dem Wohnwagen, die nicht ganz dicht ist, und außerdem ein Kind!«

»Sie sind auch nicht besser als die Nachbarn.«

»Trotzdem«, gab er widerstrebend zu, »dieser Taugenichts! Sie hätte an Arthur denken müssen –«

»Vielleicht hat sie genau das getan. Zusätzliches Geld, damit sie Arthur seine Staffelei, Farben und all das Zeug kaufen konnte.«

»Das soll wohl ein Witz sein!« spottete der Kirchendiener. »Ich will ja nicht sagen, daß sie sich um den Jungen nicht gekümmert hat, sie hat immer gut und reichlich für ihn gekocht. Aber fünfzig Pence in der Woche war alles, was er jemals an Taschengeld bekam – wenn überhaupt. Alles, was Sandra von ihrem Haushaltsgeld übrig hat, wandert sofort in die Bausparkasse. Abends sitzt sie dann mit ihrem Sparbuch auf den Knien da, wie wenn es die Familienbibel wäre. Wenn Arthur mehr als fünfzig Pence brauchte, mußte er sich das selbst verdienen oder es sich aus dem Kopf schlagen.«

Jurnet fragte: »Was kriegt man denn zur Zeit fürs Zeitungsaustragen? Mehr, als ich früher bekommen habe, das ist klar. Aber genug, um ein perfektes Künstleratelier einrichten und ein Fahrrad mit sieben Gängen fahren zu können? Genug, um Glasmurmeln für fünfunddreißig Pence das Stück kaufen und damit um sich schleudern zu können, als gäbe es kein Morgen?«

Der Kirchendiener sagte: »Wieviel auch immer – Sandra nahm das meiste für sein Essen und seine Kleidung. Sie werden wohl noch weiter rumfragen müssen. Ich kann nur sagen, daß er von mir nichts gekriegt hat.«

In der Kapelle war es stickig, und der Geruch von Desinfektionsmitteln schien die schlechte Luft eher zu überlagern als zu verdrängen. Harbridge sagte, als rechnete er mit Widerspruch: »Ich muß jetzt wieder an die Arbeit.« Der Kriminalbeamte, der auf üble Gerüche empfindlicher reagierte als es für jemand von Vorteil war, der aus beruflichen Gründen oft seine Nase in stinkende Orte stecken mußte, bemerkte: »Sie täten gut daran, hier anzufangen. Schade, daß die Fenster nicht aufgehen.«

Als es um seine Hausmeisterarbeit ging, sah der Kirchendiener kummervoll aus.

»Das ist dieser verfluchte Boden! Sogenannter Tuff. Angeblich die einzige Kapelle in England, die damit gepflastert ist, und ich weiß wirklich nicht, warum. Saugt alles auf wie ein Schwamm, und dann bleibt's drin, als wollt' er's nicht mehr rauslassen.«

»Warum sperren Sie den Raum nicht einmal ab und räuchern ihn gründlich aus?«

Der Kirchendiener deutete mit dem Kopf in die Richtung des Grabes.

»Er hat gesagt, daß hier immer offen sein soll. Der alte Bischof. Und was er sagt, gilt. Wenn man so viel für den Dom getan hat wie er, dann hat man meiner Meinung nach das Recht, den Ton anzugeben. Eine der Bestimmungen des FitzAlain-Testaments besagt, daß die FitzAlain-Kapelle bis in alle Ewigkeiten offenbleiben soll.«

Jurnet sah sich den Bischof noch einmal an. Nicht den rundlichen Geistlichen, der zufrieden auf seinem steinernen Lager ruhte, sondern sein Alter ego, das Skelett in der Koje darunter.

»Ewigkeit ist 'ne lange Zeit. Was machen Sie, wenn der alte Knochen da unten mal geschrubbt und geputzt werden muß?«

»Das Gitter hinter dem Kopf ist so angebracht, daß man's rausheben kann. Jedes Jahr am sechsten November, dem Gründungstag, kriegt er einen gründlichen Frühjahrsputz.«

Das Grab ruhte nicht direkt auf dem Tuffboden, sondern einige Zentimeter darunter in einer flachen Vertiefung, die offensichtlich zur Aufnahme des Sarkophags gegraben worden war. Eine Rinne mit einem einfachen Rand trennte den Grabsockel vom Boden der Kapelle.

Jurnet spähte in den schmalen Zwischenraum; er bückte sich, hob etwas auf und zeigte es wortlos dem Kirchendiener.

Der Mann sah es mit einer Unsicherheit an, die in Ärger umschlug, als der Kriminalbeamte den winzigen Gegenstand vorsichtig auf die Brust des Bischofs legte und dann mit wenigen raschen Schritten am Kopfende des Grabes war, sich hinkniete und mit aller Kraft an dem Metallgitter zerrte.

»Nicht so! Sie machen es ja kaputt! Heben Sie's vorsichtig raus!«

Jurnet sagte noch immer nichts und befolgte die Anweisungen. Das Gitter ließ sich leicht aus der Verankerung lösen.

Von hinten sah der Schädel des Skeletts riesig aus, wie ein Schildkrötenpanzer für ein großes, kraftvolles Gehirn. Solch eine würdige Schale mit einem Kopfkissen zu versehen, wäre eine Beleidigung gewesen, und der Bildhauer hatte Geschmack genug besessen, dies zu unterlassen.

Aber irgend jemand hatte es nachgeholt.

Jurnet faßte hinein und holte das Bündel, das unter den Schädel gestopft war, vorsichtig heraus. Er drehte sich auf dem Boden herum und breitete aus, was er gefunden hatte: eine Jungenjacke, Hosen und Socken waren um ein blutiges Messer und ein Paar Schnallenschuhe gewickelt. Erst als er die Schuhe ausgepackt hatte, erkannte er, was er außerdem gefunden hatte: Er drehte zuerst den linken Schuh um, dann den rechten, und beobachtete wie gebannt, wie aus dem zweiten Schuh etwas Klebriges, Scheußliches allmählich zum Vorschein kam und entsetzlich langsam herausglitt.

Jurnet stand auf und ließ Arthur Cosseys Kleider und das, was einmal sein Penis gewesen war, einfach liegen. Er ging wieder an die Seite des Grabes, nahm eine kleine Plastiktüte, öffnete sie und ließ vorsichtig den weizenfarbenen Krümel hineinfallen, den er vom Boden aufgehoben hatte.

»Wußten Sie«, fragte er den Mann, der mit aschfahlem Gesicht, eine Hand vor dem Mund, dastand, »wußten Sie, daß er Corn Flakes immer lieber gemocht hat als Süßigkeiten?«

18

Die Besprechung fand auf dem Revier am Market Hill in einem Zimmer statt, dessen Existenz Jurnet bisher nie wahrgenommen hatte – ein architektonisches Überbleibsel, zu groß für eine Abstellkammer, zu klein für einen anderen Zweck. Um einen runden Tisch standen mehrere Metallstühle; zweifellos hatte sich der Kriminalkommissar deshalb für diesen Versammlungsort entschieden. An einem runden Tisch konnte niemand am oberen und niemand am unteren Ende sitzen. Alle waren gleich, wie König Arthur und seine Ritter. Dieses bezeichnende Beispiel für die ausgesuchte Rücksicht, mit der der Kommissar die Gefühle seiner Untergebenen bedachte, widerte Jurnet an.

Sergeant Ellers erfaßte die Lage mit einem Blick. »Wo ist denn Guinevere?« fragte er fröhlich und bemühte sich kaum, seine Stimme zu dämpfen.

»Was soll das, Jack?« Der Kommissar hatte bereits Platz genommen. Vor ihm verkündeten ein unbeschriebener Notizblock und ein goldener Füller erlesener Marke unmißverständlich wie der Amtsstab vor dem Parlamentspräsidenten, wer hier das Sagen hatte.

»Ganz gemütliches Stübchen«, bemerkte Ellers unverschämt.

»Bißchen klein.« Der Kommissar verteilte sein Lächeln gerecht an die vier Männer, die unentschlossen vor den verschmutzten Wänden herumstanden.

»Setzen Sie sich, meine Herren. Sie machen mich ganz nervös.«

Die Polizisten setzten sich, und der Kommissar blickte weiter wohlwollend in die Runde. Er wußte, wie hart es für Männer war, die die Welt gesehen und in eigener Verantwortung gehandelt hatten, plötzlich wieder in diesem verdammten Laden zu landen und sich auf den Wink eines Vorgesetzten hin wieder dieser streng gegliederten Hierarchie unterzuordnen, in der über jedes I-Tüpfelchen in dreifacher Ausfertigung Rechenschaft abgelegt werden mußte.

Man mußte ihnen Zeit lassen. Er wußte aus Erfahrung, daß es nicht lange dauern würde, bis sie sich wieder umgewöhnt hatten und die anfängliche Unsicherheit der wohltuenden Erleichterung Platz machen würde, daß man sich wie zu Hause fühlen konnte, unter Brüdern, mit denen man seine Sorgen teilen oder auf die man sie sogar abladen konnte.

Als er den Augenblick gekommen sah, begann der Kommissar ohne lange Einleitung.

»Professor Pargeter hat das Messer identifiziert; es wurde bei der Ausgrabung benutzt und blieb nach Beendigung der täglichen Arbeit immer auf dem Tisch liegen. Die Untersuchungen zeigen, daß alle Fingerabdrücke an der Klinge und am Griff abgewischt worden sind. Also – wir haben die Waffe, mit der die Verstümmelungen ausgeführt wurden. Was uns – das muß ich leider sagen – kaum weiterbringt.«

»Wenn es nicht einer von diesen Ulf-Gräbern war«, warf Jack Ellers ein, »zeigt es doch wenigstens, daß der Mörder für die Tat nicht genügend ausgerüstet ankam. Für den Mord vielleicht schon, nicht aber für das Drumherum. Dieses Little-St.-Ulf-Zeug könnte eine plötzliche Eingebung gewesen sein, ganz spontan.«

»Hm.« Der Kommissar verzog unzufrieden den Mund. »Und das Grab des Bischofs, Ben. Das scheint uns auch nicht viel weiter zu bringen.«

»Wenn Sie meinen.« Jurnet nickte zustimmend und blieb weiterhin anderer Meinung, als wären diese Worte nie geäußert worden; eine Angewohnheit, die ihm nicht bewußt war und die den Kommissar in genau demselben Maße ärgerte, wie einige der Eigenarten des Kommissars *ihn* störten. »Dr. Colton sagt, daß der Junge zwischen sechs Uhr fünfundvierzig und acht Uhr fünfzehn getötet wurde. Meiner Meinung nach muß es vor acht Uhr gewesen sein, da der Mörder die Kleidung wahrscheinlich so schnell wie möglich loswerden wollte, und ab sieben Uhr fünfundvierzig kamen schon Leute zur Messe.«

Sid Hale, mit schmalem und melancholischem Gesicht, wollte wissen: »Ab wann ist der Dom denn offiziell geöffnet?«

»Nach unseren Informationen wechseln sich die Kirchendiener mit dem Aufschließen ab – eine Woche der, die nächste ein anderer. Am Sonntag wäre Mr. Quest drangewesen, der Erste Kirchendiener, da aber seine Tochter krank war, sprang Harbridge für ihn ein. Anscheinend lautete die Anweisung, daß um sechs Uhr dreißig jemand in den Dom gehen muß, um die Hintertür des Bischofs aufzusperren – das ist so Brauch, damit der Bischof herein kann, wann es ihm beliebt; Punkt sieben macht der Kirchendiener dann die Tür zum südlichen Querschiff auf, um das Reinigungspersonal einzulassen. Sonntags arbeiten sie zwar nicht, aber es scheint zur Gewohnheit geworden zu sein, trotzdem immer um sieben zu öffnen. Um halb acht sperrte er das Westportal auf – besser gesagt die kleine Türe seitlich daneben – und die Türen zum Kloster; das wär's.« Jurnet verbesserte sich: »Nicht ganz. Professor Pargeter und seine Gehilfen haben alle einen Schlüssel zum Hintereingang des Bischofs und könnten also theoretisch zu jeder Tages- und Nachtzeit kommen und gehen. Mr. Amos, der Chorleiter, kann ebenfalls zu jeder beliebigen Zeit in den Dom gelangen, von der Gesangschule aus. Darüber hinaus werden die Domschlüssel in der Sakristei im südlichen Querschiff aufbewahrt – es sei denn, daß der diensthabende Kirchendiener den Schlüssel zum Südportal über Nacht mit nach Hause nimmt, denn wie sollte er sonst am nächsten Tag reinkommen?«

»Möchte wissen, warum sie sich überhaupt die Mühe machen, abzusperren!« rief der Kommissar aus. »Ich sehe schon, daß wir jemanden vom Amt für öffentliche Sicherheit zu einem kleinen Schwatz mit dem Dean schicken müssen.«

Jurnet sagte: »Nach meinem Eindruck legen sie ihr Schicksal in die Hände einer höheren Macht. Aber worauf es hinausläuft, Sir, ist doch, daß ein Fremder gar nicht die Zeit gehabt hätte, auf Verdacht ein Versteck zu suchen. Er mußte es *vorher* gekannt haben.«

»Was die Möglichkeiten auf wie viele eingrenzt?«

Jurnet, der ganz von seiner These beansprucht war, überhörte die drohende Gefahr.

»Ein Eingeweihter. Einer, der den Dom bis in die verborgensten Winkel kennt. Mehr will ich nicht sagen.«

»Das ist auch besser, Ben.« Der Kommissar nahm eine Broschüre zur Hand, die er auf dem Tisch bereitgelegt hatte. »*Der Dom und seine Schüler*«, las er den Titel vor, der in gotischen Lettern über einer Darstellung der Mütze von Bischof FitzAlain geschrieben war. »Der Autor, Reverend Doktor Oswald Delf-Polesey. Neunzehnhunderteins veröffentlicht. Reprint Neunzehnhundertneunundsiebzig. Der Verlag sagte, daß ungefähr siebentausend Exemplare der Neuausgabe verkauft worden sind. Ich hab' meins am Bücherstand des Doms erworben. Beste Qualität für fünfundzwanzig Pence.«

Da er die selbstgefällige Miene von Batterby wahrnahm, der auf den Tag wartete, an dem er Chef der Kriminalpolizei sein würde, bemühte sich Jurnet um einen unverbindlichen Ton.

»Und was steht da drin, Sir?«

»Nur, daß alle Domschüler so ziemlich seit der Zeit, zu der das Grab des guten Bischofs errichtet wurde, von dem abnehmbaren Gitter wissen. In den Zeiten, als man noch nicht so skeptisch war, hatten die Jungen anscheinend einen rührenden Brauch; sie steckten irgendwelche Bittschriften in die Augenhöhlen des Skeletts und forderten es damit auf, seinen Einfluß bei den himmlischen Mächten geltend zu machen, damit sie gute Noten bei ihren Prüfungen bekamen. Vor etwa hundertfünfzig Jahren hatten ein paar kleine Kerle eine noch bessere Idee.« Der Kommissar blätterte, um die Stelle zu finden.

»›Zu Beginn des Herbstsemesters im Jahre Achtzehnhundertdreiundzwanzig hatte ein Jungenstreich unvorhergesehene Folgen. Ein neuer Schüler namens Andrew Kettleby, ein eingeheirateter Verwandter der Buckworths aus Hannerton Hall, wurde entweder ermuntert oder gezwungen, in den unteren Teil des Grabes zu steigen, wobei man ihm versicherte, daß dies ein Brauch für alle neuen Schüler sei, der ihnen unfehlbar Glück und Erfolg im Unterricht brächte. Sobald sich jedoch der kleine Kettleby im Grab befand, setzten die unbesonnenen Schuljungen das Metallgitter wieder ein (welches man nur von außen entfernen konnte) und kehrten entweder zufällig oder absichtlich erst am nächsten Tag wieder zurück; doch der unglückliche Junge hatte inzwischen den Verstand verloren und mußte den Rest seines Lebens in einer Irrenanstalt verbringen.‹«

Der Kommissar sah von seiner Lektüre auf, als Jack Ellers

sein keltisches Temperament durchging: »Sie müssen ihn geknebelt haben, sonst hätte er doch aus Leibeskräften geschrien! Hoffentlich hat man die kleinen Mistkerle bis Weihnachten verdroschen!«

»Darüber hüllt sich der Reverend in Schweigen. Er schreibt nur«, wieder zitierte er aus dem Text: »›Dieses bedauerliche Ereignis hatte zur Folge, daß sich Lord Buckworth gezwungen sah, seine jährliche Unterstützung für Schulbücher in Höhe von fünfundzwanzig Schilling sechs Pence zurückzuziehen.‹«

»Sie sehen also, Ben«, der Kommissar lehnte sich nach vorn, die Freundlichkeit selbst, seit er wieder die Oberhand gewonnen hatte, »jeder, der am Bücherstand fünfundneunzig Pence ausgibt, kann alles über das Geheimnis des Bischofsgrabes erfahren. Mehr noch, der Herausgeber der Ausgabe von Neunzehnhundertneunundsiebzig – nebenbei bemerkt kein anderer als der gegenwärtige Dean – fügt eine hilfreiche Fußnote hinzu, die genau erklärt, welches Gitter beweglich ist, und den Leser wissen läßt, daß es bis heute noch benützt wird. Mit Sicherheit weiß jeder, der an der Domschule war oder ist, darüber Bescheid, ohne daß man's ihm erst sagen muß.«

»Claude Brinston ist übrigens ein ehemaliger Domschüler«, warf Batterby bescheiden ein.

»Und Chesley Hayes ebenfalls«, fügte Hale hinzu.

»Ich weiß wirklich nicht«, sagte der Kommissar, »warum wir in Angleby nicht nur mit einem, sondern gleich mit zwei Söhnen der Stadt gestraft wurden, die überzeugte Faschisten und Anführer von politischen Parteien sind, die sich auf die grausamste und widerwärtigste Art rassistischer und religiöser Intoleranz verschrieben haben.«

»Gibt es überhaupt andere Arten?« fragte Jurnet in aller Unschuld.

»Sie haben recht, Ben!« gab der Kommissar sofort zu. »Die Sünden, die man im Interesse einer guten Formulierung begeht! Wie ist es, Dave? Haben Sie irgendwas ans Licht gebracht, was darauf hindeutet, daß die Vereinigten Engländer oder der Patriotenbund in die Sache verwickelt sind?«

»Nichts Handfestes«, antwortete Dave Batterby. Einen Mißerfolg zuzugeben fiel ihm nicht gerade leicht. »Beide Organisationen schlachten Arthur Cosseys Tod aus, etwa so, wie es die Nazis mit dem Reichstagsbrand getan haben. Seit dem Kampf auf dem Domplatz benehmen sich die Vereinigten Engländer wie verwundete Helden. Typen, die fünf Meilen weit davon weg waren, tragen jetzt den Arm in der Schlinge.«

»Mit etwas Glück können wir wenigstens ein paar von ihnen aus dem Verkehr ziehen.«

»Die zahlen 'ne Geldstrafe und hauen wieder ab, da geh' ich jede Wette ein!« Batterbys Gesicht spiegelte seinen Abscheu. »Jeder hat im Fernsehen gesehen, daß dieser junge amerikanische Bursche damit angefangen hat.«

Jurnet war an diesem Morgen schon zum Krankenhaus gefahren und hatte das blasse anmutige Mädchen am Bett ihres bewußtlosen Mannes, dem sie die Tageszeitung vorlas, angetroffen. Er sagte nichts; nicht einmal, als Batterby mit einem hoffnungsvollen Klang in der Stimme hinzufügte: »Wenn er stirbt, ist es natürlich ganz was anderes.« Um ihnen zu zeigen, was für ein guter Kerl er im Grunde doch war, fuhr Batterby fort: »Es war Ben, der uns auf Joe Fisher angesetzt hat. Er ist zwar ein alter Bekannter, aber Politik war eine neue Branche, jedenfalls für uns. Sobald Joe einmal herausgefunden hatte, daß ich ihn nicht wegen seines Schrotthaufens belangen wollte, gab es kein Halten mehr für ihn. Dachte wohl, daß die Mitgliedschaft bei den Vereinigten Engländern ihm die gesellschaftliche Anerkennung als reinrassiger Engländer einbringen würde, nicht als ein Fremder mit Schweinepisse in den Adern – ich zitiere Joes eigene Worte.« Der Kommissar nickte anerkennend. »Aber was ein wirkliches Verbindungsglied zu dem Jungen betrifft«, Batterby lächelte Jurnet über den Tisch hinweg zu, als er das Problem wieder dem Kollegen zuschob, »nachdem ich herausgefunden hatte, daß Joe bei Mrs. Cossey wohnt, dachte ich mir, Ben würde auch ohne meine Hilfe wissen, was mit ihm geschehen soll.«

Der Kommissar sah erfreut aus.

»Das nenn' ich Zusammenarbeit! Jeder tut sein Bestes, und keiner kommt dem anderen ins Gehege! Die Sache ist nur«, sein Ton wurde so scharf, daß sich die Untergebenen in ihren Sitzen aufrichteten, »wir müssen ein bißchen Tempo zulegen – das wissen Sie doch alle. Nicht nur, weil ein Kind gestorben ist und wir nicht wollen, daß noch eines auf diese Weise umkommt. Nicht nur, weil hier dauernd Reporter um die Türe schwirren wie Schmeißfliegen um ein bißchen Katzenfutter; sondern weil wir uns, während wir hier herumtrödeln, die ganze Stadt versauen, als ob es die letzten achteinhalb Jahrhunderte gar nicht gegeben hätte. Als ob die Frage lauten würde: Ist Angleby ein zivilisierter Ort, an dem zivilisierte Leute leben können, oder nicht?«

Wie immer, wenn der gute Ruf seines Geburtsortes in Frage gestellt wurde, fühlte sich Ben Jurnet zu Protest verpflichtet.

»Sir, wenn die ganze Bande – Vereinigte Engländer und Patriotenbund zusammengenommen – auf mehr als fünf- oder sechshundert kommt, sollte es mich wundern.«

»Unter Umständen genügt ein fauler Apfel, um die ganze Stadt zu verderben. Die Stimmung sieht ganz danach aus. Erzählen Sie mir nicht, Sie hätten das noch nicht bemerkt.«

Sid Hale zog ein Blatt Papier hervor.

»Ich hab's bemerkt«, sagte er. Er hatte den Gesichtsausdruck eines Mannes, der über den Lauf der Welt traurig, aber niemals überrascht ist.

Das Plakat war an den Ecken zerfetzt, weil man es von der Wand gerissen hatte.

ENGLAND DEN ENGLÄNDERN
WER ERMORDETE ARTHUR COSSEY?
WIR WOLLEN KEINE JUDEN!

Hale sagte: »Davon waren heute morgen siebenundzwanzig Stück am Marktplatz aufgehängt.«

»Erzählen Sie den anderen von Mr. Cecil Baumann«, forderte ihn der Kommissar auf.

Jurnet schreckte hoch. Mr. Baumann war der ehrenamtliche Vorsitzende der Synagoge, ein verschmitzter kleiner Mann mit einem Vorrat an jüdischen Geschichten, bei denen Jurnet immer der Verdacht kam, daß sie für ihn als Konversionsanwärter eine Art Prüfung darstellten. Der Kriminalbeamte lachte bei jedem Witz, ob er ihn verstanden hatte oder nicht, damit Mr. Baumann nicht den unwiderlegbaren Einspruch erheben konnte: Dürfen wir zulassen, daß jemand Jude wird, wenn er den jüdischen Humor nicht versteht?

Sid Hale blätterte in seinem Notizbuch.

»Er besitzt ein Bekleidungsgeschäft in der Bullen Street. Während seine Frau heute morgen einkaufen war und seine Gehilfin gegenüber Kaffee und Sandwiches holte, betraten zwei Mädchen in Begleitung eines Halbwüchsigen den Laden. Da Mr. Baumann ausschließlich Übergrößen führt, erklärte er den Mädchen sofort, daß sie bei ihm nichts finden würden. Als Antwort rissen sie Kleidungsstücke von den Ständern und warfen sie auf den Boden. Als Mr. Baumann protestierte, verpaßte ihm der Halbwüchsige ein blaues Auge und drohte dann, er werde ihm mit seinem Schnappmesser die Kehle durchschneiden, wenn er um Hilfe rufe. In diesem Moment kam die Ladengehilfin mit Kaffee und Sandwiches zurück und fand einen zweiten Halbwüchsigen vor dem Laden damit beschäftigt, das Wort JUD auf das Schaufenster zu sprühen. Als sie die Situation erfaßte, nahm sie den Deckel von einem der Kaffeebecher ab und schüttete den Inhalt über den Kopf des jungen Mannes. Bei seinem Gekreische rannten die anderen drei auf den Bürgersteig, wo Polizeibeamter Bly, der den Lärm ebenfalls gehört hatte, den verbrühten jungen Mann und eines der Mädchen festnehmen konnte. Auf dem Revier weigerten sich die beiden, ihre Namen anzugeben, und beharrten darauf, sie seien Mitglieder des Patriotenbundes, ihr Verhalten sei eine symbolische Geste.«

Dave Batterby bemerkte ohne Bedauern: »Chesley wird toben. Chesley tobt immer, wenn etwas schiefgeht.«

»Schiefgeht?« echote der Kommissar. »Ich würde meinen,

daß aus Hayes' Sicht alles gutgegangen ist. Viel Propaganda, ein Schaden von einigen Hundert Pfund, ein terrorisierter Jude – nein, das stimmt nicht.« Er brach ab und lachte vor sich hin. »Stellen Sie sich vor, was Mr. Baumann tat, als ich in seinen Laden kam, die Bescherung sah und ganz schön entsetzt war. Ein Auge war dick angeschwollen, einige seiner Vorderzähne fehlten; er gab mir einen Klaps auf den Rücken und sagte: ›Noch ist das Gras grün, noch scheint die Sonne. Machen Sie sich keine Gedanken!‹«

»Aber Chesley wird sich Gedanken machen«, beharrte Sid Hale. »Es braucht nicht viel, damit sich Chesley aufregt. Denken Sie nur an den Ziegelstein in Weisingers' Fenster. Wie ich gehört habe, war das ebenfalls der Patriotenbund.«

»Hören reicht aber nicht, Sid«, sagte der Kommissar.

»Das weiß ich doch! Ich will nur sagen, daß sie es darauf abgesehen haben, bekannt zu werden. Die Zeitungen zu benachrichtigen, sich verantwortlich zu erklären. Chesley platzte anscheinend fast vor Wut, als er sah, wie Brinston und die Vereinigten Engländer im Fernsehen groß rauskamen, und heckte schnell was aus, wie er seinen Bund ins Rampenlicht bringen könnte. Leider hat er die falsche Zielscheibe gewählt. Es dämmerte ihm offensichtlich zu spät, daß die Weisingers hier so beliebt sind, daß es ihm und seinem Ansehen eher schaden als nützen würde, wenn er sich als Urheber dieser Zerstörung bezeichnete.«

»Wenn ich hier einmal meine ganz persönliche Meinung äußern darf«, sagte der Kommissar, »als einer, der Weisingers Petits-fours für einen Vorgeschmack des Himmels hält, würde ich viel darum geben, diesen hirnlosen Tölpel zu erwischen, der den besagten Ziegelstein geworfen hat.«

»Nicht hirnlos genug, Sir, das ist das Dumme.« Das kam von Batterby. »Es gibt mindestens zwei Ladeninhaber, die über ihren Geschäften in der Shire Street wohnen, das Geräusch der zerbrechenden Scheibe gehört, aus dem Fenster geschaut und gesehen haben, wer wegrannte. Zwei Männer, sagten sie – mehr nicht, weil sie genau wissen, daß die Tölpel nicht so hirnlos sind, daß sie ihnen, falls sie mehr aussagen sollten, keinen Ziegelstein durchs Fenster werfen würden, wenn nicht noch mehr.«

»Deshalb müssen wir endlich den Mörder von Arthur Cossey zu fassen bekommen. Um dieser ganzen Geschichte ein für allemal ein Ende zu machen.« Der Kommissar sah seine Helfer an. »Und auch, wenn sie nicht endet.«

19

Auf dem Marktplatz herrschte wie immer farbenfrohes Leben. Stände mit gestreiften Markisen; Berge von Obst und Gemüse, die einem das Wasser im Munde zusammenlaufen ließen; Töpfe, Pfannen und Plastikkram; T-Shirts flatterten im Wind. Das Gedudel der Popmusik; das Gezwitscher von Wellensittichen; das Geschrei der Händler, die Töpfer- und Meterware anboten, als probten sie für die Bühne: Norfolkstimmen, die sich am Ende jedes Satzes überschlugen wie Sturzwellen, die an den Strand rollten. Stände mit Meeresfrüchten; Kartoffelröster; Blumenduft; verfaulte Kohlblätter.

Jurnet war froh darüber, daß er seinen Wagen auf dem Parkplatz des Reviers gelassen hatte, und holte tief Atem.

Nichts hatte sich verändert.

Alles hatte sich verändert.

Er spürte ein großes Verlangen nach Miriam, nach Liebe und Geborgenheit, begnügte sich dann aber mit dem, was ihm zur Verfügung stand.

»Möchten Sie eine Tüte Chips?«

»Rosie würde mich umbringen«, erwiderte Sergeant Ellers. »So wie sie sich wegen der Kalorien aufführt, könnte man meinen, sie seien ansteckend. Wenn ich mit einer Kriminalbeamtin ins Bett ginge, würde sie sich lange nicht so aufregen.«

»Ganz nach Belieben.« Jurnet machte an dem Stand halt, kaufte eine Tüte Chips, würzte mit Salz und Essig und nahm den ersten Bissen. Sie waren heiß und schmackhaft, zwar nicht so angenehm wie Liebe, aber leichter zu erwerben. Er aß die Tüte leer und besorgte sich eine zweite.

Jack Ellers maunzte klagend: »Ich dachte, Sie wollten mich verführen!«

»Am hellichten Tage! Ich wüßte nicht, weshalb ich mich Ihretwegen bei Rosie unbeliebt machen sollte. Wenn Sie Ihre Seele für eine Portion Chips verkaufen wollen, dann müssen Sie das vor Ihrem eigenen Gewissen verantworten.«

»Um mein Gewissen mach' ich mir keine Sorgen«, gab Ellers zurück. »Wie meine alte Großmutter zu sagen pflegte, Gott sei's gelobt sind wir alle Sünder. Es ist die verdammte schlanke Linie! Ja, ja«, der kleine Waliser angelte nach einem Stück, aß es und nahm ein zweites, »es können eben nicht alle groß und dunkel sein und gut aussehen.«

»Aha«, sagte Jurnet.

Der Inspektor war bedeutend besserer Laune. Wunderbar, wie ein paar in heißes Fett getauchte Kartoffelstückchen das Allgemeinbefinden heben konnten. Für wen, zum Teufel, hielt sich der Chef eigentlich, daß er die hübsche Stadt wie auf irgendeiner alten Landkarte als »Ort der Verderbtheit« abstempelte?

Die Euphorie hielt an, bis die letzten Chips gegessen waren, und sogar noch etwas länger. Erst als sie den Mauern des Domviertels folgten – alle Gebäude zeigten nach innen, wandten den Rücken wie zur architektonischen Beschimpfung der Stadt zu –, kamen Ungewißheit und Kummer mit aller Wucht zurück. Teile des Domdaches, Türmchen und Turmspitzen füllten die planlosen Zwischenräume, während immer noch zwei Tauben den Turm im Uhrzeigersinn, wie die Zeit selbst, umkreisten.

»Sind Sie sicher, daß er zu Hause ist?« fragte Ellers plötzlich. »Joe ist Geschäftsmann. Oder haben Sie was mit ihm ausgemacht?«

»Selbstverständlich. Ich hab' ihm durch Hinchley ausrichten lassen, daß ich um die Essenszeit bei Mrs. Cossey vorbeischau'n würde und er gut daran täte, zu Hause zu bleiben, um seine Besucher zu empfangen. Nicht um ihn einzuschüchtern

– der läßt sich nicht so schnell einschüchtern –, sondern um ihn neugierig zu machen. Wie ich ihn kenne, wird er zu Hause bleiben, um uns auszuquetschen und nicht umgekehrt.«

Wie sich herausstellte, war Joe Fisher anscheinend zu Hause geblieben, um Essen zu kochen. Kaum hatte er den beiden Kriminalbeamten die Haustür geöffnet, als in der Küche etwas überkochte. »Verdammt«, sagte er wütend. Nachdem er das Gas kleiner gestellt hatte, kam er in die Diele zurück, um beim Anblick des Linoleums ein ergänzendes »und zugenäht!« auszustoßen.

»Zum Kuckuck! Warum haben Sie nicht zur Krönung noch 'nen Köter mitgebracht? Gibt's bei der Polente keine Türvorleger?«

»Sie müßten das doch wissen«, gab Jurnet zur Antwort. Trotzdem ging er zur Tür zurück und streifte sich ausgiebig die Füße ab. »Sie sind dran, Jack.«

Joe Fisher bellte: »Machen Sie schon, das tut's. Ich hol' Papier.«

Als er den Schmutz zu seiner Zufriedenheit weggewischt hatte, ließ er die beiden in das kleine Wohnzimmer und teilte jedem einen Stuhl zu. Dann lief er zurück in die Küche, um einen Reispudding in den Ofen zu schieben; dann erst stellte er sich den Polizeibeamten zur Verfügung. Inspektor Jurnet ahnte dunkel, daß Joe Fisher wahrscheinlich ein sehr glücklicher Mann war.

»Sandra kommt immer spät vom Domherrn Greenaway zurück. Der heilige alte Schwindler zahlt ihr drei Stunden und behält sie fast vier da. Weiß nich', warum sie das mitmacht, wahrscheinlich denkt sie, daß ihr die Arbeit im Domviertel freien Zugang zum Paradies verschafft.«

»Und wer kümmert sich um Millie?« fragte Jurnet scharf.

»Geht Sie das was an?« Der Mann wirkte überhaupt nicht verlegen. »Millie geht's prächtig, das wissen Sie ganz genau. Fish and Chips, ein fürstliches Mahl, verdrückt sie gerade, während wir hier rumquatschen. Gestern abend hab' ich Klein Willie Geld gegeben. Zufrieden?«

»Wenn Sie sie schon wie ein Tier behandeln – sie nur von Zeit zu Zeit füttern und bis zur nächsten Fütterstunde vergessen, daß sie überhaupt existiert –, könnten Sie wenigstens gelegentlich bei ihr ausmisten. Ich kann mich nicht erinnern, Sie jemals mit Türvorlegern und alten Zeitungen unten am Fluß gesehen zu haben.«

»Millie weiß gar nich', was sauber heißt.« Joe Fisher stand auf, entfernte ein Fädchen vom Teppich und setzte sich wieder. »Und will's auch nich' wissen. Einmal hab' ich den Wohnwagen mit'n bißchen Putzmittel besprüht, da hat sie so getan, als wär' ich ihrem besten Freund an den Kragen gegangen.«

»Aber sie schafft es, daß Willie ordentlich aussieht.«

»Das macht Willie selber. Hör'n Sie mal, Mr. Jurnet«, der Mann erhob sich wieder und baute sich vor dem Kamin auf. »Haben Sie mich darum den ganzen Vormittag warten lassen? Für eine Lektion, wie man sich um Millie kümmert?«

»Sie wissen nur zu gut, warum wir hier sind«, sagte Jurnet.

»Aha.« Joe Fisher ging wieder zu seinem Platz und setzte sich vorsichtig auf das mit Knöpfen versehene Kissen. »Das verfluchte Balg. Was soll ich Ihnen denn noch über diesen kleinen Möchtegern sagen, was Sie nicht schon wissen?«

»Gerade haben Sie schon was gesagt«, erwiderte Jurnet. »Möchtegern. Nicht der arme liebe kleine Arthur.«

»Sie machen wohl Witze! Erzähl'n Sie mir bloß nich', daß ihr alle so lang rumschnüffelt und nicht rausfindet, was Arthur für einer war. Frage mich, wofür wir überhaupt Steuern zahlen.«

»War nicht zu erwarten, daß ihr beide gut miteinander auskamt«, räumte Jurnet ein. »Kein Kind mag es, wenn seine Mutter einen Liebhaber ins Haus schleppt.«

»Sie sollten sich'n bißchen mehr vorsehen!« Zweifellos war die Wut echt. »Sie können wohl wie ein Christbaum geschmückt rumlaufen und trotzdem so sauber wie frisch gefallener Schnee bleiben.«

»Mein Fehler«, sagte Jurnet. »Versuchen wir's anders. Wieviel hat der Junge aus Ihnen rausgequetscht?«

»Arthur? Aus mir rausgequetscht? Vorher hätt' ich den kleinen Mistkerl totgeschlagen!«

»Haben Sie das mitgeschrieben, Sergeant Ellers?« Jurnets Stimme klang amtlich.

Joe Fisher riß die Augen auf.

»Reden Sie nich' so blöd daher! Wissen Sie nich', was eine Redewendung is'? Sie hab'n mich gefragt, ob ich dem kleinen Scheißkerl Geld gegeben hab', und die Antwort heißt nein, ich hab' dem kleinen Scheißkerl kein Geld gegeben. Warum soll ich ihn da abmurksen und Sandra völlig aus dem Häuschen bringen? Das wär' doch mal 'ne Überlegung wert.«

»Wenn Sie sich geweigert haben, auf seine Erpressung einzugehen, um so mehr Grund, ihn für immer zum Schweigen zu bringen.«

Joe Fisher fuhr sich durch die Haare.

»Gott bewahr uns vor bescheuerten Bullen! Erpressung! Wollte er vielleicht meinen unbefleckten Ruf beschmutzen? Daß ich nicht lache!«

»Da ist was dran«, stimmte Jurnet zu, immer bereit, sogar beim Gegner einem guten Argument nachzugeben. »Außer, Sie hatten was Größeres auf dem Kerbholz, und Arthur sagte, zahl oder ich verpfeif' dich.«

»Falls Sie's wissen wollen«, Joe Fisher sprach mit Würde, »das einzig Große, womit ich mich zur Zeit beschäftige, ist Politik. Und da heißt es, je bekannter, desto besser – wie Sie sicher wissen.«

»Kandidieren Sie fürs Parlament? Aber da fällt mir ein, daß ich irgendwo gehört habe, Sie hätten sich dem Patriotenbund angeschlossen.«

Das Gesicht des Mannes lief dunkelrot an.

»Das ist eine dämliche Lüge! Den Vereinigten Engländern, hat Ihnen Mr. Batterby das nich' gesagt? Nich' diesem schwächlichen Patriotenpack!«

»Sehr interessant!« Jurnet lehnte sich zurück und schlug die Beine übereinander. »Sergeant Ellers und ich wollten schon lange wissen, wofür genau die Vereinigten Engländer eintreten. Wir hören Ihnen gerne zu.«

»Es kommt nich' drauf an, *wofür* sie eintreten«, verkündete Joe Fisher, »sondern *wogegen*. Verunreinigung unseres reinen englischen Blutes, Juden und Schwarze raus und so weiter.«

»Faszinierend! Darüber müssen wir uns irgendwann einmal ausführlich unterhalten. Da die Zeit ein wenig knapp ist, erzählen Sie uns vielleicht nur das eine – wenn Sie Arthur kein Bestechungsgeld gegeben haben, woher hat er dann Ihrer Meinung nach den Zaster bekommen, um sein Rad und das ganze Zeug in seinem Zimmer zu bezahlen? Vom Zeitungsaustragen jedenfalls nicht.«

»Natürlich nicht! Das hat Sandra genommen. Ich hab' ihn einmal gefragt, warum er überhaupt weitermacht, wo er doch immer genug Geld hatte.«

»Was sagte er darauf?«

»Daß er gern früh am Morgen durch die Straßen geht, wenn es ruhig ist und noch keine Menschenseele zu sehen ist.« Joe Fisher lehnte sich vertrauensselig nach vorne. »Lassen Sie's seiner Mama nicht zu Ohren kommen, aber das Kind hatte 'nen Tick.«

Jurnet blieb hartnäckig. »Woher bekam er dann Ihrer Meinung nach das Geld?«

»Aus der Domkollekte, soweit ich weiß. Ich hab' mit ihm immer nur das Allernötigste gesprochen.«

»Tatsächlich?« Jurnet wartete noch einen Augenblick, bevor er zupackte. »Zumindest haben Sie genug mit ihm geschwatzt, um herauszufinden, wo er seinen kleinen Schatz aufbewahrte.«

»Was soll'n das heißen?«

»Nur, daß Sergeant Ellers und ich letztes Mal hier entdeckten, daß eine Schublade in Arthurs Zimmer aufgebrochen wurde.«

»Ich könnte niemals –«

»Doch, doch, Joe. Wenn Sie wieder mal so was vorhaben, lassen Sie Ihr Werkzeug besser nicht liegen. Ich bin bereit, Ihnen zu glauben, daß Sie's getan haben, weil Sandra Sie darum gebeten hat. Schließlich ist sie seine Mutter und kann das Geld gebrauchen. Ich muß aber wissen, wieviel Sie gefunden haben – die Wahrheit, schreiben Sie sich's hinter die Ohren –, um eine genaue Aufstellung von Arthurs Einnahmen machen zu können, woher sie auch kommen mochten. Andernfalls muß ich annehmen, daß Sie doch Schweigegeld gezahlt und nur wieder genommen haben, was Sie als Ihr Eigentum ansahen –«, der Kriminalbeamte endete unerwartet, »und zwar, nachdem Sie ihn umgebracht hatten.«

»Ich«, begann Joe Fisher heiser. Er räusperte sich und setzte nochmals an. »Vierhundertfünfzig Kröten«, sagte er. »In Fünfern.«

»Und ich hab' schon langsam Mitleid mit dem Kind bekommen«, sagte Sergeant Ellers. »Armer kleiner Erpresser, gibt sich solche Mühe, auf die krumme Tour ein paar Pennies zu verdienen, und jeder sagt ›nichts zu machen, Söhnchen!‹ Erbarmungswürdig! Aber vierhundertfünfzig!«

»Wo hatte er das her, das ist die Frage.«

»Einer von denen lügt ganz gemein. Uns bleibt die Qual der Wahl.«

»›*Was ist Wahrheit?*‹ *fragte Pilatus spöttisch und wartete die Antwort gar nicht ab.*‹ Erster Satz aus Bacons ›Essays‹«, sagte Jurnet, »und fragen Sie mich nicht, wie's weitergeht, weiter bin ich nicht gekommen.« Nach einem Augenblick fügte er hinzu: »Weiter kommt keiner.«

Die beiden Kriminalbeamten setzten ihren Weg schweigend fort. Am Domplatz hatten Azaleen die Mandelbäume abgelöst, deren Blütenblätter über den Boden verstreut waren, als wäre ein Hochzeitszug vorbeigekommen. Tulpen und Mauerblümchen öffneten sich zwischen den verblühenden Narzissen; auf den Rasenflächen sproß der unerwünschte Löwenzahn nach Herzenslust. Ein älterer Domherr hatte sich in seinem hellgrauen Sommerornat ins Freie gewagt, und in der Tür des Dekanats erschien gerade ein junger Priesterschüler, dessen Miene verhaltene Freude widerspiegelte.

»Ich mach' einen Abstecher zum Fluß«, sagte Jurnet unvermittelt.

»Wollen Sie nachsehen, ob Willie Fish and Chips bekommen hat?«

»Das bestimmt nicht. Sie haben doch gehört, was der Kommissar gesagt hat. ›Sehen Sie zu, daß Sie vorwärtskommen.‹ Ich versuche vorwärtszukommen, indem ich zum Water Gate eile und mich davon überzeuge, daß der dort stationierte Polizeibeamte nicht ins Wasser gefallen ist.«

Polizeibeamter Blaker, der das Water Gate überwachte, saß auf dem Steg und fütterte Scharen von Wasservögeln mit Brot. Als er beim Anblick des Inspektors mühsam aufstand, streifte eine Möwe mit baumelnden, gelben Beinen an ihm vorbei und schnappte sich das Stück Brot, das er in der Hand hielt.

»Rotzfrech«, begann Blaker und errötete vor seinem Vorgesetzten.

»So, so, George.« Der junge Beamte errötete noch stärker, da es ihm schmeichelte, so unförmlich begrüßt zu werden. »Sie freunden sich mit den Einheimischen an, wie ich sehe. Sehr lobenswert, auch wenn sich diese freche Silbermöwe gerade mit Ihrem Abendessen davongemacht hat.«

»O nein, Sir. Meine Mutter hat mir eine Tüte Brot für die Vögel mitgegeben. Das ist der zweite Tag, an dem ich hier unten bin, und ich hab' ihr erzählt –« Die Röte auf den flaumbedeckten jungen Wangen leuchtete fast, als Blaker stotterte: »Und, verzeihen Sie, Mr. Jurnet, es war keine Silbermöwe, sondern eine Graumantelmöwe.«

»Was Sie nicht sagen!«

»Gelbe Beine, Sir – daran kann man sie erkennen. Die von Silbermöwen sind schmutzig-rosa.«

»Man lernt nie aus!« Jurnet lächelte den jungen Polizisten an. »Sonst keine Besucher?«

»Ein paar Touristen vom Dom; sie sahen sich kurz um und gingen gleich wieder zurück. Zwei Frischverliebte und ein junger Kerl auf dem Trampelpfad. Ist noch nicht die Jahreszeit, wo man unten am Fluß viel anstellen könnte.«

»Hoffentlich bleibt's so.«

Eine prachtvolle Jacht, die in der Sonne glänzte, kam leise surrend stromaufwärts. Das ältere Paar an Deck starrte die drei Männer auf dem Steg mit der unverhohlenen Neugier an, die Kindern und alten Leuten gemeinsam ist; die Frau ließ ihr Strickzeug in den Schoß sinken, als sie sich nach vorn lehnte, um etwas zu ihrem Mann zu sagen.

»Sie wollen wissen, wie die Eingeborenen aussehen«, sagte Jurnet und bemerkte, daß sich Ellers im Bewußtsein, beobachtet zu werden, auf die Zehenspitzen stellte. Das Boot fuhr vorbei, und die Fersen des kleinen Walisers kamen wieder mit festem Boden in Berührung.

»Das kleine Spielzeug haben die nicht von ihrer Rente bezahlt.«

»Sie werden sehen: In einer Minute sind die wieder zurück«, sagte Blaker mit Bestimmtheit. »Gestern war's genauso. Sie fahren bis hinter die Biegung, und mit einemmal ist es gar nicht mehr hübsch, nicht mehr unterhaltsam. Sie sehen die alten Hütten und die Schrotthaufen und drehen wieder um.«

Jurnet sagte mitfühlend: »Sie kommen hier unten selbst ein bißchen zu kurz, was die Unterhaltung betrifft.«

»O nein, Sir. Ich mag das gern, mit den Vögeln –«, Blaker unterbrach sich und errötete wieder.

»Gelbe Beine, Mantelmöwe. Das muß ich mir merken.«

»*Grau*mantelmöwe«, wurde er schüchtern verbessert. »Die Mantelmöwe hat rosafarbene, genau wie die Silbermöwe.«

»Ich gebe mich geschlagen«, sagte Jurnet belustigt. »Von jetzt an sind für mich Möwen schlicht und einfach Möwen, zum Teufel mit ihrer Strumpffarbe! Kommen Sie, Ellers! Weiter so, Blaker.«

»Jawohl, Mr. Jurnet.« Als er sah, welche Richtung die beiden Kriminalbeamten eingeschlagen hatten, fügte der junge Polizist hinzu: »Hier kommen Sie nicht weit. Der Pfad hört bald auf.«

»Ich dachte, wir versuchen's querfeldein.« Jurnet wollte seine Hintertür zu Joe Fishers Reich nicht verraten. Er ging ein paar Schritte weiter und wich plötzlich mit erstaunter Miene zurück.

Stan Brent kam ihnen auf dem Flußpfad entgegen und war nicht im geringsten erstaunt, sich plötzlich in Gesellschaft von drei Polizisten zu sehen; auf den ersten und auch auf den zweiten Blick ein gut gewachsener englischer Bursche in der üblichen Uniform – Jeans, T-Shirt und Anorak –, das rote Haar einigermaßen kurz geschnitten, mit einem khakifarbenen, zweckmäßigen Rucksack. Ein kaltblütiger Kerl, dachte Jurnet wieder, und sein Gesicht verzog sich vor Ärger, der auch angesichts der Erkenntnis, daß er zu einem Großteil sexueller Eifersucht entsprang, nicht nachließ.

»Sieh mal einer an!« begrüßte er den Neuankömmling. »Wen haben wir denn da! Gentleman Jim!«

»Nicht schießen!« rief Stan Brent. »Ich bin ganz friedlich.« Er grinste vergnügt. »Erzählen Sie mir nicht, daß Sie alle drei extra hierhergekommen sind, um nach meiner Wenigkeit zu suchen!«

Polizeibeamter Blaker, der noch jung genug war, um eine Herabsetzung seiner Berufswürde übelzunehmen, wandte sich in seinem förmlichsten Ton an Jurnet: »Das ist der, der vor zwanzig Minuten vorbeigekommen ist, Sir.«

»Gut gespielt, Watson!« rief Stan Brent aus; und zu Jurnet: »Der hat Adleraugen. Der wird's zu was bringen.«

»Es ist ein öffentlicher Weg«, betonte Jurnet, der nicht abgelenkt werden wollte.

»Aber einsam«, erwiderte der junge Mann. »Genau der richtige Ort für einen heimlichen Überfall.«

Sergeant Ellers erhob sich auf die Zehenspitzen und sagte: »Ich platze gleich vor Lachen.«

»Tun Sie sich wegen mir nichts an«, bat der rothaarige junge Mann ernst. »Sie werden sich freuen zu erfahren, daß ich einige Spuren hinterlassen habe. Orangenschalen, eine Coladose und die Papierhülle eines Marsriegels. Im Papierkorb selbstverständlich. Ich möchte nicht für etwas so Ernstes wie das Liegenlassen von Abfällen eingelocht werden.« Er wurde des Spiels müde und fragte: »Kann ich jetzt gehen, Sir?«

»Sie müssen sich ziemlich einsam fühlen, daß Sie sich hier so lange rumtreiben«, sagte Jurnet.

Damit mußte er unbeabsichtigt an einen wunden Punkt gerührt haben, denn Stan Brent sagte mit einer Sehnsucht, die seine Zuhörer ohne das Vorausgegangene völlig überzeugt hätte: »Vielleicht haben Sie recht. Das kommt von diesem verflixten Fluß. Man beobachtet all das vorbeifließende Wasser, und selber sitzt man oben auf dem Trockenen und kommt nirgends hin.«

Während er sprach, kam die Jacht langsam wieder in Sicht – wie Blaker es vorausgesagt hatte. Auf der Höhe des Stegs winkte der alte Mann am Steuer schüchtern, die Frau sah von ihrem Strickzeug auf und lächelte, als wären sie alte Bekannte. Beide musterten den rothaarigen jungen Mann, der neu hinzugekommen war, mit derselben harmlosen Neugierde, mit der sie zuvor die drei Polizeibeamten bedacht hatten; und wieder ließ die Frau ihre Arbeit in den Schoß sinken, während sie sich herüberlehnte, um mit ihrem Mann zu sprechen.

»Schau'n Sie sich das an!« rief Stan Brent. »Zum Kotzen! Ein schönes kleines Boot, das wie ein Messer durch das Wasser schneiden könnte, und es fährt mit einem Greisenpaar drauf fünf Meilen in der Stunde!«

»Knoten«, verbesserte ihn Blaker, rot vor Eifer. »Schiffe fahren Knoten, nicht Meilen.«

»Was Sie nicht sagen! Sie können meinetwegen zur Hölle fahren.«

Das war auf einmal alles so schuljungenhaft, daß sich Jurnet ein Lachen verbeißen mußte und sagte: »Wenn Sie in Boote so vernarrt sind, könnten Sie doch jederzeit zur Marine gehen.«

Stan Brent sagte: »Ich hab' mal eine Trainingsfahrt auf der *Winston Churchill* mitgemacht. Mir war die ganze Woche kotzübel.«

»Nelson ging's genauso, aber es hinderte ihn nicht daran, die Schlacht von Trafalgar zu gewinnen.«

Der junge Mann sah zu, wie die Jacht immer kleiner wurde.

Als er wieder sprach, konnte man seine Sehnsucht noch spüren, aber alle Unschuld war aus seiner Stimme verschwunden.

»Das eine sag' ich Ihnen – wenn ich zur See gehe, dann mach' ich's wie dieser verdammte Admiral; ich will nicht auf dem Deck rumscheuern wie 'ne olle Putze.«

»Aha«, bemerkte Jurnet, froh darüber, wieder festen Boden unter den Füßen zu haben. »Wird wohl ein bißchen teuer werden. Außer natürlich, wenn Sie in die Aristokratie einheiraten wollen.«

»Man wird sehen.« Mit einem letzten Blick stromabwärts kehrte Brent dem Fluß den Rücken zu. »Sie können ja nach der Heiratsanzeige in der ›Times‹ schauen.«

Als er an Jurnet vorbeiging, packte ihn der Kriminalbeamte plötzlich am Handgelenk und schob den Anorakärmel hoch. Die Haut war glatt und unversehrt; Jurnet ließ den Arm los.

»Da muß ich Sie, so leid es mir tut, enttäuschen«, sagte Stan Brent.

»Spritzen ist schließlich nicht die einzige Möglichkeit.«

»Ohne mich.« Der junge Mann klang überzeugend. »Den Körper mit Dreck vollzustopfen, als wäre er ein Mülleimer.« Er schüttelte den Ärmel herunter. »Drogen sind nicht mein Fall.«

»Da hab' ich schon anderes gehört.«

»Dann haben Sie eben was Falsches gehört.« Er widersprach nicht besonders heftig. »Das Epperschwein, nehm' ich an. Versucht sich selbst aus der Affäre zu ziehen, indem er seine Kumpel anschwärzt.«

»Ich hab' nicht gerade den Eindruck, daß Mr. Epperstein Sie zu seinen engsten Freunden zählt. Meines Wissens hat er im übrigen keine besonderen Aussagen gegen Sie gemacht.«

»Das möcht' ich ihm auch geraten haben! Warum fragen Sie ihn nicht, wie er mich an die Angel kriegen wollte? Er drängte mir das Zeug kostenlos auf – komm, ich dreh' dir 'nen Joint, alter Freund. Versuch doch mal 'ne Prise Schnee, wirkt Wunder für die Leber. So arbeiten Pusher, falls Sie das noch nicht gewußt haben. Machen einen neugierig, man probiert's zum Spaß, und ehe man sich's versieht, haben sie 'nen neuen Kunden. Ein nettes Geschäft. Kann mir kaum vorstellen, daß er Ihnen das auch erzählt hat.«

»Von Ihnen würden wir's gerne hören.«

»Einen Freund verpfeifen? Das wäre gegen die Spielregeln.« Und mit einem breiten Grinsen: »Außerdem ist das alles sowieso nur zusammengesponnener Mist.«

»So? Sie und Miss Aste machen sich wohl ein Spielchen draus: Wer kann die dickste Lüge auftischen?«

»Liz? Mit der kann ich mich nicht messen.« Brent entfernte sich in Richtung Unterer Domplatz. »Ich werd' ihr erzählen, daß Sie sich nach ihr erkundigt haben.«

Jurnet ließ ihn ein Stück gehen. Wahrscheinlich war es der prahlerische Gang, der ihn noch ausrufen ließ: »Sie haben uns gar nicht erzählt, was Sie in Ihrem Rucksack haben.«

»Ich dachte schon, Sie fragen nie mehr danach.« Der junge Mann drehte sich sofort um und ließ den Rucksack von seinen Schultern gleiten.

»Ich habe nicht gesagt, daß Sie ihn abnehmen sollen«, bellte Jurnet; er war wütend auf sich selbst und wußte, daß Ellers und der junge Blaker ihn beobachteten. Man konnte schlecht Anforderungen an andere stellen, die man selbst nicht erfüllte. »Der Weg kommt mir für 'ne Wanderung ein bißchen kurz vor, das ist alles.«

»Kleiner Spaziergang, großer Rucksack. Mein Gott, Watson, wenn das nicht verdächtig ist, dann weiß ich nicht!« Stan Brent brach in Gelächter aus. »Wie viele Meilen muß man denn zurücklegen, bis es kein verdächtiges Verhalten mehr ist, sondern Körperertüchtigung?« Er hob den Rucksack wieder auf seinen Platz zwischen den Schultern. »Weil Sie's sind – ich war einkaufen, und 'ne Tragetüte ist nicht mein Fall. Also, ich hab' Cola drin, ein paar Packungen Kartoffelchips, eine Schachtel von diesen kleinen gräßlichen Käseecken mit dem Silberpapier, das man nie abkriegt – oh, und Dosenbohnen. Sie dürfen gern reinschauen. Ich lade Sie zu einer Tüte Kartoffelchips ein, wenn Sie wollen. Ist das nicht nett von mir?«

»Nein, danke.«

»Ich kann's Ihnen nicht verdenken. Mit Scampigeschmack. Schmeckt übel. Eigentlich steh' ich auf Salz-und-Essig, aber die hier waren um zwei Pence runtergesetzt. Wenn ich in die Aristokratie eingeheiratet habe«, Stan Brent grinste über das ganze Gesicht, »schick' ich natürlich den Butler zum Einkaufen.«

20

Jurnet saß auf dem Lederkissen und trank verärgert Tee aus der zierlichen chinesischen Tasse, die zur Unsterblichkeit der verstorbenen Mrs. Schnellman beitrug. Er war in aller Eile hergefahren, um dem Rabbi zu berichten, daß am Nachmittag von einem Zusammenschluß jüdischer und anderer Organisationen ein Gesuch für die Erlaubnis zu einer Demonstration mit einem Marsch durch die Stadt eingereicht worden war. Jurnet geriet völlig aus der Fassung, als er erfahren mußte, daß Leo Schnellman einige Tage zuvor von dem Komitee gebeten worden war, bei der Planung der Veranstaltung mitzuhelfen.

»Sie haben also die ganze Zeit Bescheid gewußt und trotzdem kein Wort gesagt? Als hätten wir nicht schon genug am Hals, so wie die Dinge in Angleby stehen, und Sie wollen hier ganze Ladungen von Auswärtigen reinbringen, um noch mehr Unruhe zu stiften!« Der Kriminalbeamte sprang auf und stellte seine Tasse mit einer Wucht auf den Tisch, daß der Teelöffel laut klirrte und sich der Rabbi erregt aus seinem Sessel erhob. »Die sind alle in Ordnung. Machen keinen Ärger.« Jurnet beruhigte sich, und sein Gastgeber sank erleichtert in seinen Sessel zurück.

Der Kriminalbeamte fuhr hartnäckig fort: »Das hat gar nichts damit zu tun, daß ich Bulle bin. Jedem, der ein bißchen Hirn im Kopf hat, stehen Wohltäter bis hier oben, die sich einbilden, sie hätten ein gottgegebenes Recht, den Verkehr zum Stocken zu bringen, Bürger zu belästigen, die nur ihrer gesetzlichen Arbeit nachgehen, und Tonnen von Abfall zu hinterlassen, dessen Beseitigung von den Steuergeldern bezahlt werden muß – von dem zu erwartenden Schaden an Eigentum und Personen, die Polizei eingeschlossen, ganz zu schweigen.«

Unbeeindruckt von diesem Ausbruch fragte der Rabbi gutgelaunt: »Muß ich das als offizielle Ablehnung unseres Gesuchs auffassen, Herr Inspektor?«

»Schön wär's! Hoffentlich hat der Chef soviel Verstand wie ich. Diese verdammten Ego-Trips! Wenn sie dann draußen durch die Straßen ziehen, braucht man ein Mikroskop, um überhaupt mitzubekommen, wer da für was demonstriert – Neonazis, Rote oder Leute, die Renten für halbverwaiste Katzen fordern. Sobald sie wie die Puppen von Bauchrednern diese schwachsinnigen Slogans von sich geben, klingt das für mich alles wie ›Sieg Heil‹, ganz gleich, was sie sagen. Ich muß schon sagen, Rabbi«, endete der Kriminalbeamte ein wenig erschrocken über seine eigene Heftigkeit, »ich hätte nicht gedacht, daß Sie bei so einem Remmidemmi mitmachen.«

»Strenggenommen nur als Drahtzieher«, versicherte Leo Schnellman seinem Gast. Der Rabbi lehnte sich in seinem Sessel zurück und betrachtete den hochgewachsenen, gut aussehenden Mann. »Glauben Sie mir, Ben, wenn ich nur halb so gut wie Sie aussehen würde, wäre ich längst draußen, mit Slogans und allem, an der Spitze des Zuges. Aber stellen Sie sich vor, was für eine Werbung ich für Rassentoleranz machen würde, ich Fettsack, der Prototyp des Karikatur-Semiten? Genausogut könnte man für Damenstrumpfhosen mit dem Bild einer O-beinigen Achtzigjährigen mit Krampfadern werben! Sogar Toleranz hat ihre Grenzen. Man darf von den Leuten nicht zu früh zuviel erwarten.«

»Sie sehen bestimmt nicht schlechter aus als einige von den Typen, die da auftauchen werden«, erwiderte Jurnet, immer noch nicht ganz beschwichtigt, »diese ganzen schleimigen Kerle, die sonst nicht aus ihren Löchern kriechen.«

»Es gibt nichts, was nicht schon dagewesen wäre«, warf Leo Schnellman erregt ein. »Glauben Sie, Angleby war ein Garten Eden, bevor all das passiert ist? Als Polizist wissen Sie, daß es keiner war. Als Vertreter der Kirche weiß ich es auch. Wenn Sie's nicht weitersagen – ich bezweifle sogar, daß es überhaupt jemals einen Garten Eden gegeben hat. Ohne das Schlechte kann ich mir kaum den Sinn der Schöpfung vorstellen. Wenn wir keine Entscheidungen treffen müssen, sind wir nichts.«

»Sie müssen mich entschuldigen, Rabbi«, sagte Jurnet müde. »Ich fühle mich solch anspruchsvollen metaphysischen Überlegungen im Moment nicht gewachsen. Anspruchslosen auch nicht. Es tut mir leid, aber ich bin einfach fix und fertig. Ich kann zur Zeit nur an Arthur Cossey denken; ich würde alles darum geben, den Schweinehund zu schnappen, der ihn umgebracht hat.«

»Sie müssen doch einen Verdacht haben.«

»Zu viele! Arthur war nicht besonders liebenswert. Trotz seiner Jugend hatte er sich bereits genügend lebenslängliche Feinde geschaffen – im wahrsten Sinne des Wortes.«

»Haben Sie mit allen gesprochen?«

»Jedenfalls mit allen, die ich ausfindig machen konnte.«

Der Rabbi sagte langsam, wie jemand, der ein schwieriges Problem lösen muß: »Einer hat Sie wohl belogen.«

»Vermutlich sogar die ganze verfluchte Bande.«

»In diesem Fall müssen Sie der Wahrheit nachgehen, die Ihnen entgangen ist.« Der Mann erhob sich schwerfällig aus seinem Sessel. Stehend sah er auf den Kriminalbeamten mit der Miene eines Schulmeisters herab, der einen Schüler zu etwas mehr Anstrengung ermuntern will. »Denken Sie darüber nach. Sie werden schon sehen. Und jetzt mache ich Ihnen eine Tasse frischen Tee.«

Er war noch in der Küche, als die Türglocke läutete.

»Ich mach' schon«, rief Jurnet und ging nach unten, um Mosh Epperstein die Tür zu öffnen.

Als er ihn erkannte, hätte der Kriminalbeamte beinahe auf der Stelle das Haus verlassen. Doch statt dessen wandte er dem Neuankömmling grußlos den Rücken zu, lief nach oben und sagte zu seinem Gastgeber: »Vielen Dank, Rabbi, aber ich muß mich jetzt auf die Socken machen.«

»Faule Ausreden!« Der Archäologiestudent kam herein. Er sah dünner aus denn je, die dunklen Augen lagen tief in ihren Höhlen.

Leo Schnellman stellte das Tablett auf den Tisch und reichte Jurnet seine Tasse. »Den Tee lassen Sie aber nicht stehen.«

»Geben Sie ihn doch ihm.«

»Nun werden Sie nicht albern, Ben. Würde es Sie überraschen zu hören, daß ich bei Mosh anrief, damit er rüberkommt, als ich sah, daß Sie hier einparkten?«

»Bei Ihnen überrascht mich gar nichts, Rabbi«, sagte Jurnet und ignorierte beharrlich das angebotene Getränk. »Das heißt aber noch lange nicht, daß ich mich deshalb hinsetzen und höflich Konversation mit einem Mann betreiben muß, der eines schweren Vergehens beschuldigt wird und nur gegen Kaution freigelassen wurde.«

Der Rabbi riß die Augen auf.

»Wer hat denn etwas von höflicher Konversation gesagt? Mosh will Ihnen erzählen, was er an dem Morgen, an dem Arthur Cossey ermordet wurde, im Dom gemacht hat, das ist alles.«

Nachdem der Rabbi eine Tasse für seinen zweiten Besucher geholt hatte, fragte Jurnet ungeduldig: »Nun, ich warte. Was haben Sie denn im Dom gemacht? Um welche Zeit sind Sie am Sonntag hingegangen?«

Der Archäologiestudent nippte an der heißen Flüssigkeit; dann stellte er die Tasse auf den Tisch. »Überhaupt nicht. Ich bin am Samstag hingegangen. Ich war die ganze Nacht drin.«

»Die ganze Nacht! Das müssen Sie etwas näher erklären.«

»Deshalb bin ich ja hier, wie der Rabbi bereits sagte. Es ist wirklich ganz einfach.« Die Stimme des jungen Mannes erstarb fast. »Liz bat mich zu bleiben. Sie hält oft nächtelange Sitzungen ab, oben im Triforium, mit Stan Brent. Sie brauchte wahrscheinlich ein bißchen Abwechslung, oder vielleicht hatte sie Krach mit ihrem Geliebten und wollte ihm zeigen, daß er nicht das einzige Pferd im Stall ist. Liz sagt, es macht sie heiß, in solch heiliger Umgebung zu vögeln.«

»Sie wollen mich wohl auf den Arm nehmen.«

»Fragen Sie sie doch selber.«

»Aber – der Dom. Da sind doch die Kirchendiener, die dafür sorgen, daß niemand mehr im Dom ist, bevor sie ihn abends abschließen.«

»Da sind Sie auf dem Holzweg. Das ist so, wie wenn ein Park geschlossen wird – die Wärter drehen ihre Runden, aber sie können nicht hinter jeden Busch schauen; es gibt zu viele. Das Hauptschiff ist leicht zu überschauen, aber oben – «

»Wie meinen Sie das?«

»Erzählen Sie mir bloß nicht, Sie hätten noch nicht gemerkt, daß das kein Bungalow ist! So wie es gebaut ist, ist es ein Gebäude innerhalb eines Gebäudes. Die äußeren Wände bilden eine Art Schale, und innen kommt eine zweite Wand, nur ist diese von Bögen durchbrochen. Erstaunlich, wie die das vor so langer Zeit ausgetüftelt haben. Zwischen den beiden Wänden ist auf jeder Ebene ein Gang, eine Galerie oder eine Arkade – eine Tribüne oder ein Triforium, wenn man's vornehm ausdrücken will –, bis zum Dach hinauf. Und da ist noch nicht einmal der Turm und die Spitze dabei. Die Kirchendiener kämen nie nach Hause, wenn sie jeden Tag überall nachsehen müßten.«

»Die Türen zu den Treppen müssen doch abgesperrt sein.«

»Meinen Sie? Dann werden Sie mir nicht glauben, daß mindestens zwei der Türen – wahrscheinlich sogar mehr – überhaupt kein Schloß haben, nur einen Riegel an der Außenseite, den jeder auf- und zuschieben kann. Eine Treppe hat nicht einmal eine Tür – nur eine rote Schnur wie im Kino und ein Schild ›Kein Zutritt‹. Außerdem hat Liz sowieso einen Schlüssel zur Treppe hinter der Orgelempore. Alles ganz offiziell, nichts Verbotenes dabei. Sie bewahrt ihre Kameras und ihr Zeug da oben auf. Also kein Problem.«

Jurnet überdachte, was ihm gerade erzählt worden war,

dann sagte er: »Sie sahen aber trotzdem aus, als hätten Sie irgendein Problem, als ich Sie am nächsten Morgen beim Hinausgehen beobachtete.«

Der junge Mann erbleichte, wenn das überhaupt noch möglich war. Er schloß die Augen, entweder um sich von der physischen Existenz seines Gegenübers zu befreien oder um die Bilder besser heraufbeschwören zu können, von denen er erzählte.

»Kurz bevor zugesperrt wurde, gingen wir zum Triforium hinauf. Da war nichts dabei; wir kamen durch die Hintertür des Bischofs herein. Man kann den ganzen Weg im Schatten der Wand zurücklegen, und das Glockengeläut tut ein übriges. Als wir oben waren, spähten wir über die Brüstung, und gleich unter uns suchten die Kirchendiener direkt unter unserem Bett nach Roten. Es war wirklich zum Schreien. Von unten erkennt man einfach nicht, wieviel Platz da oben ist. Man muß sich nicht einmal ducken, um nicht gesehen zu werden, solange man dicht an der Außenwand bleibt.

Liz wartete nicht einmal, bis die Kirchendiener gegangen waren, um sich auszuziehen. Sie hatte nur Jeans, einen Pullover und so einen Mini-Slip an. Sie zog alles aus, auch Schuhe und Strümpfe. Inzwischen waren alle großen Lichter gelöscht, nur ein silbernes Leuchten kam durch die Fenster – ich weiß nicht, ob der Mond schien, vielleicht waren es die Sterne –, und da stand sie, nackt.« Seine Vision wurde zur einzigen Realität in dem stillen Raum. »Sie war so schön, daß ich mir dachte, es könne einfach nichts Schlechtes sein, mit ihr zusammenzusein, so, an diesem Ort, auch wenn es eine Kirche war. Es konnte keine Sünde sein.«

Wie um seine eigene Phantasie zu verhöhnen, fuhr Mosh Epperstein grob fort: »Ich hatte 'nen Steifen, daß man eine Jacke dran hätte aufhängen können. Ich riß mir die Kleider so hastig vom Leib, daß der Reißverschluß meiner Jeans kaputtging. Ich zog alles aus, wie sie, und – das war das Komischste«, die Augen öffneten sich staunend, »der Steinboden unter meinen nackten Füßen war überhaupt nicht kalt, wie man es erwarten würde. Mein ganzer Körper war warm wie ein

Ofen, und nicht, weil ich scharf war wie noch nie. Es war, als hätte sich alle Heiligkeit vom Boden des Doms erhoben und in den Galerien verfangen – wie, weiß ich auch nicht. Nur, daß es wunderbar war.«

Mosh Epperstein lächelte, und Jurnet dachte an eine nackte Miriam im Mondlicht.

»Ich brannte darauf, es mit ihr an Ort und Stelle zu treiben«, fuhr der junge Mann fort. »Aber sie nahm mich an der Hand, mit einer Sanftheit, die man nicht für möglich halten würde, wenn man Liz kennt, und sagte: ›Erst will ich dir was zeigen.‹ Alles was sie wollte, wollte ich auch, und wir machten uns zusammen auf den Weg durch die Galerie, und unsere Körper berührten sich. Es ist wirklich passiert«, sagte Mosh Epperstein, »aber es war wie im Traum. Gänge und Bögen, die wie Tanzfiguren ineinander übergingen. Pfeiler wie Baumstämme, die so hoch waren, daß man ihre Äste nicht sehen konnte, und wir beide, die nackt Hand in Hand wie durch einen Dschungel oder eine Grotte schritten.

Sie hatte eine Taschenlampe dabei, aber wir brauchten sie nicht. Sie bewegte sich wie eine Prinzessin in ihrem Reich. Sie bog in die Galerie über dem nördlichen Querschiff ein und führte mich über eine Wendeltreppe und durch eine kleine Tür nach oben zum Turm. Dort hingen die Glocken, schwarz und mächtig; sie schienen die wahren Götter dieses Ortes zu sein, nicht dieser dürre Bursche, der dort unten am Kreuz hing – «

Leo Schnellman unterbrach ihn ärgerlich: »Sie müssen nicht so ins Detail gehen, Mosh – «

»O doch! Habe ich recht, Herr Inspektor?« Jurnet nickte. »Sehen Sie? Er muß alles hören, für den Fall, daß irgendwas nicht paßt, oder für den Fall, daß ich in einem Augenblick von Geistesabwesenheit unvorsichtig werde und eine scheinbar unbedeutende Bemerkung fallen lasse, die das Spiel beendet und mich ins Kittchen bringt, nicht nur für den maßvollen Genuß von Pot, sondern auch wegen Mord.«

»Richtig«, sagte Jurnet. »Sie waren also im Turm. Es gibt zwei Möglichkeiten: Sie gingen entweder nach oben oder nach unten.«

»Welch Scharfsinn!« rief der andere aus. »Nach oben. Wir stiegen auf das Turmdach. Über uns war nur noch die Turmspitze, auf die sie nicht mehr raufklettern wollte, obwohl ich ihr in meinem Zustand bis zur Spitze des Wetterhahns gefolgt wäre, wenn sie das vorgehabt hätte.«

Mosh Epperstein machte eine Pause, und Jurnet spürte ganz gegen seine Gewohnheit erste Anzeichen von Mitgefühl.

»Dort oben, bei Nacht, ist es ganz anders, als man's sich vorstellt. Man denkt gar nicht, daß man auf einem Turm oder so was ist. Es kommt einem so vor, als hätte es keinerlei Verbindung zu irgend etwas – eher wie ein seltsames Floß, das im Weltall ankert, wie ein gelandetes UFO. Es war nicht kalt, jedenfalls hab' ich's nicht gespürt. Nur wir beide auf diesem Floß hoch oben am Himmel. Nur Liz und ich und eine Ladung Vogelmist, in den ich mich als geborener Unglücksrabe natürlich reinsetzen mußte!«

Seine beiden Zuhörer schwiegen.

»Das war wirklich der Gipfel! Danach ging es buchstäblich bergab. Liz gab vor, es mache ihr nichts aus, aber ich konnte sehen, wie sie die Nase rümpfte. Teufel, wenn ich aus meiner Haut hätte schlüpfen können, hätt' ich's getan, so abscheulich hab' ich gestunken. Als wir dahin zurück kamen, wo Liz ihre Kameras aufbewahrt – wo sie also die Schaumstoffmatten und die Schlafsäcke aufbewahrt –, fischte sie irgendwo ein Handtuch raus, und ich versuchte mein Bestes.« Er zögerte noch einmal, bevor er mit einem Nachdruck, der sich daraus erklärte, daß das Ganze endlich draußen war, fortfuhr: »Womit ich um's Verrecken nichts anfangen konnte, das war mein verdammter Schwanz. Er war plötzlich schlaff wie ein alter Putzlappen. Ich kann Ihnen gar nicht sagen, wie ich –«, er schluckte. »Liz hätte nicht lieber sein können. Sie sagte, ich solle mir keine Gedanken machen, sie sei ohnehin ziemlich erledigt. Sie gab mir einen Kuß, schlüpfte in einen der Schlafsäcke und schlief innerhalb von einer Minute wie ein Kind.

Bei mir hat's länger gedauert. Ich lag da, sah in das Gewölbe und dachte über alles mögliche nach, auch über Little St. Ulf. Darüber, wie er nach der Überlieferung kastriert aufgefunden worden war, was irgendwie auch mir gerade passiert war. Nachdem ich endlich trotzdem eingenickt war, muß ich wie ein Stein geschlafen haben, denn als ich aufwachte, war es taghell, von unten hörte ich Geräusche, und Liz stand fertig angezogen in einem geblümten Musselinkleid über mich gebeugt.«

»Geräusche von unten?«

»Du lieber Himmel!« sagte Epperstein. »Ich verschaffe mir gerade ein Alibi. Geräusche. Stimmen. Lauter Leute, die sich begrüßten. Aber ganz bestimmt niemand, der ermordet wurde, nicht einmal von mir.«

Jurnet fragte: »Haben Sie mir noch was zu sagen?«

»Es kommt noch das dicke Ende. Was Liz dann tat, war, daß sie ihr Kleid hochhob – sie hatte drunter nichts an. Nicht einen Faden. Und wieder, als wäre das Maß nicht schon voll gewesen«, seine Lippen zuckten, seine mageren Hände verkrampften sich, »erstarrte ich zum Eiszapfen. Ich wagte kaum, ihr ins Gesicht zu schauen, als ich es aber doch tat – als ich den gierigen, genießerischen Triumph in ihren schönen blauen Augen sah –, da ging mir ein Licht auf, daß es nicht Little St. Ulf war, der mich impotent machte, und auch nicht Jesus Christus, weil ich die Frechheit besessen hätte, in seinem Laden rumzuvögeln, sondern Liz, meine liebe Liz – daß sie und Stan wahrscheinlich das Ding zusammen ausgeheckt hatten, um einen amüsanten Abend zu verbringen, weil in der Stadt sonst nichts los war.«

Der Archäologiestudent stand auf, um zu gehen. Da seine schwere Prüfung nun vorüber war, sah er Jurnet beinahe freundlich an. »Wenn ich, als Sie mich sahen, auch nur annähernd so aussah, wie ich mich fühlte, kann ich's Ihnen nicht verübeln, daß Sie sich gefragt haben, was ich wohl angestellt haben mochte. Ganz falsch lagen Sie auch nicht. Sie sahen das Gesicht eines Mörders.«

»Mit der Einschränkung, daß Sie sie gar nicht umgelegt haben«, warf Leo Schnellman ein.

»Müssen Sie mir das unter die Nase reiben?« fragte Epperstein traurig.

21

Der allabendliche Exodus der Autos aus der Innenstadt hatte bereits begonnen, als Jurnet zum Chepe fuhr, dem weiten Platz vor dem FitzAlain Gate, der Anglebys Marktplatz gewesen war, bis die Normannen kamen und das Handelszentrum der Stadt in den Schatten der Burg verlegten. Der Kriminalbeamte parkte und schaltete das Radio ein; die ersten Sätze gingen im Getöse der ringsum aufheulenden Motoren unter. Dann waren die Worte zu verstehen.

»... Hauptsitz des Patriotenbundes in Farriersgate. Die mutmaßliche Benzinbombe wurde durch ein Fenster im Erdgeschoß geworfen und verursachte erheblichen Schaden an dem dreistöckigen Gebäude. Ein Mitglied des Bundes wurde mit leichten Verbrennungen ins Krankenhaus eingeliefert.«

Wie man im Norfolk-and-Angleby-Krankenhaus Little St. Ulf preisen würde!

Gegen die Vorschrift hatte Jurnet bereits die Funkverbindung zur Polizeizentrale abgebrochen. Er machte keinen Versuch, sie wieder herzustellen. Hale und Batterby sollten ruhig alleine weitermachen, und viel Glück dabei!

Der Kriminalbeamte stieg aus dem Auto, schloß es ab und schlenderte durch das FitzAlain Gate.

Was hatte doch der Rabbi gesagt? »*In diesem Fall müssen Sie der Wahrheit nachgehen, die Ihnen entgangen ist.*«

Leicht gesagt! Etwas huschte lockend durch die dunklen Winkel von Jurnets Bewußtsein, aber er bekam es nicht zu fassen. Was, zum Teufel, hatte er dort abgelegt, ohne es zu registrieren? Eine Äußerung? Oder ein Schweigen, dessen Bedeutsamkeit er übersehen hatte, eine Lücke, gewichtiger als Worte?

Es war zwecklos. Der Kriminalbeamte hob den Kopf und

starrte gedankenlos die Westfront des Doms an, die im Abendlicht großartig wirkte.

»In Gedanken Verlorene sollte man niemals stören«, tönte es neben ihm. »Der Schock, sich ohne Vorwarnung im irrationalen Universum wiederzufinden, könnte das Ende bedeuten.«

Professor Pargeter hob seinen Schnurrbart wie die Falltür eines Silos und lachte schallend. Aufgeschreckte Tauben flüchteten, und Dr. Carver lächelte seinen alten Schulfreund wohlwollend an.

»Ich freue mich sehr, Sie zu sehen, Herr Inspektor«, sagte der Dean, und seine goldgefaßte Brille blitzte in den letzten Lichtstrahlen. »Wir würden gerne Ihre Meinung hören. Der Professor und ich haben gerade darüber diskutiert, was unter den gegebenen Umständen mit der Ausgrabung von Little St. Ulf geschehen soll.«

»Daß die Fetzen flogen«, knurrte der Professor. »Flossie hat sein Urteil gesprochen. Er feuert uns. Will das Loch wieder auffüllen und die ganze Sache abblasen lassen. Haben Sie schon mal solchen Stuß gehört?«

Der Dean errötete wie ein Junge und begann: »Der Bischof –«

»Komm mir bloß nicht mit dem«, unterbrach ihn Professor Pargeter und sagte zu Jurnet: »Dieses Ungeheuer gibt's in Wirklichkeit gar nicht – das ist nur eine Pappmarionette, die man an Fest- und Feiertagen rausholt: für Flossie ein willkommenes Alibi, um sich dahinter zu verstecken und die grausame Tyrannei zu verbergen, mit der er«, er deutete mit dem Daumen auf den Dom, »diese versteinerte Hochzeitstorte beherrscht.«

»Der Professor«, sagte der Dean in frommer Duldsamkeit, »macht einen seiner kleinen Scherze.«

»Ich hab's noch nie in meinem Leben so ernst gemeint«, widersprach der Professor. »Nur weil irgendein pickliger Jüngling die Unverschämtheit besessen hat, sich abmurksen zu lassen, muß sich dieser Philister in den Kopf setzen, den Forschungen über das drittgrößte Wallfahrtsziel im mittelalterlichen England einen Riegel vorzuschieben.«

»Der Inspektor«, erklärte der Dean mit einiger Genugtuung, »hat mich seine Meinung zu diesem Thema bereits wissen lassen. Ich weiß sehr gut, daß er mir keine Vorwürfe macht. Ich mache mir aber selbst welche, daß ich die möglichen Konsequenzen dieses Vorhabens nicht geahnt habe, bevor es überhaupt in Angriff genommen wurde.«

Professor Pargeter brummelte: »Du willst also, daß wir das Feld räumen.«

»Es eilt nicht«, versicherte ihm der Dean, glücklich darüber, daß er ein Zugeständnis machen konnte.

»Ich muß erst mit Liz reden. Sie hat da oben in der Galerie 'ne Menge wertvoller Geräte, die sie nach und nach wegbringen muß. Es wird ihr schwerfallen, Flossie. Sie hat die Arbeit im Dom geliebt.«

Der Dean lächelte in Anerkennung des aristokratischen Kompliments. Jurnet kämpfte mit der Versuchung, unterdrückte dann aber seinen Wunsch, dem Mann zu sagen, was in seinem Reich nach Arbeitsschluß vor sich ging. Eines Tages mußte es der Dean erfahren. Aber nicht jetzt, und erst recht nicht in Gegenwart von Pargeter, der – zumindest in Liz Astes Interesse – mit Sicherheit die nächtlichen Spiele des Mädchens verharmlosen würde.

Der Professor betrachtete seinen alten Klassenkameraden lieblos.

»Wenn sie mangels Arbeit in Diskos vergammelt, wissen wir, wem wir das zu verdanken haben.«

»Sie kann jederzeit am Bücherstand aushelfen«, sagte der Dean, scheinbar ohne Hintergedanken. »Miss Hanks würde sich bestimmt freuen, wenn sie ihr zur Hand ginge.« Er wandte Jurnet seine Aufmerksamkeit zu, die aus einer Mischung von Unschuld und Autorität bestand und den Kriminalbeamten äußerst verwirrte. »Und Sie, Herr Inspektor? Ich wünschte nur, ich könnte so freundlich wie möglich sagen, daß wir auch Ihre Dienste entbehren können.«

»Ich wünsche es nicht weniger als Sie, Sir.«

Plötzlich tauchte das, woran er sich zu erinnern versuchte, für einen kurzen Augenblick auf, um gleich wieder in den dunklen Sphären seines Gedächtnisses zu versinken. Er verabschiedete sich von dem ungleichen Paar – der eine in geistlichem Schwarz, der andere in buntem Tweed – und überquerte den mit Gänseblümchen übersäten Rasen von einem steinernen General zum anderen. Als er an der Gesangschule um die Ecke bog, traf er auf eine kleine Menschenansammlung – Eltern, die vor der Türe der Gesangschule warteten; Chorsänger traten einzeln oder zu zweit ins Freie. Ihre fröhlichen Stimmen erfüllten die Dämmerung des Frühlingsabends.

Einige der älteren Jungen schoben ihre Räder und zeigten tiefe Verachtung für die Babys, die abgeholt wurden; aber sogar diese älteren Semester achteten darauf, zusammenzubleiben, wie der Kriminalbeamte mit Erleichterung bemerkte. Nicht einer verschwand allein mit seinen Ängsten in der zunehmenden Dunkelheit.

Arthur Cossey war noch nicht in Vergessenheit geraten.

Jurnet befand sich in Höhe der Tür, als Christopher Drue herausgerannt kam und sich einer zierlichen Frau mit Triumphgeschrei an den Hals warf. »Ich darf solo singen. Mr. Amos sagt, ich darf solo singen!«

Als sich die Frau lachend befreite und die widerspenstigen Locken des Jungen mit einer Geste glättete, die mehr als alle Worte sagte, betrachtete Jurnet sie mit Neugierde und Wohlgefallen. Mrs. Drue war ein erfreulicher Anblick. Ihre Schönheit wirkte schlicht und, so bewunderungswürdig sie war, fast abweisend, wären nicht die großen Augen gewesen – die lebhaften, liebevollen Augen, die auch ihr Sohn hatte – und die sanfte Kurve ihrer Lippen. Das dunkle Kostüm paßte zu ihr, es hatte einen guten Schnitt, war gut verarbeitet und zeugte von schlichter Eleganz.

Der Kriminalbeamte sah, daß Christopher an der Hand seiner Mutter zerrte, als sie zur Straße gingen.

»Meine Kleider müssen perfekt aussehen, wenn ich solo singe. Sogar meine Schuhschnallen, obwohl sie doch eigentlich keiner sehen kann, oder? Mr. Amos sagt, er muß sein Gesicht drin spiegeln können. Und ich soll freitags nach der

Schule zu ihm zum Extraunterricht kommen, also mach dir keine Sorgen, wenn ich später komme, und Mr. Amos sagt, er will mich heimbringen – warum kann ich eigentlich nicht allein nach Hause geh'n? Ich hab's satt, abgeholt zu werden, als wäre ich noch im Kindergarten. Clive Langfords Mutter läßt ihn wieder mit dem Rad zur Schule fahren, warum darf ich denn dann nicht? Ist im Auto was Eßbares? Ich sterbe vor Hunger.«

So sprudelte es weiter. Bevor Mrs. Drue auch nur versucht hatte, eine der Fragen zu beantworten, rief der Junge: »Der Polizist! Das ist der, von dem ich dir erzählt habe. Willst du mit ihm reden? Er ist wirklich ein Polizist, auch wenn er nicht ein bißchen danach aussieht, was? Hallo, Polizist!«

»Hallo, junger Mann!« Jurnet trat einige Schritte nach vorn, damit sich die großen Augen in dem spärlichen Licht ein Urteil über ihn bilden konnten. »Wie geht's dir denn so?«

»Ich singe bald solo!« plapperte er wieder weiter. »Wenn Sie am übernächsten Sonntag zum Gottesdienst kommen, können Sie mich hören. Ich bin der, der am höchsten singt. Bis jetzt war's immer Arthur, aber jetzt, wo er nicht mehr lebt, sagt Mr. Amos, bin ich dran. Entweder ich oder Clive Langford. Mr. Amos sagt, Clives Stimme ist zwar kräftiger, aber meine ist schöner«, der Junge hielt kurz inne, sein Gesicht war plötzlich feuerrot. Es war liebenswert und rührend, wie er den Kopf hängen ließ und durch die nach vorn fallenden Locken aufsah. »Ich dürfte eigentlich gar nicht froh sein, oder?« Mrs. Drue legte beruhigend ihren Arm um den kräftigen kleinen Körper. »Es sieht so aus, als wäre ich froh über Arthurs Tod, und das bin ich nicht, das bin ich nicht!«

»Natürlich nicht, Liebling.« Die Stimme seiner Mutter klang warm und tröstend. »Das heißt aber nicht, daß du dich nicht trotzdem über das Solo freuen darfst.« Sie strich wieder mit der Hand über das Haar des Jungen. »Im Auto ist ein Milky Way. Ich hab' nicht abgesperrt. Iß aber nur so viel, daß es dir den Appetit aufs Essen nicht verdirbt. Ich komme in einer Minute nach.«

»Milky Way verdirbt mir nie den Appetit – auf den Tee

nicht, auf das Abendessen nicht, auf das Frühstück nicht!« sang der Junge und rannte auf einen Volvo zu, der ein Stück weiter an der Straße abgestellt war. »Tschüß, Polizist! Auf das zweite Frühstück auch nicht!«

»Mach die Tür zu!« rief Mrs. Drue ihm nach. Sie sah den Kriminalbeamten zögernd an. »Ich wollte sowieso mit Ihnen reden, Herr – ?«

»Jurnet. Inspektor Jurnet.«

»Also dann.« Sie unterstrich die Einleitung mit einem kurzen Nicken. »Mein Mann – wir –« Da ihr der Angriff nicht gelang, wich sie auf eine Frage aus: »Dürfen Sie eigentlich, Inspektor, ist es Ihnen überhaupt erlaubt, ein Kind auszufragen, ohne die Eltern vorher davon in Kenntnis zu setzen?«

»Wenn ich ihn ausgefragt hätte«, erwiderte Jurnet nicht ganz aufrichtig, da er über dieses Thema nicht allzu genau Bescheid wußte, »wäre es sicher nicht in Ordnung gewesen. Aber wir haben nur ein wenig geplaudert. Nichts notiert und so weiter. Es war ein Vorschlag von Mr. Amos.«

»Mr. Amos«, sagte sie abweisend, »macht keinem Menschen jemals einen Vorwurf.«

»Hoffentlich auch Sie nicht mir, weil ich herausfinden will, wer Arthur Cossey ermordet hat.«

»O je«, rief Mrs. Drue. »Nun haben Sie aber *mich* ins Unrecht gesetzt; ich wollte doch nur sagen –« Die Frau musterte den Kriminalbeamten und entschied, daß er ihr gefiel. »Ich bin wirklich sicher, daß es ganz in Ordnung war. Ich hoffe nur, daß Christopher Ihnen weiterhelfen konnte.«

»Ich wollte herausfinden, wie Arthur Cosseys Freunde über ihn dachten, und fand heraus, daß er gar keine hatte.«

»Das überrascht mich nicht.« Sie sprach ohne Sentimentalität. »Kinder, die aussehen wie er, sind meistens nicht besonders beliebt.«

»Ich hab' den Eindruck, daß er sich unbedingt mit Ihrem Jungen anfreunden wollte.«

»Oh«, sagte sie mit einer Aufrichtigkeit, die Jurnet bereits für charakteristisch hielt, »Christopher hat Glück. Er ist einer, der leicht Freunde findet und mit dem jeder befreundet sein will, auch wenn er einen mit seiner gewinnenden Art manchmal auf die Palme bringt.« Sie lächelte und fügte hinzu: »Letzteres hab' ich deswegen gesagt, damit ich nicht zu sehr wie eine vernarrte Mutter wirke.«

»Ich bin mir ziemlich sicher, daß Sie das nicht sind. Hat Christopher jemals mit Ihnen über Arthur gesprochen?«

»Nur, daß er ein Ekel sei und daß er froh wäre, wenn Arthur ihm nicht dauernd nachlaufen würde. Ich hätte nichts gegen ein bißchen mehr Freundlichkeit gehabt, aber so sind Kinder nun einmal. Mitleid ist ja auch keine gute Grundlage für eine Freundschaft.«

»Stimmt.«

»Außerdem«, fuhr Mrs. Drue fort, und eine zarte Röte überzog ihre blassen Wangen, »war es ein bißchen peinlich. Mrs. Cossey arbeitet für verschiedene Leute, die ich kenne, und – nun, es war schwierig. Ich fürchtete immer, wenn Christopher Arthur anschnauzte, sie könnte denken, daß das an uns liege und daß wir überheblich seien, und wenn er sich doch mit ihm anfreundete, daß wir uns herabließen. Wie man es auch dreht und wendet, wir waren die Verlierer. Deshalb habe ich mich nie eingemischt. Trotzdem schlug ich Christopher mehrmals vor, er solle Arthur nach der Schule zum Tee einladen. Aber er winkte immer ab. ›Wann anders‹, sagte er dann – und jetzt ist es zu spät.«

Einen Augenblick lang stand der Tod eines Kindes zwischen ihnen, seine Kälte, sein Schrecken. Die Farbe war aus ihrem Gesicht gewichen, und die Frau sagte flehentlich: »Bitte, bitte beeilen Sie sich, finden Sie den Mörder. Ich habe Angst. Jede Mutter in Angleby hat Angst, solange ein Mann auf freiem Fuß ist, der vielleicht –«, sie erschauerte und ließ den Satz unbeendet. »Einen Jungen in Christophers Alter abholen zu müssen! Wenn das noch länger so weitergeht, wird er sich auch bald fürchten, und das ist schrecklich. Die Zeit ist weiß Gott kurz genug, in der man Kind ist und das Leben furchtlos genießen kann.«

Jurnet, der seine Kindheit als ein dunkles Tal in Erinnerung hatte, aus dem er dankbar erstaunt über seine Befreiung geflohen war, sagte: »Ihr Sohn hat viel zuviel auf dem Kasten, als daß Sie sich darüber Sorgen machen müßten. Für übernächsten Sonntag hat er zum ersten Mal den Solopart in der Tasche, und es dürfte wohl kaum das letzte Mal sein.«

»Hat's Christopher Ihnen schon erzählt?« Die muntere Stimme von Mr. Amos ertönte hinter ihnen. »Er soll das Solo aus dem Monteverdi singen.« Der Hilfsorganist hatte sich um den Hals einen alten Schal aus seiner Schulzeit gewickelt, dessen Fransen beinahe den Boden berührten; er schüttelte Mrs. Drue die Hand und begrüßte auch den Kriminalbeamten herzlich. »Ah, der Inspektor! Wie stehen die Dinge, mein Lieber? Ich hoffe und bete, daß sie gut stehen.«

»Unsere Nachforschungen kommen voran«, antwortete Jurnet und spürte einen Kloß im Hals.

»Ausgezeichnet!« rief Mr. Amos. Der Abendwind zerzauste sein schütteres Haar. »Aber was sollen wir denn um Himmels willen mit dem Mörder machen, wenn Sie ihn geschnappt haben?«

»Einsperren natürlich«, erwiderte Jurnet grimmig, »damit er keinen Schaden mehr anrichten kann.«

»Sie sprechen von seinem Körper«, entgegnete der andere, »ich meine seine unsterbliche Seele. Wird unser Glaube denn stark genug sein, daß wir ihn als Empfänger des Heiligen Geistes lieben können, obwohl er etwas so Schreckliches getan hat?«

»Was mich betrifft«, sagte Jurnet, »lautet die Antwort nein. Wenn Sie mich bitte entschuldigen wollen«, dies zu Mrs. Drue, »ich muß mich auf den Weg machen.«

»Er hält mich für dumm«, sagte Mr. Amos traurig. »Und er hat natürlich ganz recht. Sogar nach dem, was Arthur zugestoßen ist, kann ich kaum an die Existenz des Bösen glauben. Meine liebe Mrs. Drue«, er ergriff wieder die Hand der Frau und legte sie zwischen seine kleinen, kräftigen Hände, die nicht wie die Hände eines Musikers wirkten, »was müssen Sie nur davon halten, daß solch ein Dummkopf Ihren Sohn unterrichten will?«

Christophers Mutter entzog ihm lächelnd ihre Hand.

»Da Sie ihn solo singen lassen, dürfen Sie meinetwegen so dumm sein, wie Sie wollen.«

»Zu liebenswürdig. Aber ich fürchte vor allem, daß Sie von dem Ergebnis enttäuscht sein werden. Christophers Stimme reicht lange nicht an Arthurs heran.«

Sie war sehr gütig. »Für seine Mutter wird sie süßer als der Gesang von Nachtigallen klingen.«

22

Vor einem mehrstöckigen Haus auf einem Baugrundstück angekommen, verabschiedete sich Mr. Amos; Jurnet setzte seinen Weg zum Fluß fort. Er überlegte immer noch, was ihm entgangen sein könnte. Gleichzeitig fragte er sich, ob der Hilfsorganist des Doms von Angleby – weil er an die Existenz des Bösen nicht glaubte – vielleicht von moralischen Überlegungen unbehelligt blieb, die Menschen mit weniger Glauben an Gottes allgegenwärtige Güte davon abhielten, den rechten Pfad zu verlassen.

Aber warum hätte Mr. Amos gerade den Chorjungen mit der schönsten Stimme ermorden sollen?

Der Fluß, der tagsüber so beruhigend wirkte, verstärkte bei Nacht Jurnets Zweifel. Zarter Nebel umgab das Licht der einsamen Lampe auf dem Fußweg; die zugedeckten Boote zerrten mißmutig an ihren Haltetauen und gaben leise traurige Geräusche von sich, während das Wasser flüsternd an ihnen vorbeifloß.

Hinter den Wellblechhütten und Schrotthaufen leuchtete einladend das Licht aus dem Wohnwagen. Aber als Jurnet diesmal die Stufen hinaufstieg und wie immer sein Kommen laut ankündigte, lief ihm keine überschwengliche Millie entgegen.

Der Kriminalbeamte stieß die Tür auf und fand Joe Fisher im Schoße seiner Familie – und Millie auf dem Schoß von Joe Fisher. Willie saß traurig und so weit wie möglich von den beiden entfernt in einer Ecke.

Der Mann, der einen schmutzigen Morgenmantel trug – wahrscheinlich, vermutete Jurnet, um die darunter befindliche Ausstaffierung zu verbergen –, begrüßte den Gast mit sichtlicher Erleichterung. Millie flüsterte selig: »Joe ist hier!«, und Willie brach in Tränen aus, die viel zu groß für sein kleines Gesicht waren.

»Was ist denn los?« Jurnet schob sich an dem Paar vorbei. »Das ist ja ein schöner Empfang für einen alten Freund!«

Er setzte sich zu dem Jungen und nahm ihn auf den Schoß.

»Dieses Kind«, sagte Joe Fisher, »weiß nicht, was es will.«

»Pst«, machte der Kriminalbeamte und schaukelte den Jungen sanft hin und her. Dabei sah er plötzlich wieder, wie Mrs. Drue ihrem Sohn übers Haar strich. »Was soll das Geknutsche!« Er warf dem Vater des Jungen einen bösen Blick zu. »Hat er schon Tee gekriegt?«

»Joe hat uns chinesischen gekauft.« Millie hob stolz den Kopf. Sie küßte ihren Mann auf die Lippen. »Hab' ich nicht recht, Joe?«

»Aber, aber!« ermahnte sie ihr Mann. »Der Inspektor wird schon ganz rot. Es war chinesischer, für fünf Pfund siebzig, direkt vom Sampan.« Er schob den kleinen reifen Körper zur Seite und stand auf. »Höchste Zeit, abzudampfen.« Und zu Jurnet: »Könnten wir uns kurz draußen unterhalten, mein Herr?«

»Geh nicht weg, Joe«, jammerte Millie. Jurnet löste sich behutsam von Willie, nahm ihn vom Schoß und flüsterte ihm ins Ohr: »Bin gleich wieder da!« Dann folgte er Joe Fisher nach draußen, froh darüber, nach dem Mief wieder die kühle Abendluft einatmen zu können, in der Nebelfetzen wie Wimpel bei einem geisterhaften Karneval flatterten.

Joe Fisher zog seinen Mantel aus, darunter kamen eine adrette Sportjacke, ein weißes Hemd und eine im Ton passende Hose zum Vorschein. Dann verkündete er: »Ich möchte Ihnen Geld geben.«

»Noch ein Wort«, warnte Jurnet, »und Sie landen auf dem Revier, Millie hin oder her.« Er wandte sich zum Gehen.

»Nicht, was Sie denken, Mr. Jurnet!« Seine Hand umklammerte den Arm des Kriminalbeamten wie ein Eisenring. »Hab' ich jemals versucht, *Sie* zu schmieren? Ich bin doch nicht verrückt!«

»Nehmen Sie die Hand von meinem Arm, sonst sind Sie wegen Körperverletzung dran!«

Joe Fisher ließ ihn los, und Jurnet verzog sich wütend in Richtung Fluß.

»Gnade, Mr. Jurnet!« schrie der Mann und eilte ihm nach. »Geben Sie mir eine Chance.« Jurnet blieb stehen, sah ihn aber nicht an. »Die Sache ist die, ich muß geschäftlich weg und kann Millie wohl kaum bitten, auf die Bank zu gehen und einen Scheck einzulösen. Und erst recht nicht 'nem Kind in Willies Alter ein paar Scheine in die Hand drücken. Sie meinen's scheinbar gut mit ihnen, da ist es doch kein Wunder, daß ich dachte –«

Jurnet drehte sich um. »Ein paar Scheine? Haben Sie eine Weltreise vor, oder wie?«

»Jetzt hören Sie mal auf!« protestierte der andere. »*Sie* schärfen mir doch immer ein, daß ich besser für sie sorgen soll, und wenn ich's versuche, kommt so was! Ich muß nur zu einer Haushaltsauflösung nach Ely –«

»Nichts hindert Sie daran, nach Ely zu fahren und am selben Tag zurückzukommen.«

»Da gibt's gutes Zeug. In London kann ich 'ne Menge dran verdienen. Ich will's zu einem Freund bringen, der auf dem Flohmarkt an der Portobello Road arbeitet.«

»So? Das macht insgesamt zwei Tage. Wieso brauchen Sie denn plötzlich für die paar Tage 'nen ehrenamtlichen Schatzmeister?« Er packte den Mann an den Rockaufschlägen. »Sie wollen sich nicht zufällig Ihrer Pflichten entledigen, wie? Das Weite suchen, mit oder ohne Mrs. Cossey? Das eine versprech' ich Ihnen, wenn Sie türmen, hol' ich Sie zurück, wenn's sein muß, auch eigenhändig aus Patagonien!«

Der Mann versuchte zurückzuweichen, aber Jurnet hielt ihn fest.

»Und Sie beklagen sich über Körperverletzung!« Jurnet ließ ihn voller Verachtung los. »Und was Sandra betrifft, die weiß nich' mal, daß ich wegfahr'.« Joe Fisher glättete behutsam seine zerknitterten Rockaufschläge. »Sie haben 'ne schmutzige Phantasie, Mr. Jurnet, damit Sie's wissen.«

»Vor wem laufen Sie denn dann weg?« fragte Jurnet ruhig.

»Albernes Geschwätz!« Sogar für ihn selbst mußte der Ausruf wenig überzeugend geklungen haben, denn Fisher änderte plötzlich seinen Ton, die Worte stolperten in dem eiligen Bemühen, seine Unschuld zu beteuern, nur so übereinander. »Seh' ich vielleicht besonders treffsicher aus, Mann – ich mit meinen Wurstfingern!« Er spreizte die Finger; das Bild war zutreffend. »Wenn ich mit denen so'n teuflisches Ding auch nur anfassen würde, wär' ich um 'nen Kopf kürzer, bevor ich überhaupt wüßte, was los ist. Aber glauben Sie vielleicht, *die* interessiert das?« Verbittert fuhr Joe Fisher fort: »Nur weil ich vor ein paar Nächten im Lord Nelson zufällig gesagt habe – ich wollte mich nur bei ein paar Bierchen nett unterhalten –, daß man, wenn man mich fragt, diese ganze verfluchte Bande in die Luft jagen sollte. Ich! Wo ich keiner Fliege was zuleide tun kann!«

»Jetzt versteh' ich!« rief Jurnet, dem allmählich ein Licht aufging. »Wir reden über die Attacke auf den Patriotenbund – daher weht der Wind! Darf ich daraus schließen, daß Sie gerade abstreiten, diese Benzinbombe durch ihr Fenster geworfen zu haben?«

»Fangen Sie nicht auch noch damit an, Mr. Jurnet! Wenn ich diesen Kerl erwische, der meine harmlosen Worte brühwarm weitererzählt hat –« Joe Fisher stockte, setzte dann aber entwaffnend hinzu: »Ich will nur sagen – wenn die mir hier eins auswischen wollen, bin ich nicht der einzige, dem's übel ergeht. Dann sind Millie und der Junge auch dran, kapiert? Und was Sandra betrifft, die würde einfach überschnappen, wenn diese Saubande auftaucht und ihr Haus auf den Kopf stellt. Das könnte ich nie zulassen. Ich muß abhauen!«

Jurnet blickte an ihm vorbei auf die Schrotthaufen – Millies Garten Eden. In dem dichten Nebel schimmerten einige rostige Kühlschränke jungfräulich geheimnisvoll.

Mit ausdrucksloser Stimme, wie immer, wenn er erregt

war, sagte Jurnet: »Wissen Sie was, Joe? Sie sind ein Schuft. Sie haben genug Geld. Sie hätten Millie vor Jahren ein Haus kaufen und jemanden reinholen können, der sich um sie kümmert.«

»Glauben Sie vielleicht, ich hätt's nicht versucht? Ich hab' sogar mit Sandra gesprochen, daß sie die Aufgabe übernimmt – ich hab' ihr 'nen Bungalow gezeigt, den ich aus der *Argus* hatte. Bad und zwei Klos, mit moderner Spülung. Fürstlich! Aber sie wollte nicht. Konnte ihren Heiligen Joe nicht im Domviertel allein lassen, kaum zu glauben, was?« Joe Fisher kam ganz nah an Jurnet heran. »Millie ist hier glücklich, stimmt's, oder hab' ich recht? Und Willie – das Kind ist so gescheit wie ein Vierzigjähriger. Der wird im Alter für mich sorgen.«

»Er kann Sie nicht ausstehen«, bemerkte Jurnet mit Genugtuung.

»Ist doch nur natürlich.« Der Mann lachte nachsichtig. »Meinen Alten hätt' ich, ohne mit der Wimper zu zucken, für 'nen Marsriegel im Bad ertränkt, er hat bloß nie eins genommen.« Er kramte in seiner Jackentasche und zog ein Bündel Zehn-Pfund-Noten hervor. »Für Willie«, bat er.

»Stecken Sie's bloß weg, sonst werf' ich's in den Fluß und Sie hinterher.«

»Ich mein's ganz ehrlich, Mr. Jurnet. Ich bin verzweifelt. Sagen *Sie* mir doch, was ich tun soll.«

»Fragen Sie die städtische Beratungsstelle.«

»Mr. Jurnet!« Seine Stimme klang gekränkt und vorwurfsvoll. Als er nach kurzem Schweigen weitersprach, schwang noch etwas mit, was sich der Kriminalbeamte nicht erklären konnte. »In diesem Fall bleibt mir nichts anderes übrig. Ich stelle mich.«

»Also haben Sie die Bombe doch geworfen!«

»Reden Sie keinen Unsinn!« sagte Joe Fisher. »Das hab' ich Ihnen doch schon erklärt. Ich gestehe den Mord an Arthur Cossey.«

»Nun, Ben, was halten Sie davon?« Der Kriminalkommissar lehnte sich zurück. Er trug einen Abendanzug und sah sehr elegant aus.

Jurnet starrte gedankenverloren seinen tadellos gekleideten Vorgesetzten an. Nichts hätte ihn davon überzeugen können, müde und zerzaust wie er war, daß der Kommissar sich nicht absichtlich derart in Schale geworfen hatte; das gehörte zu dem nie erklärten Krieg, der auf eine gewisse, ihm unerklärliche Weise eine gegenseitige Liebeserklärung war.

Er beantwortete die Frage. »Schwer zu sagen. Wahrscheinlich hat er nach einem sicheren Ort gesucht, wo er sich verkriechen kann – und wo ist es schon sicherer als im Knast? Außerdem wollte er dafür sorgen, daß der Patriotenbund ihm nicht auf die Pelle rücken kann, weder unten am Schrottplatz noch bei Mrs. Cossey. Wenn sie erfahren, daß er außer Reichweite ist, da, wo sie ihm nichts anhaben können, ist der Dampf erst mal raus, zumindest solange er im Knast ist.«

»In den Nachrichten hieß es nur, daß ein Mann bei den Ermittlungen weitergeholfen hat.«

»Ich mußte mich an die Regeln halten«, sagte Jurnet. »Ich hab' aber mit ein paar Burschen geredet, die inzwischen in der Stadt – insbesondere im Lord Nelson und im Cock and Crow in Farriersgate – verbreiten dürften, daß der Inhaftierte kein anderer als Joe ist.«

Der Kommissar überlegte.

»Mehr kann man wohl nicht tun.«

Jurnets Feindseligkeit verflüchtigte sich. Eins mußte man dem Kommissar lassen: Man konnte darauf zählen, daß er im richtigen Augenblick das Richtige zu sagen wußte.

»Ich hab' Hinchley und Bly vorsichtshalber zur Bridge Street runtergeschickt und noch jemanden zu Mrs. Cossey, falls die Patrioten wissen, daß Joe dort wohnt. Blaker hat keinen Dienst, aber er hat mir gesagt, er will auf jeden Fall heute abend unten am Steg sein und die Vögel beobachten. Scheint da unten eine Waldohreule gesehen zu haben, und er hat versprochen, die Augen offen zu halten. Ich glaube, daß eigentlich acht bis zehn Mann nötig wären, um das Fishergehege lückenlos zu bewachen, mit dem Fluß auf der einen Seite und den Sportplätzen dahinter –«

Es war hoffnungslos.

»Vorsicht, Ben!« warnte der Kommissar, und die Freundlichkeit wich einem eisernen Willen. »Ihnen geht schon wieder der Gaul durch. Sie haben verbreiten lassen, daß sich Fisher in Haft befindet und deshalb nicht zu kriegen ist – das dürfte reichen.« Er lehnte sich in seinem Stuhl zurück, anscheinend hatte er es nicht besonders eilig, zum Abendessen in seinen Golfklub zu fahren. »Sie geben das doch hoffentlich morgen früh an Hale und Batterby weiter?« Er lachte hämisch: »Sie wissen doch wohl, daß Sie woanders keine zehn Minuten bleiben könnten, so, wie Sie alles an sich reißen, ohne auch nur zu fragen?«

»Komisch, daß Sie das gerade jetzt sagen, Sir, wo ich Ihnen einen Burschen gebracht habe, der zugibt, Arthur Cossey ermordet zu haben.«

»Gratuliere.« Der Kommissar lächelte beinahe versöhnlich und tippte mit einem gepflegten Fingernagel auf die vor ihm liegenden Schreibmaschinenseiten. »Er sagt, daß er Cossey umgebracht hat, weil der Junge androhte, mit einer Lügengeschichte zur Polizei zu gehen – er hätte gesehen, wie er seinen Sohn schlug –, und weil er deshalb fürchtete, das Kind würde ihm daraufhin weggenommen. Erscheint Ihnen das glaubwürdig?«

»Glaubwürdig, daß Arthur Cossey diese Drohung ausgesprochen hat?« Der Kommissar nickte. »Nur zu sehr. Er scheint geglaubt zu haben, die Welt sei voll von leicht zu ködernden Leuten.«

»Wie recht er doch hatte, dieses kleine Ungeheuer.« Der Kommissar tippte wieder auf die Seiten. »Jetzt sagen Sie mir bitte, ob dieses Geständnis das Papier wert ist, auf dem es geschrieben steht.«

»Das ist es. Der Wert liegt vielleicht mehr in den Auslassungen als in den Aussagen. Keine schlechte Strategie – angenommen, man hätte einen Mord begangen –, ein Geständnis abzulegen, das mehr Löcher hat als ein Schweizer Käse, damit es keiner ernst nimmt.«

»Hat Joe Fisher überhaupt genug Grips für so was?«

»Oh, wenn er in Gefahr ist, kann er seine grauen Zellen sehr schnell in Bewegung setzen. Ein sicherer Ort und eine reine Weste mit einem Schlag. Nicht schlecht, so etwas zustande zu bringen.«

»Wo sind denn Ihrer Meinung nach die Löcher? Ist Ihnen das mit der Kleidung des Jungen aufgefallen?«

»Daß er sagt, er hätte sie auf den Boden geworfen? Ein absichtlicher Irrtum – wer weiß? Von dem Zustand des Leichnams konnte er dank Professor Pargeters Radiogeschwätz erfahren haben.«

»Aber das Grab? Wie konnte er wissen, daß es ein gutes Versteck ist? Ich muß gestehen, daß ich ihn mir nicht gut als Leser von Reverend Doktor Delf-Polesey vorstellen kann.«

»Arthur hat vielleicht etwas von sonderbaren Schulbräuchen erzählt. Oder Harbridge, der Kirchendiener, könnte mit seiner Schwägerin Mrs. Cossey gelegentlich darüber gesprochen haben, und sie hat's dann vielleicht weitererzählt. Viel mehr interessiert mich aber, was er über den Besen sagt.«

»Das ist mir entgangen.«

»Ich hätte es wahrscheinlich auch übersehen, wenn der Professor und ich nicht beinahe drüber gefallen wären, als wir den Leichnam fanden. Er stand gleich hinter der Tür, ganz offensichtlich hatte ihn der Mörder auf seinem Rückweg dazu benutzt, alle Fußabdrücke auf dem Boden wegzukehren. Der Stiel wurde nach Fingerabdrücken untersucht, aber man konnte nichts erkennen. Nun, wenn Joe beschreibt, was er an der Ausgrabungsstelle sah – den Tisch, die Meterstäbe und so weiter –, sagt er, daß da ein Besen quer über dem Tisch lag. Und danach, als er den Jungen umgebracht hatte, hat er angeblich beim Rausgehen ein bißchen rumgewischt, um keine Fußspuren im Staub zu hinterlassen. Kein Wort, daß er dazu den Besen benützt hätte.«

»Beweis seiner Unschuld oder ein weiterer absichtlicher Fehler?«

»Das ist die Preisfrage. Ich habe nicht vergessen, daß ich ihn vor dem Mord im Dom sah und er damals fragte, wo Little St. Ulf begraben ist.«

»Das heißt, er hat sich vielleicht gründlich umgesehen und könnte eine glaubwürdige Beschreibung liefern, ohne am Tag des Mordes dort gewesen zu sein.«

»Genau. Wenn da nicht dieser Besen wäre. Als ich nämlich vorher mit Harbridge einige Worte wechselte, sagte er mir, es ginge ihm auf die Nerven, wie Pargeter und seine Leute das Nordschiff verschmutzten und den Kirchendienern das Saubermachen überließen. Deshalb wollte er einen schönen festen Besen auf den Tisch legen, da, wo sie ihn sehen mußten, und hoffte, daß sie den Wink verstehen und ihren Dreck von da an selbst wegkehren würden, anstatt ihn auch noch dauernd rumzutragen.«

»Wieso widerspricht das – «

»Er wollte ihn Samstag abend hinlegen, sagte Harbridge, nach dem Zusperren. In der Nacht vor dem Mord.«

Das von Rosie zubereitete Essen war appetitlich wie sie selbst. Miriam, die die Entdeckung des Feuers als eine männliche Verschwörung zur Verbannung der Frau an den Küchenherd ansah, hatte es einmal als pornographisch bezeichnet. Wenn sich seine Frau jemals in der Öffentlichkeit so verhalten würde wie in der Privatsphäre ihrer Küche, so hatte sie Sergeant Ellers gewarnt, bliebe ihm als Polizeibeamten nichts anderes übrig, als sie wegen Erregung öffentlichen Ärgernisses zu verhaften.

Für Jurnet bedeutete solch ein Liebesmahl ohne die Geliebte an seiner Seite eine Art gastronomischer Masturbation, und daran fand er wenig Geschmack. Rosie beobachtete mit wachsender Sorge, wie der Inspektor seine Pastete sorgfältig zerdrückte, mit der gebratenen Ente herumspielte, damit es so aussah, als hätte er davon gegessen, und sie mit der nicht sehr überzeugenden Begründung, er sei bis oben hin voll, um ihre zu Recht berühmte Crème brûlée bat.

»Machen Ihnen die Rippen noch zu schaffen?« wollte sie wissen.

»Die meiste Zeit denk' ich gar nicht dran.«

»Wenn Sie also nicht krank sind«, erklärte Rosie barsch, »sind Sie doch zu alt, um aus Liebeskummer zu sterben.«

»Das müssen Sie mir nicht erst sagen.«

»Wenn Sie so weitermachen«, fuhr Mrs. Ellers mitleidlos fort, »werden die Jungs Sie bald nicht mehr Valentino nennen. Jack«, bat sie ihren Mann, der satt und zufrieden mit offenem Gürtel am Tisch saß, »kannst du ihn nicht mit zum Revier nehmen und ihm ein paar Löffel von dem Zeug reinstopfen, was man den Suffragetten gegeben hat?«

»So, wie er ausschaut, nicht«, antwortete Jack Ellers träge. »Der ist zäher als 'ne alte Schuhsohle, glaub mir. Der Inspektor stirbt nicht an Liebeskummer, es ist die Last der Sorgen. Wenn er erst mal rausgefunden hat, wer Little St. Arthur um die Ecke gebracht hat, ist er wieder so schön wie zuvor.«

»Der Sergeant übersieht dabei anscheinend, daß wir bereits einen Mann verhaftet haben, der das Verbrechen gestanden hat.«

»Ah ja«, erwiderte Sergeant Ellers unbeeindruckt. »An dem Tag, an dem Joe Fisher etwas gesteht, was er wirklich begangen hat, werde ich zum Prinzen von Wales gekrönt.« Der kleine Waliser rülpste taktvoll hinter vorgehaltener Hand und fuhr fort: »Sie wollen sicher hören, wie ich bei unserer ehrenwerten Liz weitergekommen bin.«

Daraufhin erhob sich Rosie als gutgezogene Ehefrau eines Polizisten und machte sich an den Abwasch; die Küchentür ließ sie allerdings angelehnt.

»Wenigstens sind Sie noch am Leben«, sagte Jurnet.

»Gerade noch! Das nächste Mal verlange ich Gefahrenzulage, das versprech' ich Ihnen. Und dann auch noch Adel!«

»Ersparen Sie mir nervenzermürbende Einzelheiten. Sagen Sie mir nur: Hat sie Eppersteins Geschichte bestätigt?«

»Eben nicht! Als sie erst mal angefangen hatte, von der Vorstellung – oder besser der ausgefallenen Vorstellung – des armen Esels zu erzählen, gab's kein Halten mehr für sie. Ich wußte kaum, wohin mit meinem Gesicht, ganz zu schweigen von gewissen anderen Körperteilen. Es war wie eine illustrierte Vorlesung, nur die Laterna magica fehlte. Zum Schluß hab' ich einfach die Augen zugemacht und an England gedacht.«

»Hoffentlich nicht auch die Ohren. Ich möchte wissen, was sie angestellt hat, während Epperstein schlief.«

»Sie werden's kaum glauben, aber sie behauptet, daß sie, nachdem unser mickriger Romeo endlich eingenickt war, zur Galerie im südlichen Querschiff geschlichen sei, wo anscheinend Meister Stan Brent sein Nachtlager aufgeschlagen hatte, und es mit ihm besonders wild getrieben habe, um sich für das zu entschädigen, was ihr an anderer Stelle entgangen war.«

»Sie machen wohl Witze! Was zum Teufel haben der Dean und das Domkapitel eigentlich für einen Laden? Einen Kirchenpuff?«

»Genau das hab' ich auch gedacht. Aber wenn man nie im Leben ahnen würde, daß so etwas passieren könnte, kann man auch schlecht Vorsichtsmaßnahmen dagegen treffen. Nach dem Bericht der Dame – im weitesten Sinne des Wortes – warteten sie und Brent am nächsten Morgen, bis der Frühgottesdienst anfing, und schlüpften dann aus dem Südportal; sie gingen zum Fluß hinunter, zu diesem Café an der Anlegestelle, das am Sonntag immer ganz früh öffnet. Nachdem sie etwas gegessen hatten, verschwand Brent. Liz sagt, sie wüßte nicht, wohin, und sie ging zurück zum Dom, um Mr. Epperstein zu wecken.«

Er schwieg, und Jurnet fragte, als hätte er mehr erwartet: »Ist das alles?«

»Nicht ganz. Nachdem ich das Astesche Anwesen verlassen hatte, ging ich selbst zur Anlegestelle. Ich dachte mir, daß man die Ehrenwerte Liz nicht so leicht aus dem Gedächtnis verlieren kann, und wollte mit der Bedienung reden, die am Sonntag morgen im Café gewesen war. Es war sonnenklar, daß er oder sie sich erinnern würde.«

»Erfolg gehabt?«

Der kleine Waliser grinste.

»Es stellte sich heraus, daß es ein Itaker war – Sie wissen, wie die sind. Er erinnerte sich so gut an Liz, daß er sie hätte malen können, wenn er Leonardo da Vinci und nicht Marcantonio geheißen hätte. Er wußte aber noch, daß sie und ihr Typ sich beim Frühstück so heftig gestritten hatten, daß der Kerl abzog und sie mit der Rechnung zurückließ.«

»So wie ich Mr. Brent kenne, ist das ganz typisch für ihn. Hat Ihr Italiener gehört, worum der Streit ging?«

»Mit seinem Englisch ist es leider nicht weit her. Er hatte nur den Eindruck, daß das Mädchen ihren Begleiter zu etwas überreden wollte und daß der nicht mitgemacht hat.«

»Hm.« Jurnet legte in Gedanken die Information zu den anderen Teilen des Puzzles, das er noch nicht zusammensetzen konnte. »Trotzdem komisch. Als ich sie ein wenig später an diesem Morgen durch das Hauptschiff kommen sah, machte sie nicht gerade den Eindruck eines Mädchens, das eben einen heftigen Streit mit ihrem Geliebten hatte.«

»Warum auch? Wenn Mr. Eppersteins Erzählung stimmt, muß es ihr den Tag gerettet haben, daß sie ihn so zum Narren gehalten hatte. Liebenswertes Mädchen, diese Liz. Gottesanbeterin heißt sie bei ihren Freunden.«

Rosie kam mit einer Schale Obst ins Zimmer zurück und stellte sie auf den Tisch. Mit geübter Hand schälte sie Äpfel und Pfirsiche, teilte die Orangen in Stücke und verteilte sie zusammen mit Weintrauben und Bananen auf kleine Teller; sie setzte den beiden ihr beendetes Werk vor, ohne zu fragen, ob sie es wollten. Sie selbst nahm einen hellgrün glänzenden Granny Smith und biß hinein, ohne sich die Mühe zu machen, ihn zu schälen. Etwas Saft tropfte ihr aus dem Mundwinkel; Jurnet, der sie gedankenverloren beobachtet hatte, errötete plötzlich, sah weg und nahm ein Stück Orange von seinem vollen Teller.

Ellers spuckte geschickt die Kerne von Weintrauben in seine hohle Hand und fragte: »Wie werden Millie und das Kind zurechtkommen, wenn Joe im Kittchen hockt? Die Sozialarbeiter werden wohl doch noch gewinnen, was?«

»Nicht, wenn es Joe verhindern kann; er hat einen Rechtsanwalt angerufen – einen Typ namens Fendale, aus Hiller, arbeitet mit Upton –«

»Hiller, Upton«, echote der Sergeant in einem Ton, der Bände sprach.

»Na, na«, wandte Jurnet mißbilligend ein. »Irgendwer muß ja auch die Schurken vertreten. Sie haben darauf Anspruch wie jeder andere. Fendale erscheint mir einigermaßen anständig. Er will dafür sorgen, daß Willie täglich Geld für Essen bekommt, und sich auch sonst ein bißchen um ihn kümmern.« Das schlechte Gewissen stieg in Jurnet hoch und vermischte sich mit dem Geschmack der Orange. Er hatte dem Kind versprochen, gleich wieder zurückzukommen. Und er war nicht zurückgekommen.

Rosie legte das Kerngehäuse ihres Apfels zur Seite und nahm eine Banane in Angriff.

»Jack hat mir von ihnen erzählt. Kann ich irgendwas tun?«

»Danke. Ich werd's mir überlegen.«

»Die Belastung scheint ein bißchen groß für die Schultern eines Kindes. Wie alt ist er denn genau?«

»Offiziell wird er bald fünfeinhalb. Vorausgesetzt, daß Sie dem Fürsorgeamt nichts erzählen, sieben.«

»Der arme Knirps!« rief Rosie aus, als das Telefon auf dem Büfett läutete. »Das ist wirklich nicht gerecht.«

Jack Ellers nahm den Hörer ab.

»Das kann man wohl sagen«, stimmte Jurnet zu. »Aber was ist schon gerecht?«

Jack Ellers hielt seinem Vorgesetzten den Hörer hin und dehnte die Schnur, so weit sie reichte.

»Hören Sie selbst, Ben.«

Jurnet nahm das Telefon, lauschte in den Hörer und hörte zu.

24

Als sie zum Schrottplatz kamen, brannte der Wohnwagen noch immer. Doch das sei nichts im Vergleich zu vorher, bevor die Feuerwehr eingetroffen war, versicherte ihnen einer der Zuschauer ein wenig mißmutig, weil das Schauspiel schon fast vorüber war. Jemand hatte die Kette von dem Eisentor durchgeschnitten, und es stand offen. Ein Schlauch schlängelte sich aus einem Hydranten, Gestalten bewegten sich wie Schatten vor dem flackernden Licht oder beleuchtet von den Scheinwerfern des Feuerwehrwagens, der neben einem kleinen Berg verrosteter Bettfedern abgestellt war. Ein Krankenwagen wartete ein wenig abseits.

Der Wohnwagen starb geräuschvoll, als sich Holz und Metall durch die Hitze verzogen. Plötzlich sprühte ein prasselnder Funkenregen in den Nachthimmel.

Polizeibeamter Hinchley humpelte auf die beiden zu; ein Ärmel seines Umhangs war zu einem klebrigen Gewebe verkohlt, der Arm darunter war geschwollen und voller Blasen.

»Ich hab' versucht reinzukommen, Sir. Das Ding ging hoch wie eine lausige Bombe.«

Er wich Jurnets finsterem Blick aus, und der Inspektor sah, daß seine Gesichtshaut auf einer Seite versengt und entzündet war.

»Gehen Sie und lassen Sie sich verarzten«, befahl er in barschem Ton, um dann etwas freundlicher zu sagen: »Ich weiß, daß Sie getan haben, was in Ihren Kräften stand, Bob.«

Als er das hörte, kam Polizist Bly zu ihnen.

»Mehr als irgendwer sonst gekonnt hätte, außer vielleicht Superman. Einen Augenblick lang glaubten wir, wir verlieren auch ihn.« Vielleicht fürchtete er, von dem Inspektor getadelt zu werden, vielleicht hatte er ein schlechtes Gewissen, denn er rief: »Nicht einmal der Teufel wäre da reingekommen, Mr. Jurnet. Als wir aus dem Auto und über die Straße kamen, schossen schon überall Flammen heraus. Die beiden hatten keine Chance.«

»Nein.« Nach einer Weile fragte Jurnet: »Haben Sie jemanden gesehen?«

»Nicht eine Menschenseele. Vorher fuhren einige Autos vorbei, ein junger Kerl holte aus einem der Häuser ein Mädchen ab, und sie verschwanden in Richtung Fluß. Sonst nichts. Blaker unten am Water Gate meldete, daß bei ihm Grabesruhe herrsche – nur, ungefähr zehn Minuten bevor das Feuer anfing, kam er kreuzfidel des Wegs und erzählte, daß irgendeine blöde Eule auf 'nem Baum rumheulte.«

»Haben Sie den Wohnwagen die ganze Zeit über beobachtet?«

»Ja, Sir.« Der Polizeibeamte deutete mit dem Kopf zur Straße. »Sie können sehen, wo wir geparkt haben. Die Wohnwagenfenster waren die ganze Zeit erleuchtet – das heißt, bis kurz vor der Explosion –, wir nahmen an, daß sie das Licht ausgemacht hatten, um ins Bett zu gehen. Die Vorhänge waren zugezogen, aber sie waren dünn, und das Licht schien durch. Ab und zu sah es so aus, als bewegte sich jemand dahinter, aber so dünn waren die Vorhänge auch wieder nicht, daß man das mit Sicherheit hätte sagen können.«

»Ich brauche noch einen vollständigen Bericht.«

»Jawohl, Mr. Jurnet.«

Bly beobachtete, wie der Inspektor, gefolgt von Sergeant Ellers, auf den Feuerwehrwagen zuging. Er fuhr zusammen und fragte sich, was jetzt noch zu erwarten war, als die große hagere Gestalt plötzlich stehenblieb, sich umdrehte und zurückkam.

»Sie sollen wissen, daß ich zufrieden damit bin, daß Sie getan haben, was in Ihren Kräften stand«, sagte Jurnet.

»Danke, Sir.«

Der Brandmeister, ein Schrank von einem Mann, verzog zweifelnd den Mund.

»Eine Bombe? Könnte schon sein. Wahrscheinlich eher ein Gaskocher. Wäre nicht das erste Mal, daß wir wegen so was geholt wurden, und bestimmt nicht das letzte Mal.«

Unter den Gegenständen aus Joe Fishers Taschen, von denen man ihm auf dem Revier eine Liste gegeben hatte, hatte sich kein »Gasdings« befunden. (»*Bin gleich wieder da, Willie!*«)

»Wie lange dauert es noch, bis Sie an die Toten rankommen können?« fragte Jurnet tonlos.

»Schon noch ein Weilchen. Das Metall war weißglühend. Zwei sollen da drin sein.«

»Ja. Eine Frau und ein Kind.«

»Aha. Haben wahrscheinlich eine Dummheit gemacht, vielleicht den Absperrhahn offengelassen. Manche lernen's nie, bis es zu spät ist.« Der Feuerwehrmann seufzte und ging wieder an seine Arbeit. »Wir haben schon reingeschaut, soweit das möglich war, aber da ist so ein Durcheinander, daß man keinen Elefanten sehen könnte, wenn einer drin wäre. Sie werden drunter liegen – das, was von ihnen übrig ist.«

»Jack«, Jurnet wandte sich an Ellers, »bestellen Sie bitte einen Transportwagen.«

Der Gedanke an Millie und Willie, bis auf die Knochen verschmort und in Plastikbeutel gepackt wie irgendein neues Fertiggericht, war plötzlich mehr, als Jurnet ertragen konnte.

Er entfernte sich vom Wohnwagen und ging am Feuerwehrwagen und dem sinnlos wartenden Krankenwagen vorbei; die Dunkelheit wurde unruhig von den Flammen erleuchtet, die sich gegen das Verlöschen wehrten. Zwischen den zackigen Altmetallspitzen türmte sich überraschend glatt ein Berg von abgenutzten Autoreifen auf. Einige Tiefkühltruhen lagen auf der Seite, wie Dominosteine, die ein ungeduldiger Riese umgestoßen hatte. Auf einer davon stand in grellrosa fluoreszierender Farbe: *Zum Glück gibt es Baccaloni-Eis.*

Der Kriminalbeamte spürte keine Trauer. Er fühlte sich leer und hohl, was er auch verdiente, nachdem er Rosie Ellers' Essen so wenig gewürdigt hatte. Als er tiefer in die Dunkelheit eindrang, hörte er die leisen nächtlichen Geräusche des Schrottplatzes – das Getrappel von Mäusen, Ratten und anderen Kreaturen, die sich zwischen den Abfällen eingenistet hatten. Unten am Fluß schrie eine Eule. Sicher Blakers Schützling.

Ganz in der Nähe hörte er den flachen Atem eines größeren Tiers – einer Katze vielleicht, die sich aus dem Eisenwirrwarr, in dem sie sich verfangen hatte, nicht befreien konnte; sie jammerte leise und hoffnungslos vor sich hin. Jurnet nahm seine Taschenlampe und ließ den Lichtstrahl über den nächsten Haufen gleiten. Das Licht spiegelte sich schillernd in ein paar zerbeulten Benzinkanistern, aber kein verängstigtes Tier war zu sehen.

Er ging auf die andere Seite und fand Millie.

Sie lag auf dem Boden; ihr Baumwollkleid war der Länge nach zerrissen; über einem Stoffstreifen, der über den unteren Teil ihres Gesichts gebunden war, starrten ihre Augen in den Himmel. Ihr Körper war zerkratzt und zerschlagen, ihre Beine dunkel von getrocknetem Blut. Als Jurnet mit der Taschenlampe in ihre schönen grauen Augen leuchtete, blinzelten sie zwar, unterbrachen aber ihre gleichgültige Betrachtung des Himmels nicht weiter. Ab und zu jammerte sie wie eine gefangene Katze.

»Millie!« Jurnet kniete sich in den Schmutz, entfernte den Knebel und schob seine Hand behutsam unter den Kopf des Mädchens. »Ich bin's, Mr. Ben!«

Sie gab kein Zeichen des Erkennens von sich; Jurnet unterdrückte seinen Widerwillen und flüsterte in ihr schmutziges, zartes kleines Ohr: »Joe!« und wieder »Joe!«

Diesmal hatte das Zauberwort keine Wirkung. Das Mädchen rührte sich nicht. Es sah aus, als hätte sich Millie Fishers erstaunliches Glück schließlich doch verflüchtigt. Wenn sie nicht trotz allem einen neuen wunderbaren Sieg errungen hatte: entflohen war in eine Welt nach ihren Vorstellungen, in der noch grenzenlose Freude herrschte und Joe, ihr lieber Joe, immer für sie da war.

Jurnet rannte zum Wohnwagen zurück und holte Jack Ellers und die Sanitäter, die schließlich doch noch gebraucht wurden. Geschickt legten sie das Mädchen auf eine Trage, wickelten sie in eine Decke ein und hoben sie hoch, um sie wegzubringen.

Jurnet beugte sich über das zerschlagene Gesicht.

»Willie!« bettelte er. »Wo ist Willie?«

»Lassen Sie sie doch in Ruhe!« sagte einer der Sanitäter nicht gerade freundlich.

»Willie!« versuchte er es noch einmal.

Keine Antwort.

Nachdem sie eine Stunde lang gesucht hatten, sagte Jack Ellers: »Wir müssen bei Tageslicht zurückkommen. Nur so können wir sichergehen, daß wir nichts übersehen.«

»Sie haben ihn vielleicht zusammengeschlagen. Vielleicht braucht er medizinische Hilfe. Wir müssen unbedingt weitersuchen.« Jurnet warf dem kleinen Waliser einen bösen Blick zu und übersah dabei die Betroffenheit, die sich auf dem pausbäkkigen Gesicht abzeichnete. »Niemand hindert Sie daran, sich aus dem Staub zu machen, wenn Sie genug haben.«

»Ach Quatsch! Ich frage mich nur, ob er nicht das Nächstliegende getan hat – die Beine unter die Arme genommen und das Weite gesucht hat. Dann kann er überall sein.«

Jurnet schüttelte den Kopf.

»Er würde seine Mutter nie allein lassen.«

»Das Kind hat vielleicht solche Angst gehabt, daß es gar nicht mehr wußte, daß es eine Mutter hat. Abhauen war sicher das einzige, woran er gedacht hat.«

»Willie nicht.«

»Okay«, gab Ellers müde nach. »Dann soll ich wohl jetzt den Leuten durchgeben, daß sie aufhören können, in der Stadt nach ihm zu suchen. Und Mr. Hale und Mr. Batterby sagen, daß sie wieder ins Bett gehen können.« Jurnet sah ihn wortlos an. »Überlegen Sie doch mal; vielleicht haben sie ihn einfach in den Fluß geworfen. Oder er ist doch im Wohnwagen. Die Feuerwehrleute können vor morgen früh nichts mit Sicherheit sagen. Ein zu Asche gewordenes Kind«, schloß der Sergeant mit gezielter Brutalität, »beansprucht nicht allzuviel Raum.«

Nach einer Weile sagte Jurnet: »Es tut mir leid, Jack. Bitte suchen Sie Bly und Blaker und sagen Sie ihnen, daß Sie's auf morgen verschieben sollen. Gehen Sie mit ihnen und nehmen Sie Hinchley mit. Bringen Sie ihn ins Krankenhaus, auch wenn Sie ihn dazu zwingen müssen.«

»Ich laß' Sie hier nicht allein.«

»Schon gut, Sergeant.« Hinter ihnen stand der Kommissar, immer noch im Abendanzug. »Ich bleibe beim Inspektor.« Zu Jurnet sagte er, ausnahmsweise nicht in scharfem Ton, sondern besorgt: »Sie hätten mich früher benachrichtigen sollen, Ben.«

Jurnet lächelte, seltsam beruhigt.

»Ich dachte, Sie wären wohl für so was kaum angezogen, Sir.«

»Da haben Sie recht«, antwortete der Kommissar. »Also sollten wir den Jungen schnell finden, bevor ich mich ganz schmutzig mache.«

Sie fingen wieder von vorn an und arbeiteten sich von dem Maschendrahtzaun so gründlich bis zur Bridge Street vor, als hätte außer ihnen noch niemand das Gebiet abgesucht. Da sie wußten, wie klein ein Spalt sein konnte, in den sich ein verzweifeltes Kind zwängt, umkreisten sie jeden Schrotthaufen im Schneckentempo und folgten mit den Augen den Strahlen ihrer Taschenlampen bis in die dunkelsten Zwischenräume. Sie hoben durchweichte Matratzen und rostige Tanks hoch und behandelten das ekelerregende Gerümpel mit der vorsichtigen Behutsamkeit, die man alten Kunstgegenständen zukommen läßt, aus Furcht, durch ihr Gestöber eine Lawine auszulösen und Willie darunter zu begraben und ihn so, indem sie ihn zu retten versuchten, zu töten.

Jurnets angebrochene Rippen sandten schmerzende Stiche durch seinen müden Körper. Der Kommissar arbeitete unbeirrbar weiter. Patent wie er war – ein geborener Organisator –, hatte er aus dem Kofferraum seines Autos Gummistiefel und einen Overall herausgezogen, in denen er kaum weniger elegant aussah als in seinem Abendanzug. Jurnet hätte es nicht überrascht, wenn aus diesem Versteck, falls es die Umstände erforderten, von einer Tiefseetaucherausrüstung bis hin zu einem Astronautenanzug alles mögliche zum Vorschein gekommen wäre.

»Vermutlich«, bemerkte der Kommissar, nachdem sie den letzten Schrotthaufen hinter sich gebracht hatten und vor der ersten Reihe von Wellblechhütten eine Verschnaufpause einlegten, »versteckten sich der oder die Täter heute abend schon im Wohnwagen, bevor Hinchley und Bly ihren Beobachtungsposten bezogen hatten.«

»Wahrscheinlich. Es waren drei, würde ich sagen. Höchstens vier.« Jurnet unterließ es, seine Berechnung näher zu erläutern: einer, der auf Willie aufpaßt, ein oder zwei, die Millie festhalten, und einer, der sie vergewaltigt. »Wenn sie später gekommen wären, hätte sie das Licht aus der geöffneten Tür verraten – auch wenn die Polizeibeamten die Tür vom Auto aus nicht gerade deutlich sehen konnten.«

»Und wie kam das?« fragte der Kommissar in einem Ton, der nichts Gutes für die abwesenden Beamten verhieß.

»Sie können nichts dafür«, entgegnete Jurnet – schnell wie immer, wenn es darum ging, seine Waffenbrüder zu verteidigen. »Der Wohnwagen war so aufgestellt, daß man unmöglich in der Bridge Street parken und ihn ganz von vorne sehen konnte. Wahrscheinlich konnten diese Hunde deshalb in den wenigen Minuten, als das Licht aus war und bevor das Ding in die Luft ging, aus dem Wagen schleichen und Millie und das Kind rausholen«, er gab sich einen Stoß und fügte hinzu, »*falls* sie das Kind herausgeholt haben –, ohne entdeckt zu werden. Hinchley und Bly wählten den besten Standort, den sie hier finden konnten.«

»Aber es hätte sie nichts daran gehindert, aus dem Auto auszusteigen und die Straße zu überqueren, um besser sehen zu können.«

»Von Zeit zu Zeit haben sie das auch getan. Aber ich hatte ihnen besonders eingeschärft, sie sollten sich unauffällig verhalten. Wenn wirklich jemand etwas im Schilde führte, so dachte ich mir das, dann sollte es in der Nähe der Straße passieren, von wo aus wir alles kontrollieren und im Keim erstikken konnten.« So wie Jurnet die Polizeibeamten Bly und Hinchley verteidigt hatte, ersparte der Inspektor nun auch dem Kommissar den Vorwurf, daß er es schließlich gewesen war, der die Absicherung des ganzen Gebiets verhindert hatte.

»Eigentlich eher mein Fehler als ihrer«, erklärte der Kommissar, ein wunderbarer Mensch. »Schließlich haben Sie mich ja gewarnt.«

»Aber ich hab' dem Kind versprochen, gleich wieder zurück zu sein.«

»Hören wir lieber auf, uns um die Wette an die Brust zu schlagen.« Der Kommissar bückte sich und ging durch eine niedrige Tür in die erste Wellblechhütte; Jurnet folgte ihm. Der Raum war mit Zementsäcken vollgestellt, von denen die meisten durchweicht waren, grauer Schlamm sickerte heraus und bedeckte den ganzen Boden.

»Ein Rätsel möchte ich wenigstens lösen«, bemerkte der Kommissar und malte mit der Taschenlampe weite Schwünge auf die Wände, »und zwar wie Mr. Joe Fisher seinen Lebensunterhalt verdient. Dieses Zeug ist doch seit Jahren nicht mehr angerührt worden.«

Willie befand sich nicht zwischen den Zementsäcken und auch nicht bei den Gerüststangen, dem Maschendraht, den von Mäusen angenagten Säcken und den zugeschnittenen Holzbrettern, die Joe Fishers zahlreiche Schuppen füllten. Die letzte Hütte war voller alter Liegestühle, die man schichtweise übereinandergestapelt hatte wie früher die Christen in den Katakomben. Jurnet hatte Joe Fisher schon einmal nach ihrem Sinn und Zweck fragen wollen. Inzwischen waren sie mit ihrer Durchsuchung fast am Ende, und der Inspektor wühlte in zersplittertem Gebälk und schob durchgescheuerte Zeltbahnen mit den Aufschriften »Lido«, »Great Yarmouth BC« und »Jacks of Cromer« zur Seite.

Und er fand Willie.

Das Kind kauerte in einer Ecke des Gebäudes, in einem Winkel, den Jurnet bei der ersten Durchsuchung völlig übersehen hatte, so gut war er hinter den aufgestapelten Stühlen versteckt. Der Junge sah auf und blinzelte in das Licht der Taschenlampe, schien aber nicht besonders erfreut zu sein, daß man ihn entdeckt hatte.

»Willie, mein Junge!« Jurnet nahm den starren kleinen Körper in seine Arme. »Ist alles in Ordnung?«

»Mama?«

Der Junge strampelte, um heruntergelassen zu werden. Jurnet stellte ihn vorsichtig auf die Füße und sagte mit einer gekünstelten Fröhlichkeit, die ihn selbst anekelte: »Wir haben überall nach dir gesucht!«

Der Kommissar hörte die Stimmen, kam zu ihnen und rief: »Gott sei Dank!«

Willie fragte wieder: »Mama?«

»Es geht ihr bald wieder besser.«

Das Kind schüttelte sich vor Kummer.

»Ich bin weggelaufen!«

Jurnet nahm das Kind wieder hoch, drückte es an seine Schulter und klopfte auf den schmalen kleinen Rücken. Er wollte ihn von seinem Schuldgefühl befreien wie ein Baby von Blähungen.

Obwohl er so beschäftigt war, folgte der Inspektor aus Gewohnheit aufmerksam dem Strahl der Taschenlampe, als der Kommissar das Versteck des Kindes systematisch absuchte: Die Sorgfalt wurde belohnt; sie entdeckten einen Rucksack, der an einen Liegestuhl gelehnt war.

Jurnet glaubte sich daran zu erinnern, denselben Rucksack auf dem Rücken von Stan Brent gesehen zu haben, sagte aber nichts. Er wiegte Willie sanft hin und her und wartete ab. Der Kommissar legte seine Taschenlampe auf den Boden, kniete sich hin und öffnete den Rucksack. Er zog etwas heraus, das in schwarzes PVC gewickelt war, hob es vorsichtig an einer Ecke hoch und ließ es aufrollen. Zum Vorschein kamen einige Tablettenstreifen und mehrere kleine, durchscheinende Umschläge, wie sie von Briefmarkensammlern verwendet werden.

Doch nicht nur von Briefmarkensammlern. Jeder Umschlag enthielt eine kleine Menge von einer weißen kristallinen Substanz. Der Kommissar nahm einen der Plastikstreifen und untersuchte die Tabletten.

»Acid«, sagte Jurnet.

»Einige tausend Pfund wert, schätze ich.« Der Kommissar wandte seine Aufmerksamkeit den Umschlägen zu. »Und da ist das Heroin noch nicht mitgerechnet.« Er sammelte die Beute zusammen und packte sie wieder ein, bevor er die Taschenlampe aufhob und aufstand; der Rucksack hing an seiner Hand. »Jetzt wissen wir also, wie Mr. Joe Fisher dafür sorgt, daß der Schornstein raucht.«

»Nicht nur Joe Fisher.«

»Ja?« Der Kommissar wollte mehr erfahren. Aber Willie war von seinem Kummer erschöpft schließlich eingeschlafen, und Jurnet, der ihn nicht stören wollte, gab keine Antwort.

25

Sergeant Ellers kam herein und legte eine getippte Liste auf Jurnets Schreibtisch. Anders als bei seinem Vorgesetzten sah man dem kleinen Waliser nichts von den Anstrengungen der vergangenen Nacht an. Er reckte sich und wartete auf ein Lob.

Inspektor Benjamin Jurnet saß müde und unrasiert in dem Sonnenlicht, das so zaghaft durch die staubigen Fenster trat, als wäre es nicht ganz sicher, ob es auch willkommen sei, warf einen flüchtigen Blick auf das Papier und rang sich ein Lächeln ab.

»Sie sind wohl mit den Hühnern aufgestanden.«

»Die machen halt früh auf, die Zeitungshändler«, erwiderte der Sergeant und sonnte sich in dem Lob. »Ich hab' ihn erwischt, als er gerade die Zeitungen für die Jungen verteilte.«

»Ist es Ihnen diesmal gelungen, ein paar Worte mit dem Jungen zu wechseln, der Arthur Cosseys Gang übernommen hat?«

»Nicht nötig, nachdem ich mit dem Boss gesprochen hatte

– Mr. Doland heißt er. Vorher wußte ich nicht, was ich ihn fragen sollte. Aber jetzt! Er sagte, daß niemand Arthurs Gang übernommen hat – überhaupt niemand! Wenn Sie sich mal die Liste ansehen, werden Sie's verstehen.«

Die Zufriedenheit des Sergeant wirkte so ungekünstelt, daß Jurnet ihm zuliebe vorgab, es nicht zu verstehen.

»Das müssen Sie mir erklären!«

»Die Adressen, Mann! Was veranlaßt denn zum Beispiel einen Typen in der Reresby Road, seine Zeitungen bei einem Verkäufer in Palace Plain, am entgegengesetzten Ende der Stadt, zu bestellen? Es muß mindestens ein halbes Dutzend Zeitungsläden geben, die näher dran liegen. Oder einen, der direkt über Smiths Buchladen wohnt? Und dann gibt's da einen Kerl auf halbem Weg zu Cromer – nun, das ist vielleicht ein wenig übertrieben, aber Sie wissen schon, was ich meine –, der kriegt einmal im Monat einen ›Ratgeber für Schweinehalter‹, und das ist alles.« Sein rosiges Gesicht wurde noch röter. ›Ratgeber für Schweinehalter‹! Wahrscheinlich findet er das auch noch witzig!«

»Wie erklärte Mr. Doland, daß seine Kunden so weit verstreut wohnen, und wie konnte er von Arthur verlangen, ein so großes Gebiet zu übernehmen?«

»Er sagte, das seien alles Kunden, die das Kind selber angebracht hat. Er sei selbst überrascht gewesen, daß jemand, der so weit weg wohnt, bei ihm bestellt hat, aber solange Arthur dazu bereit war, hatte er ja keinen Grund zur Klage. Arthur kam immer als erster und ging als letzter, aber das war Sache des Kindes. Der Junge hatte ihm gesagt, es seien alles Bekannte von ihm, deshalb glaubte er, sie wollten Arthur damit einen Gefallen tun. Der Mann hat nämlich eine Art Bonusregel für die Austräger: Jeder Junge, der einen neuen Kunden anbringt, bekommt mehrere Punkte, die er dann im Geschäft in Süßigkeiten, Eis oder sonstiges umsetzen kann. Dabei fällt mir ein, daß Mr. Dolands eigentlich der einzige in dieser ganzen verfluchten Ermittlung ist, der ein gutes Wort für Arthur eingelegt hat. Zeitungsjunge des Jahres sei zuwenig, der Zeitungsjunge des Jahrhunderts! Er sagt, es gebe meilenweit keinen anderen Jungen, der so viele Bestellungen eingebracht habe in den ganzen Jahren, seit er in diesem Geschäft ist. Und keine einzige Beschwerde von einem Kunden, bis zu dem Tag, als er starb und alle anriefen und fragten, was zum Teufel los sei. Anscheinend hat Arthur an diesem Tag keine einzige Zeitung zugestellt. Er hat die Zeitungen zwar abgeholt, aber danach hat sie niemand mehr gesehen – und ihn auch nicht.« Der Sergeant beugte sich über den Schreibtisch und erklärte: »Die abgehakten Namen sind alles Arthurs Leute.«

»Hm. Nicht alle sind weit ab vom Schuß. Manche wohnen ziemlich in der Nähe von Dolands Laden.«

Jack Ellers grinste. »Würde mich nicht wundern, wenn sie genau aus diesem Grunde dorthin gezogen sind und unser Knabe vom Vermieter oder Makler Provision kassiert hat. Ich sag' Ihnen was, wenn der kleine Meister Cossey nicht vorzeitig um die Ecke gebracht worden wäre, hätte er schließlich noch die ganze Umgebung beliefert.«

»Da hat er noch mal Glück gehabt. Ein Heiliger dürfte in der Rangordnung sogar über dem Premierminister stehen.« Er wandte sich wieder der Liste zu und fragte: »Sind Ihnen irgendwelche Namen vertraut? Mir selbst kommen einige recht bekannt vor.«

»Ein paar. Ich hab' sie angekreuzt. Mr. Batterby – ich lief ihm auf dem Parkplatz in die Arme –, hat auch einen kurzen Blick draufgeworfen. Er meint, daß mindestens vier dabei sind, mit denen er gelegentlich schon zu tun hatte. Ich hab' eine Kopie im Archiv gelassen, damit sie raussuchen, wen sie von der Bande schon führen.« Der Sergeant schüttelte ungläubig staunend den Kopf. »Milch und Zeitungen werden ins Haus geliefert – warum also nicht auch Acid und Pot oder Schnee? Das nenn' ich Fortschritt, Mann! Das muß man ihm lassen!«

»Wen meinen Sie damit?« fragte Jurnet sanft.

»Joe Fisher natürlich!« Aber der kleine Waliser, der jede Miene seines Vorgesetzten kannte, zögerte, sobald er den Namen ausgesprochen hatte. »Sie meinen, Joe ist's nicht?«

»Er schwört, er hätte nicht einmal gewußt, daß sich das

Zeug unten am Fluß befand. Und daß er nicht die geringste Ahnung davon hatte, daß Arthur irgendwas ausgetragen hat.«

»Soso«, sagte Ellers, der sein Selbstvertrauen wiedererlangte. »Er schwört!«

»Joe streitet nicht ab, daß er ab und zu irgendwelche Freunde mit einem Joint belohnt hat. Mehr nicht. Angeblich hat er sie immer von Stan Brent bekommen. Das einzige Mal – natürlich nur, um einem unbekannten Kerl einen Gefallen zu tun –, als er von Brent LSD wollte, bekam er zur Antwort einen Nasenstüber, sagt Joe.« Jurnet lehnte sich nachdenklich zurück. »Wenn man in Betracht zieht, daß Joe aussieht, als könnte er einige Brents zum Frühstück verdrücken und trotzdem noch Platz für Schinken und Eier finden, zeugt das dann nicht auch Ihrer Meinung nach von einer gewissen Empfindungslosigkeit des Herrn B.?«

»Dieser Scheißkerl! Der würde nicht mal was merken, wenn man ihm 'ne Hutnadel in den Hintern sticht.« Ellers wog die Möglichkeiten ab und fragte schließlich: »Was meinen Sie denn dazu, Ben?«

»Ich meine, daß wir uns den Scheißkerl noch mal vorknöpfen müssen.«

Der Inspektor wollte sich über sein Verhör mit Joe Fisher lieber nicht auslassen. Als er ihm erzählt hatte, was mit Millie geschehen war, sank der Mann vollkommen in sich zusammen – Jurnet hätte es nicht geglaubt, wenn er es nicht mit eigenen Augen gesehen hätte: Er verlor derart an Größe, daß die Kleider, in denen er eben noch wie ein Filmstar ausgesehen hatte, plötzlich viel zu groß für ihn waren. Jurnet hatte ihn zum Krankenhaus gefahren, es dann aber Blaker überlassen, den Häftling an Millies Krankenbett zu begleiten. Er hatte lieber im Auto gewartet und entsetzt über die Ungeheuerlichkeit der Liebe nachgedacht, die einen Menschen entstellen und aus ihm wie aus einem angestochenen Ballon die Luft herauslassen konnte; einem Kind die Kraft gab, Hundekacke zu verdrücken und weiterzulächeln; und ihn, den logisch denkenden Inspektor Benjamin Jurnet, in dem Wahn bestärkte, daß er mit Rabbi Schnellmans Hilfe eines Tages auf einen Gott vertrauen könnte, der nicht nur solche Erniedrigungen einfädelte, sondern auch noch von seinen Opfern verlangte, sie sollten daran glauben, er tue das alles zu ihrem Besten.

Vom Krankenhaus waren sie ins Kinderheim zu Willie gefahren. Man hatte ihm ein Beruhigungsmittel gegeben, aber er wälzte sich auf dem Kopfkissen hin und her, und das kleine weiße Gesicht über der weißen Decke wurde von bösen Träumen verzerrt. Jurnet wollte den Jungen von ihnen befreien, ihn wachrütteln, aber die diensthabende Schwester hielt ihn mit einer mißbilligenden Handbewegung davon ab. Auf dem Rückweg zu seiner Zelle hatte Joe Fisher angefangen, wie ein Kind zu heulen, und es hatte Jurnet all seine Selbstbeherrschung gekostet, diesem selbstmitleidigen Hund nicht die Fresse zu polieren. Der Gedanke, daß Millie schließlich gelernt hatte, ohne ihn auszukommen – wenn der Weg dahin auch schwer gewesen war –, stimmte ihn fast heiter.

Sid Hale kam traurigen Blicks herein, mit ihm Dave Batterby, unwiderruflich entschlossen, den Täter zu überführen, wenn möglich, den richtigen, andernfalls den besten, der sich anbot. Telefone läuteten, junge Polizeibeamte mit Schreibzeug rannten hin und her und verursachten geschäftigen Lärm. Jurnet wußte, daß jeden Augenblick der Kommissar kommen würde, um sich zu informieren, und etwas später, nach dem zweiten Frühstück, würde sich der Chef höchstpersönlich wie Elias für eine kurze Ermahnung oder eher Maßregelung herablassen und dann in einem Aufzug – nicht in einem Feuerwagen – wieder zu der Position aufsteigen, für die ihn die göttliche Vorsehung und die Polizeibehörde auserkoren hatten.

Was für ein geschäftiger Bienenschwarm das doch war! Jurnet stand unauffällig auf, legte die Liste des Zeitungshändlers in sein Fach und gab Ellers ein heimliches Zeichen. Die beiden Kriminalbeamten nahmen ihre Mäntel vom Kleiderständer neben der Tür und begaben sich erleichtert auf den Weg ins Domviertel. Wie immer am Morgen sah die Stadt unschuldig und unternehmungslustig aus. Irgend jemand hatte ein Hakenkreuz auf die holzverkleidete Front von Weisingers Patisserie gekritzelt, aber es wirkte nicht bedrohlich.

26

Im Dom herrschte Hochbetrieb. Miss Hanks am Bücherstand zeigte erste Anzeichen von Streß. Die Kirchendiener gaben ihr Bestes. Jurnet sah von weitem Harbridge; er war umringt von Touristen, die Auskunft suchten.

Am Grab von Little St. Ulf war man eifrig damit beschäftigt aufzuräumen. Man hatte den Bodenbelag zusammengerollt, die Schüsseln, Siebe und Kellen in Pappkartons gesammelt, um sie wegzuschaffen. Der Tisch lehnte zusammengeklappt und wackelig an der Bretterwand. Die beiden Kriminalbeamten trafen Professor Pargeter und Mosh Epperstein an, die mit einem schmalbrüstigen jungen Mann vom Architekturbüro des Doms über die Zuschüttung der Ausgrabungsstätte diskutierten.

Der Professor begrüßte sie übertrieben herzlich.

»Gerade im richtigen Augenblick!« rief er aus. »Wollen wir hoffen, daß der starke Arm des Gesetzes durchgreifen kann, wo die süße Stimme der Vernunft ins Leere tönt! Dieser Herr«, sagte er mit einem wütenden Blick auf den jungen Mann, der errötete und auf seine Schuhe sah, »will im Namen einer, wie er es auszudrücken beliebt, sicheren Begehung – Gott schütze uns – dieses Guckloch auf einen bedeutsamen Augenblick der Geschichte des Abendlandes mit soviel Schlacke versiegeln, wie man zum Bau eines mittelgroßen Supermarkts brauchen würde. Wie in Gottes Namen sollen wir denn jemals wieder rankommen, wenn wir uns, nachdem sich der Tumult und das Geschrei gelegt haben, erst durch eine wahre Cheopspyramide graben müssen?«

»Wenn man bedenkt«, sagte Jurnet, »wieviel Ärger dieses Guckloch uns Ost-Angelsachsen eingebracht hat, kümmert mich die westliche Spielart nicht, und ich kann nur hoffen, daß dieser Herr«, er verbeugte sich höflich, und der junge Mann erwiderte die Geste dankbar, »es wirklich durchsetzen wird, daß man Stahlbeton benutzt, wenn ihm nicht noch etwas Härteres einfallen sollte.«

»Hundsfott«, bemerkte der Professor trocken. »Warum zum Teufel sind Sie überhaupt hier?«

»Um mit Ihnen zu reden zum Beispiel.« Jurnet suchte in seiner Tasche und zog den durchscheinenden kleinen Umschlag heraus, den ihm der Professor gegeben hatte, als er ihn besucht hatte. Der Umschlag lag auf seiner flachen Hand, und er sah ihn kurz an. Dann hob er den Kopf und blickte dem Mann in die Augen. »Ich wollte wissen, warum Sie mir eine Lüge aufgetischt haben.«

Professor Pargeter gab keine Antwort. Er schien gealtert. Sogar geschrumpft – nicht so sehr wie Joe Fisher, aber es fehlte plötzlich etwas von dem Mann.

Jurnet drehte sich zu Mosh Epperstein um, der sich nervös mit der Zunge über die Lippen fuhr.

»Sie haben selbstverständlich über alles Bescheid gewußt.«

»Ich weiß nicht, wovon Sie reden.« Die Behauptung klang nicht sehr überzeugend, nicht einmal für den Archäologiestudenten selbst, der wieder zum Sprechen ansetzte: »Wenn Sie von Stan Brent reden –«

»Hab' ich eigentlich nicht, aber meinetwegen.«

»Er ist oben im Triforium und hilft Liz beim Zusammenpacken.«

»Aha. Was packen sie denn da zusammen?«

»Ihre Kameras und ihr Zeug natürlich.«

»So. Ihr Zeug. *Das* interessiert mich. Ich glaube, wir klettern mal da rauf und unterhalten uns ein wenig.«

Mosh Epperstein rief: »Sie wissen doch, was Stan Brent für einer ist!«

»Ja.« Jurnet nickte langsam. »Ich glaube schon. Üble Sorte. Solche riecht man zehn Meilen gegen den Wind. Aber wissen Sie«, der Inspektor redete jetzt wie ein Erwachsener, der einem Kind etwas erklären will, »mit diesen üblen Kerlen ist es so eine Sache. Ich denke mir oft, man braucht Talent, um so einer zu sein – wie zum Zeichnen oder zum Geigespielen. So etwas bewegt sich aber innerhalb enger Grenzen. Bloß weil man ein wahres Wunder im Hochjagen von Safes ist, folgt daraus noch lange nicht, daß man die Begabung hat, Drogen zu pushen. Was also ist Stan Brents Spezialität?«

»Es gibt auch Allroundgenies«, gab Professor Pargeter zu bedenken.

»Bestimmt.« Aber Jurnet schüttelte trotzdem den Kopf. »Haben Sie bemerkt, wie sich Stan Brent bewegt? Auch auf die Gefahr hin, daß ich als Schwuler dastehe, sag' ich's Ihnen. Er läuft rum wie ein König mit Krone und Zepter. Vielleicht weiß er, daß sein Körper alles ist, worauf er stolz sein kann, keine Ahnung, aber stolz ist er auf ihn. Und wie ich ihn einschätze, würde er es nie riskieren, ihn mit Dope zu zerstören. Er hat mir einmal gesagt, was er davon hält, daß Sie Ihren Körper mit Dreck vollstopfen, als wäre er ein Mülleimer. Ich glaube, er hat es auch so gemeint.«

»Was hat sein verdammter schöner Körper damit zu tun?« entfuhr es Epperstein, »um zu pushen, muß er selbst nichts schlucken.«

»Muß er nicht«, gab Jurnet zu. »Aber ich habe ehrlich gesagt bis jetzt noch keinen einzigen Pusher getroffen, der – oder *die* – nicht schon selbst auf einem Trip war.«

»Liz hat nie«, der Archäologiestudent brach ab, bestürzt, daß er sich beinahe verraten hätte.

»O doch, sie hat«, erwiderte Jurnet, der ihn genau verstanden hatte und flüchtig daran dachte, daß auch die entsetzlichste sexuelle Erniedrigung Liebe nicht unbedingt abtötet: »Nur kriegt sie's, wenn Sie meinen vulgären Ton entschuldigen wollen, per Ejakulation.«

Sie versuchten, die Tür zum Triforium zu öffnen, fanden sie aber verschlossen.

»Nur keine Aufregung«, sagte Jurnet. »Ich weiß von Epperstein, daß es hier irgendwo Türen gibt, die nur verriegelt sind.«

»Soll ich mal nachschauen, während Sie hier warten? Die beiden warnen sie vielleicht.«

Jurnet schüttelte den Kopf.

»Glaub' ich nicht. Pargeter weiß, daß das Mädchen hoffnungslos verloren ist, wenn wir es nicht festnehmen. Wir haben's gleich.« Der Inspektor hatte Harbridge erspäht, der mit Eimer und Schrubber durch das Seitenschiff eilte. Jurnet mußte seinen Schritt beschleunigen, um ihn einzuholen; Harbridge schien nicht erfreut.

»Will Sie nicht aufhalten. Würden Sie mir nur den nächsten Weg zu den Galerien zeigen.«

»Zu den Galerien?« Der Kirchendiener runzelte die Stirn. »Die Schlüssel sind in der Sakristei, und ich hab' keine Zeit.« Er brach ab und schlug einen anderen Ton an. »Der Dean wird nicht gerade beglückt sein, das kann ich Ihnen sagen. Laufend die Polizei da oben, manche Ausflügler denken schon, die sind für Hinz und Kunz zugänglich. Hätte schlimme Unfälle geben können.«

»Dieses Mal sind's nur Sergeant Ellers und ich. Wir werden aufpassen.« Jurnet fügte hinzu: »Und wenn's da oben wirklich so gefährlich ist, sollten Sie vielleicht den Dean veranlassen, etwas mit den Türen zu machen, die nur einen Riegel haben – und zwar auf dieser Seite.«

Der Kirchendiener sah den Kriminalbeamten verdrießlich an und murmelte: »Die nächste ist da vorn, hinter dem alten Ofen.« Er hatte gerade wieder seinen Eimer und den Schrubber in die Hand genommen, als Mr. Quest, der Erste Kirchendiener, dienstbeflissen herbeigeeilt kam.

»Was ist denn los, Mr. Harbridge? Sie sollten doch eigentlich in der Schatzkammer sein.«

»Ein Kind hat sich beim Bischofsstuhl übergeben.«

»Ich werde jemanden organisieren, der sich drum kümmert. Gehen Sie schon zur Schatzkammer.« Als Harbridge sich mitsamt seinen Utensilien entfernen wollte, rief der Erste Kirchendiener scharf: »Lassen Sie das Zeug da, Mann! Ich hab' doch gesagt, ich werd' mich drum kümmern.« Als der Kirchendiener schließlich verschwunden war, konnte sich

Mr. Quest mit weniger wichtigen Dingen abgeben, wie Jurnet verärgert bemerkte. »Kann ich etwas für Sie tun, Herr Inspektor?«

»Ich glaube nicht, danke. Sie sind heute morgen ziemlich beschäftigt.«

»Das macht das Frühlingswetter.« Der Erste Kirchendiener verbeugte sich linkisch und zog sich zurück, ohne dem Beamten die Zeit zu lassen, ihn um einen Gefallen zu bitten.

Der Ofen und die Tür dahinter waren schnell gefunden. Jurnet schob den Riegel zur Seite, und die beiden Kriminalbeamten betraten vom Seitenschiff aus eine Treppe, die sich zwischen den beiden Mauern des Doms eng nach oben wand. Eng genug, wie Jack Ellers fröhlich verkündete, um einen kribbelig zu machen.

Aus diesem lebendigen Begrabensein in die Luftigkeit einer Galerie mit Bögen, die wie zum Gebet gefaltete Hände gestaltet waren, entlassen zu werden, kam einer Auferstehung gleich. Jurnet und Ellers waren auf dem Triforium angelangt und hielten vorsichtig Abstand zu dem niedrigen Geländer, von dem aus man den Dom überblickte; da erfüllte eine himmlische Musik den Raum – ein schöner Schwindel, der Jurnet daran denken ließ – es fiel ihm nicht mehr ein.

Ärgerlich lehnte er sich in einen Bogen, durch den er den Dom vom Altar bis zum Chor übersehen konnte. Die Chorsänger probten gerade, ihre Stimmen strahlten Frische aus, ihre roten Soutanen leuchteten vor der dunklen Täfelung. Oben auf der Orgelempore sah man Mr. Amos' Kopf im Takt zur Musik nicken.

Die Kriminalbeamten schritten schweigend die Galerie entlang, bis Jurnet stehenblieb und rief: »Hier muß Joe das Zeug aufbewahrt haben!«

Die beiden beugten sich über den Rand und sahen direkt auf die Ausgrabungsstätte, wo die leidenschaftliche Diskussion über die Aufschüttung anscheinend noch im Gange war.

»Sehen Sie nur. Alles paßt genau zu seiner Beschreibung, wenn man von hier aus runterschaut. Der Tisch war damals aufgestellt, er hätte den Besen sehen können – alles. Nur eines nicht – das fällt mir jetzt zum erstenmal auf –, das Grab, das Loch im Boden, das Wichtigste überhaupt, Joe hat es nie auch nur erwähnt. Weil er es, wie Sie sehen, nicht sehen konnte. Dieser Pfeiler verdeckt es völlig.«

»Heißt das, daß wir ihn laufen lassen müssen? Das Zeug wurde aber auf seinem Grundstück gefunden, auch wenn er Arthur nicht abgemurkst hat.«

»Über Joe machen wir uns später Gedanken. Bringen wir erst mal das hier hinter uns.«

»Sieh an, wen haben wir denn da!« rief Liz Aste. Sie kniete auf dem Boden und packte Tassen und Teller in einen Korb. »Der Sheriff und sein Schäfchen!«

Stan Brent, der sich an eine Teekiste lehnte, streckte ihnen die Reste seines Sandwichs entgegen und lockte: »Mäh, mäh.«

»Sie sind leider ein bißchen spät dran«, sagte das Mädchen. »Wir haben schon alles aufgegessen.«

Sie streckte ihren schlanken Hals; dabei öffnete sich die weiße Seidenbluse zwischen den Brüsten. So sah sie Jurnet an, vielleicht mit einer bestimmten Absicht, wahrscheinlich aber, weil das die einzige ihr bekannte Art war, einen Mann anzuschauen. Der Kriminalbeamte konnte sehen, daß es nicht von Herzen kam. Um ihren Mund lag ein Zug von Bitterkeit, ihre blauen Augen blickten dumpf und lauernd.

»Ganz im Gegenteil«, widersprach ihr Jurnet. »Wir sind überhaupt nicht zu spät; schließlich haben wir Sie erwischt.«

»Ach du liebe Güte! Das klingt unheilverkündend. Was soll ich denn angestellt haben? Oder haben Sie einen Haftbefehl für Stan?«

»Ich hab' keinen Haftbefehl. Ich möchte nur ein paar Fragen stellen.«

»Zum Beispiel?«

»Zum Beispiel, ob Sie Arthur Cossey ermordet haben.«

Da stand sie auf, ließ ihre zusammengepackten Sachen liegen und trat so nah an Jurnet heran, daß er ihren Duft roch: nichts aus der Flasche – der saubere, scharfe Geruch eines gehetzten Tieres, der bei Jurnet alle Jagdinstinkte weckte.

»Das soll wohl ein Witz sein?«

»Kein Anlaß für Witze, so ein Mord.«

»Und wenn ich den Jungen ermordet hätte«, fragte Liz Aste verächtlich,» glauben Sie, ich würde Ihnen das so einfach sagen? Zufällig ist er mir, soweit ich weiß, nicht einmal unter die Augen gekommen. Ich kann mir gar nicht vorstellen, wie Sie auf die Idee kommen – «

»Das ist leicht erklärt«, antwortete Jurnet geduldig. »Und bitte, Miss Aste, in Ihrem eigenen Interesse, erzählen Sie mir keine Lügengeschichten mehr – auch keine kleinen, sonst glaube ich Ihnen nämlich kein einziges Wort mehr. Ich weiß, daß Arthur Cossey Ihr Lieferant war. Ich weiß alles über seinen Gang und die Drogen, die mit den Zeitungen an fast alle Süchtigen von Angleby geliefert wurden.«

»Wenn Sie sowieso alles wissen«, fuhr sie den Kriminalbeamten an, und er bewunderte gegen seinen Willen ihren Scharfsinn, »kann ich mir nicht vorstellen, daß es etwas ausmacht, ob ich Lügen erzähle oder nicht. Wenn Sie Beweise haben, können Sie mich immer widerlegen. *Wenn Sie Beweise haben.* Aber ich glaube, daß Sie mich nur reinlegen wollen.«

»Nicht reinlegen. Eher ausprobieren, ob's paßt.«

»Abscheulich! Wenn die Geschichte nicht so völlig absurd wäre, würde ich meinen Vater, Lord Sydringham, dazu veranlassen, daß er sich mit dem Polizeichef in Verbindung setzt.«

»Tun Sie das unbedingt. Wenn Sie uns aus irgendeinem Grunde nicht erlauben wollen, daß wir dieses Zeug hier durchsuchen, werde ich inzwischen Sergeant Ellers zum Polizeipräsidium zurückschicken, damit er den Haftbefehl holt, von dem Sie gerade gesprochen haben. Es liegt bei Ihnen.«

Jurnet sah, daß ihr Blick flackerte, aber sie blieb kühl und spöttisch.

»Es ist einfach zu lächerlich! Wenn Arthur Cossey wirklich für mich gearbeitet hätte, wie Sie sagen, hätte ich ihn doch gebraucht! Ich kann mir kaum vorstellen, daß man eine Anzeige in der *Argus* aufgeben würde: ›Netter Junge zur Zustellung von Haschisch und harten Sachen an Exklusivkunden gesucht. Nur Bewerber mit erstklassigen Referenzen.‹ Warum zum Teufel hätte ich ihn um die Ecke bringen sollen?«

»Ich hatte gehofft, daß *Sie mir* das erzählen würden. Stellen Sie sich vor, ich hab' da so eine Vermutung. Arthur war ein Unternehmertyp. Jede kleine Sünde seiner Freunde und Bekannten hat er sofort spitzgekriegt. Und Sie, Miss Aste, in Ihrem Geschäftszweig und mit Ihrer Verwandtschaft wären besonders verwundbar.«

»Darauf wollen Sie also hinaus! Es ist bestimmt entsetzlich unmoralisch, einer unschuldigen Person ein Bein stellen zu wollen!« Ihre Augen verengten sich. »Aber ich weiß natürlich nicht, was Stan auf dem Kerbholz haben könnte.«

Stan Brent legte seinen roten Kopf schief und bemerkte liebevoll: »Hure!«

»Oh, ich nehme stark an, daß Mr. Brent einiges auf dem Kerbholz hat«, entgegnete Jurnet. »Schließlich war er doch auch an Ihrem Gewinn beteiligt – da er die Ware von Ihren Lieferanten übernommen und in dieser Hütte unten am Fluß gehortet hat. Mit einem Rucksack runtergehen und mit einem anderen, der genauso aussieht, zurückkommen. Natürlich nur wenn keine Bullen am Steg rumlungern. Und nur solange die Fracht aus dem guten alten Pot bestand, das noch niemand geschadet hat, und nicht auch noch aus Acid und Heroin, das – ich zitiere Ihre eigenen Worte, Stan – den Körper mit Dreck vollstopft, als wäre er ein Mülleimer.« Der Kriminalbeamte schüttelte in gespielter Sorge den Kopf. »Was für Streitereien ihr Turteltauben hattet, weil Stan nichts mit den harten Sachen zu tun haben wollte. Unten an der Landestelle habt ihr solchen Lärm gemacht, daß wir's bis zum Polizeirevier hören konnten.« Er genoß die Bestürzung, die das Mädchen nicht verhehlen konnte, und spottete mitleidig: »Verständlich, daß Sie das aus der Fassung gebracht hat. Stan Brent mit Gewissensbissen! Was war nur los mit der Welt?« Jurnet wandte seine Aufmerksamkeit dem jungen Mann zu. »Diese schicke Jacht mit den alten Leutchen drauf. Das ist des Rätsels Lösung, nicht wahr?«

»Sehr anständige Herrschaften«, sagte Stan Brent. »Rentner, die nebenbei ein paar Extrakröten machen wollen. Wer kann es ihnen verübeln, bei dieser miesen Rente. Wenn Sie wüßten, wie die heißen. Potter!« Er sah Jurnet mißbilligend an und erklärte ausführlich: »Pot – Potter. Mann, das ist ein Witz.«

»Ha, ha!« Jurnet betrachtete den jungen Mann neugierig. Als ihn der Kriminalbeamte so ansah, wurde seine sommersprossige Haut plötzlich vom Hals bis zur Stirn rot, verlor die Farbe aber sofort wieder. Er zwinkerte mit den Augen, und ein Backenmuskel begann mit einemmal unkontrolliert zu zucken. Stan Brent sprang plötzlich auf und schwankte. Er schleuderte die Reste seines Sandwichs dem Mädchen ins Gesicht und kreischte: »Du ausgekochte Hexe!«

Die Ehrenwerte Liz Aste wandte sich traurig Jurnet zu. »Komisch, ich dachte, Sie wüßten, daß er auf einem Trip ist.«

Stan Brent warf den Kopf zurück und heulte auf. Die schönen Klänge der Chorknaben und der Orgel überlagerten das entsetzliche Geräusch zwar, konnten es aber nicht ersticken. Unten im Hauptschiff schauten Leute erschreckt nach oben, bereit, sich zu ducken. Der Körper des jungen Mannes zitterte heftig, als wäre er ein Instrument, dessen Saiten von einer mitleidlosen Hand angeschlagen wurden. Seine Hände öffneten sich suchend. Der Brotrest fiel zu Boden.

Brents Gesicht war von der gewaltigen Anstrengung schweißnaß, aber eine stärkere Macht besiegte ihn. Gegen die Droge konnte er nicht mehr ankommen. Ein Zucken verzerrte seine angespannten Gesichtszüge. Speichel rann ihm aus den Mundwinkeln, über das Kinn und den Hals bis in den Ausschnitt seines weißen T-Shirts.

Jack Ellers machte einen Schritt vorwärts und ergriff den Mann an den Armen, wurde aber so heftig zurückgestoßen, daß er taumelte. Jurnet zögerte, sich auf ihn zu stürzen, da Brents Kopf auf den Steinboden prallen konnte, aber er wartete eine Sekunde zu lang. In dieser Sekunde sprang Stan Brent auf das niedrige Geländer und balancierte auf der schmalen Steinbrüstung, neun Meter über dem Abgrund.

»Stan!« kreischte Liz Aste. »Ich hab's nicht so gemeint! Stan!« Sie versuchte die schwankende Gestalt zu erreichen, aber Ellers zerrte sie zurück. Die Orgel war verstummt. Die Stimmen der Kinder schwangen sich ohne Begleitung dem Höhepunkt entgegen.

Stan Brent streckte seine Arme nach unten und hinter sich, wie ein Taucher, der sich auf den Sprung vorbereitet. Mit geschlossenen Augen und bleichem, friedlichen Gesicht unter dem leuchtend roten Haar schrie er glücklich: »Ich fliege! Ich fliege!«

Bevor er wie ein Vogel zum Flug in die Höhen des Doms ansetzen konnte, warf sich Jurnet mit aller Kraft nach vorn und packte die taumelnde Gestalt über den Knien.

Nicht noch ein Mord im Dom!

Das eiserne Band um die Rippen des Kriminalbeamten zerbarst mit einem Schmerz, der ihn in einen Alptraum aus pulsierenden Lichtern und Mustern versetzte, die bei jedem qualvollen Atemzug wuchsen und schrumpften. Aber er klammerte sich fest, als wäre es sein Leben und nicht Stan Brents, das davon abhing. Die beiden schienen eine Ewigkeit über dem Abgrund zu hängen, der sich einladend unter ihnen öffnete. Sich fallen zu lassen wäre so viel einfacher, so verlockend endgültig gewesen, daß sich Bedauern zu dem Glücksgefühl gesellte, das Jurnets erschöpften Körper durchfuhr, als ihm bewußt wurde, daß er gewonnen hatte; daß er und Brent – der junge Mann wimmerte nun wie ein Kind, dessen Wunsch nicht erfüllt worden war – in Sicherheit auf dem Steinboden der Galerie lagen.

Die Ehrenwerte Liz Aste sah gar nicht erfreut aus.

27

Batterby, der von ihnen allen am meisten mit dem Drogenproblem in der Stadt zu tun gehabt hatte, sagte: »Hundertfünfundzwanzigtausend, vielleicht sogar hundertfünfzigtausend Pfund, im Endverkauf.«

Aber der Kommissar würdigte die Päckchen, die vor ihm über den Tisch verstreut lagen, keines Blicks. Er sah auch nicht die Kriminalbeamten an, die um den Tisch saßen, als warteten sie darauf, daß Karten ausgeteilt würden. Den Blick starr auf ein fernes Ziel gerichtet, das ihn nicht erfreute, tönte er: »Tatsache ist, daß wir keinen einzigen Beweis dafür haben, daß das Mädchen mit dem Tod von Arthur Cossey in Verbindung steht. Alles, was wir tun können, ist, ihren Namen auf unsere kleine Liste zu setzen.«

Jurnet, der sich mit seinen erneut zusammengebundenen Rippen zerbrechlich und einem Streit nicht gewachsen fühlte, wandte ein: »Sie sagt, daß er tot nutzlos für sie war. Da ist was dran.«

»Wenn er ihr nicht angedroht hat, sie zu verraten. Und was das betrifft«, und nun richtete sich die Feindseligkeit des Kommissars unverhohlen gegen Jurnet und Sergeant Ellers, »weigert sich unsere vielversprechende Informationsquelle, Mr. Stan Brent, auch nur ein Wort zu sagen – außer vielleicht, um sich beim Europäischen Gerichtshof für Menschenrechte zu beschweren. Aus einem mir unerklärlichen Grund scheint er ein Einschreiten, das ihm zweifellos das Leben gerettet hat, als einen unerlaubten Eingriff in seine persönliche Freiheit anzusehen.«

»Schock«, warf Jurnet mit Nachdruck ein. »Er fühlt sich psychologisch vergewaltigt.«

»Vergewaltigt?« Der Kommissar schien für diese These nicht besonders empfänglich, zumindest nicht für die Quelle, der sie entsprang. »Er wird drüber wegkommen. Früher oder später schaffen sie's alle.« Jurnet dachte an Millie Fisher und sagte, was der Kommissar in seiner gegenwärtigen Stimmung sicher von ihm erwartete, nichts. Der andere fuhr kalt fort: »Obwohl ich in keiner Weise Ihren Mut verunglimpfen will, Ben, muß ich doch sagen, daß ich nicht gerade hocherfreut darüber bin, daß sich ein Verdächtiger fast in den Tod stürzt, wenn zwei Polizeibeamte nur ein paar Schritte von ihm entfernt mit offenem Mund rumstehen.«

»Wir sind selbst nicht grade stolz drauf, Sir«, sagte Jurnet.

»Jack konnte nichts machen, er hatte genug mit dem Mädchen zu tun. Ganz offensichtlich hatte sie Brent ohne sein Wissen ein LSD-Sandwich verabreicht, um ihn damit zum Schweigen zu bringen, bevor er etwas ausplaudern konnte. Aber ich hätte schneller reagieren müssen. In seinem Zustand hätte ich ihn niemals in die Nähe der Brüstung lassen dürfen, das steht fest.«

»Beinahe wär' er mit ihm abgestürzt, nebenbei bemerkt«, kam Jack Ellers seinem Kameraden mutig zur Hilfe. Er sah den Kommissar an und beschloß, einen Versuch zu wagen. »Vielleicht hätte er's tun sollen. Das hätte wenigstens seinen guten Willen bewiesen.«

Wunder über Wunder – es zuckte um die wohlgeformten Mundwinkel des Kommissars. Die Männer um den Tisch sahen den kleinen Waliser mit ehrfürchtiger Bewunderung an. Ein allgemeiner Seufzer der Erleichterung hing in der Luft, als sich der Kommissar in einem deutlich anderen Ton als kurz zuvor an Jurnet wandte. »Wenn Sie so was getan hätten, bevor wir diesen Fall abgeschlossen haben, hätte ich Ihnen den Kopf gewaschen, und wenn ich ihn dazu erst vom Boden hätte abkratzen müssen!« Er machte eine Pause und sagte: »*Danach* wär's was andres!«

Die Ehrenwerte Liz hatte sich zunächst ganz typisch verhalten. Sie wußte nichts von den Drogen, die in ihrer Photoausrüstung gefunden worden waren. Sie konnte sich nur vorstellen, daß Stan Brent sie dort versteckt hatte. Sie hatte keine Ahnung von seinen Aktivitäten als Drogenpusher, und diese Mitteilung versetzte ihr einen ungeheuren Schock. Hätte sie davon gewußt, das brauche sie wohl kaum zu betonen, hätte sie keinerlei Beziehung zu ihm aufgenommen.

Sie hatte Arthur Cossey dem Namen nach nicht gekannt, ihn aber vielleicht gelegentlich im Dom gesehen, ohne es zu wissen, da er doch Chorsänger gewesen war. Sie hatte zwar von Brents Drogensucht gewußt, ihn aber ständig bedrängt, dieses Laster aufzugeben. Es sei ihre Hoffnung gewesen, daß die Liebe einer guten Frau –

Ja, sie hatte tatsächlich diese Worte gebraucht, und ihre Augen, eben noch ohne Glanz, strahlten dabei vor Erregung. Und der arme dumme Stan Brent glaubte tatsächlich, er könnte seiner ewig liebenden Liz entkommen!

Das war vor der Ankunft von Professor Pargeter.

»Pargy!« Sie hatte ihre Arme um ihn geschlungen und ihn auf den Mund geküßt, bevor er sich mit einem Ausdruck von Ekel, wie es Jurnet schien, von ihr befreien konnte. Ob der Ekel dem Mädchen oder ihm selbst galt, konnte der Kriminalbeamte jedoch nicht erkennen. »Pargy Liebling! Du bist gekommen, um mich aus diesem entsetzlichen Loch zu holen!«

»Ich hab' jedenfalls getan, was ich konnte. Ich hab' mit einem Rechtsanwalt gesprochen –«

»Dann kannst du ihn verdammt noch mal gleich wieder anrufen!« Liz Astes freundlicher Empfang schlug ins Gegenteil um. »Wenn das alles ist, was du tun kannst –«

»Du benimmst dich wie ein Kind.«

»Ja? Wessen Kind?«

»Liz!« Der Professor zögerte einen Augenblick, was gar nicht seine Art war. »Willst du, daß ich deine Mutter anrufe?«

Das Mädchen zuckte mit den Schultern.

»Wie du willst.«

»Liz, du mußt die Sache ernst nehmen –«

»Bist du dir ganz sicher, daß du das willst?«

»Liz!«

»Na gut. Sag bloß nicht, ich hätte dich nicht gewarnt.« Das Mädchen sah spöttisch in die blauen Augen des Professors, die ihren so ähnlich waren. Über die Schulter sagte sie: »Inspektor! Könnten Sie diese schicke Polizistin mit dem Notizblock noch mal reinrufen? Ich muß zwei, drei Angaben ändern.«

Das mußte sie allerdings.

Ja, sie hatte Drogen gepusht, und es hatte ihr großen Spaß gemacht. Sie hätte es nicht missen mögen. In einem Londoner Club hatte sie einen Mann namens Cesario kennengelernt, der, man stelle sich vor, das genaue Ebenbild von Inspektor Jurnet war; und als sie im Laufe der Unterhaltung gesagt hatte, sie wolle gerne wissen, wie man schnell eine Menge Geld macht, hatte er gesagt, er wisse das Richtige für sie.

Eigentlich wollte er, daß sie für ihn anschaffen ginge. Als sie ihm dann aber erklärt hatte, daß sie aus Prinzip kein Geld für etwas verlangen wolle, was sie bisher immer aus reiner Freude am Vögeln umsonst gegeben hatte, hatte er sie einigen Leuten vorgestellt, die dann das ganze Drogengeschäft für sie aufgebaut hatten und als Gegenleistung nur einen sehr vernünftigen Prozentsatz der Einnahmen forderten.

Zunächst hatte sie nur mit Pot gehandelt, und Stan Brent war dabei eine große Hilfe gewesen; aber dann schickte man ihr aus London die Namen von Leuten in Angleby, die harte Sachen wollten, und da begann er bockig zu werden. Er hatte anscheinend moralische Einwände, einfach lächerlich für jemand wie Stan Brent. Dennoch hatte er sie mit Arthur zusammengebracht – es war reiner Zufall, daß es gerade Arthur war –, und alles lief wie geschmiert, bis sich der kleine Blödian umbringen ließ und Stan sich kategorisch weigerte, noch irgendwas mit Heroin und LSD zu tun zu haben.

Nun ja, sie hatte tatsächlich 'ne Prise in Stans Sandwich gestreut. Sie wollte ihm nur eine Lehre erteilen, eigentlich nur so zum Spaß. Es war sein eigener Fehler, zu glauben, daß er so ohne weiteres aus einem solchen Geschäft aussteigen könne. Wenn er über das Geländer gefallen und gestorben wäre, hätte er's sich selbst zuschreiben müssen. Sie konnte ihn ja schließlich nicht vors Arbeitsgericht bringen.

All das hatte das Mädchen genüßlich erzählt, dabei die Hand des Professors gehalten und mit wachsendem Vergnügen dessen zunehmende Besorgtheit beobachtet. Munter gab sie genug Namen preis, um in allen Rauschgiftdezernaten von London und East Anglia zum Pin-up-Girl des Jahres zu werden. Erst als sie gefragt wurde, warum sie so schnell Geld machen wollte, wurde sie zurückhaltend.

Sie errötete wie ein Schulmädchen und murmelte schließlich: »Pargy, du weißt doch – das Dach!« Und als sie der Professor verständnislos anstarrte, wiederholte sie ungeduldig: »Das Dach! Das Dach von Sydringham!«

Jurnet zuliebe hatte sie dann erklärt, daß das Dach von Sydringham, jahrelang ein Opfer feuchter und trockener Fäulnis und von Käfern befallen, nun dem völligen Verfall entgegenging. Und die Regierung wollte nicht mehr als lumpige zweitausend Pfund für das schönste Schloß von ganz England beisteuern!

»Wir stehen doch nicht unter Denkmalschutz. Der Regen kam eimerweise rein. Der liebe Siddy wußte sich keinen Rat mehr.«

Unter anderen Umständen hätte die Vorstellung, daß eines der repräsentativen Anwesen Englands durch Gewinne aus dem Drogengeschäft vor dem Verfall gerettet werden sollte, Jurnet zum Lächeln gebracht. Doch zuviel Häßliches, zuviel Leid und zuviel Tod standen zwischen ihm und einem Lächeln, und er fragte nur: »Wer ist Siddy?«

Darauf hatte die Ehrenwerte Liz nur gewartet. Sie lächelte den Professor zärtlich an, als sie antwortete: »Lord Sydringham natürlich. Mein Vater.«

»Wahrscheinlich«, sagte der Kommissar, er saß mit seinen Untergebenen um den Tisch und hatte die Aussage des Mädchens vor sich liegen, »ist Pargeter und nicht der Käfer im Dach des Rätsels Lösung. Wollte dem Papa eins auswischen – dem richtigen und nicht dem offiziellen.«

Jurnet nickte.

»Ihm eins auswischen, am liebsten allen Männern. Drogen waren anscheinend nur das Mittel zum Zweck – sie hat die Kerle nicht nur dazu ermutigt, sich zu zerstören, sondern sie auch noch für dieses Privileg zahlen lassen.«

»Reizendes Mädchen! Aber was ist mit Arthur Cossey? Wäre sie zu einem so brutalen Mord fähig?«

»Oh, jeder von uns wäre dazu fähig«, warf Sid Hale unerwartet und mit Tadel in der Stimme ein. »Jeder von uns.«

»Ganz richtig, Sid.« Jurnet bemerkte neidlos, wie bereitwillig der Kommissar von anderen akzeptierte, was er bei Inspektor Benjamin Jurnet niemals hätte gelten lassen. »Da haben Sie's mir wieder mal gegeben. Bleiben wir aber beim Thema – Gelegenheit und Motiv. Zum ersten Punkt: Wir wissen, daß Elizabeth Aste im Dom war: Sie schlief sogar dort Samstag nacht. Zweiter Punkt –«

Jurnet unterbrach ihn: »Sie sagte mir, daß sie Arthur wirklich gemocht habe. Außer dem Zeitungshändler hat das keiner der vielen Leute gesagt, mit denen wir geredet haben, nicht einmal seine Mutter. Liz Aste sagte, er sei der einzige Mensch gewesen, mit dem sie etwas gemein hatte.«

»Was denn?«

»Daß keiner von ihnen beiden einen anderen Menschen brauchte.«

Zu Jurnets Erleichterung ging niemand näher auf das Thema ein, weil sich Dave Batterby in eine ausgeklügelte Analyse stürzte, die zwar das Geheimnis nicht aufklärte, aber wenigstens dem Kommissar den Eindruck vermittelte, daß Ben Jurnet nicht der einzige Hoffnungsschimmer der Kriminalpolizei von Angleby war.

»*Keiner von uns beiden brauchte einen anderen Menschen*«, hatte Liz Aste erklärt, als könnte man sich dessen rühmen, und Jurnet, den eine plötzliche Sehnsucht nach Miriam überkam, hatte scharf erwidert: »Jeder braucht jemanden!«

»Ich nicht«, hatte das Mädchen wiederholt, bevor es unbeholfen zu weinen anfing.

Die anwesende Polizeibeamtin hatte ein wenig gewartet, war dann aufgestanden und hatte gefragt: »Möchten Sie eine Tasse Tee, Sie Ärmste?«

»Machen Sie zwei«, hatte Jurnet geantwortet.

Er wandte seine Aufmerksamkeit wieder der Unterredung zu und sah, daß sich Batterby mit einem Ausdruck bescheidener Zufriedenheit in seinem Stuhl zurücklehnte; um den spöttischen Zug in der anerkennungsvollen Miene des Kommissars zu entdecken, brauchte es schon einen Jurnet.

»Das ist ein sehr wertvoller Beitrag«, begann der Kommissar, als das Telefon klingelte. Diese Unterbrechung kam so genau im richtigen Augenblick, daß sich Jurnet, dessen Bewunderung für die Fähigkeiten des Vorgesetzten grenzenlos war, gut hätte vorstellen können, daß sie geplant war, wenn der Kommissar nicht sofort mit einer ungeübt wirkenden Gereiztheit den Apparat über den Tisch geschoben hätte. »Sie werden scheint's draußen gebraucht, Ben.«

Jurnet nahm das Telefon, hörte, was der Beamte von der Vermittlung zu melden hatte, und antwortete kurz. Er stand auf und sagte, ohne sich für die Störung der Besprechung zu entschuldigen: »Wir werden wohl alle gebraucht, Sir. Der kleine Christopher Drue wird vermißt.«

28

Die Frau, die im Empfangszimmer wartete, war verwirrt, aber nicht aufgelöst. Ihre natürliche Anmut widersetzte sich sogar der Angst, die sie ganz offensichtlich gepackt hatte. Nur die Stimme hatte ihren selbstsicheren Ton verloren.

Mrs. Drue sagte: »Ich habe so lange gewartet, wie ich konnte – länger, als ich sollte, aber ich wollte ihn nicht in Verlegenheit bringen, indem ich überall herumtelefonierte, um nach ihm zu fragen. Ich durfte ihn nicht mehr abholen: Er hatte immer Angst, daß die anderen ihn Baby nennen würden.« Sie machte eine Geste der Hilflosigkeit.

Jurnet ersparte ihr leere Beschwichtigungen.

»Sie haben sicher bei der Schule angerufen?«

»Nachdem ich einmal entschieden hatte, daß ich keine Zeit mehr verlieren durfte, rief ich jeden an, der mir einfiel, so absurd es auch manchmal war, anzunehmen, daß er dort sein könnte.« Sie brachte etwas wie ein Lächeln über ihre eigene Kopflosigkeit zustande. »Ich hätte sogar beinahe meinen Mann angerufen – er ist geschäftlich in Hongkong –, aber Gott sei Dank hatte ich noch soviel Verstand, den Hörer vorher wieder aufzulegen. Es gibt wirklich keinen Grund, ihn unnötig zu beunruhigen.« Mit größter Anstrengung fügte sie hinzu: »*Wenn* es unnötig ist.«

Der Kommissar tröstete sie: »Das wollen wir hoffen. Vor allem: Wollen wir hoffen.«

»Was hat man Ihnen in der Schule gesagt?« fragte Jurnet.

»Ich rief den Hausmeister zu Hause an, er wollte rübergehen und soviel herauszubekommen versuchen, wie zu dieser Tageszeit möglich war. Aber ich konnte nicht einfach nur dasitzen und nichts tun, deshalb rief ich Mr. Amos an; er sagte mir, daß Christopher zur Chorprobe am Vormittag nicht erschienen sei, und als er die anderen Jungen gefragt habe, ob sie wüßten, wo er sei, hätten sie gesagt, daß er nicht in der Schule sei, und er habe deshalb angenommen, daß er wohl krank sei. Ich rief auch im Dekanat an und sprach mit dem Kaplan. Er wollte in den Dom gehen und sich umsehen. Die Jungen spielen doch immer Murmeln im Kloster, und ich dachte ... Dabei wußte ich natürlich, daß das gar nicht in Frage kam. Die Kirchendiener hätten sie schon vor Stunden rausgeworfen.« Wieder die hilflose, hoffnungslose Geste. »Dann rief der Hausmeister zurück, um mir zu sagen, daß er das Klassenbuch durchgeschaut habe und Christopher als abwesend eingetragen worden sei. Aber er muß zur Schule gekommen sein, weil sein Rad im Ständer war.«

Sergeant Ellers fuhr Jurnet und den Kommissar zum Dom. Der Kommissar auf dem Beifahrersitz sagte, ohne sich umzudrehen:

»Ist Ihnen klar, Ben, was das bedeuten könnte?«

»Ja, Sir. Wir müssen wieder bei Null anfangen.«

»Bei minus eins. All unsere mühsamen Nachforschungen sind für die Katz. Wenn's zwei tote Kinder statt einem gibt, haben wir's mit einem Wahnsinnigen zu tun.«

»Außer«, Jurnet schluckte; es war nicht leicht, so von diesem sympathischen Lockenkopf zu sprechen, »außer der kleine Christopher taucht ohne seine Genitalien und mit einem Davidsstern auf der Brust auf.«

»Ist das vielleicht nicht verrückt?«

»Verrückt ja. Aber vielleicht politisch verrückt.«

»Verrückt!« schloß der Kommissar und sprach nicht weiter.

Dr. Carver erwartete sie am Westportal. Der Dean machte einen besorgten, doch keinen niedergeschlagenen Eindruck. Er und der Kommissar schüttelten sich gelassen die Hände; Jurnet erkannte zum erstenmal, daß den beiden Männern eine innere Ruhe gemeinsam war. Recht und göttliche Ordnung, vereint durch den Glauben an den Sieg der Gerechtigkeit.

»Wir wußten nicht genau, wie wir Ihnen am besten helfen könnten. Die Lehrer sind natürlich schon nach Hause gegangen, und ich dachte, es ist das Beste, sie im Moment noch nicht wieder herzubestellen. Aber ich ließ meinen Kaplan Charles und Mr. Quest, unseren Ersten Kirchendiener, holen. Der Hausmeister, unser Hilfsorganist und Mr. Hewitt, Christophers Klassenlehrer, halten sich in der Gesangschule bereit, falls Sie mit ihnen sprechen möchten.«

»Damit haben Sie uns sehr geholfen«, sagte der Kommissar. Jurnet meinte: »Laut Mrs. Drue hat keiner von ihnen Christopher heute gesehen. Alle nahmen an, daß er gefehlt hat.« Der Dean nickte, und Jurnet fuhr fort: »Solange wir niemand ausfindig machen, der den Jungen wirklich gesehen hat, haben wir, abgesehen von der Tatsache, daß sein Fahrrad im Fahrradständer der Schule gefunden wurde, keinen Beweis dafür, daß er heute überhaupt auf dem Schulgelände war. Und sogar das Rad könnte dorthin gebracht worden sein, um uns in die Irre zu führen.«

Die Augen des Deans leuchteten hinter den goldgefaßten Brillengläsern auf.

»Sie meinen, es hat vielleicht gar nichts mit uns zu tun?«

»Das hab' ich nicht behauptet. Es gibt verschiedene Möglichkeiten.«

»Selbstverständlich.« Der Dean, der ziemlich rot geworden war, fuhr eilig fort: »Eins werden Sie gerne hören: Mit Little St. Ulfs Grab ist nichts. Als wir von Christopher hörten, stürzten wir sofort dorthin, wie Sie sicher verstehen können.« Dr. Carver holte aus seinem weiten Mantel ein Taschentuch hervor, dessen Weiß vor dem dunklen Stoff blendete. Er wischte sich die Stirn. »Gott sei's gelobt – wenigstens Sein Haus wurde von einer Wiederholung dieser furchtbaren Schande verschont.«

Genauso hätte es der Inspektor nicht formuliert.

»Man soll den Tag nicht vor dem Abend loben«, warnte er so unverblümt, daß sich auf dem Gesicht des Kommissars, trotz der ernsten Situation, ein verstohlenes Lächeln zeigte. »In einem Dom gibt es genug Platz, um einen kleinen Jungen zu verstecken.«

Der Kaplan und Mr. Quest hatten das große Gebäude bereits eilig inspiziert. Sie hatten nichts gefunden.

»Das Licht ist um diese Tageszeit so schlecht.« Der junge Kaplan atmete heftig. Jurnet bemerkte nicht ohne Sympathie, daß er erleichtert war, den Jungen nicht gefunden zu haben – vor allem nicht in dem schrecklichen Zustand, in dem man die Leiche Arthur Cosseys gefunden hatte. »Die Seitenkapellen sind düster genug, aber oben im Turm ist es einfach unvorstellbar. Nur ein paar Sechzig-Watt-Birnen, kaum zu glauben. Trotzdem könnte ich schwören, daß dort niemand ist.«

Mr. Quest reagierte gereizt; vielleicht weil er für die schwachen Birnen verantwortlich war, oder aber, weil er wie alle Leute, die mit dem Dom zu tun hatten, dieses große Steingebäude so leidenschaftlich liebte, daß er nur lobende Erwähnungen dulden konnte.

»Mehr wird nicht gebraucht!« verteidigte er sich, ignorierte den jungen Emporkömmling und wandte sich an die Kriminalbeamten. »Alle, die Architekten, Kammerjäger und Elektriker, gehen immer nur bei Tageslicht da rauf, außerdem bringen sie ihre eigenen Lampen mit. Wäre vielleicht besser, Sie würden morgen früh wiederkommen, wenn Sie sich gründlich umsehen wollen.«

Das war ein guter Rat, sie befolgten ihn jedoch nicht. Der Gedanke an Mrs. Drue, die auf Nachrichten von ihrem Sohn wartete, machte es ihnen unmöglich, brav nach Hause ins Bett zu gehen, ohne es versucht zu haben, so sinnlos das auch sein mochte. Aus demselben Grund suchten in der Umgebung des Doms Polizeibeamte mit ihren Taschenlampen die Gärten bis in die hintersten Winkel ab, fielen im Dunkeln über Steinbrocken, schepperten mit Mülltonnendeckeln und ließen die Kirchenkatzen, die zu einem netten Abend unterwegs waren, um ihr Leben bangen.

Sie fanden Christopher nicht. Sie hatten es eigentlich auch nicht erwartet; aber so konnte Jurnet wenigstens zu der zu Hause wartenden Mutter zurückfahren und wahrheitsgemäß sagen, daß sie es versucht hatten.

Als er in Begleitung von Jack Ellers berichtete, daß es nichts zu berichten gab, nahm Mrs. Drue die Nachricht erstaunlich ruhig auf; sie bat ihn, allen Polizeibeamten, die an der Suche beteiligt waren, ihre Dankbarkeit und ihr Bedauern darüber zu übermitteln, daß sie ihnen soviel Unannehmlichkeiten bereitet hatte. Ihre Selbstbeherrschung war viel schrecklicher als Tränen: eine trockene Verzweiflung ohne Hoffnung.

Sie bot ihnen Sherry an, und die beiden Beamten nahmen an, weil sie hofften, es würde sie aufmuntern, wenn sie ihr Gesellschaft leisteten. Wenn einer die Hilfe von Alkohol brauchte, dann war sie es. Aber sie schenkte sich Bitter Lemon ein und nippte manchmal gedankenlos daran, während sie mit ihnen vor dem Fernsehgerät saß und dem Polizeichef zusah, der mit grimmigem Gesicht in den Nachrichten erschien und jeden, der das Kind seit seinem Verlassen des Hauses um sieben Uhr vierzig gesehen hatte – oder gesehen zu haben glaubte –, aufforderte, sich zu melden.

Ein Schnappschuß von Christopher im Chorgewand, den sie der Polizei überlassen hatte, wurde gezeigt; und nicht einmal das brachte sie aus der Fassung. Sie bemerkte nur vorsichtig, als wären Worte ein Sumpf, der sie leicht verschlucken könnte, wenn sie einen falschen Schritt machen würde: »Ein Photo, wo er seine Schuluniform anhat, wäre besser gewesen, aber das hier war das einzige, auf dem er deutlich zu sehen ist, ganz so, wie er ist.« Das Kind mit dem Lockenkopf sah aus dem Kasten – in seiner scharlachroten Soutane mit dem weißen Kragen wirkte es wie ein ernstes Engelchen, aber man merkte dem Jungen trotzdem an, daß er nur so vor Übermut sprühte.

Der Sprecher kam zum nächsten Thema, aber Jurnet hatte das Gefühl, das Bild des Kindes verharre in dem schönen stillen Zimmer, wie in die Luft gedruckt, und er glaubte beinahe, das Echo eines frechen Gelächters zu hören.

Der Gedanke, daß dieses liebenswerte Kind ein weiteres Opfer des Wahnsinns geworden sein könnte, der die Stadt ergriffen hatte, war unerträglich. Was war es nur, was er, der Große Kriminalbeamte, übersehen hatte? Jurnet gab sein Äußerstes, und wieder schien sein Gedächtnis für den Bruchteil einer Sekunde etwas Wichtiges, Ausschlaggebendes zu fassen, um es aber gleich wieder zu verlieren. Ein Gedächtnis, dachte er angewidert, wie einer dieser Spielautomaten, in die man Geld einwirft, damit sich ein Metallhaken zwischen einigermaßen wertvollen Preisen hin und her bewegt, den Spieler auf die Folter spannt und dann doch immer nur diese ekelhaften Süßigkeiten auswirft.

Nicht einmal die konnte er gewinnen!

Bevor sich die beiden wieder auf den Weg machten, führte Mrs. Drue sie nach oben in Christophers Zimmer, einen schönen Raum, der gleichzeitig Spiel-, Lern- und Schlafzimmer war. In den Regalen waren Stofftiere der Kleinkindzeit, Scrabble und Flugzeugmodelle des Schulkindalters einträchtig versammelt. Über dem Bett lag eine Patchwork-Steppdecke, rot und weiß wie ein Chorgewand. Auf dem Schreibtisch unter dem Fenster spiegelte in einem Durcheinander von Buntstiften, Zauberspielzeug und Plastiksoldaten aus Lebensmittelpackungen ein kleiner Schatz Glasmurmeln in einer Holzschale das Licht der elektrischen Lampe.

Mrs. Drue sah auf die Murmeln und sagte – wieder wählte sie jedes Wort sorgfältig: »Sobald ich sah, daß er sie nicht mitgenommen hat, wußte ich, daß er eigentlich nicht im Kloster sein konnte. Aber immer, wenn er so früh wie heute von zu Hause weggeht, findet vor dem Unterricht ein Spiel statt. Ich kann mir gar nicht vorstellen, warum er so früh weggegangen ist, wenn er nicht spielen wollte.« Sie blickte Jurnet an, der ihr nicht in die Augen sehen konnte. »Das ist doch rätselhaft, finden Sie nicht?«

29

Vor der Polizeizentrale lauerte – wie nach dem Auftritt des Chefs im Fernsehen nicht anders zu erwarten war – die Presse: Reporter, Photographen und die mit ihren Macho-Mikrophonen bewaffneten Fernsehleute, die sie ihren Opfern wie die Verlängerung ihrer eigenen, in enge Jeans gezwängten Genitalien entgegenstreckten. Theoretisch verteidigte Jurnet immer das Recht der Öffentlichkeit auf Information. Konfrontiert mit den Journalisten der Nation, waren seine Gefühle gemischter Art. Er verabscheute ihre Anmaßung einer göttlichen Mission, ihre lüsterne Neugier und ihr Eindringen in Privatangelegenheiten.

»Der Teufel soll sie holen, diese Hyänen!« sagte er mürrisch zu Sergeant Ellers, der das Auto am Straßenrand parkte. Er stieg trotzdem aus, begrüßte einige der Hyänen namentlich und bedauerte erstaunlich überzeugend, daß er im Augenblick der Aussage des Polizeichefs nichts hinzufügen könne, er versichere ihnen aber, sobald die Ereignisse einen neuen Gang nähmen etc., etc....

Als er das Besprechungszimmer betrat, fühlte er sich von der Begegnung beschmutzt und fragte sich, weshalb er nicht gleich nach Hause, wenn man das überhaupt so nennen konnte, und, wenn auch ohne Miriam, ins Bett gegangen war.

Die Suche war bis Tagesanbruch verschoben worden.

»Sie sehen ziemlich mitgenommen aus«, sagte Jack Ellers. »Ich fahr' Sie nach Hause.«

»Ich stell' mir lieber hier ein Klappbett auf; trotzdem vielen Dank. Vielleicht tut sich noch was. Man weiß nie.«

Der Waliser spürte die Niedergeschlagenheit des anderen und machte einen Versuch: »Was wollen wir wetten, daß der kleine Draufgänger ausgerückt ist, um seiner Mami einen ordentlichen Schreck zu versetzen? Diese Muttersöhnchen müssen irgendwann einmal ausreißen, damit sie nicht durchdrehen.«

»Ja, Jack. Gute Nacht, Jack.«

Ellers gab nicht nach: »Man soll nichts übereilen. Noch wissen wir nicht, ob das Kind tot ist.«

»Wollen wir wetten?«

»Also eins weiß ich, Mann. Ich werde den kleinen Schlingel erst zu Grabe tragen, wenn ich todsicher weiß, daß er seinen letzten Schnaufer getan hat.«

Als der Sergeant gegangen war, raffte sich Jurnet auf und ging durch den Korridor zu der Kammer, in der für den Notfall Feldbetten, Kissen und Decken aufbewahrt wurden. Der höfliche junge Polizeibeamte, der gerade Dienst hatte, bedauerte, seinen Posten nicht verlassen zu dürfen, und wollte eilends jemand anderen zu Hilfe holen, aber der Kriminalbeamte lehnte ab; die Mühe, sich ein Lager zu bereiten – was war wohl die korrekte Bezeichnung dafür, wenn ein Kriminalinspektor in der Polizeizentrale auf dem Boden schlief? –, erfüllte ihn auf unerklärliche Weise mit animalischer Befriedigung. Er spielte flüchtig mit dem Gedanken, in die Kantine zu gehen, um einen Happen zu sich zu nehmen, überlegte es sich dann aber anders, obwohl er sich nicht einmal mehr daran erinnern konnte, wann er zum letztenmal etwas gegessen hatte. Immer wenn er von einem Fall völlig in Anspruch genommen war, vergaß er zu essen, um dann, wenn das Rätsel gelöst war, einen Bärenhunger zu verspüren.

Das Rätsel war nicht gelöst.

Er streckte sich auf dem Bett aus und legte eine Hand unter seinen Kopf; Schuhe und Jacke hatte er ausgezogen, sonst war er angekleidet; er blieb ruhig liegen, damit er am Morgen, wenn es Zeit war, den Polizeibeamten Anweisungen für die Suche nach Christopher Drue zu geben, wie das farbige Faksimile eines Anführers aussah und nicht wie ein verlotterter Penner in zerknitterten Hosen. In seiner Schreibtischschublade befand sich ein Reserverasierer, darüber brauchte er sich also keine Sorgen zu machen.

Am Morgen würden sich vielleicht Leute melden, die den

Jungen gesehen hatten. Dieses lebhafte, lachende Gesicht vergaß man nicht so schnell; anders als Arthur Cossey, der niemandem auffiel, weil der arme kleine Kerl ein Gesicht hatte, das man mit dem Blick streift, ohne es richtig wahrzunehmen. Jurnet überlegte, daß das Kind, wenn es das Haus zehn nach halb acht verlassen hatte, spätestens zehn nach acht am Dom gewesen sein mußte: also wahrscheinlich zu spät, um irgendwelchen Besuchern der Achtuhrmesse über den Weg zu laufen. Wenn man seinen Glauben ernst genug nimmt, um zu einer so unchristlichen Zeit in die Kirche zu gehen, achtet man wahrscheinlich auch darauf, zu der Zeit am Tisch des Herrn zu erscheinen, die auf der Einladung festgesetzt wurde. Aber um diese Zeit könnten sich andere Leute in der Nähe des Doms aufhalten – der Milchmann, wandelnde Domherren oder Diakonissinnen, die ihren Hund spazierenführen. Das Reinigungspersonal, die Kirchendiener.

Angenommen, er wäre gleich zum Dom gegangen.

Sollte er anordnen, den Fluß auf der Höhe des Domstegs absuchen zu lassen?

Es wäre zuviel gesagt, daß Jurnet, der mit leerem Blick auf die Kunststoffdecke des Empfangszimmers starrte, einen dieser Gedanken wirklich dachte. Sie drangen eher ungebeten in sein Bewußtsein, sickerten ein wie Tropfen aus einem undichten Wasserhahn. In der Tiefe dröhnte das schlechte Gewissen seine hartnäckige Nachricht – wie der Pulsschlag des Kontrabasses in einem Symphonieorchester. *Wenn ich Arthur Cosseys Mörder gefangen hätte, wäre jetzt kein weiteres Kind in Gefahr.* Nach einer Weile begann sein müdes Gehirn, die Wörter durcheinanderzuwürfeln. *Wenn ich Arthur Cossey gefangen hätte, wäre der Mörder – wenn ich das Kind gefangen hätte –*

Zum Teufel!

Der Kontrabaß trommelte ihn in den Schlaf.

Halb Angleby hatte Christopher Drue gesehen, außerdem halb Birmingham, Penzance, Aberystwyth, Berwick-on-Tweed und fast die Hälfte aller Einwohner jeder anderen

Stadt der Britischen Inseln, die erwähnenswert war. Die frischgestärkten weißen Blusen der Polizeibeamtinnen, die die Telefongespräche entgegennahmen, erschlafften bei dem Ansturm besorgter Bürger, die entschlossen waren, hilfreiche Hinweise zu geben.

Der Domplatz dagegen hatte noch nie so reizvoll gewirkt: Blüten und Grün vor der Stille von Stein. Ganz oben auf der Turmspitze leuchtete der goldene Wetterhahn, wie immer umringt von kreisenden Tauben.

»Dumme Viecher«, bemerkte Sergeant Ellers, als er in die Morgensonne blinzelte, und richtete seine Aufmerksamkeit auf die Turmspitze selbst. »Wozu das alles? Da muß es doch einen einfacheren Weg geben, um herauszufinden, woher der Wind weht.«

Jurnet, der auf seinem Behelfsbett schlecht geschlafen hatte, verdrehte seine Augen in dem starken Licht. »Da müssen Sie Harbridge fragen. Er sagte mir einmal, die Turmspitze sei das Heiligste vom Heiligen. Hat irgendwas mit Parallelen zu tun, die sich treffen – ich hab' vergessen, wie's weiterging.« Er fügte hinzu: »Das ist aber nicht alles, was wir mit Mr. Harbridge bereden müssen. Gehen wir's an.«

Der Dean und der Erste Kirchendiener warteten hinter dem Westportal auf sie. Sie sahen niedergeschlagen aus. Das überraschte Jurnet nicht. Der Dom mochte Gottes Haus sein, aber er war auch ihres; und kein Hauseigentümer ist scharf darauf, Fremde dazuhaben, die überall herumwühlen, Schränke öffnen und mit den Fingern nach Spuren von Staub auf den Bilderrahmen suchen.

Oder nach entführten Kindern in dunklen Winkeln.

Die Miene des Deans hellte sich ein wenig auf, als er sah, daß nur sie beide kamen. Er machte den Eindruck, als habe er ganze Polizeibataillone erwartet, die sich wie Blauschimmel über das Gebäude verbreiten würden.

»Jeden Moment kommen ein paar Autos«, erklärte Jurnet. »Beamte in Zivil. Sie haben den Auftrag, unauffällig hinter den Portalen zu warten, falls wir sie plötzlich brauchen sollten. Sie haben doch Mr. Quest wegen der Schlüssel Bescheid gesagt?«

»Er hat sie hier, wie Sie's verlangt haben.« Der Erste Kirchendiener überreichte den Schlüsselbund, als wäre er der Befehlshaber einer belagerten Garnison, der sie einem verhaßten Eroberer ausliefern muß. Es waren nur wenige, neue und ordentlich beschriftete Schlüssel. »Wie ich Ihnen, glaub' ich, schon gesagt habe, machen wir uns nicht die Mühe, überall abzuschließen, abgesehen von der Schatzkammer, bei der uns die Versicherung keine Wahl läßt.«

Jurnet nahm die Schlüssel, suchte die mit der Aufschrift *Schatzkammer* heraus, löste sie vom Ring und gab sie zurück.

»Ich glaube, die behalten Sie besser. Schlimm genug, daß Sie uns reinlassen müssen, da wollen wir nicht auch noch mit dem Familiensilber abhauen.«

Das Gesicht des Ersten Kirchendieners lief zwar rot an, aber er versuchte nicht, seine Erleichterung zu verbergen.

»Mr. Quest«, sagte der Dean in herzlichem Ton, »verliert manchmal, wie wir alle, die diesem Tempel des Heiligen Geistes dienen, den Sinn für das richtige Maß, wenn er fürchtet, daß sein Friede bedroht ist, ganz gleich, aus welchem Grund.« Er drehte sich um, seine Brillengläser blitzten, die Rockschöße wirbelten um seine schwarzen Hosenbeine. »Aber ich darf Sie nicht länger von der Arbeit abhalten, von Ihrer äußerst wichtigen Arbeit, ich möchte nur meine Überzeugung kundtun – und wir kennen den Dom schließlich am besten –, daß der Junge nicht hier ist.«

Als er sich entfernt hatte, wandte sich Jurnet an den Ersten Kirchendiener.

»Wir fangen mit den Kapellen an, wenn Sie einverstanden sind, und arbeiten uns von dort aus weiter vor.«

»Wie Sie wünschen, Sir. Soll ich Ihnen einen unserer Leute zur Begleitung schicken?«

»Ich glaube, wir müssen Sie nicht bemühen«, sagte Jurnet leichthin. »Nur eine Frage. Die Messe gestern – hat sie wie üblich in der St.-Lieven-Kapelle stattgefunden?«

»Nein, Sir. Es gibt sozusagen kein ›wie üblich‹. Wir benutzen alle Kapellen reihum. Gestern war St. Ethelburga dran – Südseite des Chorumgangs.«

»Ich verstehe.« Jurnet suchte das große Kirchenschiff mit seinen Blicken ab. »Hat Mr. Harbridge heute frei? Wir müssen auch mit den Kirchendienern ein paar Worte wechseln.«

»Er ist da, wie üblich.« Mr. Quest sah gebieterisch in die Runde, als könnte er den abwesenden Kirchendiener durch diesen Willensakt herbeibeschwören. Sein Blick fiel auf den Hauptaltar, der ziemlich kahl aussah.

»Ah! Er wird in der Cavea sein und die Vasen versorgen.«

»Wo?«

»In der Cavea. Lateinisch für Vogelkäfig, sagt der Dean. Das ist ein Spitzname für das Stübchen neben der Sakristei, in dem die Frauengruppe die Blumen herrichtet. Sie bringen jeden Sonntag frische. Harbridge wird wohl die Vasen ein bißchen aufpolieren. Die Damen, Gott segne sie, zeigen guten Willen, haben aber einfach nicht genug Kraft.«

»Als Kirchendiener hat man ganz schön zu tun«, bemerkte Jurnet gewandt. »Kehren und polieren, Fragen beantworten, den Schmutz von Kindern wegputzen –«

»Das war 'ne komische Sache gestern«, sagte Mr. Quest.

»Ja?«

»Was Sie da eben gesagt haben, hat mich daran erinnert. Nachdem ich Harbridge aufgetragen hatte, zur Schatzkammer rüberzugehen – wissen Sie noch? –, habe ich einen Kirchendiener losgeschickt, damit er das Erbrochene hinter dem Bischofsstuhl aufwischt. Und was glauben Sie? Da war gar nichts!«

»Wirklich?« Jurnet dachte einen Augenblick darüber nach und fragte dann: »Haben Sie Mr. Harbridge darauf angesprochen?«

»Er sagte, eine Frau mit einem kleinen Jungen sei zu ihm gekommen und habe ihm gesagt, daß ihr Kind das getan hat.« Der Erste Kirchendiener lächelte nachsichtig. »Komische Leute sind das manchmal, mit denen man hier zu tun hat.«

Zuerst sahen die Kriminalbeamten in die St.-Lieven-Kapelle, aber ein kurzer Blick durch das schmiedeeiserne Gitter genügte ihnen, um sich zu vergewissern, daß dort kein Platz war, wo man ein Kind verstecken oder ein Kind sich verstecken könnte. Nur ein viereckiger Fleck auf dem Stein, der heller als seine Umgebung war, erinnerte noch daran, daß hier erst vor kurzer Zeit der Name Gottes besudelt worden war. Auf dem Altar zeigte St. Lieven mit unvermindertem Enthusiasmus im weit aufgerissenen Mund seine blutige Zunge.

Jurnet, der wußte, was ihn erwartete, sah nicht hin. »Sieht aus, als hätten wir denselben Zahnarzt!« rief Jack Ellers.

Die verputzte Wand der FitzAlain-Kapelle war frisch gestrichen. Der Raum sah wie eine Unterkunft aus, die nicht mehr vermietet werden sollte, die Stühle waren aus ihren ordentlichen Reihen entfernt und ziemlich wackelig an der Wand aufgestapelt worden.

Auch hier gab es kein Versteck für ein Kind, es sei denn das Fundament von Bischof FitzAlains Grab, in dem Arthur Cosseys Mörder die Kleider seines Opfers versteckt hatte und wo man vor langer Zeit das Kind gefunden hatte, das wahnsinnig geworden war, nachdem es eine Nacht dort eingesperrt gewesen war. Unwahrscheinlich, daß die Leute vom Dom dieses berüchtigte Versteck nicht schon durchsucht hatten; aber um es amtlich zu machen, bückte sich Jurnet und hob das Metallgitter heraus.

Die beiden Kriminalbeamten hockten auf dem Boden und spähten in die staubige Vertiefung, in der das nackte Skelett des reich geschmückten Herrn vom oberen Stockwerk lag und über einen Witz grinste, der seine Wirkung auch nach vierhundert Jahren nicht verloren hatte.

Diesmal kam der Kommentar des kleinen Walisers von ganzem Herzen: »Hoffentlich haben wir nicht denselben Arzt!«

Der Sergeant nahm das Gitter und setzte es wieder in seine Verankerung. Jurnet richtete sich auf und stützte sich dabei auf das Grab, in dem der gute Bischof in seiner gewohnt friedlichen Ruhe schlummerte. Doch – vielleicht war es das grelle

Morgenlicht, vielleicht der ungewöhnliche Blickwinkel des Kriminalbeamten – etwas hatte sich an dem würdigen Herrn verändert; eine Spur von Gewöhnlichkeit, an die sich Jurnet von seinen früheren Besuchen in der Kapelle nicht erinnern konnte.

Verwirrt besah er sich das Alabastergesicht unter der aufgemalten Mitra näher und entdeckte, daß jemand dem Bischof einen Che-Guevara-Schnurrbart verpaßt hatte. Der offenkundige Versuch, das Anhängsel von dem porösen Stein zu entfernen, war nicht besonders erfolgreich gewesen.

Von einer plötzlichen Eingebung getrieben, begab sich Jurnet auf die andere Seite der Kapelle.

»Helfen Sie mir bitte mal, Jack.«

Die beiden Kriminalbeamten hatten gerade die aufgestapelten Stühle von der Wand entfernt, als hinter ihnen die Stimme von Harbridge knurrte: »Was fällt Ihnen ein?«

Jurnet drehte sich um und schaute nicht auf den Mann, der vor ihm stand, sondern auf den Pinsel und den Eimer Tünche, die er in den Händen hielt. Dann wandte sich der Inspektor wieder wortlos dem Stück Wand zu, das hinter den Stühlen versteckt gewesen war.

Ein ungleichmäßiger Fleck zeigte, wo die Mauer vor nicht allzu langer Zeit abgewaschen worden war: abgeschrubbt vielmehr, nach den bösen Striemen im Putz zu urteilen. Offensichtlich war jemand mit Gewalt und ohne Rücksicht auf die alte Oberfläche vorgegangen.

Aber nicht gewaltsam genug, um die Worte, die sich tief eingegraben hatten, völlig auszulöschen – Worte, die Jurnet schon einmal gesehen hatte, damals jedoch in sorgfältiger Schönheit, so daß diese krakelige Aufschrift hier – HUNDSFOTT – HUNDSGOTT – doppelt beleidigend war.

Als sich der Kriminalbeamte wieder zum Kirchendiener umdrehte, stand der Farbkübel auf dem Boden, der Pinsel lag daneben. Der Mann war verschwunden.

30

Während Ellers eindringlich auf die Männer an den Türen einredete, um dafür zu sorgen, daß kein Kirchendiener und auch sonst niemand, auf den Harbridges Beschreibung paßte – falls der Mann seine verräterische Kluft ausgezogen haben sollte –, das Gebäude verlassen konnte, rannte Jurnet aus der FitzAlain-Kapelle, obwohl er kaum wußte, welchen Weg er einschlagen sollte, und wählte eine beliebige Richtung, einfach weil er unmöglich stillstehen und den Gang der Ereignisse abwarten konnte.

Er lief durch den Altarraum, am Chor vorbei, und bog unter der Orgelempore in das nördliche Seitenschiff – Dombesucher stieß er ohne Entschuldigung zur Seite. Sein Herz schlug heftig, nicht vor Anstrengung, sondern aus Angst. Ein Little St. Ulf war mehr als genug; zwei waren ungehörig, und drei... Zum erstenmal betete Jurnet in diesem großen Schiff aus Stein – vielleicht nicht zu Gott, aber zu Irgend-Etwas, Irgend-Jemandem.

Daß er in diesem Augenblick des Flehens etwas bemerkte, das er sonst in seiner Hast leicht hätte übersehen können, war ein Umstand, über den er sich später Gedanken machen wollte. Die in der Dunkelheit hinter dem alten Ofen verborgene Tür stand einen Spalt offen.

Jurnet stürzte sich auf die schmale Treppe, preßte seinen Körper mitleidlos durch ihre engen Windungen. Die Bogengänge im ersten Stock waren auf beiden Seiten menschenleer. Der Kriminalbeamte beugte sich über das Geländer zum Hauptschiff und mußte, da ihm wegen seiner Abneigung gegen überflüssigen Kram kein anderes Kommunikationsmittel zur Verfügung stand, schreien: »Jack! Hier oben!« – für den Fall, daß ihn der kleine Waliser hören konnte. Die Akustik verwandelte seine Worte in ein Gebrüll, das den riesigen Raum wie eine Ankündigung des Jüngsten Gerichts erfüllte. Ob Ellers die Nachricht erhielt, wartete Jurnet nicht ab.

Sein Instinkt sagte ihm, daß der Weg nach oben führen mußte. Er fand eine weitere Tür und eine Treppe, die ihn in den Turm führte, und dort entdeckte er nicht weniger als drei Gänge, die übereinander in der dicken Mauer lagen. Er stieg weiter, bis er sich scheinbar nicht mehr im Dom befand, sondern wie ein körperloses Wesen von einem fernen Stern auf eine Spielzeugwelt hinunterschaute.

Ganz oben im Turm, über dem Glockenstuhl und den schweigenden Glocken, als kein Weitergehen mehr möglich schien, fand Jurnet doch noch eine Wendeltreppe, versteckt in dem Nordostflügel des mächtigen Bauwerks; und als er eine weitere kleine Tür aufstieß, befand er sich plötzlich auf dem Turmdach – über ihm der Frühlingshimmel, unter ihm der blütenbeladene Domplatz und der silberne Fluß, der sich durch die Wiesen schlängelte, und um ihn herum das ferne Rauschen des Stadtverkehrs.

Von dem Kriminalbeamten aufgeschreckt, flog ein halbes Dutzend Tauben vom Dach auf und schloß sich seinen um die Turmspitze kreisenden Kameraden an; und jetzt wußte Jurnet, daß er auf der richtigen Fährte war. Auf den sonnengewärmten Mauervorsprüngen lagen – von den Tauben angepickt, aber unverkennbar frisch – Brotbrocken und etwas Grünes, das einmal zu einem Sandwich gehört hatte. Dem Kriminalbeamten hüpfte bei diesem Anblick das Herz vor Dankbarkeit.

Die Turmspitze war von einer Breite, die er sich auf dem Erdboden nie hätte vorstellen können, und verschwand über seinem Kopf im Unendlichen. Eine Tür in ihrem Sockel stand wie die Tür im nördlichen Querschiff ein wenig geöffnet. Konnte es sein, daß der gesuchte Mann in seinem »Heiligsten vom Heiligen« zu finden war?

Jurnet gelangte durch die Türe in die Turmspitze – und in eine andere Welt. Die Strahlen des Tageslichts, das durch die weitgeöffnete Tür fiel, verstärkten nur noch die staubige Dunkelheit im Innern. Die Luft schien dieselbe zu sein, die die Erbauer der Turmspitze im fünfzehnten Jahrhundert eingefangen hatten und die niemals hatte entweichen dürfen. Weiter oben deuteten graue Striche in immer engeren Abständen das spärliche Licht an, das durch die Fensterschlitze fiel.

Der Kriminalbeamte fand sich zwischen hochstrebenden, grob behauenen Balken – ein toter Wald, dessen Baumwipfel man nicht sehen konnte. Er holte seine Taschenlampe hervor und leuchtete damit nach oben in ein kompliziertes Balkenwerk aus Verstrebungen und Holzplatten, das, wie er später erfahren sollte, nur das Gerüst bildete, auf dem das eigentliche Steingehäuse errichtet worden war. In einem Augenblick der Verwirrung belebte seine Phantasie diesen mittelalterlichen Dschungel mit stämmigen Männern in braunen Kapuzen, Tuniken und eigenartig spitzen Schuhen, die ihn alle belustigt verständnisvoll ansahen – jeder mit einem braunen Auge und einem hellblauen Glasauge –, bevor sie sich wieder an ihre Arbeit machten. Jurnet blinzelte, und die Vision verschwand. Einige Verbindungsstücke aus Metall, die das Licht seiner Taschenlampe auffingen, wirkten beruhigend modern. Wenigstens war in den letzten vierhundert Jahren noch jemand außer ihm selbst und einem möglichen Mörder hier oben gewesen. Am besten, besonders für Jurnets Vorhaben, waren die Eisenleitern, die im Zickzack nach oben stiegen, so weit, wie das Licht reichte; doch der Gedanke an ein Kind, das auf einem dieser Holzbretter gefangen war, durch kein Geländer geschützt und nur über eine Leiter erreichbar, die die Hand oder der Fuß eines Mörders nur zu leicht wegstoßen konnte, ließ Jurnet das Blut in den Adern gefrieren.

Er rief in die Dunkelheit: »Christopher! Christopher, bist du da?«

Die Stimme des Kirchendieners antwortete.

»Verschwinden Sie.«

31

Es war eine schöne Nacht, wenn man richtig angezogen war; es duftete nach der süßen Treulosigkeit des Frühlings. Die kleine Gruppe von Männern ganz oben auf dem Domturm wirkte winzig im Schein der Bogenlampen, die im Sommer immer für die Freilichtaufführungen auf dem Domplatz benutzt wurden, zu denen die Touristen in Scharen kamen. Unten am Westportal warteten die Reporter und Fernsehteams, für ihre Nachtwache mit Schafspelzen und Feldflaschen ausgerüstet. Menschenmengen standen schweigend hinter dem FitzAlain Gate, da sie nicht näher herankommen durften, und starrten auf die Turmspitze, bis sie die Kälte nach Hause trieb, wo sie dann den nächsten Akt auf dem Bildschirm beobachteten – viel gemütlicher.

Oben auf dem Dach zitterten die Männer vor Kälte und unterdrückter Angst. Sie wußten, daß ein Kind in Lebensgefahr schwebte, und konnten nichts dagegen tun. Ab und zu murmelte Sergeant Ellers mit zusammengebissenen Zähnen, anscheinend ohne es zu merken: »Dieser Hund!« Etwas abseits stand eine Gruppe, bestehend aus dem Dean, dem Ersten Kirchendiener und dem jungen Mann vom Architekturbüro der Kirche, den Jurnet zuletzt bei der Ausgrabungsstätte in eine Unterhaltung mit Professor Pargeter vertieft gesehen hatte. Er war vermutlich geholt worden, um alle Fragen zu beantworten, die den Bau der Turmspitze betrafen. Der junge Mann zog nervös an einer Zigarette. Den Dean konnte man schweigend und unauffällig beten sehen.

Jurnet rief zum x-ten Male aus: »Das versteh' ich nicht!«

»Das wissen wir allmählich!« Die Stimme des Kommissars war frostiger als die Nacht. Obwohl er makellos in Wolle und Kaschmir gekleidet war, wirkte er auf Jurnet zum erstenmal seit ihrer langen Bekanntschaft unordentlich, wenn auch nicht wirklich ungepflegt. Die Unordnung, begriff sein Untergebener, herrschte im Denken, nicht in der Kleidung. Genau wie alle anderen hatte der Kommissar keine Ahnung, was zu tun war.

»Nachdem Sie's nun so oft verkündet haben, Herr Inspektor«, bellte er jetzt, »können Sie den anderen vielleicht mitteilen, wo Ihr Problem liegt?«

»Was ich nicht verstehen kann«, sagte Jurnet, den es wenig bekümmerte, einen einfältigen Eindruck zu machen, »das ist, warum er das Kind gerade hierher gebracht hat.«

»Kennen Sie ein besseres Versteck für eine Leiche? Der

Herr vom Bauamt sagt, daß sie normalerweise nur alle fünf Jahre in die Turmspitze steigen – und Harbridge wußte nur zu gut, daß bis zum nächsten Mal noch drei Jahre vergehen würden.«

»Das hieße, daß der Junge tot ist. Wir haben keinen Beweis dafür.«

»Wir haben auch keinen Beweis, daß er am Leben ist. Bis uns ein Weg einfällt, wie wir hoch genug raufkommen, um was sehen zu können –«

Jurnet schüttelte den Kopf. »Wir wissen, daß Harbridge Essen mitgenommen hat. Warum hätte er überhaupt da raufgehen und riskieren sollen, daß er verfolgt wird, wenn der Junge schon die ganze Zeit tot war?«

Der Kommissar dachte kurz darüber nach und kapitulierte dann mit einer Großzügigkeit, die wie immer alles zwischen ihnen ins reine brachte.

»Ich hoffe, Sie haben recht, Ben. Nur, wenn der Mann diesmal anders als beim letzten Mal keinen Mord im Sinn hat, warum läßt er uns dann nicht wenigstens einen Blick auf den Jungen werfen – oder ihn ein paar Worte sprechen, damit wir's wissen? Weiß der Himmel«, schloß der Kommissar, »warum sollte man von einem Wahnsinnigen vernünftiges Verhalten erwarten.«

»Er hat mir einmal gesagt, die Turmspitze sei der heiligste Ort im Dom. Irgendwas von parallelen Linien, die sich treffen, und der Punkt, in dem sie sich schneiden, sei Gott.« Jurnet schwieg und überdachte, was er eben gesagt hatte. »Sonderbar. Damals klang das ganz normal. Nach Kirche, aber nicht nach Wahnsinn.«

»Ich finde es auch jetzt nicht verrückt.« Die Miene des Kommissars hellte sich auf. »Eine eindrucksvolle Metapher – und vielleicht ein Verständnis für mittelalterliches Denken, das unseren Studenten der Kirchenbaukunst völlig abgeht. Unser mörderischer Kirchendiener ist wohl ein wenig mystisch veranlagt.«

»Deswegen versteh' ich nicht«, Jurnet unterbrach sich selbst. »Tut mir leid! Ich meine, wenn die Turmspitze für

Harbridge das Allerheiligste ist, sollte man doch nicht annehmen, daß er sie durch Mord entweiht. Aber vielleicht«, er suchte nach der Wahrheit – wie jemand, der den Fluß gefunden hat, aber nicht die Gumpe, in der die Forellen stehen –, »vielleicht hat er den Jungen dabei ertappt, wie er dem Bischof einen Schnurrbart aufmalte und ›Hundsfott – Hundsgott‹ auf die Wand schrieb, und ihn zur Strafe hier heraufgebracht. Oder um ihn dazu zu bringen, daß er den lieben Gott am heiligsten Ort vom ganzen Dom um Vergebung bittet.«

»Das wäre mehr, als er für Arthur Cossey getan hat! Wollen wir hoffen, daß er das Heiligste vom Heiligen nicht als den richtigen Ort für ein Blutopfer ansieht.« Der Kommissar nickte Sergeant Ellers zu, der in respektvoller Entfernung wartete. »Gehen Sie zu Inspektor Batterby. Sein Auto steht im Dekanatshof; Mrs. Drue ist bei ihm. Ich weiß gar nicht, wie lange die arme Frau schon da wartet, weil ich der Meinung war, daß wir sie dieser schweren Prüfung nicht unterziehen dürfen.« Er seufzte tief. »Ich hab' mich getäuscht. Ellers, bitte sagen Sie Mrs. Drue, daß wir sie hier oben brauchen.«

Mrs. Drue hetzte zu ihnen herauf. Ihr Blick spiegelte Hoffnung und Verzweiflung. Wo Jurnet eben noch von der Dunkelheit überwältigt worden war, blendete sie nun grelles Licht. Starke Lampen mit schräggestellten Reflektoren waren rings um den achteckigen Boden aufgestellt. Andere hatte man vorsichtig auf Querbalken und auf einigen der unteren Holzplatten angebracht, Kabelschlingen wanden sich wie Girlanden an den Leitern nach oben. Ab einer bestimmten Höhe, etwa der Mitte der Turmspitze, wo die Wände so eng zusammenrückten, daß das Auge den Raum zwischen ihnen kaum wahrnahm, befanden sich keine Lampen mehr. Alles, was darüber lag, gehörte Harbridge, dem Kirchendiener. Was sich auf der Plattform befand, die er bewachte, konnten die Beobachter von unten nicht erkennen. Sie sahen nur den Umriß seiner stämmigen Gestalt und gelegentlich, wenn er sich nach vorn beugte, um über den Rand zu spähen, etwas, was der Körper des vermißten Jungen sein konnte.

Alle Farben verblichen in dem erbarmungslosen Licht. Es blieb nur Weiß und Schwarz – weiße Wände, unterbrochen von den schwarzen Fensterschlitzen, den schwarzen Schatten, die das verwinkelte Gebälk warf, schwarz gestrichene Leitern, die abwechselnd nach rechts und links, links und rechts liefen, wie bei einem riesigen dreidimensionalen Brettspiel, von dem man die Spielfiguren entfernt hatte. Die Frau zuckte angesichts der unwirklichen Szene zusammen, dann raffte sie sich auf, schob das Megaphon weg, das ihr ein besorgter junger Polizist anbot, und rief mit sanfter, heller Stimme, die nach oben zu schweben schien: »Christopher, Liebling, kannst du mich hören?«

Es kam keine Antwort, und nach einer Weile rief sie ebenso hell, aber nicht mehr sanft, sondern verzweifelt flehend: »Mr. Harbridge – hier spricht Mrs. Drue. Was haben Sie mit meinem Sohn gemacht?«

Es folgte ein Schweigen, unten warteten alle mit angehaltenem Atem. Dann tauchte weit oben ein Kopf über dem Rand der Plattform auf, und der Kirchendiener rief beleidigt, als ärgere ihn die Unterstellung: »Ich hab' ihm nichts getan. Was er gemacht hat, hat er selbst gemacht.«

»Dann ist er am Leben!« jubelte die Frau. »Oh, ich danke Ihnen, danke!« Tränen liefen ihr übers Gesicht, aber ihre Stimme blieb fest. »Gott segne Sie, Mr. Harbridge! Ich kenne Sie doch, ich hab' gewußt, daß Sie Christopher nichts antun könnten. Aber warum halten Sie ihn da oben fest? Warum lassen Sie ihn nicht runterkommen?«

Der Kopf verschwand, die Frage blieb unbeantwortet. Jurnet trat zu ihr und redete auf sie ein. »Sagen Sie ihm, daß es Ihnen sehr leid tut, was Christopher getan hat, und daß Sie dafür sorgen, daß er es nie wieder tut.«

Trotz ihrer Bedrängnis starrte sie ihn wütend an.

»Und was soll Christopher getan haben?«

»Wahrscheinlich hat er ›Hundsfott – Hundsgott‹ an die Wand der FitzAlain-Kapelle geschrieben«, erklärte der Inspektor entschuldigend und fühlte sich dabei so schuldig wie das Kind, weil er diese Vermutung ausgesprochen hatte.

»Christopher!« Die Ungläubigkeit in ihrer Stimme war messerscharf.

»Himmel noch mal!« Mit der schweigenden Zustimmung des Kommissars verlor Jurnet seine Geduld und Selbstbeherrschung, nicht ganz ohne Hintergedanken. So wie die Welt beschaffen war, gab es immer wieder Situationen, in denen Prinzipien Gründen der Zweckmäßigkeit weichen mußten. »Was zum Teufel macht es aus, was Sie sagen, wenn Sie nur den Jungen heil wiederbekommen?«

Mrs. Drue gab sofort nach; aber als ihre Stimme wieder die unsichtbare Person hoch oben im Turm anrief, konnte man ihr die Scham über den Vertrauensbruch an ihrem Kind anhören.

Sie rief wie ein Papagei: »Mr. Harbridge – es tut mir sehr leid, was Christopher getan hat. Ich werde dafür sorgen, daß er es nie wieder tut.«

Die Antwort von oben brachte die Wartenden aus der Fassung. Eine Mischung aus Gewieher und Schlüsselgeklapper dröhnte ihnen entgegen. Jurnet brauchte eine ganze Minute, bis er begriffen hatte, daß der Kirchendiener lachte.

»Sie wollen aufpassen, daß er's nie wieder tut! Sie haben Nerven! Und wenn er's doch wieder tut, was machen Sie dann? Ihn ohne Abendessen ins Bett schicken?«

Einmal schwach geworden, bat die Frau Jurnet ergeben um Anweisungen. Dr. Carver trat vor und flüsterte dem Kommissar etwas zu; dieser nickte zustimmend.

»Harbridge!« rief der Dean, und seine kraftvolle Stimme, die darin geübt war, Bitten gen Himmel zu richten, schwang sich mühelos nach oben. »Sie sind ein Diener in diesem Gotteshaus, wie ich selbst auch. Viele Jahre lang haben wir hier zusammengearbeitet und dem auferstandenen Herrn in Freude gedient. Wie können Sie es nach all der Zeit im Dom mit Ihrem christlichen Gewissen vereinbaren, seinen heiligen Frieden so zu stören?«

»Bitte um Verzeihung, Dean« – daß die Worte so normal

und respektvoll kamen, wirkte besonders schockierend – »aber ich bin's nicht, der hier Unruhe stiftet.«

»Der Herr kann in alle Herzen sehen«, mahnte der Dean seinen unsichtbaren Zuhörer. »Denken Sie nur daran, was unser gütiger Erlöser, der kleine Kinder zu sich kommen ließ und sie nicht abwies, von einem Mann denken muß, der sich eines seiner lieben Lämmer bemächtigt und gegen dessen Willen und gegen den Willen seiner Eltern gefangenhält!«

Die Antwort klang selbstsicher: »Jesus weiß schon, was ich tue, keine Angst.« Er schwieg, dann sagte er: »Wegen seiner Mutter tut's mir wirklich leid.«

Mrs. Drue war mit ihren Kräften am Ende und schrie: »Dann lassen Sie ihn doch gehen! Lassen Sie Christopher gehen!«

»Es tut mir wirklich leid«, wiederholte der Kirchendiener, ohne die Unterbrechung zu beachten, »Sie sind wirklich eine nette Dame, Mrs. Drue. Hübsch, wie Sie die Blumen machen. Da kommen die anderen Damen nicht mit. Nur – heute morgen hab' ich übrigens in der Cavea die große Messingvase – die, in der Sie die Lilien drin hatten und den blühenden Johannisbeerzweig – extra noch mal geputzt. Mrs. Drue wird die wollen, sagte ich mir –«

»Bitte!« flüsterte Mrs. Drue.

Jurnet nahm die schlanke, zitternde Gestalt am Arm und führte sie sanft zur Seite. Es war nicht der Augenblick zu erklären, daß ihm plötzlich ein Licht aufgegangen war – wie die Morgensonne, die in aller Pracht durch das Rot, Blau und Gold des Ostfensters im Dom drang. Ungebeten und unwiderlegbar rückte alles an seinen Platz, vereinte sich wie die Wände des Turms an seiner Spitze. Vollkommen. Da er sich nun wieder an das erinnerte, was er für vergessen gehalten hatte, und sein Wissen einen Sinn ergab, bildete sich der Inspektor einen Augenblick lang ein, er werde plötzlich aus dem gigantischen Kegel gehoben, auf der obersten Spitze des goldenen Wetterhahns abgesetzt und krähe den Sternen triumphierend zu.

Seinem Freudenausbruch folgte eine große Traurigkeit.

»Mr. Harbridge!« rief er. »Wenn Sie Christopher nicht sprechen lassen, wie kann er dann sagen, was er sagen soll?«

Harbridge tönte wütend zurück: »Beschuldigen Sie mich nicht, ihm etwas in den Mund legen zu wollen. Er soll nur die Wahrheit sagen.«

»Mit einem Knebel im Mund kann er weder die Wahrheit sagen noch lügen.«

Keine Antwort.

Jurnet sagte besänftigend: »Früher oder später müssen Sie sowieso runterkommen, auch wenn der Junge kein Wort sagt.«

»Oh, er wird mehr als ein Wort sagen, verstanden! Wenn nicht, stoße ich ihn über den Rand.«

Hinter dem Inspektor stöhnte Mrs. Drue auf. Jemand bestürmte den Kommissar: »Lassen Sie es mich versuchen, bitte!«

Jurnet bat um Ruhe und rief durch das Megaphon: »Kann Christopher mich hören?«

»Kleine Bengel haben große Ohren.«

»Dann – Christopher, hör zu! Hier spricht Inspektor Jurnet. Du kennst mich – wir haben miteinander gesprochen. Ich und meine Freunde versuchen dir zu helfen, aber das können wir nur, wenn auch du uns hilfst. Du weißt, was du zu tun hast, ja? Erzähl die Wahrheit, wenn Mr. Harbridge deinen Knebel entfernt, dann wird er dich sicher gehenlassen. Sonst wird er dich töten, verstehst du? Und wir können ihn nicht daran hindern!«

»Schluß jetzt!« schrie der Kirchendiener. »Ich bin auch nicht von gestern! Der hat's faustdick hinter den Ohren! Wenn Sie dem 'nen Wink geben, sagt er alles, nur um seine Haut zu retten!«

»Genau wie Sie Ihre Seele retten wollen.« Darauf erfolgte keine Antwort, und Jurnet redete weiter auf ihn ein: »Muß denn wirklich noch ein Kind im Dom ermordet werden, bevor die Wahrheit ans Licht kommt?«

Auf der Plattform schien sich etwas zu rühren, was genau, konnten die Wartenden unten nicht mit Sicherheit feststellen.

Der Inspektor spürte, wie hinter seinem Rücken die Angst wuchs und die Hoffnung verflog, als die Sekunden verstrichen. Er selbst war sich seiner Sache sicher und rief mit lauter Stimme: »Mr. Harbridge! Wie können Sie sich Christ nennen und kein Vertrauen zu Gott haben?«

Ein langes Schweigen folgte, und dann flatterte Christopher Drues kindlicher Sopran zu ihnen herunter.

»Ich hab' Arthur Cossey umgebracht.«

32

Nachdem Jurnet mit ihm ein paar Worte über das Wichtigste gewechselt und in Empfang genommen hatte, was der Mann nun bereitwillig weggab, führten Hale und Batterby den Kirchendiener weniger sanft ab, als es Jurnet gewünscht hätte. Polizisten, Elektriker und Feuerwehrmänner begannen sofort damit, das Durcheinander aufzuräumen. Die großen Lampen wurden eine nach der anderen ausgeschaltet, bis nur noch so viele brannten, daß der achteckige Boden der Turmspitze beleuchtet war. Die oberen Bereiche verschwanden wieder in geheimnisvoller Dunkelheit; eine Struktur ohne Sinn, man mußte einfach an sie glauben. Vielleicht war das in diesem Zusammenhang Sinn genug.

Auf dem Domplatz wartete ein Krankenwagen, der Christopher Drue ins Krankenhaus bringen sollte.

Sergeant Ellers, der ungewöhnlich blaß war, flüsterte Jurnet ins Ohr: »Sieht so aus, als brauchte ihn seine Mutter mehr als er.«

Mrs. Drue sah wirklich krank aus. Ihre Augen, die sie nicht mehr von ihrem Sohn abwenden konnte, waren tief in ihr wächsernes Gesicht eingesunken. Über den Jungen konnte man dagegen nur staunen; vielleicht nur deshalb, dachte Jurnet, der plötzlich seine Jahre spürte, weil er die Energie der Jugend unterschätzt hatte. Seine Kleidung war verschmutzt, sein Gesicht verschmiert, und die zerzausten Locken waren grau von Staub, aber das Kind, das eben noch so verängstigt war, daß es die Eisenleitern heruntergetragen werden mußte, verwandelte sich in dem Augenblick, als es sicheren Boden erreicht hatte; der Junge schüttelte die Decke ab, die ein eifrig besorgter Polizist um ihn gewickelt hatte, und sprang aufgeregt herum, außer sich vor Freude und kindlichem Stolz über seine eigene Gerissenheit.

»Der ist doch verrückt, was? Bei dem ist 'ne Schraube locker! Ich hab's sofort gewußt, als er mich in den Turm raufgehen lassen hat. Er hat gesagt, er bringt mich um, wenn ich losschreie, deswegen hab' ich mich natürlich nicht getraut, falls er's wirklich ernst meinte. Und dann, stellen Sie sich vor, hat er mich gefesselt und gesagt, er bindet mich erst los, wenn ich sage, daß ich Arthur umgebracht habe. Na, das konnte ich doch nicht sagen, das wäre ja eine Lüge gewesen, deswegen hab' ich jedesmal, wenn er das gesagt hat, nur den Kopf geschüttelt, um nein zu sagen, weil er mich dann nämlich geknebelt hat und ich nichts sagen konnte.« Bei der bloßen Erinnerung riß das Kind vor Angst die Augen auf. »Es war schrecklich! Ich konnte kaum atmen, und er hat ihn nur abgemacht, wenn er mich essen ließ.«

»Psst, mein Liebling.« Die Mutter des Jungen konnte vor Erschöpfung kaum sprechen. »Wir können später noch genug darüber reden.«

Seltsamerweise hörte das der Kommissar, der sich leise mit dem Dean unterhalten hatte. Er sah auf und sagte: »Ja. Später.«

Der Junge blickte sie alle mit seinem strahlend frechen Lächeln an, das so geheimnisvoll anziehend wirkte. Er brach in schallendes Gelächter aus.

»Haben Sie, als ich das da oben sagte, auch nur einen Augenblick lang geglaubt, daß ich Arthur *wirklich* umgebracht habe und es nicht einfach nur so gesagt habe? Als ob Kinder jemand umbringen würden! Haben *Sie* das geglaubt?« Das Kind sah Jurnet in die Augen. »War es nicht toll von mir, daß ich so schnell mitgemacht habe? Ich wußte, ich *mußte* es sagen. Nur um davonzukommen –«

»Außer«, sagte Jurnet, dem es jetzt schwerfiel zu reden, als der Zeitpunkt schließlich gekommen war. Er öffnete seine Hand und zeigte, was ihm Harbridge, der Kirchendiener, anvertraut hatte. »Außer, wenn es wahr ist.«

Das Kind sah auf das Glasauge in der Hand des Inspektors. Das Auge schien seinen Blick zu erwidern.

»Das ist mein Auge!« sagte er schrill. »Hat Harby Ihnen das gegeben?« Er streckte seine Hand aus. »Bitte geben Sie es mir wieder.«

»Es war Arthur Cosseys.« Jurnet machte keine Anstalten, ihm den Gegenstand zu überlassen. »Es gehörte seinem Vater. Mr. Harbridge hat mir erzählt, daß er es gefunden hat, als er in der FitzAlain-Kapelle deine Taschen durchsucht hat.«

Christopher schmollte. »Der blöde Alte. Ich hab' doch nur dem Bischof einen Schnurrbart aufgemalt.«

»Du hast auch was auf die Wand geschrieben.«

Der Junge legte den Kopf schief und blickte einschmeichelnd durch seine langen Wimpern. »Ich war wirklich ungezogen«, gab er zu und sah sie trotzig an. »Aber ich glaube einfach nicht, daß sich der alte Harbridge so aufführen mußte, als hätte ich eine Sünde gegen den Heiligen Geist begangen.«

Mrs. Drue öffnete ihren farblosen Mund, schloß ihn dann aber wieder, als wäre ihr sprechen zu anstrengend.

»Das nicht unbedingt«, sagte Jurnet, »aber vielleicht war es nicht zum erstenmal, daß er mit einem deiner Kunstwerke am falschen Ort fertig werden mußte. Wahrscheinlich dachte er, genug ist genug. Aber da es nicht seine Art ist, jemanden zu Unrecht zu beschuldigen, hat er deine Taschen durchsucht – um zu sehen, ob Farbkreiden oder Buntstifte drin waren. Und dabei hat er Arthurs Glasauge gefunden.«

»*Mein* Glasauge!« beharrte der Junge. »Arthur hat es mir vor langer Zeit gegeben!«

»Mr. Harbridge sagt, daß Arthur ein besonderes Verhältnis zu diesem Auge hatte. Es hätte magische Kräfte und würde ihm einmal ein Vermögen bringen. Es war das einzige, was er unter gar keinen Umständen jemals hergegeben hätte.«

»Nun, *mir* hat er's aber gegeben!« Der Junge brach wieder

in Gelächter aus. »Ist *das* der Grund, weshalb Sie glauben, daß ich Arthur umgebracht habe? Weil ich sein blödes altes Glasauge habe?«

»Das ist der Grund, weshalb Mr. Harbridge es geglaubt hat.«

»Der alte Trottel! Er weiß schließlich nicht, was für einen Narren Arthur an mir gefressen hatte –«

»Aber ich alter Trottel sollte's wohl wissen, wie?«

»So hab' ich's nicht gemeint!« Christopher errötete, sah schnell zu seiner Mutter, dann wieder zum Inspektor. »Sie wissen doch, was ich Ihnen erzählt habe«, flüsterte er.

»Über dich und Arthur und die Hundekacke?«

Der Junge nickte, bis die Locken nach vorn rutschten und sein Gesicht verbargen.

»Darüber muß ich jetzt mit dir reden«, sagte Jurnet, »ich muß über einiges mit dir reden.« Der Kriminalbeamte drehte sich um und suchte jemanden aus der kleinen Gruppe hinter sich. Er fand den Ersten Kirchendiener, der ein trauriges Gesicht machte. »Danke, Mr. Quest.«

Der Mann sah verwirrt auf.

»Bitte?«

»Ich möchte Harbridge und Ihnen danken. Aber Sie waren es, der mir erzählt hat, daß die Damen immer frische Blumen für den Sonntag herrichten.«

»Stimmt.« Es behagte ihm nicht, daß sich die ganze Aufmerksamkeit auf ihn richtete: »Aber ich weiß nicht –«

»Jeden Sonntag frisch, wie die Krägen der Chorsänger.« Jurnet wandte sich zu Christophers Mutter und sagte voller Mitgefühl: »Mit dem Stärken hatten Sie's nicht so besonders, nicht wahr, Mrs. Drue? Eine Woche zu schlaff, die nächste zu steif. Nicht wie Mrs. Cossey, die Arthurs immer genau richtig hinkriegte. Und deshalb«, alle, die im Turm geblieben waren, starrten den Inspektor an, auch der Junge, dessen Augen vor Vergnügen und grenzenloser Bewunderung glänzten, »hat sich Christopher Arthurs Kragen ausgeliehen, als Arthur ermordet wurde. Er war einer der ersten im Umkleideraum – das hat er mir selbst erzählt –, wie konnte er dann so sicher sein, daß Arthur nicht mehr kommen und den Kragen selbst brauchen würde, wenn er nicht schon wußte, daß Arthur tot war?«

»Das hab' ich Ihnen doch schon erklärt«, sagte das Kind. »Er war immer früh dran. Ich wußte, wenn er noch nicht da war, würde er auch nicht mehr kommen.«

Der Inspektor schüttelte den Kopf.

»Er war nie früh dran, das weißt du selbst. Der Zeitungshändler, für den er arbeitete, sagt, daß er immer als letzter von seinem Gang kam. Das konnte gar nicht anders sein, weil er so einen weiten Weg hatte. Er konnte diesen Gang nicht machen und trotzdem früh im Dom sein.« Jurnet wartete ein wenig, dann sagte er: »Außer an dem Tag, an dem er umgebracht wurde und die Zeitungen überhaupt nicht ausgetragen hat.«

Christopher Drue drehte den Kopf wie ein Vogel zur Seite und fragte: »War ich nicht schlau, daß ich ihn in Little St. Ulf verwandelt habe?«

33

»Ich bin froh, daß ich Arthur Cossey getötet habe. Mami sagt, es ist eine schreckliche Sünde, jemand zu töten, und daß es mir leid tun sollte und ich zu Gott beten muß, daß er mir vergibt, aber ich glaube ehrlich nicht, daß es eine Sünde ist, Arthur zu töten, und weil sie sagt, daß ich unbedingt die ganze Wahrheit erzählen muß, da muß ich doch auch sagen, was ich denke, oder? Und ich bin mir ziemlich sicher, daß Gott mir vergibt, auch wenn ich nicht mehr als sonst bete, weil ich ehrlich glaube, daß auch er es für keine Sünde hält. Ich glaube, Arthur war eine Art Fehler, den sogar Gott manchmal macht, so wie König Herodes oder Jack the Ripper, und es würde mich nicht wundern, wenn er wirklich ziemlich froh darüber ist, daß ich Arthur von der Erdoberfläche hab' verschwinden lassen.

Eigentlich war es ein Unfall, also kein Mord, und hoffentlich beachten Sie von der Polizei das auch, das ist nämlich sehr wichtig. Aber wenn es damals nicht passiert wäre, dann wäre es früher oder später doch passiert, da bin ich mir ziemlich sicher, denn wenn Sie Arthur gekannt hätten, dann wüßten Sie, daß er einer war, der eigentlich tot sein sollte, weil er so schrecklich war. Natürlich hätte Gott es so einrichten können, daß er vom Bus überfahren wird, aber aus einem Grund, den er selbst am besten kennt, hat er es eben nicht getan.

Jeder in der Schule dachte, er hätte einen Narren an mir gefressen, und zuerst dachte ich das auch, weil er mir immer nachlief und Süßigkeiten und Murmeln kaufte und so weiter. Es ist sehr schwer, genau zu erklären, wieso alles so kam, weil ich immer dachte, er sei ein Ekel, und wenn ich mit meinen Freunden zusammen war, haben wir ihn immer gehänselt, und er stand nur blöd grinsend rum, aber wenn wir nur zu zweit waren, war er ganz anders, immer noch ein Ekel, aber herrschsüchtig und stark.

Man kann es schwer ausdrücken. Ich meine zum Beispiel, wenn man an jemand einen Narren gefressen hat, dann will man doch tun, was der will, weil man eben will, daß er einen mag, aber Arthur hat niemals getan, was ich wollte, sondern nur, was er wollte. Sie werden's nicht glauben, aber sogar wenn ich ihn gehänselt hab', wenn meine Freunde dabei waren, hab' ich's nur getan, weil Arthur das so wollte. Jeder in der Schule wird Ihnen sagen, daß ich wirklich nicht der Typ bin, der andere aufzieht. Ich finde das nicht sehr nett. Ich weiß, daß man kaum glauben kann, daß jemand wirklich will, daß man ihn hänselt, aber das zeigt nur, wie schrecklich Arthur war und wie anders als alle Leute.

Das Komische ist, daß bei allen anderen Jungen immer ich der bin, der sagt, was getan werden soll und was nicht. Immer wenn wir für ein Spiel die Mannschaften wählen, werde ich als erster aufgerufen. Ich hab' einmal gehört, wie Mr. Hewitt zum Hausmeister sagte, ›er ist der geborene Anführer‹, und er hat mich gemeint, und ich kann Ihnen gar nicht sagen, wie entsetzlich es ist, wenn ein Ekel wie Arthur einen zu etwas bringt, wenn man eigentlich genau das Gegenteil tun will.

Ich mochte auch nie diese ganzen Süßigkeiten, die mir Arthur immer gab. Meine Mutter kann Ihnen sagen, daß ich nur auf Saures scharf bin und nicht auf Süßes, und zu Hause esse ich fast nie Süßigkeiten außer manchmal Lakritze, wenn ich Verstopfung habe, und dann nur, weil Mami es will. Süßigkeiten sind schlecht für die Zähne, und ich möchte keine falschen bekommen, wenn ich groß bin, und sie nachts rausnehmen und in ein Glas Wasser legen müssen ... Trotzdem, wenn Arthur mir Fruchtbonbons und Kokoseis und irgendwelche schrecklich zähen Toffees gab, die man auf dem Marktplatz kaufen kann, hab' ich sie immer gegessen, obwohl mir manchmal fast schlecht wurde, so entsetzlich süß waren die. Arthur sagte immer ›nimm noch eins‹, und wie er so dastand und mir die Tüte hinhielt – mußte ich eins nehmen. Ich *mußte*, ich weiß auch nicht, warum.

Ich hatte keine Angst vor ihm. Es war mehr wie ein Zauber. Er hatte dieses Glasauge, von dem er sagte, sein Vater hätte es ihm vererbt und mit übernatürlichen Kräften versehen, so daß er jeden dazu bringen konnte, das zu tun, was er von ihm wollte. Ich dachte, wenn ich es in die Finger kriege, geh' ich zum Fluß runter und laß es reinplumpsen, und das wäre das Ende, aber ich hatte nie die Gelegenheit oder kein Glück.

Manchmal mußte ich auch für Arthur seine Zeitungen und Illustrierten austragen. Das war nicht so schlimm wie manche andere Sachen, außer daß ich früh aufstehen mußte, auch wenn ich nicht wollte, weil manche Häuser ziemlich weit weg waren. In den Zeitungen waren kleine Päckchen, die nicht herausfallen durften; darauf mußte ich besonders aufpassen. Manchmal mußte ich in die Häuser zurückgehen und Umschläge einsammeln, in denen Geld war. Das weiß ich, weil einer der Umschläge einmal aufging, und da waren eine Menge Pfundnoten drin.

Ich weiß von manchen Fragen, die mir Mami und der Polizist gestellt haben, daß sie glauben, Arthur und ich haben gewisse Dinge zusammen gemacht, ich sag's lieber nicht, was für Dinge, aber Sie wissen schon, was ich meine. Wahrscheinlich, weil ich Arthurs Zipfel abgeschnitten habe, was ich später noch erkläre und was überhaupt nichts damit zu tun hat. Es gibt wirklich viele Jungen in der Schule, die so was ziemlich oft tun, aber fragen Sie mich bloß nicht, wer, dann müßte ich ja petzen. Ich will nur sagen, daß Arthur nicht zu denen gehört hat, ganz im Gegenteil. Er hat keinen angefaßt und konnte es nicht ausstehen, wenn man ihn anfassen wollte. Beim Sport, wenn wir einen Kreis bilden und uns an den Händen fassen mußten oder so was, hat er immer so getan, als sei sein Schnürsenkel aufgegangen oder als sei ihm plötzlich was eingeschlafen, irgendwas, um nur nicht angefaßt zu werden.

An dem Tag, als ich Arthur tötete, bin ich früh zum Dom gegangen, weil mich Arthur hinbestellt hatte. Ich sagte, was ist mit deinen Zeitungen, und er sagte ›scheiß drauf‹ und fing an, die Zeitungen in einen schwarzen Plastikbeutel reinzustopfen, so daß sie wie Abfall aussahen, und stellte sie für die Müllabfuhr raus.

Ich sagte, was wird Mr. Doland sagen, und er sagte ›scheiß drauf, ich hab' genug vom Zeitungsaustragen.‹ Er sagte, er hätte andere Pläne, aber er sagte nicht, was für welche.

Er sagte, ich soll mich mit ihm im Dom treffen, wo sie Little St. Ulf ausgraben, und als ich fragte, warum gerade da, hat er gesagt, um einen vergrabenen Schatz rauszuholen. Er sagte, als er einmal an diesen Brettern vorbeigegangen ist, die man um das ganze Ding angebracht hat, konnte er drin Leute reden hören, und er hat gehört, wie der große Mann mit dem Schnurrbart, der manchmal dort ist, sagte, daß die Leute vor langer Zeit immer Gold- und Silbergeschenke zu Little St. Ulfs Grab gebracht haben und daß es so ausschaut, als ob die Geschenke wirklich zusammen mit Little St. Ulfs Leiche begraben worden sind. Jemand anders sagte, da steckt bestimmt nichts dahinter, aber der Mann mit dem Schnurrbart, der mit der ganz lauten Stimme, sagte, er glaubt, in ein paar Tagen würden sie auf abbauwürdiges Gestein treffen, in der Goldgräbersprache bedeutet das Gold, falls Sie das nicht wissen sollten.

Arthur hat gesagt, daß die Leute nie am Sonntag zum Graben kamen, wenn wir also an einem Sonntag hingehen würden und das Silber und Gold finden und wegbringen würden, dann würden sie einfach denken, daß es nie dagewesen ist, und wir wären für den Rest unseres Lebens Millionäre.

Ich war nicht scharf drauf, weil es doch Diebstahl war, und Diebstahl an einem Heiligen, was noch schlimmer war, besonders in einem Dom, wo Gott die ganze Zeit zuschaut, aber Arthur hat nur gelacht und sein Glasauge rausgeholt und gesagt, das wäre mächtiger als Gott und Little St. Ulf zusammen.

Zuerst wollte ich nicht gehen, dann bin ich aber doch gegangen, teils weil ich wohl immer machte, was Arthur mir befahl, und teils weil ich wußte, daß Little St. Ulf in der Vergangenheit eine Menge Wunder vollbracht hat, und ich dachte, wenn er vom Himmel herabschaut und sieht, was Arthur an seinem Grab macht, wird er vielleicht so wütend, daß er ihn in ein Schwein verwandelt oder in eine Schnecke, was noch besser gewesen wäre. Ich dachte, heilig bleibt heilig, und konnte nicht verstehen, warum die Wunder immer alle nur im Mittelalter passieren. Auf jeden Fall war es einen Versuch wert.

Niemand hat mich in den Dom kommen sehen, da bin ich mir sicher. Obwohl er so offen aussieht, ist es ganz leicht für einen Chorsänger oder jemand, der sich da genauso gut auskennt wie wir, unsichtbar herumzulaufen. Da sind alle möglichen Pfeiler und Monumente, hinter denen man sich schnell verstecken kann, und diese ganzen Durchgänge in den Wänden, um von der einen Seite zur andren zu kommen, ohne daß man einmal den Fuß auf den Boden des Hauptschiffs oder des Chors oder des Altarraums oder sonstwohin setzen müßte. Es ist wirklich großartig dort und sehr lustig, obwohl es so ein heiliger Ort ist.

An diesem Morgen hörte ich, daß die Frühmesse in der St.-Lieven-Kapelle stattfand. Sonst war es sehr still. Einer der Kirchendiener hantierte im Südschiff herum, aber ich ging so, daß er mich nicht sehen konnte. Ich öffnete die Tür in dem Bretterverschlag um das Grab und ging hinein. Es stand ›Privat‹ drauf, aber ich hab' mich einfach nicht drum gekümmert, tut mir leid. Drin war es schrecklich staubig, und es gab nicht viel zu sehen außer einem Tisch und einem großen Loch im Boden. Arthur war noch nicht da, und ich war froh darüber, weil ich so Zeit hatte, Little St. Ulf zu bitten, daß er ein Wunder für mich geschehen läßt. Auf dem Boden lag eine Matte, und ich kniete mich drauf, weil ich Little St. Ulf zeigen wollte, daß ich es ernst meinte; ich hab' nicht nur den Kopf geneigt, wie man's manchmal macht, weil's alle tun, und ich war immer noch auf den Knien, als Arthur reinkam.

Als ich ihn sah, wollte ich aufstehen, aber Arthur drückte mich wieder runter und sagte, ich soll bleiben, wo ich bin. Er wollte in das Loch runtergehen und nach dem Gold und dem Silber suchen, und wenn ich auf den Knien blieb, konnte er's mir raufreichen, wenn er es erst gefunden hatte. Als er über den Rand schaute und sah, wie schmutzig es da unten war, zog er Jacke und Hose aus und legte sie auf den Tisch. Er hatte kein Unterhemd und keine Unterhose an und sah nicht sehr schön aus, nur mit dem Hemd und der Schulkrawatte.

Es gab keine Leiter, aber das Loch war nicht besonders tief, deshalb nahm Arthur irgendwoher einen dreibeinigen Hocker, stellte ihn in das Loch und stieg runter. Ich gab ihm eine Kelle, und er fing an rumzugraben, konnte aber kein Gold oder Silber finden, nur eine Menge Staub. Die ganze Zeit, als er da unten war, hab' ich nichts gesagt, aber leise zu Little St. Ulf gebetet, daß er meinen Wunsch erfüllt.

Es hat lange gedauert, bis Arthur die Suche nach dem Gold und Silber aufgab. Er war sehr wütend, weil alles für die Katz gewesen ist. Er stieg auf den Hocker, um aus dem Loch zu klettern, aber es war leichter, runter- als wieder raufzukommen, und obwohl er es doch haßte, angefaßt zu werden, sollte ich ihm die Hand geben und ihn raufziehen, was ich auch tat. Dummerweise war der Boden in dem Loch sehr uneben und der Stuhl, weil er nur drei Beine hatte, sehr wackelig. Er fing zu schwanken an, als ich Arthur gerade zu fassen bekam. Arthur klammerte sich so an mir fest, daß ich Angst hatte, daß er mich auch noch in das Loch ziehen würde, und ich griff nach irgendwas, um mich festzuhalten, und das war zufällig Arthurs Krawatte. Vielleicht kam es davon, wie er den Knoten gebunden hatte, aber ich persönlich glaube, daß es ein Wunder von Little St. Ulf war, jedenfalls, als ich an der Krawatte zerrte, zog sie sich ganz eng um Arthurs Hals, und sein Gesicht sah plötzlich scheußlich aus. Er wollte etwas sagen, brachte aber nur einen erstickten Ton raus. Seine Augen glotzten wie Fischaugen oder Pfefferminzbonbons ohne Streifen.

Ich hab' ehrlich nicht gemerkt, daß Arthur dabei umkam. Ich wollte nur verhindern, selbst in das Loch zu fallen. Als er eine Art Gurgeln von sich gab und sein Kopf auf die Seite fiel, war ich wirklich überrascht. Er wurde sehr schwer und konnte sich anscheinend nicht mehr halten, deshalb hielt nur noch ich ihn an seiner Krawatte.

Da bekam ich Angst und ließ die Krawatte los, und Arthur fiel mit einem scheußlich dumpfen Schlag zurück in das Loch; aber er war ja schon tot, und es tat ihm nicht weh. Wenigstens etwas. Zum Glück war er auf die flachere Seite des Lochs gefallen. Ich konnte ihn zwar nicht ganz rausziehen, aber fast.

Zuerst wollte ich losrennen und einen Kirchendiener holen, aber ich schämte mich zu sagen, wozu wir an das Grab von Little St. Ulf gekommen waren. Ich hatte Angst, die Leute könnten denken, es sei meine Idee gewesen und nicht Arthurs, und wie würde ich dann dastehen? Wenn ich einmal von dem Gold und dem Silber reden würde, würde der Kirchendiener wahrscheinlich denken, daß ich ein Dieb bin und die Polizei holen, obwohl ich unschuldig war. Ich wußte, Mami würde sich sehr aufregen. Ich wollte Arthur wenigstens die Hosen wieder anziehen, bevor ich es jemand erzählte, weil sonst am Ende noch einer auf die Idee kam, wir hätten da was getrieben, was doch gar nicht stimmte. Deshalb ging ich zum Tisch zurück, um die Hose zu holen, und da sah ich das Messer.

Ich hatte immer weiter zu Little St. Ulf gebetet, und ich glaube wirklich, daß er es war, der das Messer da hingelegt hat, als ich es brauchte. Arthur lag halb in, halb neben dem Loch, wo angeblich Little St. Ulfs Grab sein sollte, und plötzlich fiel mir ein, ich weiß auch nicht warum, wie Little St. Ulf gefunden worden war, mit abgeschnittenem Zipfel und einem jüdischen Stern in den Körper geritzt. Da dachte ich, wenn ich das mit Arthur mache, denken die Leute, daß es die Juden waren, nicht ich, was ihnen ganz recht geschieht, wo sie doch Jesus umgebracht haben und so.

Das Messer war gut und scharf, und ich paßte auf, daß ich mich nicht mit Blut beschmierte, und ich wußte aus Detektivgeschichten, daß man das Messer abwischen muß, damit keine Fingerabdrücke bleiben.

Zuerst wollte ich Arthurs Jacke und Hose lassen, wo sie waren, und nur den Zipfel mitnehmen und im Klo runterspülen oder so, aber dann fiel mir ein, daß es viel geheimnisvoller aussieht, wenn ich die Kleider nehme und mit dem Zipfel im Grab von Bischof FitzAlain verstecke. Ich wollte es, sogar wenn sie jemand dort findet, möglichst geheimnisvoll.

Dann nahm ich das Glasauge aus Arthurs Jackentasche und steckte es in meine und zog ihm Schuhe und Strümpfe aus, weil er ohne Hose und mit Schuhen und Strümpfen entsetzlich dumm aussah. Ich rollte die Kleider zusammen und steckte den Zipfel in einen der Schuhe.

Ich stellte den Hocker dahin zurück, wo er vorher gestanden hatte. Auf dem Tisch lag ein Besen, und bevor ich wegging, bückte ich mich über das Loch und fegte den Boden, damit keine Fußabdrücke blieben, und ich fegte oben über den Boden und schleifte den Besen hinter mir her, damit auch hier alle Fußabdrücke verwischt wurden. Ich hielt den Besen wegen der Fingerabdrücke mit einem von Arthurs Socken fest und ließ ihn gleich hinter der Tür stehen. Ich glaube, ich habe wirklich an alles gedacht.

Niemand hat mich gesehen. Ich ging fast den ganzen Weg durch das Triforium, dann eine kleine Treppe hinunter, die gleich neben der FitzAlain-Kapelle herauskommt. Nachdem ich die Kleider versteckt hatte, ging ich die Treppe wieder rauf, aber diesmal über den Durchgang zum nördlichen

Querschiff, damit es so aussah, als ob ich gerade in diesem Augenblick durch die Hintertür des Bischofs reingekommen wäre, falls jemand da war, wenn ich runterkam.

Das Ganze hat überhaupt nicht lange gedauert, und als ich in den Umkleideraum der Gesangschule kam, war ich noch einer der ersten. Wir haben dort eine Kleiderbürste an der Wand hängen, und ich hab' mich gut abgebürstet, das kann ich Ihnen sagen, weil es sehr staubig im Grab von Little St. Ulf ist; hoffentlich tragen die Leute, die dort graben, Masken, weil so ein Staub nämlich sehr ungesund ist und einen krank machen kann.

Arthurs Haken und Schließfach sind gleich neben meinem, und als ich seinen Kragen so schön steif und weiß da hängen sah, wußte ich nicht, warum ich ihn nicht nehmen sollte, weil er ihn ja doch nie mehr brauchen würde.

Ich bereue jetzt, daß ich ihn genommen habe, weil mich das verraten hat, stimmt's? Sonst hätten Sie vielleicht die Juden beschuldigt, jedenfalls hab' ich das gehofft. Als Mr. Harbridge das Glasauge in meiner Tasche fand, dachte er, *das* hätte mich verraten, aber er hätte doch nie beweisen können, vor einem Richter meine ich, daß Arthur es mir nicht geschenkt hat. Wenn er versucht hätte, es zu beweisen, hätte ich dem Richter einfach erzählt, daß Mr. Harbridge mich auf dem Kieker hatte. Ich glaube, er mag keine Kinder. Er hat mich vor kurzem eine ganze Sportstunde verpassen lassen, nur weil ich ein vergammeltes altes Grab angemalt hatte, das sowieso nie einer anschaut. Ich hab' ihm versprochen, es am nächsten Tag vor der Schule abzuwaschen, aber er sagte, ›o nein, Bürschchen, du machst es auf der Stelle‹, was gemein von ihm war, finden Sie nicht auch? Deshalb hab' ich dann nicht nur dem Bischof einen Schnurrbart verpaßt, sondern auch noch ›Hundsfott – Hundsgott‹ an die Wand geschrieben, wie Arthur, um ihm eine Lehre zu erteilen, allerdings bin ich leider nicht so ein Künstler wie Arthur und konnte es nicht so schön schreiben wie er.

Außerdem bereue ich, daß ich Arthurs Glasauge nicht doch in seiner Jackentasche gelassen habe, weil es – wenn es überhaupt Zauberkraft hatte – bei mir nicht funktioniert hat, vielleicht weil Arthurs Vater es nicht mir vererbt hat und weil es Mr. Harbridge in meiner Tasche gefunden hat und mich deshalb entführt und in den Turm verschleppt hat, wo ich mich sehr gefürchtet habe. Jedenfalls glaube ich jetzt, daß Little St. Ulf besser als ein Glasauge ist, weil ich immer wieder Angst hatte, daß mich Mr. Harbridge über den Rand der Plattform stößt, er es aber schließlich doch nicht getan hat, und ich hoffe, Little St. Ulf wird mich beschützen, solange ich lebe.

Ich bin froh, daß Sie jetzt alles wissen, weil Sie jetzt wissen, wie ekelhaft Arthur war und daß doch alles nur ein Unfall war.

Weil Arthur tot war, konnte er nicht das Solo im Morgengottesdienst singen, und Mr. Amos hat bestimmt, daß ich es an seiner Stelle singe. Ich muß sagen, daß mir das großen Spaß gemacht hat, und nachher kamen mehrere Leute und sagten, ich hätte wie ein Engel gesungen, deswegen bin ich mir ziemlich sicher, daß Gott mir wegen Arthur nicht böse ist, sonst hätte er mich doch falsch singen oder den Text vergessen lassen oder so was.

Ich glaube, das ist alles – außer der Geschichte, die ich Ihnen über die Hundekacke erzählt habe und über Arthur, der sie gegessen hat, um mir zu zeigen, was er für einen Narren an mir gefressen hat. Ich will jetzt ganz ehrlich sein, und ich muß Ihnen leider sagen, daß ich geschwindelt habe. In Wirklichkeit war es gar nicht Arthur, der die Hundekacke gegessen hat. Ich war es, und Arthur hat mich dazu gezwungen. Natürlich wollte ich das nicht – da können Sie wieder sehen, wie schrecklich er war.«

34

»Ich hab' die ganze Zeit gewußt, daß irgend etwas nicht stimmt. Ich kam nur nicht drauf, was es war.« Verärgert über seine eigene Dummheit, sprang Jurnet auf und ging mit schweren Schritten im Zimmer auf und ab. Der zierliche vergoldete Sessel, auf dem er gesessen hatte – daß er sich gedankenlos gerade ihm anvertraut hatte, zeugte ebenfalls von seiner Verwirrung –, wackelte erleichtert. Taleh, deren Schnauze auf den Knien des Kriminalbeamten geruht hatte, setzte sich auf und beobachtete interessiert, wie er hin- und herlief.

»Was mir keine Ruhe läßt, ist die Tatsache, daß nichts weiter hätte geschehen müssen, wenn der verflixte Groschen zum richtigen Zeitpunkt gefallen wäre.«

Rabbi Schnellman verschränkte die Hände über seinem runden Bauch und sagte gutgelaunt: »Wann hat jemals die Wahrheit diejenigen, die von Lügen leben, von weiteren Lügen abgehalten? Beruhigen Sie sich. Es wäre sowieso geschehen. Und es wird weiterhin geschehen.« Er sprach ohne Trauer oder Selbstmitleid. »Sie haben sich nichts vorzuwerfen. Niemand kann an das Undenkbare denken.«

»Aber ich hätte trotzdem daran denken sollen! Fragen Sie den Kommissar. Er wird Ihnen sagen, daß das zu unserem Beruf gehört.« Jurnet blieb stehen und sah auf den dicken Mann, der lässig in seinem lächerlichen Sessel hing. »Wollen Sie die Wahrheit wissen? Was mich wirklich ärgert, ist nicht so sehr, daß ich ein winziges, aber wesentliches Indiz übersehen habe, bis es fast zu spät war. Das hätte mir nicht passieren dürfen; aber das hab' ich schon verwunden. *Warum* ich es übersehen habe, das macht mich ganz verrückt.«

»Sie meinen, Sie sind gar nicht auf die Idee gekommen, ein Kind zu verdächtigen?«

»Bitte tun Sie mir einen Gefallen! Ich bin Bulle und kein über den Dingen schwebender Poet. Ich habe Kinder kennengelernt, die mir Schauer über den Rücken jagen, wenn ich bloß an sie denke. Arthur Cossey war außerdem auch ein Kind. Trotzdem hielt ich es für möglich, daß er auch ein Erpresser und Drogenpusher war. Aber nach all meinen Jahren bei der Polizei von einem Wuschelkopf und einem gewinnenden Lächeln so reingelegt zu werden!«

»Oh – ich verstehe!« rief Leo Schnellman. »Wir diskutieren nicht über den Fall, sondern über Ihre gekränkte Eitelkeit?«

Jurnet starrte ihn einen Augenblick lang wütend an, dann brach er in schallendes Gelächter aus. Taleh, die erleichtert war, daß sich das Problem – was es auch gewesen sein mochte – von selbst gelöst hatte, sprang zu dem Kriminalbeamten und stupste ihn begeistert mit der Schnauze.

»Letztendlich«, fuhr der Rabbi fort, »war Ihre Einschätzung von Christopher doch gar nicht abwegig. Zugegeben, die Art, mit der er seine Spuren verwischt hat, zeugt von Gerissenheit. Aber der Selbsterhaltungstrieb ist ein sehr starker Instinkt, und Arthur Cosseys Tod war schließlich wirklich ein Unfall.«

»Das ist eben die Frage.« Keiner lachte jetzt. »Christopher schreibt uns ein Geständnis, das wir schlucken, weil uns sein unschuldiger Charme verführt und weil wir auch gar keine andere Wahl haben. Es erklärt ausführlich den Tod von Arthur Cossey, was will man mehr! Man schließt die Akten und geht zum nächsten Fall über. Aber wie können wir jemals sicher sein, ob wir nicht alle an der Nase herumgeführt worden sind? Können wir wirklich mit Gewißheit annehmen, daß bei dem Verhältnis der beiden Jungen das sexuelle Element keine Rolle gespielt hat? War Arthur wirklich der üble kleine Anstifter, als den Christopher ihn hinstellt, oder war es in Wirklichkeit Christopher, der den Ton angab? In Arthurs Schublade fanden wir eine Zeichnung von Little St. Ulf, deren Überschrift ausgestrichen und durch ›Little St. Arthur‹ ersetzt worden war. Wir wissen jetzt, daß es Christopher Drues Schrift ist. Wäre es also möglich, daß er alles schon lange vor der Tat geplant hatte und nur auf eine Gelegenheit wartete? Wenn dieser Junge vor Gericht erscheint, wird er jeden in seinen Bann ziehen, so wie er es mit der Kriminalpolizei von Angleby getan hat. Man wird ihm eine symbolische Strafe auferlegen, die so gut wie nichts bedeutet – und wer weiß, ob wir damit nicht ein herzloses kleines Ungeheuer auf die Welt loslassen, das genau weiß, daß man immer ungestraft davonkommt, wenn man so schlau und so charmant ist wie er – sogar bei Mord.«

Der Rabbi grübelte. »Sie müssen diesen jungen Mann wohl weiter im Auge behalten.«

»Und wie soll das bitte gehen?«

»Haben Sie mit seiner Mutter gesprochen? Ahnt sie etwas von dieser Möglichkeit?«

Jurnet erinnerte sich an Mrs. Drues Gesicht, wie er es zuletzt gesehen hatte – von Ängsten gequält, die sie nie hätte in Worte fassen können.

»Oh, da bin ich mir ziemlich sicher, aber ich habe selbstverständlich nicht mit ihr darüber geredet. Man kann schlecht ohne die Spur von einem Beweis zu einer Mutter gehen und sagen, daß man glaubt, ihr Kind sei vielleicht ein kaltblütiger Mörder.«

»*Vielleicht*. Das ist die Crux. Vielleicht auch nicht. Ich persönlich neige trotzdem zu der Auffassung, Sie sollten einmal mit Mrs. Drue plaudern. Vielleicht erleichtert es sie sehr, wenn sie entdeckt, daß sie nicht allein ist mit ihrem schlechten Gewissen darüber, daß sie ihr eigenes Kind eines abscheulichen Verbrechens verdächtigt.«

Jurnet schüttelte entschieden den Kopf.

»Bestimmt nicht. Wenn sie sich nach einer Weile beruhigt hat, wird sie denken, sie habe sich alles nur eingebildet. Schließlich liebt sie den Jungen.«

»Ja ja, die Liebe«, sagte der Rabbi.

»Und was soll das heißen?«

»Ja was?« echote der Rabbi und setzte seine Jarmulke fester auf den Kopf. »Nebenbei bemerkt – ich habe gute Nachrichten für Sie. Ich war heute morgen im Krankenhaus. Mort wird heute nach Hause geflogen.«

Die Nachricht erfüllte Jurnet mit großer Dankbarkeit und bewahrte ihn vor der Pflicht zu erklären, daß er sich, um sich selbst zu schützen, nicht mehr nach dem jungen Amerikaner erkundigt hatte. »Dann geht's ihm also wieder gut?«

»Das noch lange nicht. Aber man darf hoffen. Er kann die Augen öffnen und erkennt seine Frau.«

Die anmutige Prinzessin in dem englischen Mackintosh. Man darf hoffen, dachte Jurnet.

»Das ist noch nicht alles.« Der Rabbi machten den Eindruck, als sei das, was er zu sagen hatte, von keinem besonderen Interesse. »Miriam ist zurück. Sie sagt, Sie sollen sie nicht anrufen, sie wird sich mit Ihnen in Verbindung setzen. Sie ist schon seit einigen Tagen wieder in Angleby.«

»Miriam!« schrie Jurnet. »Warum haben Sie mir das nicht gesagt? Warum zum Teufel hat *sie* mir das nicht gesagt?«

»Ja ja, die Liebe«, sagte der Rabbi zum zweitenmal.

Von der Synagoge, so hatte Jurnet zum Rabbi gesagt, würde er direkt zum Domplatz fahren – zu einem Abschiedsbesuch, das hatte er allerdings verschwiegen. Es klang zu albern, da er in Angleby zu Hause war und nicht vorhatte, die Stadt zu verlassen. Als er dann aber im Auto saß, fuhr er in einen Vorort, zu dem schäbigen viktorianischen Haus in einem Garten voller Lorbeersträucher – Willie Fishers neuer Adresse. Dabei kam er, ohne anzuhalten, an der psychiatrischen Anstalt vorbei, in der Millie Fisher Vergessen übte. Man konnte nicht alle seine Familiengräber auf einmal besuchen.

Mrs. Longley, die Hausmutter, begrüßte Jurnet mit der oberflächlichen Freundlichkeit amtlicher Besorgtheit, die er schon immer abstoßend gefunden hatte. Trotzdem machte das Haus innen einen besseren Eindruck, als man es seinem Äußeren nach vermutet hätte – es war farbenfroh, warm und heimelig.

Nur nicht für Willie Fisher, für den ein Schrottplatz und ein schmieriger Wohnwagen Zuhause bedeuteten.

Als er sich schon wünschte, er wäre nicht gekommen, brachte Mrs. Longley den Kriminalbeamten in ein Zimmer, in dem mehrere Kinder eifrig damit beschäftigt waren, Papier und sich selbst mit Fingerfarben anzumalen und sich dabei laut und angeregt unterhielten.

Jurnet wurde das Herz schwer, als er Willie sah – abseits, eine kleine, einsame Gestalt, die sich tief in einen Sessel vergraben hatte wie in einen Ersatzmutterschoß. Der Kriminalbeamte kam näher und wartete ruhig. Das Kind hielt ein Buch in den Händen, und als sich Jurnet jetzt bewegte, fiel sein Schatten auf die offene Seite.

Da sah Willie Fisher auf, dann sofort wieder in sein Buch.

»Jim und Jane sind auf der Wiese«, las er laut, und seine Stimme bebte vor unermeßlichem Stolz. *»Auf der Wiese ist Gras. Eine Kuh ist auf der Wiese. Die Kuh frißt das Gras. ›Schau!‹ sagt Jane, ›die Kuh frißt das Gras.‹«* Willie sah wieder auf, und sein sommersprossiges kleines Gesicht strahlte. »Mr. Ben! Ich kann lesen! Ich kann lesen!«

Der Domplatz sah aus wie immer, nur ein paar Touristen mehr als sonst streiften zwischen den Generälen umher, auf der Suche nach einem günstigen Blickwinkel für eine Aufnahme von der Turmspitze, in der der verruchte Kirchendiener den armen kleinen Jungen als Geisel festgehalten hatte.

Das warme Wetter schien Frühling und Sommer zur gleichen Zeit hervorgelockt zu haben. Überall blühte es. Als hätte die Erde nicht Platz genug für alle Blumen, leuchteten sie oben auf den alten Mauern und fanden überall Halt für ihre Wurzeln, in Ritzen, dort, wo ein Mauerkiesel herausgefallen war oder Meisen und Mauerschwalben den Mörtel herausgepickt hatten.

Was hatte der Arzt Haim HaLevi damals gesagt, bevor er, mit dem Kopf nach unten an einem Kreuz hängend, starb? »Gießt meine Pflanzen.«

Ganz oben auf der Turmspitze, an dem Punkt, wo sich parallele Linien wie im Unendlichen trafen, drehte sich der goldene Wetterhahn geduldig vor dem Himmel.

Jurnet zögerte; dann ging er schnell auf das Westportal, auf den Dom zu – dieses große steinerne Schiff, das vor den Uferwiesen von Angleby ankerte und an dem die unendlichen Wasser der Zeit vorbeiströmten. Ungeduldig ließ er eine Gruppe von Frauen den Dom durch die kleine Tür in der Nordwestecke verlassen, weil er noch einmal die Schrift in der Dunkelheit dort lesen wollte.

Schließlich war er alleine und konnte sich ungestört an den beredten Worten satt sehen, die in den alten Stein eingehauen waren.

Miriam, geliebter Schatz,
in meinem Herzen ist Dein Platz –

Hinter ihm las jemand die Inschrift laut vor. Jurnet drehte sich um, und da stand sie – lächelnd.

SERIE PIPER

Jerome Charyn

Marilyn the Wild
Supercop Isaac Sidel von der Lower East Side. Kriminalroman. Mit einem Nachwort des Autors. Aus dem Amerikanischen von Uschi Gnade. 206 Seiten. SP 5660

Die Lower East Side in New York ist das Revier des großen blonden jüdischen Supercops Isaac Sidel, der sich über seine Stadt keine Illusionen macht. Die offizielle Politik ist korrupt, das Schulsystem ein Witz, und neben der Polizei sind die einzig funktionierenden Ordnungsmächte das organisierte Verbrechen: die Mafia, chinesische Geheimgesellschaften oder eine Familie von südamerikanisch-jüdischen Kleinkriminellen. Sidels Feldzug gegen das Böse beginnt, als sich diese Guzmans in »seinem« Manhattan auf Zuhälterei und Mädchenhandel werfen und seine alte Mutter von einer Jugendgang in ihrem Second-Hand-Laden überfallen und schwer verletzt wird.

Blue Eyes
Supercop Isaac Sidel von der Lower East Side. Kriminalroman. Aus dem Amerikanischen von Uschi Gnade. 214 Seiten. SP 5667

Patrick Silver
Supercop Isaac Sidel von der Lower East Side. Kriminalroman. Aus dem Amerikanischen von Uschi Gnade. 189 Seiten. SP 5681

In Isaac Sidel rumort es: Bei seinem Kampf gegen die Verbrechersippe der Guzmans hat sich Sidel einen tödlichen Bandwurm geholt, der ihn von innen aufzehrt. Trotzdem ist er hinter Guzmans jüngstem, schwachsinnigen Sohn Jerome her, der kleine Buben bestialisch umbringt. Sidel baut Fallen auf, doch Papa Guzman schützt seinen Sohn und versteckt ihn in einer Synagoge mit Sidels ehemaligem Cop Patrick Silver als Bodyguard ...

»Dieser Roman ist ein Meisterwerk voll Leben und voller Farben. Charyn hat den Bauch von New York untersucht.«
The New York Times

Der gute Bulle
Supercop Isaac Sidel von der Lower East Side. Kriminalroman. Aus dem Amerikanischen von Jürgen Bürger. 261 Seiten. SP 567

»Dieser Krimi ist wirklich einer von der schwärzesten Sorte, realistisch, überdreht und herrlich paranoid.«
Sender Freies Berlin

S. T. Haymon

Rockstars hängt man nicht
Ein Inspektor-Jurnet-Roman.
Aus dem Englischen von Vera Mansfeldt. 330 Seiten.
SP 5534

Ein Werbegag wird blutiger Ernst: Am Morgen nach seinem Konzert hängt der Leadsänger der Rockgruppe »Second Coming« tot an dem Kreuz, an das eigentlich sein Ebenbild aus Wachs gehörte. Inspektor Ben Jurnets Ermittlungen stehen zunächst unter dem Motto »Sex and Drugs and Rock 'n' Roll«...

Blaues Blut
Ein Inspektor-Jurnet-Roman.
Aus dem Englischen von Gabriele Groszat. 305 Seiten.
SP 5505

»Ein weiteres Meisterstück von S. T. Haymon: diskreter Sex, ein Dutzend unvergeßlicher Charaktere und historische Stätten.«
Kirkus Review

Gefährliche Wissenschaft
Ein Inspektor-Jurnet-Roman.
Aus dem Englischen von Vera Mansfeldt. 261 Seiten. SP 5576

Der Tod geht um in der normannischen Burg von Angleby – auf einem Kongreß von Physikern. Inspektor Jurnet erlebt, wie hinter der Fassade akademischer Wohlanständigkeit gefährliche Leidenschaften lauern.

Ritualmord
Ein Inspektor-Jurnet-Roman.
Aus dem Englischen von Christine Mrowietz. 266 Seiten. SP 5504

»Die Autorin übertrifft mit dieser Geschichte die meisten Bücher dieses Genres.«
Times Literary Supplement

Mord macht frei
Ein Inspektor-Jurnet-Roman.
Aus dem Englischen von Vera Mansfeldt. 266 Seiten. SP 5643

Eine Autobombe jagt Inspektor Jurnets Rover in die Luft. Seine Verlobte Miriam kommt dabei ums Leben. Galt der Terroranschlag ihm oder gar dem Polizeiapparat? War die IRA Drahtzieher des feigen Mords? Jurnets Suche nach Motiv und Mörder wird zu einer Reise in die politische Vergangenheit und Gegenwart Englands, aber auch ins Innerste seines eigenen Herzens.

Mord im Druidenhain
Ein Inspektor-Jurnet-Roman.
Aus dem Englischen von Anita Maurus. 327 Seiten. SP 5617

Inspektor Jurnet unternimmt mit seiner Freundin einen Ausflug zu den Ausgrabungsstätten des druidischen Heiligtums und findet prompt in den Dünen eine weibliche Leiche...

SERIE PIPER

SERIE PIPER

Iain Pears

Der Raffael-Coup
Kriminalroman. Aus dem Englischen von Klaus Berr. 198 Seiten.
SP 5586

Zunächst weist nichts auf eine langfristige, gute Zusammenarbeit hin zwischen Generale Taddeo Bottando, Chef des Kunstraubdezernats in Rom, seiner jungen Assistentin Flavia di Stefano und dem englischen Kunsthistoriker Jonathan Argyll mit Spezialkenntnissen über Raffael, den großen Künstler der Renaissance. Als Argyll in einer kleinen römischen Pfarrkirche aufgegriffen wird, tischt er den Behörden eine abenteuerliche Geschichte auf über einen übermalten und verschwundenen Raffael. Ehe die Frage nach Original oder Fälschung geklärt werden kann, beginnt in der Kunstszene eine Hetzjagd nach diesem Bild quer durch Europa. Zwei Morde, viele falsche Spuren und die ehrgeizigen Pläne eines recht zwielichtigen italienischen Museumsdirektors sorgen für Flair und Spannung in diesem ungewöhnlichen Krimi.

Der Tod des Sokrates
Kriminalroman. Aus dem Englischen von Klaus Berr. 240 Seiten.
SP 5711

Jonathan Argyll, ein in Rom lebender englischer Kunsthändler, hat eine große Schwäche für Italien und eine noch größere für die hübsche Polizistin Flavia di Stefano vom italienischen Kunstraubdezernat. Jonathan transportiert für einen Kollegen aus Gefälligkeit ein Bild von Paris nach Rom. Etwas sonderbar ist es allerdings, daß ein Dieb versucht, bereits in Paris am Bahnhof das Bild zu stehlen und daß der Käufer in Rom das Bild mit dem Titel »Der Tod des Sokrates« nach kurzem Betrachten doch nicht haben will. Jonathan muß mit dem höchst mittelmäßigen Bild wieder unverrichteter Dinge abziehen. Aber wer hätte ahnen können, daß dieser Käufer am nächsten Tag in seiner Wohnung grausam ermordet wird? Was ist an diesem unauffälligen Bild so besonders, daß ein zweiter potentieller Käufer umgebracht wird?

Roger Graf

Die haarsträubenden Fälle des Philip Maloney
Kriminalstories. Mit Illustrationen von Christoph Badoux.
272 Seiten. SP 5662

Der ultraschräge Privatdetektiv Philip Maloney geht in Zürich seinem gefährlichen Handwerk nach. Seine Urteilskraft wird gelegentlich getrübt durch den übermäßigen Genuß seines Lieblingswhiskys und den Anblick schöner Frauen. Ständig knapp bei Kasse, löst er ohne Auto und ohne jegliche Computerkenntnisse mit Herz und losem Mundwerk bravourös seine knifflige Fälle: ob die mordende Sekte im Internet, die verlorene Formel für schmelzsichere Schokolade oder die von einem Golfball tödlich getroffenen Vorstandsmitglieder des Golfclubs – immer weiß Maloney auf alles eine Antwort und hat das letzte Wort.

Ticket für die Ewigkeit
Ein Fall für Philip Maloney.
205 Seiten. SP 2302

Ein Leckerbissen für Maloney-Fans sowieso – und Krimisüchtige im besonderen.

Philip Maloney Tödliche Gewißheit
Kriminalroman.
237 Seiten. SP 5664

Philip Maloney, der schrullige Privatschnüffler, stochert im kalten Züricher Nebel herum und findet die Leiche eines äußerst zweifelhaften Kollegen, der eigentlich schon seit Jahren tot ist. Maloney kooperiert mit seiner klugen und verführerischen Kollegin Jasmin. Beide rollen die alten Fälle des Toten wieder auf und stoßen dabei auf häßliche Querverbindungen zu einem Kindermörder. Jasmins Büro wird auf den Kopf gestellt, in Zürich häufen sich obskure, tödliche Verkehrsunfälle von Mailboxbenutzern, eine merkwürdige Rücktrittswelle hoher Regierungsbeamter löst eine Regierungskrise aus, und Kommissar Hugentobler ist wie immer ratlos. Nichts scheint mehr zusammenzupassen, als ganz unerwartet alles in einem Bürogebäude zum großen Showdown zusammenfließt.

»Man heiße den legitimen Nachfolger jenes von Raymond Chandler geborenen Philip Marlowe herzlich willkommen. Philip-Maloney-Krimis – höherer Blödsinn besonderer Güte.«
Süddeutsche Zeitung

SERIE PIPER

Gemma O'Connor

Tödliche Lügen
Psychothriller. Aus dem Englischen von Inge Leipold.
479 Seiten. SP 5658

Es ist kaum drei Wochen her, daß Grace Heartfield ziemlich überraschend und brutal von ihrem Mann verlassen wurde. Dann findet sie einen amtlichen Brief im Briefkasten! Doch er hat nichts mit ihrem Mann zu tun, sondern kündigt eine Erbschaft an: Ihre Schwester sei gestorben – Grace wußte nichts von deren Existenz. Und wer ist der mysteriöse Holländer, der sich im Dubliner Kanal ertränkte? Grace reist nach Dublin und muß mehr und mehr erkennen, daß ein Gespinst aus Halbwahrheiten und Verschleierungen ihr Leben vergiftete, daß Angst und Terror ihre Kindheit bestimmten. Sie folgt den Spuren der Toten und wagt es, genau hinzusehen, wagt es, die Büchse der Pandora zu öffnen. Gemma O'Connor gelang ein psychologisch dichter Thriller, der in London und Dublin spielt, dessen Schauplatz aber gleichzeitig die Abgründe menschlichen Versagens sind.

»Ein Buch, das man nicht aus der Hand legt.«
Brigitte Dossier

Fallende Schatten
Psychothriller. Aus dem Englischen von Inge Leipold.
412 Seiten. SP 5659

Auf dem Begräbnis ihrer Mutter Lily erhärtet sich in Nell Gillmore der Verdacht, daß der Unfalltod ihrer Mutter Mord war. Sie sucht nach einem Motiv in Lilys Vergangenheit und erfährt dabei von drei kunstvoll gebundenen, aber bisher vermißten Tagebüchern – und stößt auf einen weiteren Mord: In einer Dubliner Bombennacht wurde vor fünfzig Jahren ein brutaler Hausbesitzer erschossen. Der Verdacht fällt auf Lilys Freund Milo. Nell wird zunehmend ratloser, was hat dies alles zu bedeuten? Endlich findet sie zwei der Tagebücher, das dritte ist im Besitz des Mörders. Wider Erwarten können der tot geglaubte Milo, jetzt schwer krank, und sein Sohn Nell helfen. Doch nun gerät sie selbst in Lebensgefahr.

»Das ist eine Geschichte, von der man nicht mehr loskommt. Eine Geschichte von Schuld und Sühne, von Ehrgeiz und Geldgier. Gemma O'Connor verdient eine Menge Punkte auf der nach oben offenen Krimi-Skala.
Frankfurter Rundschau